Le Club
de la
Petite Librairie

DEBORAH MEYLER

Traduit de l'anglais
parJocelyne Barsse

City
Poche

© City Editions 2014 pour la traduction française.
© © 2013 by Deborah Meyler
Publié aux USA sous le titre *The Bookstore*
par Galery Books, une division de Simon & Schuster Inc.
Photo de couverture : Urban Zintel / Getty Images

ISBN : 978-2-8246-0645-3
Code Hachette : 17 1957 4

Rayon : Roman
Collection dirigée par Christian English & Frédéric Thibaud.

Catalogue et manuscrits : www.city-editions.com

Dépôt légal : août 2015
Imprimé en France par France Quercy, 46090 Mercuès - n° 50847/

En hommage à mon père,
Gordon McLauchlan,
qui m'a appris à être heureuse.

I

Moi, Esme Garland, je déteste le désordre. C'est regrettable, car, depuis que j'ai ouvert les yeux ce matin, j'ai comme l'impression qu'un grain de sable est venu enrayer le mécanisme de ma vie bien ordonnée. Tout en buvant mon thé, je me demande si j'ai oublié de rendre un document important, de payer mon loyer, de donner à manger au chat de Stella. J'ai beau réfléchir, je n'arrive pas à mettre le doigt sur ce qui cloche. Je me dis que, si je n'arrive pas à identifier le problème, c'est qu'il n'y en a probablement pas. Je continue à siroter mon thé et regarde Broadway par la fenêtre.

Les immeubles bloquent si radicalement la lumière que les ombres qu'ils projettent ressemblent à de grands rectangles en papier noir découpés par un enfant. Le matin, les rues transversales sont baignées de soleil tandis que toutes les avenues côté est sont plongées dans l'ombre. J'aime cette lumière si vive, si nette. Une lumière vive pour des gens vifs.

J'adore me réveiller à la lumière du soleil qui entre à flots dans mon appartement. Avant mon arrivée, je m'étais préparée psychologiquement à atterrir dans une chambre de bonne (ici, on dirait plutôt une chambre de bizut), un petit studio avec une minuscule fenêtre donnant sur un escalier de secours. Pourtant, quand j'ai ouvert pour la première fois la porte de cet appartement, au mois d'août, le soleil illuminait littéralement la pièce. C'est un studio ; je dispose donc d'une pièce et d'une salle de bains. Salle de bains, c'est beaucoup dire, mais ce n'est pas si mal. Je pourrais presque m'identifier à l'un de ces artistes affamés des siècles passés, condamnés à vivre dans une mansarde.

Mon appartement se trouve juste au-dessus d'un *deli* ouvert vingt-quatre heures sur vingt-quatre. Il n'est pas vraiment au calme, donc, mais de la fenêtre j'ai une vue imprenable sur Broadway, qui décrit des méandres entre les rues disposées en damier, comme un cours d'eau. Nous sommes maintenant au mois d'octobre et je n'en reviens toujours pas.

Irv Frank, du 14D, fait descendre un panier qui vient tout juste de passer devant ma fenêtre. La liste de courses et le billet de vingt dollars habituels sont fixés à la corde à l'aide d'une pince à linge. Je vérifie que l'un des Coréens du *deli* est prêt à réceptionner le panier. Il est bien là. Il sourit. Tout le monde ici, quelle que soit son origine, sait que c'est amusant de recréer la cordialité des rapports de voisinage qu'on trouve dans les villages. Tout le monde se réjouit que ça fonctionne.

Je ne suis pas venue à New York parce que j'étouffais dans ma petite ville d'Angleterre. Je ne me suis pas imaginé que je pourrais mieux m'épanouir à New York, ni que cette ville pourrait me redonner le moral… Je n'ai jamais le moral en berne ! Je n'ai pas commis l'erreur de penser, ni nourri l'espoir, que New York pourrait être mon sanctuaire ou ma rédemption.

L'Université de Columbia m'a tout simplement proposé une place en troisième cycle d'histoire de l'art, une offre accompagnée d'une bourse pour faire bonne mesure. Aucune autre université ne m'avait accordé de bourse. C'est pourquoi je suis à New York.

Mon séjour ne s'annonçait pas vraiment sous les meilleurs auspices. Je suis arrivée, comme tout le monde, après avoir juré que je n'avais jamais été impliquée dans des activités d'espionnage, que je n'avais jamais été arrêtée pour un délit réprouvé par la morale publique et que je n'avais aucun escargot dans mes bagages.

Durant mes premières minutes, pour le moins déroutantes, devant l'aéroport JFK – c'était un vendredi soir pluvieux –, j'ai regardé les taxis jaunes partir dans toutes les directions, le personnel de l'aéroport pester contre ses supérieurs irresponsables et de superbes limousines avancer lentement dans la pagaille.

Le chaos semblait imminent. J'ai pensé, comme tant d'autres avant moi : *C'est impossible, je ne vais pas y arriver.* Et pourtant, comme tous ceux qui m'ont précédée ici, j'y suis arrivée. J'ai débarqué en pleine nuit dans la ville sans me faire assassiner et je me suis réveillée le lendemain matin en constatant que j'étais toujours en vie… Peu de temps après, je me promenais sur Broadway sous le soleil.

Je n'ai pas de cours à la fac aujourd'hui. Je vais déjeuner avec Mitchell à midi, mais avant je veux aller à l'exposition Edward Hopper au Whitney Museum. Je consacre ma thèse à Wayne Thiebaud et je pense que Hopper a eu une grande influence sur lui. Thiebaud peint des gâteaux.

Je devrais plutôt dire, maintenant que je commence à comprendre, qu'il montre avec une certaine intensité et tout en respectant une rigueur formelle dans sa composition, la nature populaire de l'Amérique.

Il ravive la nostalgie de l'innocence édénique d'une Amérique plus jeune. En tout cas, les sucettes, les gâteaux et les distributeurs de chewing-gums sont géniaux !

Je traverse le couloir jusqu'à l'appartement de Stella pour aller donner de l'eau fraîche et de la nourriture à Earl, le chat. Il se faufile entre mes jambes pendant que je m'affaire avec ses gamelles. Je suis en avance. Je peux marcher un peu sur Broadway. Sur les étals du Brunori's

Market, il y a du cresson en botte sur de la glace, des cagettes de cerises bien noires et des asperges liées avec du fil violet. Le magasin appartient à des Iraniens, qui ont pris le pouls de l'Upper West Side, et se sont inventé une histoire italienne avec les saveurs qui vont avec. J'entre. Ça sent d'abord le pain chaud aux raisins et à la cannelle. Il suffit de se déplacer de quelques centimètres à droite pour sentir le café frais.

Au rayon des produits frais, c'est plutôt une odeur d'herbe, de terre, de froid. Le magasin n'est pas très grand. Mais il propose une multitude de produits entassés les uns sur les autres. J'achète six abricots, un dégradé de jaune et d'orange avec quelques touches de rouge, tout duveteux, importés d'une région du monde où c'est encore l'été.

Je me demande si je ne vais pas faire une infidélité à mon *bagel shop* habituel aujourd'hui. Je testerais bien celui qui vient d'ouvrir. Il se trouve justement sur mon chemin.

Pourtant, en voyant la foule de clients qui font la queue, je change rapidement d'avis. Le personnel n'est pas encore très expérimenté, les clients ne vont pas savoir quoi commander et je n'aime pas trop attendre. Je ne sais pas à quoi penser quand j'attends.

Je passe devant la boutique de sous-vêtements. Ce qu'elle a l'air triste ! Je me demande comment elle parvient à survivre sur cette avenue radieuse alors qu'il y a des endroits si exquis pour s'acheter des sous-vêtements à New York. Tout le monde ne recherche pas des sous-vêtements exquis, visiblement.

Je vais finalement dans mon *bagel shop* habituel. Un lieu sans fioritures où le lino se détache. À l'arrière, dans une salle sans fenêtres, les boulangers s'activent en tee-shirt et suent à grosses gouttes. Parfois, on peut même apercevoir les bagels alignés, baignant dans une lumière rouge.

J'ignore si c'est la lueur rouge des flammes. Il y a souvent deux files d'attente et, quand on s'approche de la caisse, on peut accéder aux boîtes en plexiglas sur le comptoir et tâter les bagels pour choisir le plus chaud et le plus frais. Je demande deux bagels au sésame et un café.

— La machine à café est cassée, dit la fille à la caisse.

Je hoche la tête avec bienveillance et lui tends un billet de dix dollars. Alors qu'elle s'apprête à me rendre la monnaie, l'homme qui s'occupe des clients de l'autre file avance d'un pas lourd vers la machine et sert un café à un monsieur. La fille derrière la caisse et moi l'observons avant d'échanger un regard.

— Je crois qu'elle remarche, dis-je.

— J'ai dit : la machine à café est cassée, rétorque-t-elle.

Nous sommes dans l'impasse. Elle parie sur le fait que je ne vais pas faire d'histoires, parce que je suis une femme, jeune et étrangère de surcroît.

— Je peux parler au directeur ?

— La machine est réparée, annonce-t-elle sans prendre la peine de tourner la tête pour vérifier.

Elle va me chercher un café et, quand je lui tends l'argent, elle me sourit soudain.

— Bonne journée, dit-elle.

Quand je sors du magasin et que je me retrouve sur Broadway, j'ai le sentiment d'avoir été soumise à un rite de passage. Le test du *bagel shop*. Suis-je une vraie New-Yorkaise à présent ?

Sur le trottoir d'en face, coincée entre un Staples et un Gap, il y a La Chouette, la librairie que j'aime fréquenter. Des numéros du *National Geographic* sont exposés dehors sur le trottoir ; leurs dos jaunes brillent au soleil, promettant d'autres trésors à l'intérieur de leurs pages.

Est-ce parce qu'elle paraît si insignifiante que La Chouette parvient à subsister, vieille librairie un peu délabrée, prise entre deux mastodontes ? Staples et Gap aveuglés par leur éclat semblent à peine remarquer sa présence, tout comme les autres béhémots en quête d'endroits appropriés pour s'installer.

Pourtant, elle brille elle aussi, telle une pierre précieuse noire dans une rue lumineuse. Elle pourrait facilement passer inaperçue, mais elle est profondément ancrée dans la ville et j'aime à penser qu'elle est la digne héritière d'enseignes plus anciennes et plus nobles.

Une époque peut ignorer ce qu'une autre a encensé et ce qu'une autre encore vénérera de nouveau. Les musées et les bibliothèques sont là bien sûr pour préserver les trésors du passé et leur faire traverser en toute sécurité ces périodes d'abandon. Pourtant, ces musées et ces bibliothèques disposent également d'une flottille de vaisseaux a priori insignifiants qui sont tout aussi essentiels. Les bouquinistes font partie de ces remorqueurs permettant de ramener le butin à bon port. La Chouette est petite, incontestablement délabrée, mais elle poursuit un objectif des plus nobles.

Régulièrement inondé de livres dont il ne sait que faire, George, le propriétaire gentil et laconique, les dispose parfois sur des caisses à roulettes devant la boutique où sont réunis les ouvrages à un dollar. Il arrive qu'on y trouve de véritables merveilles. Je cherche très souvent de vieux catalogues de vente aux enchères, dans l'espoir d'y dénicher un tableau que je dois étudier avant qu'il ne disparaisse derrière les portes de la demeure d'un riche collectionneur.

C'est là que je suis tombée sur un catalogue d'exposition consacré à Robert Motherwell et à son *Élégie de la République d'Espagne*.

La couverture du catalogue était d'un bleu identique à celui des paquets de Gauloises qu'il affectionnait. C'est grâce à cette fameuse couleur, bleu laiteux, que je l'ai repéré.

D'autres clients trouvent sans doute des trésors plus précieux encore, peut-être parce qu'ils ont la patience de chercher plus longtemps. J'étais justement dans la librairie quand George a raconté à ceux qui étaient réunis autour de lui qu'il avait trouvé un Robert Frost signé – une signature en pattes de mouche à l'encre verte, tracée d'une main tremblante à cause de son grand âge, mais authentique.

George l'a gardé quelque temps, l'instinct du collectionneur rivalisant avec celui du commerçant. Finalement, c'est la sensibilité poétique qui l'a emporté sur les deux. Il était préférable aux yeux de George de lire les poèmes de l'artiste plutôt que de se vanter d'avoir sa signature.

— Quelque chose en moi, a-t-il dit doucement mais les yeux pétillants, n'aime pas les éditions originales signées.

C'est le nom qui m'a plu d'abord. Ce n'est pas un nom imaginé pour attirer la clientèle, ce qui distingue immédiatement cette boutique de tout ce qui peut exister à New York. La Chouette. Il n'y a même pas d'enseigne particulière pour indiquer que c'est une librairie. Il pourrait tout aussi bien s'agir d'un bar ou d'une animalerie spécialisée dans les rapaces.

J'aime fréquenter cet endroit. C'est mon havre de paix. Ça me repose de Columbia, où je dois constamment faire mes preuves. Je peux aller y fureter ou simplement écouter. La librairie reste ouverte parfois au-delà de minuit, et j'y vais généralement le soir quand je suis trop fatiguée pour continuer à travailler. Elle a les livres qu'on veut y trouver.

Que serait une librairie spécialisée dans les livres d'occasion si elle ne proposait pas les œuvres des poètes et des écrivains qu'on se promet de lire un jour (Milton et Tolstoï, Flaubert, Thomas d'Aquin et Joyce), mais également ment toutes sortes de catalogues et de critiques bizarres ?

Il y a aussi l'odeur, bien sûr, l'odeur rassurante du papier, le papier neuf, le papier vieux et doux au toucher, qui rappelle à chacun la première fois qu'il a mis le nez dans un livre. Mais ce que j'aime avant tout, c'est la compagnie. J'aime les gens qui travaillent là-bas et les clients qui viennent y flâner le soir et discuter. George y est la plupart du temps et, moins souvent, un type d'environ mon âge qui s'appelle David. Le dimanche, c'est une femme, Mary, qui s'occupe de la boutique. Elle vient accompagnée de sa chienne, Bridget, un berger allemand. J'aurais cru que la présence d'un énorme chien-loup dissuaderait les clients d'entrer et encore plus d'acheter, mais, visiblement, c'est plutôt le contraire. Les gens se précipitent pour voir Bridget et achètent parfois un livre par la même occasion. Le soir, c'est un certain Luke qui tient le magasin. Il porte souvent un bandana autour du cou, il est large d'épaules et taciturne d'apparence. Je dirais qu'il a une trentaine d'années. Quand Luke est derrière le comptoir la nuit, sans George à ses côtés, il gratte de temps à autre sur sa guitare et joue quelques accords pour lui. Il me fait un signe de tête pour me saluer au moment où j'entre dans le magasin, mais je ne trouve jamais rien à lui dire. J'aime m'accroupir sur la mauvaise moquette marron et inspecter le rayon « beaux-arts » pendant que Luke apprend un morceau. Il ne peut pas me voir à cause de la section « Asie du Sud-Est », mais moi je peux l'entendre.

J'ouvre la porte. La plupart du temps, quand on arrive de Broadway baigné de soleil, on ne voit absolument rien au départ, on reste quelques minutes à cligner des yeux pour tenter de s'habituer à l'obscurité.

Au bout de quelques secondes, on remarque deux yeux fixés sur soi, deux yeux qui, quoique pénétrants, appartiennent à une chouette empaillée, clouée sur une branche d'arbre qui dépasse d'un mur tapissé de livres.

La boutique est étroite, environ trois mètres de largeur, avec un escalier central qui mène à une mezzanine. Des livres sont empilés les uns sur les autres en équilibre instable à chaque extrémité des marches. Et c'est une clientèle intrépide qui monte avec précaution ces marches pour voir les piles poussiéreuses en haut.

En bas, il y a des livres entassés par terre que je redresse parfois subrepticement. Les différentes sections sont identifiées par de vieilles étiquettes, mais elles débordent les unes sur les autres en une succession de vagues que rien ne peut arrêter. Ainsi, l'histoire est envahie par la mythologie, les romans à énigmes se mélangent allègrement avec les ouvrages religieux, et la section féministe doit sans cesse subir les assauts des livres érotiques du rayon supérieur.

Quand les livres sont sur les étagères plutôt qu'empilés par terre près de la section à laquelle ils appartiennent, il y a deux rangées par tablette. Les tentatives de classement par ordre alphabétique se voient aux « A » et aux « Z » qui font office de serre-livres pour encadrer le fouillis du milieu.

J'aimerais savoir depuis combien de temps cette librairie existe. On dirait qu'elle est antérieure aux autres boutiques de l'Upper West Side. Elle semble redescendue du sommet de sa gloire pour se complaire dans une sorte de délabrement confortable, comme Venise.

Pourtant, de même qu'à Venise, il n'y a peut-être jamais eu de véritable gloire, jamais eu d'époque où les ors étaient polis, où le bois ne pourrissait pas et où la peinture ne s'écaillait pas. Le magasin a sans doute eu cette apparence un peu délabrée mais adorable depuis qu'il a ouvert ses portes à Broadway.

Ce matin, George est déjà là, tout comme Luke. George, grand et voûté, arbore une chemise toute simple et un tricot vert olive qui était sans doute un gilet autrefois. Il porte une pierre verte sur un lacet noir autour du cou.

Je me dis qu'il a sûrement été à Woodstock dans sa jeunesse. Il a l'air absorbé et distrait d'un érudit de la vieille école, comme s'il se préoccupait des grandes questions abordées par Kierkegaard et Hegel et avait du mal à s'arracher à ses réflexions pour affronter la vie quotidienne.

Il me sourit quand il me reconnaît, mais je pense qu'il serait incapable de mettre un nom sur mon visage. Luke est sur l'une des échelles fixées sur un rail qui fait le tour de la boutique. Il me fait un signe de tête et dit « Salut ».

Comme son échelle bloque le rayon « beaux-arts », j'attends au comptoir.

— Depuis quand cette librairie existe-t-elle ? Ça fait un moment que je voulais vous poser la question…

George est en train de feuilleter un livre avec des planches d'illustrations et s'assure qu'elles sont toutes là. Il en insère une avec précaution avant de répondre.

— Depuis très longtemps, et ce, pour le plus grand plaisir des New-Yorkais qui viennent y flâner.

Son débit est calme, et chaque phrase a une intonation descendante. C'est une voix reposante.

— C'est bien ce que je me disais. On sent qu'elle est là depuis longtemps.

Il réfléchit quelques secondes.

— Oui, c'est vrai. On dit qu'Herman Melville y a acheté *Une histoire du Léviathan*.

— Vraiment ?

— Et Poe ne vivait qu'à trois blocs d'ici. Cet endroit lui a peut-être inspiré *Le Puits et le Pendule* s'il est venu par une nuit particulièrement noire.

— C'est incroyable. Je ne savais pas… J'aurais dû regarder…

— Hemingway passait souvent quand il revenait de

Paris. Mais aussi Walt Whitman quand il en avait assez de Brooklyn. On dit même que Henry Hudson y a jeté un œil quand il a remonté le fleuve sur son bateau. Ce n'était pas l'Hudson à l'époque, bien sûr, mais je ne me souviens plus du nom indien.

Il marque une pause, balaie du regard les murs tapissés de livres et dit avec une expression neutre :

— Je suis sûr qu'il aura trouvé quelque chose qui l'intéressait ici.

— Henry Hudson…, dis-je.

Je viens tout juste de piger.

— D'accord, d'accord, en quelle année donc ?

— En 1973, répond George.

Il me fixe tout en me décochant son sourire furtif.

— Pynchon vient nous rendre visite de temps à autre.

Je secoue la tête.

— Vous ne m'aurez pas deux fois.

— Je vous assure que si, dit George. Alors, comme ça, vous croyez que Melville a écrit *Moby Dick* grâce de cet endroit, mais pas que Pynchon, qui vit tout près d'ici, puisse franchir le seuil de notre boutique.

— Je confirme que c'est bien vrai, intervient Luke.

Il descend de l'échelle.

— Vous passez le matin aussi alors ?

Il se dirige vers le fond de la boutique avec une pile de livres.

— Oui, ça m'arrive, dis-je en regardant son dos.

Comme il semble penser qu'on peut poser une question sans prendre le temps d'attendre la réponse, je me tourne vers George.

— Je vais voir l'exposition Edward Hopper ce matin. Il a beaucoup influencé Thiebaud. Je rédige ma thèse de doctorat sur Wayne Thiebaud.

— Oh ! lui, réplique George qui, en deux mots, parvient à balayer l'homme, son art et mon doctorat.

Je décide de ne pas m'appesantir sur Thiebaud.

— Vous avez toujours été libraire ?

Il réfléchit.

— Parfois, c'est l'impression que j'ai, répond-il. En tout cas, c'est un métier que j'exerce depuis longtemps. Après l'université, j'ai travaillé comme professeur. J'ai enseigné l'anglais dans une petite université appelée Truman State. C'est dans le Missouri. Vous n'en avez sans doute jamais entendu parler.

Je secoue la tête pour confirmer qu'il a raison.

— Puis un jour, dans un vide-grenier à Kirksville, je suis tombé sur un livre d'E. B. White. Vous connaissez E. B. White ?

— *La Toile de Charlotte.*

— Oui, c'est ça. Il y a aussi *La Trompette magique*, moins connu, mais tout aussi enrichissant. Le livre que j'ai trouvé s'appelait *Un air de New York*. Celui qui lit ce livre à vingt ans et n'a pas envie d'aller s'installer à New York a vraiment un problème.

Il se penche et prend dans la section New York un livre fin qu'il ouvre à la dernière page.

— White parle d'un arbre… Écoutez : *Il est en un certain sens le symbole de la ville, de son existence difficile, de sa croissance envers et contre tout, de la sève qui monte au milieu du béton et de la quête opiniâtre du soleil. Désormais, chaque fois que je le regarde et sens l'ombre froide des avions, je me dis : « Cet arbre-là, ce signe unique, c'est quelque chose qu'il faut absolument préserver. Car, s'il devait disparaître, tout disparaîtrait avec lui : cette ville, ce monument tellement superbe et énigmatique, que de ne plus pouvoir le contempler serait une forme de mort*[1].

Il m'adresse un sourire mi-ironique, mi-solennel.

— Votre librairie est un peu comme cet arbre.

Il hoche la tête tout en fermant le livre, puis lève les

---

1   *Un air de New York*, E. B. White, traduction de Martine Leroy-Battistelli.

yeux quand une nouvelle cliente entre dans le magasin. La dame laisse échapper une petite exclamation choquée.

Je suis son regard. Elle fixe la chouette, clouée à son perchoir, et recule de quelques pas. Comme ses mouvements sont plus dramatiques que discrets, George demande obligeamment si quelque chose ne va pas.

— Cette chouette, dit la cliente, qui semble se nourrir d'herbe de blé et d'inquiétude, elle est…, elle était vivante ?

George considère la chouette pendant un long moment et j'ai le plus grand mal à ne pas éclater de rire.

— Oui, madame. Mais vous ne devriez pas vous inquiéter. Ses pérégrinations nocturnes sont terminées depuis longtemps. Pourrais-je pousser l'indiscrétion jusqu'à vous demander pourquoi vous semblez si inquiète ? Auriez-vous perdu la vôtre ?

Elle ignore ses commentaires.

— C'est de la matière organique ?

— Je pense que oui.

— C'est sûrement cancérigène. Oh ! mon Dieu, vous respirez de la poussière de chouette morte. Il faut que je sorte d'ici. Je vais appeler les services municipaux, c'est fou. Vous devez vous débarrasser de cette chose.

— Madame, madame, dit George d'une voix qui la force à s'arrêter dans son élan vers la porte. S'il vous plaît, n'entreprenez aucune démarche. Je vois que je vais être contraint de vous révéler notre petit secret.

C'est trop tentant, malgré la poussière de chouette cancérigène. Elle s'immobilise.

— Ce n'est pas une vraie, madame, nous aimons juste le faire croire à nos clients. Comme notre librairie s'appelle La Chouette, nous voulions une chouette. Néanmoins, vous avez entièrement raison. Cela constituerait un danger pour l'environnement. Cette chouette ressemble à une vraie, madame, mais c'est en fait un objet fabriqué par l'homme. En clair, c'est du plastique. S'il vous plaît, ne le touchez pas, cet objet a une grande valeur.

Elle n'a pas du tout l'air de vouloir toucher la chouette. Elle revient sur ses pas et s'approche de l'oiseau avec méfiance. J'aimerais tellement que la chouette se mette tout à coup à hululer.

— On dirait de vraies plumes, fait-elle remarquer. Je pense qu'elles sont dangereuses aussi.

George répond qu'il n'est pas qualifié pour dire si les plumes en elles-mêmes représentent un danger. Luke est revenu à l'avant de la boutique et se tient sur la première marche de l'escalier. Il exsude le mépris. George finit par se lasser de son petit jeu et dit :

— Madame, si la chouette de cette librairie vous perturbe à ce point, et bien que je n'aie aucune envie de décourager mes clients, je vous suggère d'aller dans la librairie Barnes & Noble en face, qui, je peux vous l'assurer, n'accueille aucune chouette dans ses rayons. Je pense que vous vous sentirez mieux là-bas.

La cliente partie, George pose le nouveau livre sur une pile et note son prix. Puis, il lève les yeux vers Luke.

— Les services municipaux, il ne manquait plus que ça ! Les gens, j'te jure !

— Ne m'en parle pas, répond Luke. George, je vais emporter ces livres à la poste pour monsieur Sevinç. Il n'y a rien d'autre à poster ?

— Malheureusement, non. Pour Sevinç, tu dis ? Ce sont les livres de cartographie ?

Luke regarde le paquet marron.

— Ouais, celui du Vatican est chouette.

— Tu trouves, toi aussi ? J'aimerais les voir réellement, dit George.

— Monsieur Sevinç sera à New York en novembre, ajoute Luke, l'air indifférent.

— Ah, dit George.

Ils se font un signe de tête, presque imperceptible.

— Monsieur Sevinç est un de nos clients qui vit la plupart du temps à Istanbul, m'explique George. Quand il revient à New York et qu'il passe nous voir, il nous ramène des cadeaux du « mystique Orient ».

— Qu'est-ce qu'il apporte ?

Il s'agit peut-être tout simplement de marijuana. Mais j'imagine de la soie, du brocart, des épices.

George a sûrement vu les images qui viennent de défiler dans mon esprit.

— Oh ! des trésors, d'incroyables trésors, répond-il. Il ramène des élixirs préparés par des sorciers des débuts de notre monde, des vêtements tissés d'or à Byzance ; il apporte de la cardamome, des clous de girofle, des noix muscade, mais aussi des parchemins de la grande bibliothèque de Constantinople, arrachés aux flammes par des hommes courageux…, ce qu'ils ont réussi à sauver des hordes d'envahisseurs barbares.

Je hoche la tête.

— Je veux parler des chrétiens, bien sûr. Vous avez entendu parler de la quatrième croisade ?

Je hoche de nouveau la tête. George me regarde plein d'espoir. À vrai dire, je ne sais pas grand-chose sur les croisés. Je les imagine la plupart du temps sous la forme de petits bonshommes vêtus de la tunique de saint George.

Je commence à parler dans l'espoir que l'inspiration ou que le souvenir d'un cours d'histoire va me revenir. Heureusement, Luke m'interrompt :

— Du halva et des loukoums, dit-il. Voilà ce que Sevinç nous rapporte. Et c'est délicieux. George, qui ne mange pas de sucre raffiné ni de gras saturé, fait une exception pour les confiseries de Sevinç.

— On ne va quand même pas faire une histoire pour un peu de halva du vieux souk d'Istanbul. Une fois par an, ça ne peut pas faire de mal, et le halva a une valeur nutritionnelle, réplique George.

— Content de vous avoir vue, dit Luke en sortant.

Je me tourne vers George.

— La chouette, c'est bien une vraie, n'est-ce pas ?

— Oh oui, répond-il en souriant.

Il se penche pour s'assurer que Luke ne s'est pas arrêté devant la boutique pour ranger les livres exposés à l'extérieur et dit d'une voix amusée :

— On dirait que vous avez fait très bonne impression à Luke. Il est rare qu'il soit si bavard.

Je ne reste pas très longtemps aujourd'hui. Je suis trop agitée, pas assez détendue pour fureter en toute quiétude dans les rayons. J'ai toujours le sentiment que quelque chose a changé, que j'ai oublié un truc, que quelque chose ne tourne pas rond. Mais je n'arrive toujours pas à mettre le doigt dessus. Je me dirige vers le parc pour aller voir les tableaux de Hopper.

Central Park… Voilà un autre endroit que je vois tous les jours et je n'en reviens toujours pas ! J'imaginais un parc tout plat, municipal, une version à plus grande échelle d'un parc anglais avec des balançoires, des parterres de fleurs, bien nets, bien propres, bien réguliers, bien déprimants.

Ce n'est pas du tout ça. Aujourd'hui, il y a des cyclistes, des coureurs, des touristes, des amateurs de roller, de skateboard, des gens qui font de la danse sur un petit carré d'herbe, des policiers à cheval, une fille avec un serpent, une femme avec trois chats en laisse, et un homme doré immobile sur son socle. Le blason radieux de la ville.

Quand j'arrive au musée, je me sens mieux. Le premier musée que je suis allée visiter en arrivant à New York, c'était le Met – comme tout le monde d'ailleurs – et j'ai vu un écriteau indiquant *No strollers on the weekend*[1]. J'ignorais alors que *stroller* signifie « poussette » en américain et j'ai interprété le terme différem-

---

1 Pas de poussettes le week-end.

ment, à l'anglaise. J'ai compris « Pas de flâneurs le week-end ». J'ai donc traversé les salles à toute vitesse tout en lançant des regards réprobateurs aux visiteurs qui osaient traîner. Quand je suis arrivée devant le tableau que je voulais voir à tout prix, *Le Jardin de Vaucresson* de Vuillard, dont la joie exubérante est perceptible dès qu'on entre dans la salle où il est exposé, je me suis à peine arrêtée pour le regarder de crainte que les gardiens du musée ne me foncent dessus avec un haut-parleur. « Madame, on ne traîne pas ! Avancez. Ne vous attardez pas ! C'est le week-end. »

Tout est comme ça, au début. Chaque conversation soulève des difficultés, chaque prononciation provoque des haussements de sourcils. Il m'a fallu du temps pour apprendre à utiliser les transports en commun, à parler pour que les gens me comprennent, à me fondre dans le moule.

Vous ne pouvez pas être lent. Vous ne pouvez pas hésiter, vous ne pouvez pas poser des questions avec les formules de politesse habituelles « Excusez-moi, auriez-vous l'amabilité de... ? » De telles courtoisies sont réservées aux endroits où l'anglais est la langue maternelle de tous. Ici, c'est la langue véhiculaire et elle doit être réduite à sa plus simple expression. Pour se faire comprendre, il faut bannir les participes passés des verbes irréguliers. Il faut préférer *Did he leave*[1] ? à *Has he left* ? si vous voulez éviter que votre interlocuteur vous regarde sans comprendre.

Vous ne pouvez pas demander un sandwich au thon dans un *deli* en prononçant *tuna* comme il se doit, c'est-à-dire *chuna*, car les hommes qui vous servent en toute hâte (la file d'attente est longue) n'entendront que le « ch » et comprendront *chicken*. Vous vous retrouverez donc avec un sandwich au poulet. Inutile également

---

1   Il est parti ?

de prononcer le « t » dans des mots comme *quarter*[1] ou *butter*[2], parce qu'ici, ils n'ont tout simplement pas de « t ». Vous ne pouvez même pas demander une bouillotte, car personne ne semble en avoir entendu parler. C'est pourtant l'une des premières choses dont j'ai eu besoin, car c'est un des remèdes les plus efficaces contre les douleurs menstruelles.

— Une bouillotte ? Une quoi ? Non, nous n'en vendons pas, madame. Non, je ne sais pas où vous pourriez en trouver une.

Finalement, j'arrive à coincer une pauvre assistante et je lui explique exactement ce que je recherche. C'est plat et en caoutchouc. On verse de l'eau bouillante dedans, puis on la bouche avec un capuchon avant de la glisser dans son lit. Elle réchauffe le lit.

— Ah oui ! On en vend, bien sûr. Vous voulez parler d'une bouilloire.

— Oui, c'est ça une bouillotte.

— Ici, on dit « bouilloire », madame.

Au Whitney Museum, dont l'esthétique m'échappe complètement, je respire moins vite et bouge plus doucement. Je passe beaucoup de temps devant les tableaux de Hopper. J'aime regarder comment il peint la lumière. Il utilise en fait la lumière pour tout rendre immobile.

Toutefois, je suis contente d'écrire ma thèse sur Thiebaud plutôt que sur Hopper. Mitchell a un Hopper sur le mur de sa chambre, celui avec les pompes à essence. On dirait une illustration pour le roman *Gatsby le Magnifique*. Tout le monde est seul chez Hopper, tout le monde est triste. Tout le monde attend.

Si je ne pars pas maintenant, je vais être en retard pour le déjeuner. Je hâte le pas. Je retrouve Mitchell dans un petit restaurant. Il ne m'emmène pas dans des endroits

---

1   Quart.

2   Beurre.

chics et connus, à part le soir où nous nous sommes rencontrés, et c'était juste pour boire un verre. Il aime découvrir les restaus sympas.

Je pense qu'il n'apprécie pas que *Time Out* ou le *New York Post* lui dictent ses choix ; il veut trouver lui-même les meilleurs bars et restaurants de New York ou déjà connaître le nec plus ultra du moment avant *Time Out…*, juste histoire de pouvoir pester un peu.

Je n'ai toujours pas compris pourquoi Mitchell m'a invitée à boire un verre avec lui, ni même pourquoi il m'a abordée. Mitchell est le genre d'hommes qu'on s'attend à voir avec une fille bronzée au look de mannequin qui vient juste de sortir d'une séance de photos pour Calvin Klein.

Je suis plutôt mignonne, mais je ne joue vraiment pas dans la même cour que les top-modèles. Les hommes ne sont pas prêts à tout pour m'aborder et ne sont pas intimidés par ma beauté. C'est triste à dire, mais, la plupart du temps, ils n'arrivent plus à se taire au contraire. Mitchell a une qualité que j'apprécie beaucoup : il a confiance en lui.

Je n'ai jamais rencontré quelqu'un avec une telle assurance ! Je passe beaucoup de temps à essayer de deviner ce que les autres pensent et à espérer qu'ils m'apprécient. Mitchell n'aborde pas du tout le monde de cette façon. C'est un soleil. Les gens réagissent en sa présence comme s'ils étaient réchauffés par les premiers rayons du soleil de printemps. C'est grisant d'être avec lui, de graviter autour de lui.

D'un point de vue plus pratique, il donne des pourboires aux serveurs pour être placé à la meilleure table et ça marche. Comment a-t-il appris à faire ça ? Comment fait-il pour savoir quel montant donner, pour ne pas paraître radin ou stupide, pour éviter que le serveur ne regarde le billet et ne dise : « Je suis désolé, monsieur, c'est un pot-de-vin ? »

Mitchell vit dans un appartement de Sutton Place pour lequel il ne paie pas de loyer, car il appartient à son oncle Beeky. Il a vraiment un oncle Beeky ! Sa famille possède également une maison à Long Island, au bord de l'océan, mais je crois qu'elle est inhabitée la plupart du temps.

Quand je suis entrée pour la première fois dans cet appartement, j'ai eu l'impression qu'Edith Wharton venait de quitter les lieux.

Il y a des rideaux de brocart, des canapés confortables, des lampes à franges, des murs peints aux couleurs d'époque, des livres aux couvertures en cuir nervurées, des miroirs dorés et beaucoup d'espace.

Lorsque je passe la nuit chez lui, je plonge mes orteils dans les longs poils du tapis et j'oublie ma descente de lit rêche d'IKEA. Mitchell ne prête même pas attention à cet appartement ; il ne s'est pas du tout attaché à l'endroit. Les lieux devraient être habités par quelqu'un qui aime passer la main sur la rampe d'escalier en chêne sombre et qui s'immobilise chaque fois qu'il sent la présence d'un fantôme, l'esprit du New York d'autrefois, réfugié dans les ombres douces. Mitchell serait plus à son aise dans un endroit décoré par Mies van der Rohe, un espace aux lignes pures et claires. Ce lieu ancré dans la terre et dans des préceptes sociaux d'un autre âge ne lui convient pas.

Dans cet appartement prêté par Beeky, il ne peut pas imprimer sa marque. Seuls quelques objets lui appartiennent. Les draps sont les siens ; du moins, j'ose l'espérer.

Ils sont d'un violet sombre parfaitement immoral, mais ont été tissés dans le plus beau des cotons légèrement duveteux.

Mitchell est incontestablement très ordonné ; il contrôle l'espace presque aussi bien que la NASA. C'est très important à mes yeux. Je ne pourrais jamais tomber amoureuse d'un bordélique. Il a trente-trois ans, soit dix ans de plus que moi, mais la différence d'âge ne se remarque pas.

Il enseigne l'économie à la New School, mais inutile de chercher un livre dans son appartement, à part ceux laissés par Edith et Henry. Il faut aller dans la salle de bains pour trouver les numéros du *New Yorker* de l'année en cours. Il dit qu'il a tout ce dont il a besoin sur son ordinateur portable et son iPad, mais je ne suis pas d'accord. Avec tout l'amour que je porte à ma petite librairie, je ne peux pas être d'accord.

II

Quand j'arrive au restaurant à l'angle de la 3ᵉ Avenue et de la 28ᵉ Rue, il est déjà là. C'est l'une des nombreuses choses que j'aime chez lui : il n'est jamais en retard. Je le vois à travers la vitre et je m'arrête une seconde, juste pour le regarder. C'est un sentiment curieux d'être à ce point heureuse que quelqu'un existe, d'avoir presque le privilège de l'aimer. *Autant vaudrait que je fusse éprise de quelque étoile brillante*[1]. J'aimerais pouvoir l'observer pendant quelques minutes sans qu'il s'aperçoive de ma présence, simplement pour me repaître de son existence en dehors du cadre de notre relation, mais, bien sûr, il lève la tête et me sourit. J'entre dans le restaurant.

— Comment vas-tu, ma petite Anglaise ? demande-t-il.

— Je me sens très anglaise, justement aujourd'hui. C'est une si belle journée… et tout ce que j'ai vu aujourd'hui m'a paru… étrange et étranger. Pas forcément exotique, mais pas anglais, en tout cas. Tu n'as pas l'impression que tout s'étale à New York ? Les boutiques se déversent sur les trottoirs, tout comme les terrasses des cafés, les gens s'exposent aussi, ce qui se traduit par une sorte de surchauffe psychique, une sorte de béatitude sensorielle ; il n'y a rien de caché ici, tout est étalé au grand jour. Il n'y

---

1 *Tout est bien qui finit bien*, William Shakespeare, traduction de Pierre Guillaume Guizot.

a pas de différence entre ce que l'on voit et ce que l'on a au bout du compte.

Mitchell se penche et m'invite à faire de même.

— Tu te trompes complètement, dit-il.

Ses lèvres effleurent la chair tendre de mon oreille.

— Les couches se superposent les unes sur les autres. Ce que tu vois, c'est du cinéma.

Il se cale dans son fauteuil, agite la main, feignant l'impatience.

— Tu devrais commander. J'ai une faim de loup.

C'est un restaurant juif et je commande une soupe aux boulettes de matza. Je ne connaissais aucune spécialité juive avant d'arriver ici. Je pensais que les Juifs mangeaient de l'houmous, des falafels et des trucs au hareng. J'étais dans l'ignorance la plus totale.

La soupe arrive. Elle est servie dans un bol blanc avec une bordure bleue à fleurs. La boulette de pâte trône comme une île au milieu du bol. D'un geste assuré, le serveur verse le consommé doré autour avec toutes les nouilles. C'est alléchant. Je mange trop vite.

Je regarde l'assiette de Mitchell.

— Je peux goûter ? J'ai tellement faim. Je ne m'arrêterais plus de manger.

Il fait la grimace. Il fait souvent un mouvement, une expression faciale, un geste, qui traduisent ce qu'il est sur le point de dire avant même que les mots n'aient franchi la barrière de ses lèvres.

— Non, dit-il. Les Européens adorent échanger leurs assiettes, goûter chez les uns et chez les autres. Ce n'est pas hygiénique. Commande autre chose.

— Tu sors avec moi, tu m'embrasses. Ce n'est pas hygiénique non plus, dis-je, mais il est évident que Mitchell n'a aucune envie de partager avec moi. Je fais signe au serveur et commande un autre bol de soupe avec du pain. Mitchell hausse les sourcils.

— Tu commandes du pain avec du matza ? C'est

comme si tu commandais du pain avec une garniture de pain. Tu devrais faire attention. Je ne serai certainement plus amoureux fou de toi si tu grossis.

— Alors, comme ça, tu es amoureux fou de moi ?

Je préfère ignorer le commentaire sur une éventuelle prise de poids, car je suis si mince que les gens me prennent pour une brindille. Il n'a jamais rien dit de tel auparavant.

Il verse de l'eau gazeuse dans nos verres. Il ne me regarde pas. Il sourit malgré lui.

— Oups, dit-il.

Il plisse les yeux et ajoute d'un air presque nostalgique :

— C'est une expression un peu trop chargée, tu ne trouves pas ? Je sais que tu es différente de toutes les autres filles que j'ai pu rencontrer, Esme. Je crois que je suis… ensorcelé. Tu m'as ensorcelé.

Je nage dans le bonheur. Je veux dire « Tu m'as ensorcelée toi aussi », mais je ne peux pas. On risquerait de marcher sur les plates-bandes de Hallmark. Et je pense que ce n'est pas à moi de faire de telles déclarations ; je suis plutôt censée les recevoir. Je me contente donc de bafouiller.

— Je n'ai pas assez mangé. En fait, si, mais j'ai encore faim. J'ai toujours faim d'ailleurs. J'ai peut-être travaillé si dur que mon cerveau a besoin de plus de nourri…

Une pensée me traverse soudain l'esprit et, au même instant, je sais sans l'ombre d'un doute que c'est bien ça ! Vous connaissez ce sentiment, cette redoutable certitude ? Voici ce que je viens de réaliser.

Cette agitation intérieure que j'ai ressentie toute la journée, l'impression d'avoir oublié quelque chose, ce sentiment que quelque chose ne tournait pas rond, tout me ramène à cette conclusion : *je suis enceinte*. C'est cette angoisse indescriptible qui m'a perturbée toute la journée, c'est la raison pour laquelle j'ai eu le sentiment que quelque chose était différent.

J'en suis certaine. Si je vais acheter un test de grossesse dans une pharmacie, il sera positif. Je ne sais pas comment ils fonctionnent, car je n'ai jamais songé à en acheter un, jamais songé à tomber enceinte…, du moins pas dans l'immédiat…, mais un jour, dans un avenir lointain, quand je serai mariée et que je vivrai dans le nord de Londres, avec mon mari architecte et ma collection de vieux édredons en patchwork.

Là, oui, je pourrai tomber enceinte. Mais pas maintenant, à l'âge de vingt-trois ans, alors que la fin de mon premier semestre à Columbia approche. Parce que ça ne serait pas intelligent. Parce que ça ferait désordre.

Cette révélation est si écrasante, si personnelle, qu'il est difficile de maintenir une certaine normalité. Je ne peux pas en parler à Mitchell. Ça ne fait pas longtemps que nous sortons ensemble.

Et nous n'avons pas fait l'amour si souvent que ça, pas assez souvent pour que je tombe enceinte, en tout cas, malgré son goût pour l'érotisme. Nous ne l'avons fait qu'une fois sans protection d'ailleurs.

Une fois. Si je lui dis que je suis sûre d'être enceinte, comme une fille en communion avec la nature, qui confectionne des vêtements en toile de jute, et s'il s'avère qu'en fait, j'ai le ver solitaire, j'aurai vraiment l'air d'une cruche.

Je ne pense même pas avoir un retard de règles. Elles devraient arriver… maintenant à peu près. Je stresse pour rien en fait. Je vais aller m'acheter un de ces tests et ensuite, je verrai.

Alors que je fais tout mon possible pour ne pas m'inquiéter, je réalise que je suis en proie à un désir sexuel tout aussi intense que soudain. Je ne désire pas seulement Mitchell mais aussi le serveur, et le gros près de la fenêtre, en train de s'enfiler deux cheeseburgers, avec une serviette en papier coincée en haut de son tee-shirt maculé de taches de gras.

Ils me plaisent tous en cet instant. J'imagine le pénis du gros, puis celui du serveur. Les pénis sont-ils à l'image du reste du corps ? Celui du gros est-il grassouillet et petit, celui du serveur, grand et mou ? Malgré ces images pas très sexy, le désir monte.

Logiquement, cela devrait signifier que je ne suis pas enceinte. En effet, si je ressens un tel désir, soudain et inexplicable, c'est sans doute parce que mon corps veut que je tombe enceinte. Une fois que le but de la reproduction a été atteint, qu'un spermatozoïde a trouvé un ovule, les hormones se calment certainement. Le corps féminin est suffisamment bien conçu pour que ça se passe de cette façon, non ? Désolées, les gars, nous ne sommes plus disponibles.

Je me sens un peu mieux. J'ai peut-être juste un dérèglement hormonal ?

Mitchell est en train de couper son steak. J'aime regarder Mitchell accomplir les gestes les plus anodins, j'aime l'observer dans toute sa particularité. La minuscule ondulation des tendons sur le dos de ses mains tandis qu'il tient son couteau et sa fourchette, le bronzage léger de sa peau qui contraste avec la blancheur des poignets de sa chemise, qui contraste à son tour avec le gris anthracite de sa veste. C'est l'un des miracles de l'amour, cette façon de se délecter de toutes les facettes d'une personne.

Une fois qu'il a terminé de couper son steak en petits morceaux, il pose son couteau sur la table et prend sa fourchette qu'il utilise comme une cuillère. Tous les Américains font ça. C'est pourquoi les restaurants huppés doivent avoir un gros stock de nappes à laver.

— Je suis allée voir l'expo Hopper au Whitney, dis-je en refoulant mes pensées lascives. J'ai vraiment de la chance qu'il y en ait une en ce moment.

Mitchell secoue la tête tout en mâchant.

— Non, pas vraiment, ils exposent toujours des

Hopper au Whitney parce que c'est là que sont toutes ses toiles. En fait, c'est tout ce qu'ils ont.

— À part quelques trucs de Julian Schnabel qu'ils cachent au sous-sol ?

— Exactement. Je vois que tu as compris. Et une ou deux œuvres de cette femme qui peignait des vagins et des pénis et qui prétendait ne représenter que des fleurs. Comment s'appelait-elle déjà ?

Je le regarde sans comprendre.

Mitchell poursuit :

— La plupart du temps, il n'y a que des Hopper. Alors, ils font une exposition et l'appellent *Hopper dans le contexte – À voir absolument !* Puis ils en organisent une autre avec les mêmes tableaux et l'intitulent *Hopper à New York* ou *Hopper et la côte est.*

— Hopper par-ci, Hopper par-là, dis-je, et ça le fait rire.

Son rire me donne du courage. Je prends une profonde inspiration. Il me regarde, remarque mon sourire, comprend que je veux quelque chose. Il sourit aussi, un peu méfiant.

— Qu'est-ce que tu as ?

— Je viens d'avoir une idée.

— Quel genre d'idée ?

Je me penche vers Mitchell en compressant mes seins à l'aide de mes bras pour accentuer mon décolleté. Il regarde. Je me mords les lèvres pour les rendre plus rouges et dis :

— Si on prenait un taxi pour aller chez toi. J'ai envie de baiser.

Le simple fait de prononcer ce mot me donne des frissons. Je ne l'utilise pas très souvent dans le bon contexte.

Mitchell marque une pause. Il prend le sel, en saupoudre un peu sur son assiette, puis repose la salière exactement au même endroit. Ses gestes sont autant de réponses négatives à ma proposition : il n'y aura pas d'après-midi sous les draps couleur de mûre pour moi.

Il se cale dans son fauteuil et me lance un regard plein de regrets.

— Je ne peux pas, Esme. Je ne peux pas tout laisser comme ça. J'ai un cours à quinze heures. Tu sais bien que j'ai un cours à quinze heures le jeudi.

— Bien sûr.

Je me sens rougir. Aucune parcelle de ma peau n'est épargnée.

— Je suis désolée. J'avais complètement oublié ton cours.

— Et ce soir, je reste à New Haven, tu te souviens ? La conférence de Baring sur le keynésianisme. Tu sais à quel point c'est important pour moi d'y assister. Nous en avons parlé. Tu as dit que tu respecterais mon engagement.

Il y a quelques minutes, je surfais sur la crête des vagues illuminées par le soleil ; à présent, je plonge mon regard dans les profondeurs d'un nouvel âge sombre.

Je ne sais pas vraiment comment une proposition malhonnête s'est transformée en refus de respecter son choix d'assister à une conférence sur l'économie, mais ce que je sais en revanche, c'est que j'ai commis une faute.

— Bien sûr, n'y pensons plus, c'est juste une idée qui m'a traversé l'esprit. Je ne sais pas ce qui m'a pris.

Mitchell sourit, mais parmi tous les sourires que j'ai appris à identifier et à classer – la taxinomie des sourires de Mitchell –, j'espère que celui-ci est rare. J'ai le sentiment d'avoir enfreint une règle fondamentale.

Malheureusement, cette rebuffade et l'embarras qu'elle provoque ne calment en aucun cas mon appétit sexuel. Au contraire, il semble de plus en plus intense. Je me demande s'il n'y avait pas quelque chose dans la soupe.

Devant le restaurant, il me dit au revoir sans faire le moindre mouvement pour me toucher, mais je me suis déjà avancée vers lui quand je m'en rends compte. J'essaie de m'arrêter dans mon élan et on dirait que je suis subitement prise d'un spasme. Je tourne les talons. Mitchell m'attrape le bras et me force à lui faire face.

— N'oublie pas, dit-il en m'embrassant. Je serai de retour demain matin. Je t'appelle.

Il part en direction de Downtown tandis que je me dirige vers la New York Public Library, la bibliothèque publique de New York, pour travailler sur les inspirations de Thiebaud. J'espère qu'une telle activité va diminuer ma libido soudain si ardente.

Je n'y suis encore jamais allée, mais mon professeur, le Dr Henkel, m'a recommandé cette bibliothèque pour la conférence que je dois écrire. Avec son mobilier en acajou et son silence savant, elle me rappelle Cambridge, sauf qu'elle est publique, ouverte à tous ceux qui veulent étudier. Il n'y a aucun portique à franchir, aucun portier devant les portes du savoir. Je trouve la salle de lecture consacrée aux lettres et aux sciences sociales, sélectionne les livres et les journaux dont j'ai besoin et me dirige vers le comptoir.

Ils ont un système de messagerie que je trouverais charmant d'ordinaire, mais aujourd'hui il ne fait rien pour améliorer mon état. Le bibliothécaire insère ma fiche de commande dans un cylindre en laiton lisse qui pourrait facilement évoquer un phallus à un esprit à l'imagination débordante.

Il glisse ensuite le cylindre dans un tuyau et actionne un levier. On entend un bruit agréable… Zoum.

— Comment ça fonctionne ?

— C'est un système pneumatique, répond-il.

Je hoche la tête avec circonspection.

— Et où atterrit ma commande ?

— Dans les profondeurs de la bibliothèque.

Je hoche de nouveau la tête et attends tranquillement mes livres. Lorsqu'ils arrivent enfin, je me force à lire, j'essaie de me concentrer en vain. Au bout de quarante minutes, je regarde les notes que j'ai prises et j'admets que je suis en train de perdre mon temps.

Je ferme les livres, les rapporte à l'endroit approprié et quitte la bibliothèque. Je prends le métro pour rentrer directement chez moi. Je me demande si les femmes qui se lancent volontairement dans une carrière porno sont constamment dans cet état. Si mon désir ne décline pas, je devrai peut-être songer à un job d'actrice porno.

Quand je sors du métro, une camionnette UPS est garée dans la rue. Le livreur en descend justement, muni d'un paquet et d'une écritoire à pinces. Mon désir sexuel est si intense que je suis sur le point de défaillir. Il est noir, mesure environ un mètre quatre-vingt-dix et porte un short. Les muscles de ses jambes luisent au soleil. J'aimerais être capable d'aller l'aborder avec une réplique galvaudée du genre « Salut, mon grand. Tu veux livrer un paquet dans mon appartement ? » Mais, malheureusement, je ne suis pas une fille comme ça. Je vais devoir me débrouiller toute seule.

Je n'ai pas de vibromasseur. Je l'ai déjà dit, je crois : ce désir sexuel dévorant est une nouveauté pour moi, et je n'ai jamais ressenti le besoin de me procurer un tel objet. Je cherche dans mon appartement un accessoire qui pourrait faire l'affaire, mieux que moi en tout cas.

Je suppose que son aspect phallique est plus important que la vibration. Les femmes ont dû se contenter avec ce qu'elles trouvaient avant l'invention des piles. La femme de John Donne utilisait la colonne de lit, par exemple. Et les pénis ne vibrent pas, à ma connaissance.

Mon déodorant semble avoir une forme qui convient. En plus, il est parfaitement lisse. Il ne me fera pas mal. Je pourrais acheter une banane, mais les Coréens l'auront touchée et bien d'autres avant eux, et les bananes sont un peu recourbées et rugueuses à l'extrémité. Ou faut-il les éplucher ? Les carottes conviendraient sans doute mieux, mais, en bas, ils ne vendent que des carottes bios avec les fanes. Elles sont un peu plus fines. Je me demande s'ils vendent des panais…

Et si je lançais une recherche sur Google pour en apprendre plus sur l'histoire de la masturbation féminine ? Les femmes citées pourraient peut-être m'apprendre quelque chose.

Mais ça me prendrait beaucoup trop de temps d'allumer l'ordinateur et d'aller sur Internet. J'ai un besoin urgent à satisfaire. Je baisse le store, m'empare du déodorant, me mets sous les couvertures et enlève mon jean.

Je me balade souvent à moitié nue dans mon appartement ; alors, si je ressens le besoin de me cacher sous la couette pour me déshabiller, c'est que je dois me sentir un peu coupable.

Je me dis que, même si Dieu, mon grand-père et ma tante Elsie peuvent me voir quand je me promène dans New York, il est possible que l'édredon fasse écran. Même s'ils savent ce que je m'apprête à faire, ils n'auront pas l'image.

Dès que je commence la procédure, je réalise que je suis une idiote, une nullité en matière de gynécologie. Mais la nécessité me rend ingénieuse et je vais chercher ma brosse à dents électrique. Cinq cents vibrations à la minute. Tant que je laisse les poils de la brosse en dehors, ça devrait aller.

Il aurait été dommage de se priver. C'est très agréable quoique plutôt bref. Je regarde ma montre quand c'est fini. Il n'est que deux heures vingt. Mitchell aurait pu me satisfaire avant d'aller donner son cours.

Une fois rhabillée, je me sens presque respectable. Et voilà que la faim me tenaille de nouveau. Je réalise que je suis dans une sacrée galère. Je descends et me rends dans la droguerie Duane Reade la plus proche pour acheter un test de grossesse.

De retour dans mon appartement, je lis la notice explicative. Les auteurs ont dû partir du principe que l'acquéreuse du test est dans une panique totale, qui lui brouille la vue (les caractères sont très gros) et l'empêche de réfléchir (les instructions sont d'une simplicité déconcertante).

Je suis censée faire pipi sur la tige absorbante après avoir sorti le test de son emballage. Peut-on être paniquée au point d'uriner sur l'emballage ?

Je fais pipi sur la tige absorbante et, comme j'ai deux minutes à tuer avant que le test ne parle, je sors de la salle de bains et consulte un article de *Wikipédia* sur l'histoire de la masturbation féminine.

En Arizona, les vibromasseurs sont interdits. Je suppose que les pistolets n'ont pas le même statut. Parfois, à l'époque victorienne, en Angleterre, on conseillait à la femme de se satisfaire pour évacuer son stress. Sage conseil.

Il arrivait même que le médecin se charge de soulager lui-même sa patiente s'il sentait que le besoin de la femme devait être assouvi immédiatement. C'est vraiment le genre de docteur dont j'aurais eu besoin cet après-midi.

La consultation de l'article prend plus de deux minutes naturellement. Je ne veux pas retourner dans la salle de bains et lire le résultat du test. Si je ne suis pas enceinte, tout va bien. Je serai plus vigilante désormais et je remercierai ma bonne étoile. Mais si je suis enceinte, c'est une autre histoire.

Je retourne dans la salle de bains et relis les instructions. Quand une ligne bleue apparaît dans les deux fenêtres, le résultat est positif.

Comme le montre l'expérience du chat de Schrödinger, les choses n'existent pas tant qu'elles ne sont pas soumises à l'observation. Je prends le bâtonnet en plastique, détournant les yeux jusqu'à la dernière minute, comme si un miracle, se produisant dans ces dernières secondes d'incertitude, pouvait changer à tout jamais ce que mon regard ancrerait pour toujours dans la réalité.

Une ligne bleu pâle apparaît dans la fenêtre de contrôle, aussi fine qu'un fil d'araignée. Un trait épais, foncé apparaît dans la fenêtre de lecture. Il n'y a aucune ambiguïté, aucun doute. Quelqu'un dans mon ventre crie : « Je suis là ! »

III

Il est inutile de paniquer. Ça ne veut pas dire que la vie que je me suis construite (avec le plus grand soin, je dois dire) va être ruinée en une seconde. C'était un accident et nous n'avons pas à nous laisser conditionner par des accidents.

J'essaie d'être calme et rationnelle, mais ça ne marche pas très bien. J'appelle Stella, en face de chez moi, mais je tombe sur la boîte vocale. Elle est toujours en Californie et je n'ai pas envie de lui laisser un message. Stella et moi devons notre rencontre au fait que nos appartements sont en face l'un de l'autre. Quand je l'ai vue la première fois, je n'ai pas cru une seconde qu'elle voudrait bien être mon amie.

Elle fait un master en théorie du cinéma à Columbia et passe beaucoup de temps à maugréer contre Fellini et à s'enthousiasmer pour Antonioni, qui est merveilleux parce qu'il filme les barrières qui existent entre nous tous.

On lui a récemment proposé un job de réceptionniste dans un donjon SM pour lesbiennes, en partie à cause de son style vestimentaire. Elle a refusé le job.

— Même si je ne suis que réceptionniste, je franchirai une ligne que je me refuse à franchir. Je n'ai aucune envie de travailler pour l'industrie du sexe.

Elle a quand même demandé si elle pouvait prendre des photos là-bas, et les clichés qu'elle m'a montrés me font penser à Toulouse-Lautrec et Degas. Je ne m'attendais pas à ça. J'espère qu'elle va se dépêcher de rentrer.

Je suis contrariée par l'absence de Stella parce qu'il est préférable de s'énerver pour une telle broutille plutôt que de penser à cette chose impensable.

Je descends au rez-de-chaussée et achète deux barres Payday aux cacahuètes et au caramel, et un café à emporter chez les Coréens. C'est le plus vieux qui tient la caisse aujourd'hui. Il m'observe avec son regard perçant.

— Vouuus, dit-il d'un ton qui ne veut pas être menaçant, mais qui produit quand même cet effet.

— Oui ?

— Vous avoir des problèmes. Je sais ! Je sais !

J'affiche un sourire et fais comme s'il me taquinait. Comment peut-il le savoir ? A-t-il une sorte de sixième sens asiatique ? La première fois que je suis entrée dans son magasin, il a appuyé son doigt sur ma paume, près du pouce, et a dit :

— Vous… constipée. Je sais ! Je sais !

J'ai retiré ma main en riant et j'ai répondu :

— Pas du tout ! Pas du tout !

Mais j'étais bel et bien constipée.

Je ne devrais pas me fier à ce test de grossesse acheté à moitié prix, dont la date limite était certainement dépassée. Après avoir mangé mes deux barres Payday, je prends rendez-vous chez le docteur. On me dit que je pourrai passer demain. Je ne suis pas habituée à des délais aussi courts.

Je passe le reste de la journée à lire des documents sur l'histoire de l'art et je me couche à neuf heures, complète-ment épuisée. Je ne vais pas le croire tant que je n'aurai pas consulté un médecin. Ça ne peut pas être vrai. Je connais à peine Mitchell.

Je l'ai rencontré il y a quelques semaines. Fin août, à la soirée d'inauguration d'une galerie dans la 57e Rue. J'y étais allée avec mon amie Beth qui travaille dans une galerie très chère du Meatpacking District. Elle porte toujours du noir, bien sûr, et des talons hauts. Ses cheveux lisses sont coiffés en queue de cheval. On dirait un mannequin de Clinique.

Elle a un doctorat de philosophie de l'Université de New York et, grâce à une subtile association entre le cerveau et le sexe, elle peut soutirer de grosses sommes d'argent à la majeure partie des hommes qui franchissent le seuil de son appartement. « Viens dans mon salon. »

Le soir où j'ai rencontré Mitchell, Beth a été happée par les acteurs du milieu artistique de New York, tout de cuir noir vêtus, occupés à distribuer des baisers affectés. Je me suis éloignée des gens en cuir noir et me suis retrouvée parmi une petite coterie d'hommes et de femmes tout aussi enclins à distribuer des baisers de loin, mais privilégiant d'autres étoffes. Les femmes étaient vêtues de robes du soir dorées et brillantes avec des accessoires en léopard. Elles avaient le ventre parfaitement plat, les pieds perchés sur des talons très hauts, très pointus. Quant à moi, je ne me souviens pas de ce que je portais. Une robe en maille peut-être ?

J'ai fait semblant de regarder les tableaux avec le plus grand intérêt pour que personne ne remarque que j'étais seule. Peine perdue ! Je respirais la gêne, l'embarras au lieu de me concentrer sur ce que j'avais devant moi. Mitchell (j'ignorais encore qui il était en cet instant) était adossé contre un mur, à quelques mètres de moi, seul, un homme en costume noir avec une chemise noire dessous, un verre à la main.

Il regardait dehors, la rue, les arbres, les gens au-dessous, avec un air de désolation mélancolique comme un soldat suivant des yeux le sang qui s'écoule de ses blessures. Tandis que je passais d'une immense toile particulièrement immonde à une autre, il m'a souri. J'ai souri à mon tour.

Il s'est approché et j'ai pensé qu'il allait venir se poster devant le même tableau que moi – une technique de drague appréciée par les hommes dans les galeries –, mais non.

Il s'est appuyé contre le mur entre deux des toiles et m'a regardée droit dans les yeux. J'ai pensé que c'était un peu culotté de s'adosser au mur entre deux tableaux au prix démesuré le jour même de l'ouverture d'une galerie. Il est certainement interdit de s'en approcher autant ! Il s'est contenté de me fixer. Il a les yeux bleus.

Quand il rit, ils sont bleus comme le ciel. Tandis qu'ils me fixaient ce soir-là, ils étaient aussi froids que l'océan. Peut-être parce que la séduction est une histoire sérieuse.

— Tu t'intéresses à ce peintre ou tu ne connais personne ici ?

— C'est le peintre qui m'intéresse, ai-je répondu. Je connais tout le monde ici. Tous. J'ai juste décidé de les snober.

Il a incliné la tête vers le tableau sur sa gauche, qu'il n'avait même pas pris la peine de regarder, et m'a demandé ce que j'en pensais. Je le lui ai dit.

Il prétend que, quand il m'a vue, il a décidé de flirter avec moi pendant une ou deux minutes, mais que c'est grâce à ce que j'ai dit sur ce tableau en particulier qu'il m'a invitée à boire un verre. J'avais affirmé que c'était une pâle copie d'Ivan Albright sans le talent et je m'étais demandé si le monde avait vraiment besoin d'un énième tableau médiocre sur le thème : nous-allons-tous-mourir-de-toute-façon. Ce n'était pas vraiment un message codé qui une fois décrypté aurait signifié : je-suis-une-vraie-bombe-au-lit-tu-n'en-reviendras-pas. Mais peut-être Mitchell espérait-il le contraire ? Tandis que je parlais, il m'a interrompue pour me dire :

— J'ai très envie de toi, tout de suite.

J'étais fébrile soudain, un peu effrayée, mais prête

à faire tout ce qu'il me demandait. Je devais être de la poudre à canon, sèche et noire et innocente. Il m'a allumée et je me suis embrasée.

Il m'a invitée à boire un verre à l'Algonquin. L'Algonquin, c'était un autre truc, un lapin sorti du chapeau, je le savais et je m'en fichais. Je voulais à tout prix aller prendre un verre à l'Algonquin avec Mitchell van Leuven.

Nous n'y sommes jamais allés finalement. Je me suis d'abord rendue aux toilettes de la galerie et j'étais en train de me regarder dans le miroir quand il a fait irruption, m'a coincée contre le mur et m'a embrassée.

Tout en m'embrassant, il a glissé sa main entre mes jambes et l'a remontée, comme un aileron, le long de la fente de mes cuisses. S'il avait continué, je l'aurais laissé faire. Je ne m'étais jamais sentie ainsi auparavant. Mais il n'a pas continué. Il a reculé, a souri de nouveau, comme s'il riait d'une blague secrète et a dit :

— Alors, ce verre ?

Quand nous avons traversé la rue, il a regardé par la vitre de l'Algonquin et a décrété qu'il y avait trop de touristes. Il m'a emmenée au Royalton à la place.

C'était la fin de l'été et maintenant c'est l'automne. C'était un total étranger quand je suis allée à la soirée d'inauguration de la galerie et maintenant je regarde une ligne bleue sur un bâtonnet en plastique, une ligne aussi épaisse qu'un trait de pinceau de Franz Kline.

Le test n'était vraiment pas cher. Je suis sûre que la date était dépassée et qu'il n'était plus fiable. Et ma fatigue est peut-être imputable au fait que j'ai dû beaucoup me concentrer ces derniers temps à cause de toutes les notes que j'ai prises dans la marge sur l'hégémonie du contenu dans l'art. Je ne peux pas être enceinte.

***

— Oui, vous êtes enceinte, il n'y a pas l'ombre d'un doute, dit le docteur.

Elle est jolie, jeune et attend ma réaction, prête à s'aligner sur cette réaction.

— Ça ne doit faire que deux ou trois semaines. Je pense savoir quand ça s'est passé.

Elle hoche la tête, l'air aimable.

— Vous avez des questions ? demande-t-elle.

— Quelle est la taille de l'embryon ?

Elle sourit.

— Pour l'heure, ce ne sont que quelques cellules.

Je hoche la tête à mon tour, soulagée. J'ai passé beaucoup de temps dans ma vie à persuader des guêpes de sortir par la fenêtre ouverte. Tout comme oncle Toby, je déteste écraser les mouches et je n'irais jamais tuer une araignée. Je pars toujours du principe qu'elles veulent vivre tout autant que nous. Pourquoi y aurait-il une différence ? En revanche, avec les cellules, c'est différent. Je ne suis pas aussi tatillonne.

Je pose quelques questions encore. Le délai légal d'avortement est fixé à vingt-quatre semaines dans l'État de New York. Pourquoi parlent-ils de semaines pour un avortement alors qu'ils parlent de mois pour les grossesses.

Je divise vingt-quatre par quatre, mais ça n'a aucun sens. Six fois quatre égalent vingt-quatre, mais ça ferait six mois et ils montrent toujours des triplés ou des octuplés qui sont nés à cinq mois dans les journaux télévisés : des visages rouges avec des bonnets blancs qui dépassent des couvertures. Ils ont tous leurs doigts, tous leurs orteils, et sont aussi sains que des pommes.

Ces bébés ressemblent à des bébés. Alors, je n'ai pas beaucoup de temps avant que ces cellules ne commencent à prendre forme humaine. Il faut absolument qu'elles restent à l'état de cellules si je veux pouvoir le faire. Le docteur me dit qu'il peut y avoir une interruption de grossesse dans les prochains jours si je fais ce choix. Elle pourrait trouver un créneau pour moi, mardi. Ça me rassure, car tout serait terminé dès mardi.

Ça m'effraie aussi, car tout serait terminé dès mardi. Macbeth a été contraint par les circonstances à tuer le roi avant même d'avoir pris le temps de réfléchir. En fait, non. Il a peut-être tué le roi à cause d'une sorte d'enchantement érotique avec sa femme ou parce qu'il a pensé que c'était écrit dans les étoiles.

Mais imaginez comme tout aurait pu être différent s'il avait pris le temps de s'asseoir et de réfléchir seul.

C'était un roi et ce ne sont que quelques cellules. Mais c'était une histoire et c'est la réalité.

— En tout cas, dit-elle, je vais vous examiner rapidement, vous peser et prendre votre tension.

Tout en m'auscultant, elle dit que je peux parler à un obstétricien ou à une maïeuticienne. Je mets quelques secondes à comprendre qu'elle entend par là une sage-femme. Elle dit que, si je décide de ne pas interrompre ma grossesse, je pourrai en consulter plusieurs.

Puis, elle me tend une carte avec les coordonnées d'un centre d'écoute pour les jeunes femmes dans mon cas. *Nous ne jugeons personne*, lis-je sur la carte. Je suis reconnaissante. Je pars.

Une fois dehors, je marche vite comme si j'avais quelque chose d'urgent à faire, mais je n'ai nulle part où aller. J'ai juste envie de marcher. Je devrais être en cours à l'heure qu'il est. Mais je me contente de marcher.

Mitchell est un New-Yorkais de la première heure, descendant d'une vieille fortune hollandaise. Pour lui, les Pères pèlerins du *Mayflower* sont des nouveaux venus.

Il a étudié à Yale, a passé son doctorat à la London School of Economics. Et si je le lui dis, il réagira certainement en bon économiste et pensera que cet accident n'en est pas un, que je me suis fait faire un bébé par un van Leuven en étant motivée par l'appât du gain.

Il n'a d'ailleurs même pas besoin d'avoir fait de hautes études en sciences économiques pour en arriver à cette conclusion.

A-t-il le droit de savoir ? C'est aussi son enfant ; alors, oui. C'est mon corps ; alors, non.

Le verbe « paterner », bien qu'utilisé, ne figure pas encore dans les dictionnaires. La fonction d'un père peut se réduire à l'acte biologique, l'acte d'engendrer un enfant. La mère ne se contente pas d'engendrer, elle porte l'enfant pendant des mois, c'est elle qui le met au monde et lui prodigue les premiers soins. Un homme peut se contenter de féconder une femme, puis s'en aller. Une femme, une fois mère, en a pour toute la vie. Je n'ai pas à accepter ce fardeau arbitraire. Je n'ai personne pour m'aider et je ne devrais pas mettre au monde un enfant non désiré. Je pense aux bébés dont les parents n'ont pas voulu, ceux qui sont dans les orphelinats et qui ne sont jamais câlinés, qui ignorent ce qu'est l'amour, qui se contentent d'être là, sans même attendre quoi que ce soit, sans même pleurer, car ils n'ont rien à attendre, car les larmes versées ne feront venir personne de toute façon. Mieux vaut adopter l'un d'eux que d'en mettre un autre au monde.

Je ne peux pas avoir un bébé maintenant. Je ne peux pas.

Un doctorat à l'Université de Columbia, c'est une activité à plein temps. Ce n'est pas quelque chose qu'on peut caler entre deux tétées ou deux siestes.

Il faut pouvoir s'y consacrer pleinement. J'ai travaillé si dur pendant tout ce temps. Je *veux* une carrière après Columbia. Je ne peux pas avoir un enfant maintenant.

J'évite soigneusement les parcs. Je ne veux pas voir d'adorables bébés et me laisser attendrir. Pour le moment, ce ne sont que quelques cellules. Elles ne se rendront compte de rien. Je vais prendre rendez-vous à la clinique pour une IVG. Je sais, ça va être terrible, mais au moins ça sera fait et je pourrai reprendre le cours de ma vie. Je ne vais pas trop réfléchir. Je ne vais pas en parler à ma mère et je ne vais pas en parler à Mitchell.

Quand j'arrive chez moi, j'appelle la clinique. Le secrétariat est fermé. Il rouvrira lundi matin. Je m'assois sur le canapé et, pour une fois, je ne regarde pas par la fenêtre, je n'essaie pas de travailler. Je regarde en l'air.

Certaines personnes disent que ça revient à tuer. J'entends leurs arguments, mais je ne partage pas leur point de vue. Quel impératif moral pourrait me pousser à envisager, même l'espace d'une seconde, de garder cet enfant ? J'aurai un bébé quand je pourrai l'aimer, quand je n'aurai pas le sentiment que c'est lui qui va me tuer.

**

Mitchell m'appelle une ou deux heures plus tard. Il a fait acte de présence à la conférence de Yale, est de retour à New York et se montre désormais très intéressé par la proposition que je lui ai faite quand j'étais en plein bouleversement hormonal. Sa voix s'enroule autour des mots.

— Tu étais superbe hier, Esme.

— Merci.

— Je veux te voir, dit-il. Maintenant. Je veux te voir maintenant.

À l'heure qu'il est, le désir intense que j'ai ressenti hier et qui a enflammé mon imagination quand j'ai vu le livreur UPS a eu largement le temps de retomber. Ce n'est plus qu'un murmure presque inaudible.

Pourtant, les allusions de Mitchell le ravivent immédiatement. Mais comment pourrais-je faire l'amour avec Mitchell en sachant qu'il y a un bébé en moi, dans mon utérus…, qui est un peu son couloir de la mort ?

Je ne peux pas.

En arrivant à New York, j'ai été frappée par l'importance de la communauté juive ici. Ce qui m'a également frappée, quand j'ai commencé à apprécier les spécialités culinaires juives, comme la soupe aux boulettes de matza et le reste, c'est qu'il est impossible d'avoir du lait dans son café ensuite.

On pourrait réagir avec impatience à de telles restrictions si on ne prenait pas la peine d'en découvrir la cause. Quoi ? Dieu s'offusquerait du fait que je mette du lait dans mon café ? Mais d'après une serveuse que j'ai rencontrée dans un restaurant kasher, c'est dans l'Ancien Testament qu'il faut chercher l'origine de cette injonction : *Tu ne feras pas cuire un chevreau dans le lait de sa mère*. Les premiers rabbins ont-ils vu cette pratique ? Ont-ils vu une sorte de Patrick Bateman des temps anciens savourer une telle pratique ? Elle devait sans doute aller à l'encontre de leur vision du bien et du mal dans l'univers.

Ils ne voyaient aucun inconvénient à sacrifier un agneau, mais faire bouillir un chevreau dans le lait qui était censé le nourrir, qui coulait des mamelles de sa mère comme le symbole de son amour, c'était impossible à leurs yeux.

Ça ne serait pas une offense contre Dieu, mais une trahison de notre moi le plus profond, un crime contre l'univers. Et si je laissais Mitchell venir dans mon lit ce soir, ce serait exactement la même chose.

J'envisage l'espace d'une seconde de le lui dire, de lui parler du bébé, de lui annoncer que je vais avorter, de lui dire que je ne peux pas le voir à cause des premiers rabbins et du Deutéronome. Mais c'est trop dur. J'ai besoin de temps pour réfléchir.

— Oh ! dis-je le plus jovialement possible. C'était vraiment une idée comme ça, sur l'impulsion du moment. Il n'y a pas de quoi en faire une histoire.

Il y a un silence. Il est peut-être en train de se demander comment il va pouvoir tourner ma réponse à son avantage et passer de « ne pas en faire une histoire » à mon lit.

— Esme..., écoute-moi : je veux venir chez toi et te baiser.

Bien malgré moi, je suis enchantée. Mais je dis non. C'est la première fois que je dis non à Mitchell.

— C'est juste que je suis vraiment fatiguée, Mitchell… Je suis vraiment…

— Tu as tes règles ?

Personne ne m'avait encore posé une telle question. Je le lui fais remarquer.

— Alors, tu les as ? répète-t-il. Parce que, si c'est ça le problème, on peut faire autre chose…

— Tu veux dire aller boire un verre ?

Il y a un silence, le temps que je réalise que ce n'est pas du tout ce à quoi il pensait.

— Écoute, reprend-il. Je te retrouve au Trebizond à l'angle de la 98e Rue et de Broadway dans une demi-heure. Ils font à manger. Dis oui, sinon, il va falloir que je ressorte mon carnet d'adresses. Dis oui ou j'appelle Clar-issa.

— Appelle Clarissa, dis-je instantanément.

C'est l'ex de Mitchell, une femme parfaite, apparemment, sauf qu'ils se sont « éloignés ».

— Tu sais parfaitement que je ne veux pas appeler Clarissa, réplique-t-il.

Mes menaces manquent vraiment de poids, voilà qui est décevant. Je te veux, toi. Pourquoi tu ne veux pas sortir avec moi ce soir ?

— Je vais venir prendre un verre, dis-je.

Je peux presque entendre son sourire.

Je m'approche de ma bibliothèque (une amie fidèle) et pose le doigt sur la bible pour la sortir et jurer dessus que je ne vais pas me laisser séduire par Mitchell ce soir. Mais ça me paraît complètement inapproprié.

Non seulement je ne suis même pas certaine de croire en Dieu, mais en plus comment pourrais-je jurer sur ma bible alors que je m'apprête à aller à la clinique ? Je la remets à sa place. Y a-t-il autre chose en quoi je crois vrai-ment et sur quoi je pourrais jurer ? Shakespeare ? Je sors les *Œuvres complètes*. Qu'est-ce que ça veut dire « jurer sur Shakespeare » ? Qu'on croit à l'harmonie parfaite entre le contenu et la forme ? Je remets les *Œuvres complètes* à leur place. C'est de la superstition et c'est complètement débile. Je peux garder une certaine dignité en ces temps difficiles sans avoir à jurer sur quoi que ce soit.

Quand j'arrive au Trebizond, Mitchell est entouré de filles. Il y en a deux qui sont assises tout près de lui, à sa droite, sur la banquette, et une autre à sa gauche. Il lève les yeux vers moi en riant.

— Tu les as louées ?

— Je t'attendais tranquillement, dit-il en s'étranglant de rire. N'est-ce pas, Caddie ? C'est bien Caddie ? Elles sont venues s'asseoir à côté de moi. Je n'ai rien pu faire ! En tout cas, j'étais justement en train de leur parler de toi.

— C'est vrai, confirme Caddie en rejetant ses cheveux blond presque blanc en arrière. Il disait que tu étais très, très intelligente.

— C'est le dix-huitième anniversaire de Tania, dit Mitchell en montrant Tania.

Les filles poussent de petits cris pour montrer que c'est bien le cas.

— Bon anniversaire, dis-je.

— Merci, répond Tania.

Elle se blottit un peu plus contre lui et me regarde, elle me jauge. La scène me fait penser à un tableau représentant une scène d'une comédie de la Restauration anglaise avec comme personnage principal le fameux « roué[68] ».

— Si vous pouviez laisser pendre une grappe de raisin au-dessus de sa bouche et vous arranger pour faire apparaître un bout de sein blanc, ça serait parfait, dis-je.

Les filles échangent un regard pour montrer qu'elles me trouvent bizarre, puis elles pouffent.

— Qu'est-ce qu'elle veut dire ? demande Caddie ou Tania.

Celle sur sa droite laisse négligemment tomber sa

main sur la cuisse de Mitchell. Mitchell regarde la main, puis lève les yeux vers moi.

— Elle veut dire que votre table est prête, explique-t-il alors qu'une serveuse se dirige vers leur table déserte.

Il prend la main et la dépose sur les genoux de la fille.

— Passez une bonne soirée, les filles.

— On se retrouve sur Facebook, dit Caddie ou Tania par-dessus son épaule, avec un regard séducteur, une parodie de pause pour une carte postale du bord de mer.

Je m'assois. Je connais ce rôle maintenant.

— « On se retrouve sur Facebook ? » dis-je à Mitchell. Ça fait deux minutes que tu es là et c'est déjà « On se retrouve sur Facebook ? »

Mitchell s'étire, visiblement content de lui.

— Ouais. C'était Tania, elle, non ?

— Je ne sais pas.

— Ça ne fait rien. Je les ai toutes les deux.

— Alors, ça te fait combien d'amis maintenant ?

— Mille quatre cent cinquante et un. Tous des amis très proches et très chers. Mais celle qui était sur ma gauche, devine comment elle s'appelle ?

— Aucune idée.

— Eden.

— Oh !

— Oh ? C'est marrant, Esme. Tu ne comprends pas, ma petite boursière ?

— Je ne veux même pas comprendre.

— Je serais au paradis...

Mon expression revêche l'amuse.

— Allez, tu sais que je ne suis pas sérieux. C'est juste notre petit numéro habituel.

— Oui, je sais. Je ne suis pas certaine de vraiment apprécier.

— Ces filles, c'était rien. Juste des objets sexuels.

— Moi aussi, je veux être un objet sexuel.

Mitchell rit et lève les yeux au ciel.

— Tes professeurs de Cambridge seraient très fiers.

— Tu sais quoi ? Premièrement, ce n'était pas *rien*, c'étaient des *femmes*. Et pour elles, *tu* es certainement un objet aussi.

Mitchell a l'air ravi.

— Ça ne me pose aucun problème.

— Deuxièmement, je trouve que c'est très mal élevé de ta part de dire que tu es attiré par d'autres femmes devant moi.

Mitchell se cale contre la banquette. Il respire la satisfaction.

— Mal élevé ? dit-il. Aïe !

J'appuie mon menton sur ma main et regarde dans l'autre direction.

— Tu penses vraiment ce que tu dis ? Tu ne trouves pas que ça… pimente notre relation intensément érotique ?

— Non.

— J'adore quand tu es furieuse contre moi. Ça me donne l'occasion d'admirer ton profil qui est superbe. Et ta nuque. Continue à être furieuse pendant quelques secondes, Esme.

Je ne dis rien. Mitchell soupire.

— Qu'est-ce que je peux dire ? Je regarde les femmes comme elles. Et je les regarde depuis l'âge de douze ans.

— Pourquoi est-ce que tu sors avec moi, alors ?

— Pour ton esprit, ma douce.

— Pour toi, les femmes sont soit des madones, soit des putes, Mitchell ?

Il tend le cou pour regarder au-dessus de mon épaule vers le restaurant.

— Caddie, où es-tu ? Tania ? Revenez, revenez…

— Très drôle.

La serveuse arrive.

— Je vais prendre un autre merlot, dit Mitchell, et la même chose pour…

Il ne m'appelle pas par mon prénom, se contente de me montrer.

— Je vais prendre de l'eau gazeuse avec des glaçons et du citron, dis-je à la serveuse.

Encore cette obscure idée de l'honneur à l'œuvre. Une fois qu'elle a tourné les talons, Mitchell reprend :

— Tu n'es pas drôle ce soir, Esme.

Devant le Trebizond, je me tourne vers Mitchell, imbibé de vin, et je lui dis bonne nuit, moi qui n'ai bu que de l'eau.

— Bonne nuit ? répète-t-il.

— Je suis vraiment fatiguée. Tellement fatiguée que je n'ai pas le courage de rentrer à pied. Je vais appeler un taxi.

— Tu ne vas quand même pas rentrer chez toi maintenant ! Je voulais te montrer le monument aux Soldats et aux Marins ; c'est tout près d'ici.

— Il fait nuit, dis-je.

— Au clair de lune, c'est tout l'intérêt, justement. Allez, viens. Tu ne le regretteras pas.

Il me tient les deux mains et m'entraîne à l'angle de la rue vers West End Avenue et je le laisse faire.

— Je ferais mieux de rentrer chez moi.

— Viens par là, dit-il en me faisant tournoyer pour m'emmener sous un porche.

Il plaque mes épaules contre le mur et m'embrasse.

— Je t'avais bien dit que je te voulais, murmure-t-il dans mon oreille.

— Je ne peux pas...

— Je sais, à cause de tes règles.

Il remonte la main le long de ma jupe et glisse ses doigts dans ma culotte.

— Mais tu peux au moins faire ça. Savourer. Juste mes doigts. Laisse-toi aller, Esme, laisse-toi aller.

Je ferme les yeux et me laisse aller.

Une fois qu'il a terminé, il dit :

— C'était bien ?

Je hoche la tête, les yeux toujours fermés. Je ne peux pas les ouvrir, comme un enfant qui se cache de lui-même en fermant les paupières.

— Pourquoi tu pleures ?

Je secoue la tête, puis hausse les épaules. Il mettra certainement ces larmes sur le compte d'un plaisir sexuel trop intense.

— Esme ?

— Oui ?

— C'est à moi, maintenant.

IV

Quand je me réveille, six heures plus tard, je me sens mieux, plus fraîche. Je mange un pamplemousse et, tout en buvant mon café, je me dis que je ne dois pas vraiment avoir confiance en Mitchell puisque je ne veux pas lui parler. Il a prononcé cette phrase l'autre soir au restaurant, insinuant qu'il était « amoureux fou » de moi.

Et s'il m'aimait vraiment ? Si j'avortais maintenant et que nous restions ensemble, que nous nous mariions, devrais-je garder ce secret pour toujours ? Et si nous avions un enfant à l'avenir, il le considérerait naturellement comme notre premier, mais pas moi. On ne peut pas bâtir une relation sur un mensonge, même par omission. Et s'il se réjouissait de cet enfant après tout ?

Il faut que je le lui dise.

Il a la voix tout endormie à l'autre bout du fil.

— Il est sept heures et demie, c'est samedi… Tu sais que je pourrais t'échanger…

Je lui demande de me retrouver au Conservatory Garden dans une heure.

— Il faut d'abord que je vérifie si je suis disponible, dit-il.

J'attends pendant qu'il fait semblant de consulter son agenda avec tous ses rendez-vous du samedi matin.

— Oui, ça devrait aller. Mais il faut que j'aille au sport après.

J'ai pensé à ce jardin, tout en haut de Central Park, parce que j'y suis allée une fois, en plein été, peu de temps après mon arrivée à New York. Il y avait des roses qui grimpaient sur les treillis et enjambaient les haies, des violettes bleutées et des marguerites bordées de rose qui dégringolaient des parterres de fleurs et se déversaient sur les allées, une fontaine où Pan jouait de la flûte et une autre où les trois Grâces dansaient ; il y avait aussi des delphiniums et des roses trémières…

C'était un véritable paradis, une symphonie de couleurs pastorales. Il y avait le son de la sève qui monte et peut-être y avait-il même un ou deux bergers.

Il est naturellement possible que mes souvenirs aient un peu embelli le tableau initial, que dans mon enthousiasme j'aie vu tout en rose, mais je suis certaine qu'il y avait des roses en abondance, parfumées et resplendissantes.

Encore que l'été soit fini depuis bien longtemps, je m'attends à voir des couleurs : chaque saison est particulièrement intense à New York. Le feu d'artifice des fleurs d'été aura fait place à un automne flamboyant.

Je marche sur les sentiers sinueux qui permettent d'accéder au sommet du parc. C'est une journée morose ; on se croirait déjà en novembre, le ciel est blanc, morne, rien à voir avec l'automne flamboyant. Il y a des feuilles en tas, mais le métal qu'elles évoquent est beaucoup moins noble que l'or.

Pas un souffle de vent pour les faire tourbillonner, pas d'énergie, rien. Je passe devant une aire de jeux où s'amusent deux ou trois enfants accompagnés d'adultes qui ont l'air de s'ennuyer ferme. Leur jeu semble un peu décousu, comme s'ils avaient préféré rester à l'intérieur, comme si on les avait fait sortir « pour leur bien ».

Autour de Harlem Meer, quelques personnes sont assises sur des bancs, des sacs en plastique à la main, les yeux rivés sur l'eau gris acier. Un peu plus tard, j'arrive au Conservatory Garden. Je suis beaucoup trop en avance.

Le jardin ressemble à une photographie en noir et blanc de l'image que j'avais de lui dans ma mémoire. Les trois Grâces sont toujours là, mais en été, le soleil, l'eau, les fleurs leur donnaient vie ; on pouvait presque les entendre rire pendant qu'elles dansaient. Aujourd'hui, la fontaine ne coule pas et les statues semblent figées, lourdes. Les parterres de fleurs, qui, il n'y a pas si longtemps encore, formaient un kaléidoscope de couleurs intenses, hallucinatoires, sont complètement nus, et la terre, invisible auparavant sous l'explosion de pétales, est aussi grise que de la viande bouillie, et lissée au râteau. Il se met à pleuvoir, une ou deux gouttes, puis plus rien. Même la pluie finit par renoncer à tomber.

La statue de Pan avec la fille est tout aussi hivernale. La fontaine, qui, en été, se déversait de la vasque de la jeune fille et éclaboussait de ses gouttelettes étincelantes une cohue de nénuphars d'un bleu aérien, s'écoule goutte à goutte dans le bassin vide, mouillant les quelques feuilles mortes collées sur le fond en béton.

Ce n'est pas du tout une statue de Pan avec une jeune fille finalement ; une dalle m'apprend qu'il s'agit des personnages du *Jardin secret*. C'est un sérieux revers pour moi. Pan venait d'Arcadie, sa chanson parlait d'amour, de mort et de naissance, je pensais que c'était une bonne idée de parler du bébé à Mitchell avec Pan en toile de fond.

J'ai appelé Mitchell il y a une heure dix. Une heure le week-end est plus élastique qu'une heure en pleine semaine. Il n'est pas encore vraiment en retard.

Une nourrice apparaît avec une petite fille qui marche sagement à ses côtés. C'est samedi ! Ses parents travaillent-ils si dur qu'ils ne peuvent même pas jouer avec elle le samedi ? La petite fille est vêtue d'un manteau en laine crème avec de gros boutons et chaussée de bottes en daim. Elle doit venir d'une famille très aisée. Elle doit être une petite princesse de New York.

Les enfants ne font pas partie de mon univers. Une peur soudaine m'envahit. Si je menais ma grossesse à terme, j'entrerais dans un monde où je devrais acheter des manteaux et des bottes aux enfants, et c'est beaucoup trop tôt. J'ai vingt-trois ans. Les belles bottes en daim, c'est pour moi que je les veux !

Une fois qu'elles sont parties, il ne reste que moi. Je suis si immobile que le raton-laveur qui vient fureter autour des poubelles ne me remarque même pas. Il est énorme, aussi gros qu'un chien. Comment une telle créature peut-elle vivre à l'état sauvage à Manhattan ?

Mitchell se dirige vers moi à grands pas, et le raton-laveur disparaît dans un panache de gris.

Mitchell s'assoit à côté de moi sur le banc. Il porte un plateau en carton avec deux cafés et un sac en papier.

— J'ai apporté un assortiment. Au cas où tu aurais encore faim.

— En effet, j'ai faim.

J'ouvre le sachet.

— Oh ! un *pain au chocolat* ! Délicieux. Comment se fait-il que les bagels soient encore chauds ? Comment es-tu venu jusqu'ici ?

— C'est un croissant au chocolat et j'ai pris un taxi.

— Il y avait un raton laveur tout à l'heure. Du moins, je crois que c'en était un.

— Non, ce sont des animaux nocturnes. C'était sûrement un rat. Bon, alors qu'est-ce qui se passe ? Dépêche-toi parce qu'il faut que j'appelle ma mère à dix heures.

— Pourquoi est-ce que tu dois appeler ta mère ? dis-je, un peu distraite.

Depuis que je le connais, il a dû parler une fois de sa mère.

— Je l'appelle tous les samedis à dix heures. Et elle dit toujours : « Qu'est-ce qui nous vaut l'honneur de ton coup de fil », comme si j'avais chaque fois une raison différente de l'appeler à dix heures le samedi. Parfois, nous avons eu des conversations qui ont duré… plusieurs minutes. En particulier si un des chevaux a perdu un fer.

— Tu ne l'aimes pas ?

Mitchell rit dans l'air d'automne. Je sirote mon café.

— Mitchell, dis-je tout en regardant la statue qui n'est pas celle de Pan finalement. Mitchell, dis-je de nouveau. J'ai quelque chose à te dire. Je ne sais pas vraiment comment te l'annoncer.

Je me tourne pour le regarder.

Mitchell, encore tout sourire il y a quelques secondes, affiche un visage de marbre. Il me regarde intensément. Une ombre passe sur son visage, l'ombre du rejet. On dirait qu'il vient de baisser un store. Une seconde plus tard, il s'est fermé comme une huître.

— Si tu as des difficultés à formuler ce que tu veux dire, je devrais peut-être parler en premier, propose-t-il.

Ses mots sont froids.

— Non, dis-je, effrayée par ce nouveau Mitchell, un Mitchell complètement fermé, à côté de moi. Je peux le dire… Ce n'est pas si dramatique…

— Esme, ça fait un petit moment qu'on se voit, maintenant. Quelques semaines, on va dire.

— Oui.

— Et je te trouve fantastique. C'est une joie d'être en ta compagnie.

Il ne respire pas du tout la joie.

— Mais je pense que nous savons tous les deux que ça ne marche pas vraiment. Sexuellement parlant, ça n'a pas été le top, n'est-ce pas ?

Je reste silencieuse. Une minuscule étincelle de gaieté jaillit en moi, et je veux dire : « Vraiment ? Même la fois avec la plume d'oie et le bandeau ? » Mais l'étincelle disparaît aussi vite qu'elle est apparue, vaincue par le message accablant.

— Écoute, il faut qu'il y ait…, il faut qu'il y ait… du désir. Pur et simple. Et pour moi, quand je fais l'amour avec toi, il n'y a pas de désir du tout.

Je ne dis rien. Il n'y a rien à dire.

Il me regarde avec le plus grand sérieux. Il dit :

— Je suis désolé, Esme. Ça doit te faire mal.

Je souris.

— Mais je préfère être honnête avec toi.

Je hoche la tête. Ce hochement de tête implique-t-il le pardon, la compréhension, l'accord ? Dit-il : « Oui, comment pourrais-tu prendre ton pied avec quelqu'un comme moi » ?

Je revois, un peu comme si je faisais défiler les images d'un folioscope, les rapports sexuels que j'ai eus avec Mitchell. Certes, il ne m'a jamais réveillée cinq fois dans la nuit, à l'instar d'un prince Borgia, pour me faire l'amour, mais le sexe avait une vraie place dans notre relation.

Hier soir, sous le porche, il était bien question de sexe, non ? Je repense à la fois où… et à la fois où… et encore à la fois où.

Mon pied chaussé d'une chaussure à talon aiguille essayant de s'appuyer contre le lavabo ; le jour où il m'a emmenée dans un amphi dans l'obscurité de la New School. « Tu vas apprendre quelque chose maintenant. » Pas de désir ?

Je dis d'une petite voix perplexe :

— Pas de désir du tout ?

C'est une question que je vais immédiatement regretter. Il est difficile de se raccrocher toujours à son amour-propre.

En particulier quand on a vingt-trois ans et qu'on apprend qu'on ne réveille aucun désir chez son petit ami. Ex-petit ami.

Il secoue la tête, triste, plein de regret. La lame de son couteau brille.

— La première fois que tu m'as embrassée, quand

tu as passé la main entre mes cuisses, j'avais vraiment l'impression que tu me désirais...

Mitchell hausse les épaules.

— Je simule, dit-il.

Sa cruauté en devient presque drôle. Un sourire malicieux apparaît. Il croise mon regard, prêt à me rendre complice de ma propre humiliation. Je lui adresse à mon tour un sourire. Je ne vais certainement pas lui laisser voir que c'est plus une tragédie qu'une comédie.

— Je suis désolé, reprend-il. Pour moi, il faut que ça soit... *dégoûtant*. Avec Clarissa, c'était toujours *dégoûtant*. Avec toi, c'est agréable. Tu vois ce que je veux dire ?

Je hoche de nouveau la tête. J'intègre même un peu de compassion dans mon hochement de tête. Pauvre Mitchell.

— Mais alors pourquoi... ?

— Pourquoi suis-je resté si longtemps ? Je t'adore, Esme. C'est un plaisir d'être avec toi. Tu es intelligente, tu... J'apprécie ta compagnie.

— Oh ! dis-je sombrement. Merci.

Voilà tout ce que je trouve à dire au lieu de déverser un chapelet d'injures et de mots blessants. À quoi bon ? *Merci*.

— Tu n'as pas besoin de me remercier, dit-il, les yeux pétillants, l'air amusé. C'est tellement *anglais*, Esme.

Il prend ma main entre les deux siennes.

— Je ne veux pas te blesser, dit-il.

Un nouveau genre de sourire apparaît.

— Non, dis-je. Non, bien sûr... Mitchell... Je n'ai pas eu l'impression que tu étais sur le point de rompre avec moi quand..., quand on s'est vus hier ou quand je t'ai parlé ce matin... J'ai fait quelque chose sans m'en rendre compte ?

Il grimace.

— Rompre, rompre, c'est un bien grand mot, Esme.

Je ne pense pas que ce soit le terme exact. Ce n'est pas comme si nous avions eu une relation exclusive…

— Exclusive ?

— Oui, nous n'avons jamais pris un tel engagement.

— Tu es sorti avec d'autres filles ?

Ma voix est calme. Je lui pose la question presque sur le ton de la conversation. Mitchell sait pourtant qu'il n'en est rien.

— Esme, tu sais ce que c'est…

La nourrice et la petite princesse repassent devant notre banc sans se presser.

— Non, dis-je prudemment. En revanche, tu peux me demander tout ce que tu veux sur la Renaissance italienne. Là, je sais ce que c'est.

Il ne dit rien. J'ai l'impression de tomber, de tomber dans le vide. Je ne peux pas me cramponner à ce qui m'arrive.

Je suis enceinte, et pas censée l'être, et mon petit ami n'est pas mon petit ami. Je suis juste une des filles avec qui il sort. Telle Ruth privée de sa patrie, je suis seule parmi la moisson étrangère[1].

— Tu ferais bien de me dire… ce que c'est, dis-je enfin. Tu sors avec beaucoup de filles à la fois ?

— Je suis sorti avec une ou deux autres filles, à titre exceptionnel. Il y en a une que j'ai vue plus régulièrement. Je suis désolé s'il y a eu un malenten…

— Tu couches avec elles ?

— Esme.

— Est-ce que tu couches avec elles ?

Ma voix monte dans les aigus comme une plainte, mais je ne peux pas la contrôler.

— Je pense que j'ai le droit de savoir. Si j'avais su, quand je suis allée chez le…, enfin, quand j'ai passé une visite

---

1 Allusion au poème de John Keats, « Ode à un rossignol » : *Ce même chant, qui sait, avait trouvé la voie/Du triste cœur de Ruth privée.*

médicale, j'aurais demandé à faire des analyses pour voir si je n'avais pas attrapé le sida ou de l'herpès !

Je le regarde ; il a les yeux vitreux, aussi impitoyables que ceux d'un oiseau.

Je me demande comment se déroule un avortement. Si c'est horrible, si ça fait mal. Si j'aurai besoin d'une anesthésie. Si les infirmières vont me haïr en secret. Si mon assurance prend les frais en charge. Si ça va me briser le cœur.

— Il va être temps que je parte. Qu'est-ce que tu voulais me dire ? demande Mitchell.

La grossesse n'a rien à voir avec lui, après tout. Il faut que je m'en aille, que je m'éloigne de lui, que j'appelle la clinique et que je mette un terme à ce qui n'aurait jamais dû être.

— Ça n'a plus d'importance à présent, dis-je.

Il hoche la tête.

— C'est ce que je pensais.

Je lui tends la main.

— Au revoir, Mitchell.

— Tu es blessée, je sais. Mais, Esme, c'est moi, c'est juste l'alchimie, je suppose. Je suis sûr qu'il y aura plein d'hommes qui te trouveront séduisante. Très séduisante.

Après avoir déposé un rapide baiser sur ma joue, il tourne les talons et sort par la porte qui donne sur la 5e Avenue. Je me rassois sur le banc.

J'ai des problèmes très urgents à régler, mais je pense que je ne vais en régler aucun dans l'immédiat.

Ce banc est une sorte de mémorial. Une plaque en laiton indique qu'il est en mémoire de « Mamami et Papapa ». Il y a aussi une plaque en laiton sur le banc d'à côté. Je lis : Repose en paix, ma chère Alice. Sur celle d'à côté encore : À la mémoire de Priscilla, de la part d'A. qui l'adorait. Ce qui était encore, il y a quelques secondes, un condensé de jardin vient de se transformer sous mes yeux en cimetière plein d'amour et de chagrin.

Je me surprends à lire toutes les inscriptions. J'ai à la fois l'impression d'être indiscrète et courtoise. Certaines célèbrent une longue et belle vie et souhaitent aux défunts la paix éternelle au milieu des fleurs. D'autres sont encore empreintes de chagrin à l'état pur.

***

La route que je voulais suivre était celle que nous avions tracée ensemble. Tous les autres chemins que j'avais envisagés avant de le rencontrer et qui semblaient déboucher sur des possibilités infinies ressemblent désormais à de longues impasses grises qui ne s'ouvrent sur rien.

Je suis assise dans un coin de la pièce, blottie sur mon lit. Je regarde la lumière changer dans la chambre, tandis que le jour las et gris décline pour glisser dans un temps plus épais.

Il y a un bébé. Il y a un bébé. Je ne peux pas avoir ce bébé. Va-t-il tirer sa révérence parce qu'il se sent indésirable, va-t-il larguer les amarres, filer discrètement en trompant la vigilance des sentinelles de la nuit ?

Sans trop réfléchir, je me dirige vers La Chouette. Je choisis cette destination, juste pour avoir un but ; on ne peut pas se promener sans but à part si on a un chien.

Chaque belle femme que je croise dans la rue pourrait sans doute faire naître le désir que je n'ai pas su éveiller en Mitchell. Je les regarde avec une sensualité charnelle indirecte, désirant la poitrine de cette fille, le maintien de celle-ci…, la façon dont celle-là rejette ses cheveux brillants en arrière. Les yeux sombres et doux d'une autre disent « Aime-moi, baise-moi, aime-moi, baise-moi ».

Des femmes m'ont aussi jaugée de cette façon parfois et j'ai toujours pensé que c'était tout simplement de la jalousie. Maintenant, je comprends que ce regard est attisé par une nostalgie désespérée et le sentiment qu'on ne sera jamais à la hauteur. C'est ainsi que nous sommes divisées et ainsi que nous sommes conquises.

L'ambiance est très paisible dans le chaud plumage de La Chouette. Ça sent le radiateur électrique et le papier qui se transforme doucement en poussière.

Il y en a un petit au fond du magasin. Une infraction évidente à toutes les réglementations en vigueur contre les incendies à New York. Qu'est-ce qu'on sent quand on sent un radiateur électrique ? Les molécules de métal chauffé remontent-elles le long de nos narines ?

Je trouve un livre que j'ai toujours voulu lire : *Victoriens éminents* de Lytton Strachey. C'est le genre de vieux livre américain sur du papier délicat et vieillissant avec des bords jaunes. Il n'a absolument aucun rapport avec ce que j'étudie actuellement. J'aurais dû le lire si j'avais passé un diplôme concernant les victoriens et leur éminence.

Mais maintenant il représente une lacune que je devrais combler. En réalité, il représente un lien avec un passé réconfortant quand j'étais jeune et facile à vivre sous les larges branches des pommiers[1]. Je l'ouvre et lis quelques lignes sur le cardinal Manning. Je traîne.

George est à l'avant, en grande conversation avec un homme chauve et sérieux, qui tient une petite couverture enroulée. Apparemment, il n'y a personne d'autre dans le magasin. Aucun de ceux qui travaillent ici d'habitude.

— Il s'agit d'être à l'écoute, dit George. À l'écoute des rythmes de la terre, des rythmes de la nature.

— Vous avez raison, c'est ce que je veux faire. Mais c'est franchement difficile à New York, dit le chauve.

— Pas si difficile que ça. Il suffit d'essayer. La terre, c'est la terre. Il n'est pas nécessaire d'aller à Taos ou de chercher des vortex à Sedona pour se régénérer. Il faut juste prêter attention.

---

1 Allusion au poème de Dylan Thomas, « Colline de fougères ». Traduction d'Alain Suied.

Prêter attention. J'y crois dur comme fer. J'aimerais que le chauve sérieux s'évapore. J'aimerais être celle en grande conversation avec George, j'aimerais lui demander ce qu'il pense de ma situation. À lui, ou à Luke, ou à une des personnes qui travaillent ici.

George me sourit pour me saluer et tend la main pour prendre le livre.

— Strachey, dit-il. Un classique. J'ai vendu de nombreux exemplaires de ce livre dans ma vie.

Je bredouille que j'ai toujours voulu le lire et lui tends l'argent. Tout en enregistrant la vente sur sa caisse, George reprend sa conversation avec le chauve sérieux, qui essaie de le convaincre et lui reproche de ne pas avoir d'ouvrages sur le yoga, hormis le Bhagavad Gita.

Je prends mon livre et sors du magasin à toute vitesse. Je suis ridicule. C'est une librairie. Ce ne sont pas des prêtres qui pourront me donner l'absolution, ni des thérapeutes qui pourront me guider. Ils vendent des livres. George ne connaît même pas mon nom.

Tout en traversant la 96ᵉ Rue, j'appelle ma mère. Elle s'inquiète du coût de la communication et je prétends avoir changé de forfait. Je lui demande comment elle va et elle me dit qu'elle et mon père reviennent tout juste de la jardinerie et qu'ils ont acheté un hortensia qui devrait être bleu, mais papa pense qu'à moins d'ajouter de la ferraille rouillée autour de l'hortensia chaque semaine, il deviendra rose pour se venger. Maman a l'air heureuse. Ce bonheur ordinaire mais divin me contraint à reprendre mon souffle, et je sens les larmes picoter mes yeux.

— Ce fameux bleu, dis-je. Le bleu des hortensias que nous avions quand nous vivions à Sheepfoot. Je me dis toujours que c'est ce à quoi T. S. Eliot pensait quand il parlait des couleurs de Marie. Promets-moi de prendre une photo si celui-ci a cette même couleur bleue.

— Nous n'y manquerons pas, dit-elle. Et nous avons aussi acheté des giroflées à planter pour ce printemps.

— Oh ! dis-je. C'est toi qui m'as appris à apprécier les giroflées. Ce parfum, j'adore leur parfum.

— Qu'est-ce qui ne va pas, ma chérie ? demande-t-elle brusquement comme si le fait d'aimer les hortensias et les giroflées voulait obligatoirement dire que quelque chose ne tourne pas rond à New York. Tout se passe bien à l'université et avec Mitchell ?...

« Euh, en fait, pas vraiment », aimerais-je répondre. Je devrais dire : « Je suis tombée amoureuse de lui, mais il ne m'aime pas ; il est parti. Et ce n'est pas tout. Il m'a – ne te l'ai-je pas déjà annoncé ? – mise enceinte. Et ce n'est pas tout, il m'a mise enceinte sans ressentir aucun désir. Faire l'amour avec moi est "agréable". Agréable comme le digestif dans les tasses de thé. Et me voici, en deuil de ma relation, mais enceinte du bébé d'un homme qui ne veut plus rien de moi. Et je n'arrive pas à me faire à l'idée que je suis enceinte. Tout ce que je vois, c'est que Mitchell est parti. Et comment c'était à la jardinerie ? »

Ce qui me choque le plus dans l'histoire, c'est que je n'ai aucune idée de la façon dont ils réagiraient. Ne garde pas ce bébé, il va ruiner ta vie, ou ne le rejette pas, nous serons toujours là pour t'aider... Ne devrais-je pas mieux connaître mes parents ? J'ignore ce qu'ils diraient, mais je n'ai pas envie de transformer leur samedi « hortensia bleu » en un maelström de devoirs et de désirs, de bonnes et de mauvaises décisions.

Je dis à ma mère que je vais bien. Je lui parle un peu de la conférence que je suis en train d'écrire, je lui dis que Stella me manque, que je suis allée à l'exposition Hopper.

Je lui dis que je ne suis plus sûre de mes sentiments pour Mitchell et que c'est peut-être pour cela que je lui ai semblé un peu bizarre.

— Oh ! dit-elle, et je sens que son front se plisse. Oh ! je suis désolée, ma chérie. Nous avons trouvé Mitchell très sympathique, mais si ce n'est pas le bon... Ne prends pas de décision trop hâtive. Et tu sais que nous serons toujours là pour t'écouter. Tu peux nous parler.

Mes parents sont venus passer une semaine peu de temps après ma rencontre avec Mitchell et nous avions bu un café tous ensemble au Hungarian Pastry Shop. Comme ils s'inquiétaient de me savoir seule à New York, j'avais préparé leur séjour avec le plus grand soin. Un déjeuner à la Piermont Morgan Library, une escapade dans l'atelier d'un luthier à Chelsea, un concert à Juillard et une visite de Columbia. Ils sont rentrés à la maison rassurés. Si j'avais vraiment l'intention de garder le bébé, j'en aurais parlé à ma mère.

Je ne veux pas de bébé. Le bébé aurait une mère pleine de ressentiments et un père qu'il ne connaîtrait jamais. Une mère pleine de ressentiments qui n'aurait pas beaucoup d'argent ni beaucoup de temps à consacrer à lui.

Et les bébés ont besoin qu'on leur consacre du temps. Si un jour j'en ai un, je veux faire les choses comme il faut. Ça m'est impossible pour le moment.

V

Le lundi matin, le temps morne du week-end a été remplacé par le soleil vif de New York. Les décisions que j'ai à prendre ne semblent plus aussi terribles. Pendant le court trajet à pied entre mon appartement et la fac, je pense : *Je vais le faire tout de suite. Je vais en finir avec ça.* Je sors la carte de la clinique de mon sac et compose le numéro juste devant la grande pharmacie Rite Aid sur Broadway. Une femme répond. J'explique ma situation. C'est le genre d'explications qu'elle doit entendre tous les jours. Il n'y a pas de place avant deux semaines.

— Deux semaines ! dis-je du ton universellement adopté par ceux qui veulent sous-entendre que le service n'est pas du tout satisfaisant.

D'autant plus que, deux semaines, ça me laisse largement le temps de souffler et de réfléchir. Puis, elle annonce qu'il vient d'y avoir une annulation pour mercredi.

— Une annulation ?

— Oui, m'dame, dit la voix. Pour mercredi 5 novembre à onze heures.

— Une annulation ? Ça veut dire que quelqu'un a changé d'avis, n'est-ce pas ?

— Pardon ?

— Non, rien, dis-je.

Les conversations téléphoniques sont particulièrement difficiles aux États-Unis. Si vous ne dites pas ce qu'on attend de vous, c'est un peu comme si vous parliez en esperanto. Je pense à l'annulation. Et si l'annulation devenait un Mozart, un Shakespeare, un sauveur.

— Madame Garland, voulez-vous ce rendez-vous ?

Je regarde le beau ciel bleu, les taxis jaunes, les platanes gris perle et l'énergie de tous les gens, et je pense à ce que je refuse à l'enfant qui est en moi. Je déglutis avec peine et suis incapable de parler pendant quelques secondes.

— Madame Garland ?

— Oui, je veux ce rendez-vous. J'ai vraiment mauvaise conscience, mais…

— Mercredi, onze heures, pour Esme Garland, dit la voix avant de raccrocher.

***

Arrivée devant la porte de mon appartement, j'entends de la musique de l'autre côté du couloir, chez Stella. Ouf, elle est de retour. J'appuie sur la sonnette. Elle ouvre, me serre dans ses bras et m'entraîne dans son appartement dont le sol est jonché de sacs et de valises ouvertes.

— J'ai plein de choses à te raconter, annonce-t-elle. Mais d'abord je vais aller nous faire un café. C'était génial. L. A. est une ville surprenante. Je veux aller m'installer là-bas. Mais pas tout de suite.

— Comme saint Augustin[1], dis-je.

— Ouais, je ne sais pas, j'aimerais me partager en deux, être à New York et à L. A. J'ai pris plein de contacts, il y a tellement de possibilités en ce moment. Tu connais ce sentiment ? J'ai rencontré un type, Jake, Jake DuPlessy – j'aime ce qu'il fait –, et il veut que je réalise un court métrage, et un autre qui veut que je figure dans un court métrage, et Adele qui m'a présentée à toutes sortes

---

1   Allusion à la phrase « Donne-moi la chasteté et la continence, mais pas tout de suite », saint Augustin, *Les Confessions*.

de personnes influentes, et j'ai exploité à fond les opportunités qui s'offraient à moi.

— Je n'en doute pas une seconde.

— Oui, je suis gonflée à bloc. Et quand je n'étais pas en train de lécher les bottes aux types de Patrick Ervell à Beverly Hills, j'étais dans un bain bien chaud avec Adele et Michaela, en train de boire des daiquiris aux framboises. Je sais comment les faire. C'est trop cool. Pas besoin de glaçons, il suffit de congeler les framboises. On en fera un de ces quatre.

— Génial ! dis-je.

J'insiste bien sur le point d'exclamation et elle arrête immédiatement d'emporter des habits d'un endroit de la pièce à l'autre. Je ne suis sans doute pas aussi enthousiaste que d'habitude quand elle me parle de cocktails. Elle me regarde droit dans les yeux.

— Qu'est-ce qui ne va pas ? demande-t-elle.

— Je ne pourrai pas les boire, dis-je.

Et puisque j'ai eu la mauvaise idée de faire une telle remarque, je m'empresse d'ajouter :

— Je suis enceinte.

— Dieu du ciel ! s'exclame-t-elle.

Elle cherche rapidement autour d'elle et prend son appareil photo. J'ai l'habitude. Stella étudie le cinéma, mais pas vraiment, en fait ; elle étudie surtout les humains. Elle veut saisir l'instant précis où notre visage laisse entrevoir notre âme.

— Raconte-moi, dit-elle derrière l'appareil. Regarde bien l'objectif.

— Tu pourrais me prendre dans tes bras et me dire que tout va bien se passer, dis-je.

— Ouais, parce que c'est ce que font les filles. Allez, Esme, c'est important. Dis-moi.

Elle tient l'appareil photo par en dessous, l'objectif dépasse. L'épaisse courroie se balance. Nikon, Nikon, Nikon.

— Je suis tombée enceinte. J'ai tout de suite su qu'il y avait quelque chose. Je me sentais… différente.

L'obturateur ronronne, le bruit familier des séances de photos dans les films.

— Quel genre de différence ? Regarde l'objectif. Quel genre de différence ?

— Comme si quelque chose avait changé. Mais c'est peut-être juste mon imagination. Non, je ne pense pas. Je *savais* que j'étais enceinte. Ça s'est juste imposé à moi. Alors, j'ai acheté un test et…

Je hausse les épaules. De nouveau, le bruit de l'obturateur.

— Continue. Continue, Esme, s'il te plaît.

— Et c'était positif. Il y avait une ligne bien épaisse. Une ligne qui ne laissait aucune place au doute.

— Mon Dieu !

— C'est de la compassion ou de l'enthousiasme artistique ?

— Je ne sais pas. C'est surprenant, dit-elle.

Elle baisse l'appareil et son visage apparaît. — Je veux dire : oh ! merde !

— Je sais.

— Qu'est-ce que tu vas faire ? demande-t-elle.

Elle soulève l'appareil et fait la mise au point. Clic, clic, clic.

Je veux lui parler de la clinique, lui dire que j'ai un rendez-vous. J'essaie de pousser les mots hors de ma bouche, mais ils ne viennent pas.

— On dit toujours qu'on « prend des photos », qu'on « fait des clichés », qu'on « capture des images », dis-je (même s'il faut bien l'avouer, je n'ai jamais entendu quelqu'un affirmer vraiment qu'il allait capturer des images). Tu as remarqué ? Ce ne sont que des verbes d'acquisition. Et pourtant, ce n'est pas vraiment comme ça que fonctionnent les appareils photo. Les appareils photo sont réceptifs. Ce ne sont que des trous qui laissent entrer la lumière. Mais comme ce sont surtout les hommes qui les utilisent, plus que les femmes, nous avons des mots différents, des mots qui ne correspondent pas à ce qui se passe. Imagine si les hommes se mettaient à dire « Je vais prendre mon appareil parce je veux recevoir des photos »…

— Ils jetteraient leur appareil ou se jetteraient dans le vide, dit Stella.

Elle a laissé le sien pendre sur son épaule. Puis, elle sourit.

— Mais les mots ne sont pas aussi importants que l'action.

Elle pose de nouveau la main à la base de l'objectif et le soulève avec un sourire malicieux.

— Et l'action est moins importante que la forme. Si les appareils photo avaient une forme de vagin, ça serait une autre histoire.

Ça me fait rire, mais elle continue à me regarder. Elle sait ce que je fais.

— Tu as besoin de temps, dit-elle. Donne-toi le temps.

— Je pense que c'est exactement ce que je ne veux pas. Ce n'est pas comme si tout s'arrêtait pendant qu'on prend le temps. Le monde ne s'arrête pas de tourner pendant qu'on réfléchit.

— Non, dit Stella en soulevant de nouveau son appareil. Mais l'important, c'est que toi tu t'arrêtes pendant que tu réfléchis.

— Je ne m'arrêterais pas. Je changerais. Je m'attacherais.

— C'est le risque. Mais l'autre risque, c'est que tu te précipites. Que tu fasses quelque chose que tu regretteras plus tard.

— Ah vraiment ? Je me demande comment on se sent après.

— Je sais, ma chérie. Je suis désolée.

Je me détourne d'elle et de son appareil photo, et me mets à tripoter un vieux truc en fil de fer, posé sur une table. Quatre cartes minuscules sont accrochées dessus. Les quatre couleurs. C'est le carreau qui est devant.

— Tu sais quoi ? dit soudain Stella. Tu es vraiment *vivante*. Pas moi. C'est ça la vie, Esme.

— Je viens d'appeler la clinique pour prendre rendez-vous.

Silence dans la pièce. Puis un clic. Elle a pris mon dos en photo.

— J'ai réfléchi, dis-je à la table. Et je n'ai pas vraiment d'autres choix.

Je me retourne pour la regarder.

— Je veux te prendre en photo, dis-je. Tu devrais voir la tête que tu fais.

— Quand est-ce que tu y vas ? demande-t-elle.

— Mercredi. Ils ont eu une annulation.

Elle reste silencieuse.

— Le café est en train de brûler, dis-je.

Elle se précipite vers la cuisinière, jette son appareil sur un pouf.

— Bon. Il ne brûle pas. Il est prêt, c'est tout. Mercredi. Qu'en dit Mitchell ? C'est le père ?

— Tu me demandes si c'est *lui* le père ?

Elle rit.

— On ne sait jamais. Tu as peut-être rencontré un type bien ces dernières semaines.

Elle ne tient pas Mitchell en très haute estime. Ils ont fait connaissance dans un bar en août quand nous nous étions retrouvés avec quelques étudiants de Columbia.

Il lui avait dit alors – pour l'agacer, pour la draguer – que, si elle était lesbienne, c'est parce qu'elle n'avait pas encore rencontré l'homme qu'il lui fallait. Elle l'avait regardé droit dans les yeux et avait répliqué « J'aime pas les bites », et c'est ainsi que s'était terminée cette merveilleuse relation.

— Je ne le lui ai pas dit. Mitchell... En fait..., c'est fini avec Mitchell. J'allais le lui annoncer. J'ai pensé qu'il avait le droit de savoir. Mais quand on s'est vus, je n'ai pas eu l'occasion de lui en parler parce qu'il m'a plaquée. Il a dit qu'il m'adorait, mais que, sexuellement, c'était pas le top. Alors, je ne lui ai rien dit, je ne voyais plus l'intérêt de lui en parler, si ce n'est m'humilier encore un peu plus.

Stella ouvre les bras pour montrer que tout ce que je fais est évident et évidemment complètement à côté de la plaque.

— Tu tombes enceinte, tu es sur le point de l'annoncer à Mitchell… Pourquoi es-tu sur le point de le lui annoncer ? Parce qu'il va peut-être s'en réjouir ? Parce qu'il va te faire monter sur son beau cheval blanc et t'emmener tout de suite sur Madison Avenue ? Mais, en fait, il te largue avant même d'être au courant. Et toi, tu t'empresses d'appeler la clinique ? Arrête-toi une seconde et réfléchis à ce que tu veux, à partir de là. Pas à cause de ce qui s'est passé, mais à cause de ta vision de l'avenir. Il faut que tu aies le temps de la voir et de la sentir. Il faut que tu t'arrêtes, il faut que tu regardes.

— Je m'arrête et je regarde, dis-je.

— D'accord. Mais il faut que tu t'arrêtes vraiment et que tu regardes vraiment. On passe tous beaucoup trop de temps à réagir…

Je hausse de nouveau les épaules.

— Bien sûr. Il se passe des choses et on réagit à ce qui se passe.

— Que Mitchell soit un enfoiré et que Mitchell soit le père de ton enfant sont des choses complètement différentes. Et le fait que tu sois enceinte, c'est encore autre chose.

— Mais je ne suis pas tombée enceinte *intentionnellement*. Il a suffi d'une fois. Je ne veux pas changer le cours de ma vie à cause de la… *lubie* d'un type.

— Oui, mais c'est exactement ce que je veux dire. C'est une réaction par rapport à Mitchell. Il faut que tu réagisses à ta grossesse.

— Stella, je ne savais pas que tu étais anti-avortement.

— Tu ne m'écoutes pas. Je parle de choix. Je parle de choix dans le sens le plus profond du terme. Arrête-toi. Tais-toi. Puis, décide.

— Je ne suis pas vraiment sûre d'avoir le choix, je ne pense pas que nous ayons toujours le choix. Tout ce qui s'est passé détermine la suite des événements. Ça peut ressembler à un choix, mais la façon dont nous tombons est toujours déterminée par ce qui s'est passé avant. Alors, nous ne pouvons pas choisir.

Stella secoue la tête.

— C'est ce que quelqu'un a dit à propos de la photographie. Les circonstances qui amènent au déclic de l'obturateur signifient que la photo est la somme de tous les événements avant elle. Mais je n'y crois pas une seconde. C'est bien joli, mais c'est de la philosophie à deux balles, si tu veux mon avis, des foutaises. Tu as le choix.

— Oui, dis-je.

Elle hoche la tête et reste immobile un instant à me regarder.

— Si tu veux vraiment mon avis, je pense que toute cette histoire, toute la culpabilité que tu ressens soudain, c'est…

Elle m'adresse un sourire contrit, puis, la tête inclinée bizarrement, elle dit d'une voix chantante :

— … une construction sociale bourgeoise, qui nous est imposée par les hommes et que nous avons intériorisée de la *pire des façons*.

Je ne dis rien. L'épaisse ligne bleue n'est pas une construction sociale bourgeoise.

— Aristote n'avait aucun problème avec l'avortement.

— Ah bon ! C'est un vrai réconfort pour moi, dis-je.

Inutile de lui demander comment elle le sait. Les Américains suivent toutes sortes de cours qui font qu'ils savent des choses étranges. Les ingénieurs connaissent William Blake, et les poètes maîtrisent la géométrie analytique. Elle a certainement suivi un cours sur Aristote et la politique des sexes.

— Il pensait qu'il fallait du temps pour que l'âme entre dans le corps.

— Eh bien, s'il dit vrai, raison de plus pour prendre la place qui s'est dégagée à cause de l'annulation.

Je fais exprès de dire « annulation » pour me faire violence.

Les épaules de Stella s'affaissent brusquement. Elle s'avance vers moi et pose sa main sur mon bras.

— Je viendrai avec toi, dit-elle. Je viendrai.

Je sens les larmes me monter aux yeux et j'essaie de les refouler.

— Tu vas prendre ton appareil photo avec toi ?

Elle me regarde pour voir comment je me sens.

— Je m'abstiendrai, dit-elle.

Elle s'approche du bar à grandes enjambées et verse le café noir bien fort dans ses grandes tasses rondes et blanches. Tout en me tendant la mienne, elle dit :

— Voilà le genre de choses qui n'arrivent pas quand on est lesbienne.

— C'est indéniablement un avantage.

— Qu'en pense ta mère ? demande-t-elle.

Je ne peux pas le leur dire, c'est viscéral. Pourquoi leur infliger une telle déception ? Si je fais le choix d'avorter, je n'aurai jamais à leur passer ce coup de téléphone. C'est l'un des avantages de ce choix. Je regarde le chat s'installer confortablement sur un pouf où traînent des sous-vêtements.

— Earl est heureux que tu sois de retour, dis-je.

Stella se contente de me regarder par-dessus sa tasse.

***

Le lendemain, après avoir pris le petit-déjeuner, j'ouvre mon ordinateur portable et commence à travailler sur mon exposé. Je n'arrive pas à me concentrer. Si je garde le bébé, je serai incapable de me concentrer pendant les dix-huit prochaines années.

Je persévère et parviens à pondre quelques lignes soignées qui n'exigent pas une grande inspiration de ma part. Puis, je consulte ma boîte vocale, ma boîte mail et vais sur Facebook. Je lis les posts d'autres personnes, écris des commentaires enjoués, dilapide le temps, profane le temps.

Bryan Gonzales, un autre étudiant en histoire de l'art, m'appelle et m'invite à une soirée à Columbia, ce soir. Je dis que je ne peux pas me libérer si rapidement.

— Allez, Esme. Il y aura Bradley Brinkman, et vous flashez toutes pour lui.

Je refuse de nouveau, lui dis que je suis fatiguée et lui promets de venir au prochain rendez-vous dimanche au Hungarian Pastry Shop. Si je choisis de faire ça, je veux au moins pouvoir rendre une sorte de dernier hommage, préparer cet instant avec le sérieux qu'il mérite.

Je suis allongée dans l'obscurité. Il pleut. J'entends le va-et-vient des pneus qui soulèvent des gerbes sombres sur la chaussée humide. La lumière des gyrophares bleus passe de temps à autre à travers le store et illumine mon plafond. Les phares des voitures décrivent des arcs, sans cesse répétés. Quelque part non loin de là, quelqu'un interprète un solo de trompette. Jamais je n'aurais cru qu'un air de trompette puisse être aussi mélancolique.

J'entends les notes décliner une par une dans l'air comme les étincelles qui s'éteignent dans l'obscurité.

La fatigue est bien réelle, mais je ne dors pas, je ne peux pas dormir. Je veille heure par heure avec ma poignée de cellules, la pleureuse et le bourreau.

Plus tard, au plus sombre de la nuit, je remarque que la trompette s'est tue depuis longtemps. Il n'y a rien pour se repérer dans le temps, pas de clocher qui sonne les heures, pas de chant d'oiseaux pour annoncer l'aube naissante.

J'ai passé toute la nuit allongée dans mon lit, les yeux ouverts, et cette expérience a été différente de toutes les autres fois où j'ai été immobile, silencieuse, seule. Je sais pourquoi. C'est parce que je ne suis pas seule.

J'ai pensé à beaucoup de choses : à ce qui compte, à ce qui semble compter, à ce qui ne compte pas du tout. À Dieu aussi. Je ne sais pas si c'est un « il » ou un « elle », si c'est une créature avec des yeux pour nous voir, des oreilles pour nous entendre, des larmes pour pleurer.

Et quand bien même nous entendrait-il, pourrait-il seulement nous aider ? Je ne sais pas – personne ne le sait – s'il est là ou s'il était là autrefois et qu'il a fini par se lasser et s'en aller, si bien que nous sommes seuls désormais.

Pourtant, qu'il y ait un Dieu ou non, voilà qui ne fait aucune différence à mes yeux. J'ai créé un être moi-même et je ne pense pas avoir suffisamment de bonnes raisons pour me lasser et m'en aller. Il y a beaucoup de raisons, de bonnes raisons pour interrompre une grossesse.

Mais que mon doctorat à l'Université de Columbia soit un peu plus compliqué à cause de mon état n'en fait certainement pas partie. Ni l'intolérable blessure d'amour-propre, le fait insupportable que, pour le père de ce bébé, la nuit de sa conception n'ait pas été inoubliable et torride.

Au son des grues et des camions de livraison, alors que l'aube se lève sur New York, je prends mon téléphone, appelle la clinique et laisse un message sur la boîte vocale pour annuler mon rendez-vous. Puis, je repose ma tête sur l'oreiller pour dormir.

***

Quand je fais part de ma décision à Stella, elle me prend dans ses bras et me dit que c'est cool, cool, cool que je garde le bébé. Puis, elle ajoute :

— Je serai ta doula, tu veux ?

— Qu'est-ce que c'est que ça ? Qu'est-ce que tu feras ? Elle hausse les épaules.

— Je ne sais pas. Je te dirai « Pousse » ou « Tire » ou quelque chose dans le genre. Mais vraiment, c'est génial. Et maintenant, Esme ?

— Quoi ?

— Appelle ta *mère*.

Je n'ai toujours aucune envie de parler du bébé à mes parents. Quand on m'a offert une bourse pour venir étudier à Columbia, ils étaient inquiets au départ, en partie à cause du 11 septembre, en partie parce que c'est New York et que je suis leur unique enfant. Quels dangers innommables m'attendaient ? Ils ont certainement pu en nommer quelques-uns, mais une grossesse inattendue ne figurait pas dans le lot. Je suis trop *raisonnable* pour ça.

Comme New York n'a plus été pris pour cible depuis 2001, j'ai consulté les statistiques pour les convaincre que je pouvais venir ici sans avoir d'ennuis. Il est plus dangereux de traverser la rue à Londres, on a plus de chances de s'étrangler avec un bonbon à la menthe, que d'être la victime d'al-Qaida.

Mon père gagne sa vie en concevant des instruments mathématiques. Il suffit de lui présenter les bonnes données pour calmer ses inquiétudes. Ma mère se fait encore du souci, mais pas à cause d'al-Qaida. Je sais que, malgré leur visite, elle a encore peur des gangs qui pourraient traîner sous les porches de la *Rue Sesame* et m'agresser pour prendre mon argent ou ma vertu.

C'est pourquoi je ne veux pas leur parler tout de suite du bébé, leur annoncer qu'ils vont devenir grands-parents beaucoup plus tôt qu'ils ne le pensaient et que les ennuis ne font en quelque sorte que commencer. Il faut d'abord que je m'habitue moi-même à cette idée.

Ma mère pourrait se précipiter ici, me supplier de prendre le prochain vol pour rentrer à la maison, pour m'enfermer dans son monde bien ordonné. J'appellerai demain, ou après-demain.

Dans l'après-midi, je me rends au centre d'aide aux étudiants à Columbia. Contre toute attente, mon interlocutrice se montre très serviable. Elle n'a pas l'air de me prendre pour une idiote parce que je n'ai pas su prendre de contraception. Elle me dit que je peux naturellement rester dans l'appartement pour le moment parce que le bébé ne naîtra pas avant la prochaine année universitaire.

Et je peux inscrire mon nom pour demander un logement réservé aux familles. Une mère et un enfant. Nous serons considérés comme une famille. Ça sera plus cher, c'est tout. Elle me présente la liste des logements avec les prix.

Ça va même coûter beaucoup plus cher.

Je demande s'il y a des jobs proposés par l'université. Non, il n'y a aucune place disponible pour le moment. Les jobs au sein de l'université sont comme des chimères. Ceux qui sont au parfum se les arrachent avant le début du semestre. Je peux m'inscrire pour être informée des nouveaux postes, mais ils sont en général pris avant même qu'une annonce soit rédigée et envoyée par mail.

Je m'inscris malgré tout.

J'ai un visa étudiant et je ne suis donc pas censée travailler, sauf dans le cadre de ces petits boulots à Columbia, très réglementés. Mais je vais avoir besoin de beaucoup d'argent en plus pour le bébé. Un loyer plus élevé. Des couches, une poussette, du lait pour bébé.

Plus tout ce dont je ne peux même pas rêver dans ma situation. J'effectue une recherche sur Internet. Les couches me reviendront à mille dollars par an. Une poussette coûte au moins deux cents dollars.

Un petit lit, cent dollars minimum. Apparemment, j'aurai aussi besoin d'une baignoire pour bébé, d'un transat, d'un tire-lait, d'une chaise haute, d'une table à langer, d'une poubelle à couches, d'un stérilisateur, de coussinets d'allaitement, d'un tapis en peau de mouton. La moitié de ces articles et objets m'est complètement inconnue. Un tapis en peau de mouton ? Pour quoi faire ?

J'appelle quelques cafés pour proposer mes services en tant que serveuse. Pas de salaire, on ne peut compter que sur les pourboires et ils cherchent des personnes qui ont déjà de l'expérience dans le métier. Et sans doute qui ne paniquent pas quand elles doivent diviser vingt-quatre par quatre. Je ne dis pas que je suis enceinte, naturellement, mais je suis sûre que ça ne passerait pas très bien.

Je m'approche de la fenêtre et regarde mon Broadway que j'adore. J'ai quelques amis qui pourraient peut-être m'aider de temps à autre. Mais pas de vieux amis et pas de famille. Quand on a besoin d'aide, d'une aide à long terme et désintéressée, on a besoin de sa famille, la famille que je ne veux pas appeler, parce que je ne peux pas supporter l'idée de demander cette aide prolongée et désintéressée à ma mère. Je veux me débrouiller toute seule. Je sais que ça va être difficile. Financièrement.

Et en termes de temps. Je suis peut-être complètement bornée ! Est-il possible de tout avoir à la fois : New York, le doctorat, le bébé ? Si je garde le bébé, je serai peut-être obligée de rentrer à la maison.

Au cours des deux semaines suivantes, je réalise que ce « si » est purement rhétorique. Il n'est plus du tout question de se demander si je vais le garder. Jour après jour, heure après heure, ce bébé devient plus précieux à mes yeux. Si ça continue comme ça, je déborderai d'amour au moment de sa naissance.

Je marche sur Broadway. Il est encore douloureux de penser à Mitchell. Comme, la plupart du temps, je l'imagine en train de faire l'amour avec une beauté voluptueuse, je préfère ne pas penser à lui.

Pas trop. Sauf que je vois son visage sur chaque visage, et, quand je crois le reconnaître au milieu de la foule sur le trottoir, mon sang s'électrifie de désir et de désespoir, puis se transforme en eau de vaisselle au moment où je réalise que ce n'est pas lui. Mais ce désir intense va finir par s'estomper si je ne m'y abandonne pas. Il finit par s'estomper pour tout le monde. Sauf peut-être pour A. E. Housman.

Tout en marchant, je vois chaque couleur, chaque forme, chaque rai de lumière. C'est comme une aquarelle de Fairfield Porter, un soleil si vif, des ombres si marquées, un éclat si fort. Je me dis que c'est trop beau pour que je m'en aille si je peux l'éviter.

Si je dois partir un jour, c'est parce que je n'aurai pas assez d'argent. Il faut donc que je trouve un moyen d'en gagner. Je ne peux pas travailler comme serveuse, ni enseigner à Columbia, mais il doit y avoir des milliers de façons de gagner de l'argent à New York.

Un promeneur de chiens avec une meute de cabots autour de lui croise justement mon chemin. Combien par chien et par heure ? Ce type touche peut-être des centaines de dollars par jour. Mais les inconvénients sont évidents et nombreux.

J'essaie de penser à d'autres jobs : la gestion de fonds spéculatifs peut rapporter gros, d'après les journaux, mais j'ignore ce qu'est un fonds spéculatif. Je pourrais inventer une super application pour Facebook ou pour un téléphone portable qui envahirait le monde, sauf que je n'ai aucune idée sur le sujet et que je ne comprends même pas pourquoi les gens aiment Angry Birds.

Puis, je me souviens que je ne peux accepter que des jobs autorisés par l'Université de Columbia. Je suis coincée. Je pourrais emprunter de l'argent à mes parents, mais cette idée m'est insupportable. Je dois être capable de m'en sortir toute seule.

C'est dans cet état d'esprit que j'arrive devant La Chouette. Je m'arrête. Il y a une affichette dans la vitrine : Recherchons vendeur ou vendeuse. Elle est un peu crasseuse, écrite au marqueur. Elle n'était pas là la dernière fois que je suis passée devant la librairie. Signes et miracles.

J'ouvre la porte et entre. Luke est là, comme la dernière fois. Il n'est pourtant que dix heures du matin. Il y a de la musique. Il me fait un signe de tête pour me saluer.

— Vous êtes souvent là le matin, dis-je. Je croyais que vous n'étiez là que le soir.

— Ouais, c'est moi qui ai ouvert à la place de George ce matin. Il y avait une vente de livres chez un particulier. Mais il est revenu. Il est aux chiottes.

— Ah, dis-je.

Le mot « chiottes » m'embarrasse. Je n'y peux rien.

George réapparaît et me sourit vaguement. Il regarde Luke.

— Tu penseras à étiqueter ces livres de cuisine ?

— Non, répond Luke.

Il se lève.

— Je suis juste venu ouvrir pour toi, George. Je ne reste pas. Sinon, je vais louper *La Petite Maison dans la prairie*.

Luke a une petite barbe, il porte un bandana, un tee-shirt rouge et un jean Lucky. Il ne ressemble pas du tout à quelqu'un qui va rentrer chez lui pour regarder *La Petite Maison dans la prairie*.

— C'est une blague, dis-je.

Il paraît surpris.

— Je ne sais pas quel épisode ça va être. Mais je suppose que Laura va faire une bêtise, puis reconnaître son erreur et va aider toute la ville de Walnut Grove à tirer une leçon précieuse de tout ça avant la messe du dimanche, où toute la communauté va se retrouver pour chanter.

— Luke, dit George, c'est un choc. Essaies-tu de nous dire quelque chose ?

— Oui, c'est ma façon de faire mon coming out. À plus tard.

Une fois qu'il est parti, George dit à l'air ambiant :

— Je ne sais pas si c'est moi, mais plus je vieillis, plus les gens autour de moi me semblent bizarres.

Il remarque que je ne suis pas allée regarder les livres et demande :

— Je peux vous aider ?

Je prends une profonde inspiration.

— L'affiche dans la vitrine. L'aide que vous recherchez ?

— Oui.

— Je me demandais si vos conditions étaient très strictes.

Je lui dis que je n'ai jamais travaillé dans un magasin et que, bien que j'aie des papiers en règle, je n'ai pas le droit de travailler en tant qu'étudiante et qu'ainsi, s'il venait à m'embaucher, il enfreindrait la loi lui aussi.

— Et, dis-je pour finir, je suis enceinte.

— Vous êtes exactement l'employée que je recherchais, conclut George.

VI

J'ai convenu avec George que je viendrai après mes cours. George me dit qu'il ne sera pas là, mais qu'il y aura Luke. Il me conseille ensuite de faire de l'exercice pour le bien-être du bébé et de boire de l'eau distillée si possible. Je hoche la tête tout en me demandant si c'est effectivement possible. Ne faut-il pas une distillerie ?

Mes cours se terminent à seize heures vingt. J'arrive à La Chouette un peu avant dix-sept heures. J'ouvre la porte, un peu hésitante, m'attendant à voir George ou Luke.

Mais c'est un autre homme qui est assis derrière la caisse. Il a environ quarante ans, et ses cheveux noirs commencent à grisonner. Sur son tee-shirt, qui a grandement besoin de passer à la machine, les mots REO et Speedwagon sont à peine lisibles.

L'homme dit :

— Je peux vous aider ?

— Je suis Esme, dis-je. Esme Garland. George...

L'homme se lève d'un bond.

— Assieds-toi, dit-il en indiquant son siège vide. Je suis ravi de faire ta connaissance. Je m'appelle Bruce. Assieds-toi. Je peux t'offrir quelque chose ?

— C'est bon, Bruce, dit Luke en posant brusquement une grosse pile de livres sur le comptoir.

— Je peux t'apporter un thé ? propose Bruce.

— Oui, dis-je en jouant mon rôle. Volontiers.

Je m'attends à ce qu'il disparaisse au fond du magasin pour faire chauffer de l'eau dans une bouilloire, mais, au lieu de cela, il ouvre le tiroir-caisse, prend quelques dollars et se dirige vers la porte. Il va aller m'*acheter* un thé.

— Bon, comme c'est ton premier jour…, tu peux faire un tour dans la boutique et ranger un peu si ça te paraît nécessaire…, dit Luke.

Au moment où je hausse les sourcils pour signifier qu'en effet, ça me paraît plus que nécessaire, la porte s'ouvre et une femme entre. Elle doit avoir une cinquantaine d'années, ses cheveux blonds tombent sur ses épaules et elle porte un rouge à lèvres rose nacré. Elle est vêtue d'un pantalon bleu et d'une veste polaire rose. Elle a des baskets blanches aux pieds.

Elle m'adresse un grand sourire, puis regarde le magasin sans changer d'expression. Elle est suivie d'un mari tout beige, vêtu d'un anorak pâle.

— Ça, par exemple ! Cette librairie est adorable. N'est-ce pas, chéri ? Nous n'avons pas ça chez nous.

— Je peux vous aider ? demande Luke.

— Eh bien, oui, je l'espère. Je cherchais un livre intitulé *The Power of Pendulums*[1]. Vous en avez entendu parler ? Vous l'avez ?

Luke me regarde.

— Dans quel rayon, à ton avis ?

Je fais la grimace pour lui indiquer que je n'en ai pas la moindre idée.

— « Science », dis-je. « Horlogerie » ?

La femme rit de bon cœur et donne un coup de coude à son mari qui se met à hennir doucement.

— Non, dit Luke. « Développement personnel ».

Il se dirige rapidement vers une section, sort un livre

---

1   Le pouvoir des pendules.

d'une pile comme s'il s'agissait d'un pur hasard et le pose sur le comptoir. La femme s'en empare.

— Vous l'avez, dit-elle. C'est merveilleux. C'est un livre extraordinaire ! Vous l'avez lu ?

Elle le feuillette tendrement en souriant. Puis, elle le repose sur le comptoir.

— Je peux le laisser ici pendant que je jette un œil au reste du magasin ?

— Bien sûr, dit Luke.

Elle se dirige vers la section « faits divers », et son mari la suit, l'air malheureux.

— Je le range sous le comptoir pour que personne ne le prenne ? dis-je à Luke.

Il secoue la tête.

— Non. Dans une seconde, elle aura trouvé une raison de ne pas l'acheter.

Je ne sais pas pourquoi il dit ça – elle m'a plutôt l'air emballée par le livre. J'ai peut-être rangé cinq livres en rayon quand la femme revient avec un livre intitulé *Bloodbath in Boise*[1]. Il y a une éclaboussure de sang en relief sur la couverture, et nous vendons l'ouvrage pour trois dollars.

— Je crois que je vais laisser l'autre pour le moment. Je vais plutôt prendre celui-ci. Pour ma sœur. Elle aime ce genre de trucs.

Luke hoche la tête, prend l'argent et glisse le livre dans un sac en papier.

— Merci, monsieur, dit-elle. Et cette boutique est vraiment adorable. À plus.

— À plus, répète Luke.

Je prends *The Power of Pendulums* et l'ouvre. Je lis à haute voix.

— *Le pendule est un outil qui vous permettra d'accéder*

---

1 Bain de sang à Boise.

et de vous connecter à votre puissance supérieure et de
prendre les bonnes décisions.

— On nous demande ce bouquin des milliers de fois
par semaine, dit Luke. Je suis surpris que tu n'en aies
jamais entendu parler. Il figure depuis une éternité sur la
liste des best-sellers du *New York Times*.

Je le feuillette. Les pendules sont apparemment
fréquemment utilisés par la CIA, la U. S. Navy et les
Nations unies. Les organismes les plus puissants et les
plus respectés de la planète font tourner un pendule
au-dessus des cartes pour localiser l'ennemi. Vous pouvez
vous aussi trouver vos ennemis et poser des questions à
votre pendule auxquelles il répondra avec la plus grande
justesse.

— Les gens croient vraiment à ces balivernes ? dis-je
en retournant le livre. La version poche coûte dix-huit
dollars quatre-vingt-dix-neuf.

— Non, mais ils veulent y croire, répond Luke.

Bruce revient avec un thé qui vient du Columbian Café
juste à côté. Il fait la grimace en voyant le livre sur les
pendules et l'enlève du comptoir avant de me tendre le
thé avec une curieuse déférence.

Je ne suis pas du tout habituée à mon état de femme
enceinte, mais je commence à sentir que mon statut a
changé. Sans mari, sans partenaire, assez vieille pourtant
pour savoir comment se prémunir d'une grossesse non
désirée, je suis néanmoins traitée avec beaucoup d'égards
par cet homme, comme si j'étais quelqu'un de vraiment
spécial. Et c'est à cause du bébé. Il n'y a pas d'autres explications possibles.

J'apprécie vraiment son geste et le thé. J'étais fatiguée
après avoir marché pour arriver jusqu'ici. Les manières
de Bruce me font soudain penser à la Vierge Marie. C'est
la seule femme célèbre qui me vient spontanément à
l'esprit et qui fait des choses tout en étant enceinte. Ce
qui en dit long dans ce contexte. Qu'a-t-elle dit une fois

qu'elle a eu accouché et que les Rois mages lui ont apporté de la myrrhe, de l'or et de l'encens ? Que fait-on avec de la myrrhe ? Dans la Rome antique, on utilisait la myrrhe pour masquer l'odeur des cadavres.

Pas vraiment le genre de cadeau adéquat pour célébrer la naissance d'un bébé, si cet usage était toujours de rigueur à l'époque de la naissance de Jésus. Je parie que Marie n'a pas du tout apprécié. Je parie qu'elle l'a cachée sous un tas de paille dans l'étable avant leur départ. Je me demande ce qu'elle voulait réellement. Je pense qu'en fait elle ne voulait rien du tout. Pas de myrrhe, pas d'encens et certainement pas d'or. Rien qui pourrait attirer l'attention sur l'existence de son enfant, rien qui pourrait le distinguer des autres enfants.

Je suis vraiment contente qu'il n'y ait ni Rois mages, ni étoile du Berger pour le mien. Je ne veux pas que l'on remarque mon amour précieux. Tout ce que je veux, c'est une obscurité bénie. J'ai plus de chance que Marie, la plupart des femmes ont plus de chance qu'elle.

Je remarque que Bruce me regarde boire mon thé.

— Merci, dis-je, c'est très gentil à toi.

— Tout le plaisir est pour moi, dit il en souriant timidement.

Je me fiche désormais de son tee-shirt REO SPEEDWAGON. Il est gentil.

— Quand tu feras une pause, je te montrerai le magasin. À moins que ça ne te fatigue.

Je suis sur le point de dire que je ne suis tout de même pas si délicate lorsque Luke refait son apparition.

— Bruce, je t'ai déjà dit qu'elle allait bien. On n'est pas dans un rassemblement pacifique des années soixante. Et ça ne marchera jamais si on la traite comme si elle était invalide.

Bruce remue sur son siège et lance un regard noir à Luke. Puis, il se tourne de nouveau vers moi.

— Je trouve qu'il faut vraiment avoir du cran pour

faire ce que tu fais. Tu n'as personne dans ta vie, n'est-ce pas ? Pardonne-moi si je te pose des questions trop personnelles.

— Non, je n'ai personne.

— Pourtant, tu as décidé de garder le bébé. C'est courageux. Je le respecte. Vraiment. Si je peux t'aider en quoi que ce soit…

Je le remercie. J'ai l'impression tout à coup d'incarner la grandeur d'âme et l'altruisme. C'est très agréable. Puis, je me souviens du rendez-vous que j'ai failli honorer et dis :

— Mais je ne suis pas si vertueuse que ça. J'ai envisagé… d'avorter.

Bruce hoche la tête, l'air compréhensif.

— Mais quand j'ai téléphoné pour prendre rendez-vous, il y avait eu une annulation et j'ai réalisé que cette annulation allait peut-être devenir un petit Mozart ou un petit Shakespeare …

— Ou un être humain ordinaire et heureux, intervient Luke.

***

Les clients affluent. C'est bon signe, me dis-je, pour la santé intellectuelle de cette ville, au moins sur cet échantillon. Je fais part de mon avis, mais Bruce secoue la tête. Il accentue chacun de ses mots comme le ferait un acteur shakespearien de la vieille école avec une sorte de causticité survoltée.

— Crois-moi, c'est un point de vue très optimiste. En réalité, nous vivons chaque jour dans la crainte d'être transformés en salon de manucure ou en Starbucks. Il ne reste pratiquement plus de vraies librairies dans la ville. Elles ont toutes disparu. Arcadia, Book Art, Endicott… Il y avait aussi un super Shakespeare and Company juste en face, et une merveilleuse librairie sur Madison

Avenue. Et ce n'est que le début. La fermeture de Gotham a été le comble pour moi. Maintenant, il n'y a plus que Barnes & Noble et Internet.

— Il reste une bonne librairie sur Madison Avenue. Crawford Doyle, c'est le top quand même. Mais oui, bien sûr, la plupart des achats se font sur Internet désormais.

— Mais dans une librairie, on trouve des livres dont on n'avait jamais entendu parler. C'est beaucoup plus excitant que « Les clients ayant acheté cet article ont également acheté… », dis-je.

— Tu prêches un converti, ma chère, dit Luke.

— Mais j'ai l'impression que vous avez beaucoup de clients ici et ils achètent.

— Ouais, dit Luke. Certains achètent. Il y en a aussi beaucoup qui viennent, qui nous disent que nous avons une belle boutique, qu'ils aiment lire, qu'ils ont lu *L'Attrape-cœur* autrefois, puis ils repartent. Nous avons aussi beaucoup d'habitués. Tu les rencontreras sûrement. Certains sont… un peu spéciaux.

Juste à cet instant, un homme un peu âgé entre et nous fait un signe de tête courtois. Il porte un imperméable fauve. Il sort des lunettes en plastique d'une mallette, les chausse et commence à regarder le petit rayon consacré aux ouvrages grammaticaux à l'entrée.

— C'est un Roumain, dit Bruce en essayant de parler à mi-voix. Il vient chercher des dictionnaires pour les envoyer dans les écoles roumaines. S'il veut acheter quelque chose quand c'est toi qui es à la caisse, appelle-moi. Nous lui faisons une ristourne.

— Je me demande d'ailleurs pourquoi on fait un rabais à quelqu'un qui habite Riverside Drive. C'est un mystère, dit Luke.

— Peut-être parce que vous êtes sympas ?

— Oh oui, on est sympas et on perd de l'argent en subventionnant des millionnaires.

Je regarde de nouveau l'homme qui lit attentivement

les pages d'un vieux dictionnaire. Son imperméable est un peu graisseux aux poignets.

Son écharpe ressemble à celles, bon marché, qu'on trouve à chaque coin de rue. Il n'y a rien chez lui qui suggère la richesse.

— Tu vas faire la connaissance de tout un tas de gens, dit Bruce. Il y a un type qui est complètement dingue de Nabokov. Il vient pour chercher de nouvelles éditions, des éditions brochées, tout. Il est un peu bizarre.

— Un peu bizarre ? répète Luke. Il se met à haleter dès qu'on lui parle de *Lolita*. Et il porte des pantalons pour incontinents.

— Mais non, Luke, ils sont juste verts, c'est tout.

— Ils ont l'air imperméables et ils ont de petits élastiques en bas, c'est tout ce que je dis. En tout cas, il y a aussi un gars des rues, Blue, qui est souvent fourré là. Il est toujours sur le point de casser la baraque à Vegas. Et il faut toujours le dépanner de quelques dollars avant son départ. Il y a aussi DeeMo et Tee. Ce sont des sans-abri, eux aussi. Tee lave les vitres. Et Dennis nous aide à disposer et à ranger les livres à l'extérieur. C'est un alcoolo. Il y a aussi un type, un client, qui vient avec une serviette sur la tête.

— Une serviette sur la tête ?

— Ouais, une serviette de bain, verte. Il la porte comme un turban. Ne me demande pas pourquoi. Personne ne sait pourquoi. Et puis, il y a la bande d'Oz. Ils sont gay, la plupart du temps pas très jeunes, et ils sont dingues de L. Frank Baum.

Je le regarde sans comprendre.

— C'est lui qui a écrit *Le Magicien d'Oz*.

— En fait, ils sont dingues de Judy Garland ?

Il réfléchit.

— Tu sais quoi ? Je n'y avais jamais pensé. Qui a été la première icône gay, Frank ou Judy ?

Bruce pince les lèvres.

— Tous les fans de L. Frank Baum ne sont pas gay, Luke.

Luke me lance un regard furtif, et les muscles autour de sa bouche bougent légèrement, mais il ne sourit pas.

À six heures, Bruce a terminé sa journée de travail. Il me regarde, l'air inquiet.

— Je vais te laisser seule avec Luke, dit-il.

Je ne comprends pas vraiment où il veut en venir. Luke va-t-il se transformer en séducteur une fois qu'il sera parti ?

— Tu t'inquiètes pour sa vertu, Bruce ? demande Luke.

Bruce tape du poing sur son genou.

— Où est-ce que tu te cachais, cette fois ? Tu n'étais pas censé entendre.

— Je pense qu'elle va survivre à la soirée, dit Luke.

Après m'avoir regardée avec compassion et avoir fusillé Luke du regard, Bruce s'en va.

Il fait nuit dehors. Je continue à ranger des livres, j'essaie de mémoriser les différentes sections, j'essaie de tenir la caisse.

Luke, qui s'est montré plutôt bavard en présence de Bruce, répond désormais à mes questions par monosyllabes et écoute une chanson triste et grinçante à propos d'un train sur le lecteur CD. J'aimerais lui demander si la librairie est son seul job ou si, comme la plupart des gens à New York, ce n'est pour lui qu'une étape sur la route vers la gloire. Je m'abstiens pourtant de poser la question parce qu'il n'a aucune intention d'être particulièrement aimable. Il veut écouter la musique.

Je ne sais pas ne pas être aimable avec quelqu'un. C'est une véritable épreuve pour moi de ne pas dire toutes les phrases qui me traversent l'esprit. Son comportement devrait pourtant me passer l'envie d'essayer. Je me demande si cette allusion à ma vertu était encore une pique de sa part.

Je monte à l'étage et entreprends de ranger le rayon « transports ». Ça fait longtemps que personne ne s'en est occupé. C'est vraiment une section consacrée à l'art de la guerre. C'est un rayon très masculin.

Parmi des ouvrages tels que *Histoire illustrée des navires de combat* et *La Révolution maritime 1914-1945, du cuirassé au porte-avions*, je trouve *Traité du zen et de l'entretien des motocyclettes*. On dirait que la mise en rayon est un art comme tout le reste. Je décide de m'appliquer tout particulièrement.

— Esme ?

Je me lève.

— Oui ? Tu as besoin de moi ? J'étais en train de mettre de l'ordre là-haut…

— Non, je vais juste sortir une seconde… Aller chercher quelques bières peut-être. T'en veux une ?

Bien sûr que j'en veux une, mais je ne peux pas.

— C'est gentil, mais non, merci.

— Vraiment ? Même pas une petite ?

— Non, je ne peux pas. Il y a une image de moi sur le côté, traversée par une ligne noire. Je n'ai pas le droit.

— D'accord. Je ne serai pas long.

Je regarde ma montre. Il est dix heures.

— Tu crois que tu peux me laisser toute seule dans le magasin ?

Luke hausse les épaules.

— J'en ai pour deux secondes. Qu'est-ce qui peut bien t'arriver ?

— Un… gros client ?

Je ne dis pas à Luke que je suis nerveuse. Quand j'ai pris pour la première fois le taxi à New York, j'ai estimé que mes chances de survie étaient de cinquante pour cent.

Le chauffeur de taxi m'emmènerait sur un parking désert, comme dans tous les films américains, et m'assassinerait après avoir pris tout mon argent. Ensuite, il mettrait mon corps dans le coffre de son taxi et irait le balancer dans l'East River. En fait, le chauffeur du premier taxi que j'ai pris était un Chinois, il portait une chemise bleu ciel et une cravate rose. Il a traversé le parc dans un silence poli jusqu'à la 66e Rue, m'a fait payer sept dollars et m'a souhaité une bonne journée.

Luke est déjà sur le pas de la porte.

— Si tu as un gros client à dix heures du soir, un lundi de novembre pluvieux, essaie de le baratiner pendant les trois minutes et les deux secondes qu'il me faudra pour traverser la rue, acheter une bière et retraverser.

Je retourne à mon rayon « transports ». Environ une minute plus tard, j'entends la porte s'ouvrir et une voix appeler :

— Luke ? George ?

Mon cœur se serre. La voix est grave, rude. Je me lève et me poste en haut de l'escalier, pour voir qui parle. C'est l'un des « vagabonds des rues » comme les appellent ceux qui travaillent ici. Mitchell aurait plutôt employé le terme « clodo ». Je préfère opter pour « vagabond des rues ». Il est énorme, il mesure environ un mètre quatre-vingt-dix et n'est pas vraiment mince.

Je me demande comment un sans domicile comme lui peut être aussi bien pourvu en chair et en gras. Quand je descends l'escalier, je réalise qu'il n'est pas du tout gros : il est emmailloté dans plusieurs couches de vêtements comme pour se protéger de l'hiver new-yorkais, bien que le mois de novembre vienne tout juste de commencer.

Il dégage une puissante odeur de transpiration et une odeur plus sucrée aussi. Cette odeur sucrée est un peu angoissante. Elle me rappelle quelque chose, mais le contexte ne va pas du tout.

— Je peux vous aider ?

Ma voix semble effrayée. Je m'agace de sa traîtrise. Mais vraiment pourquoi ne braquerait-il pas un pistolet sur moi pour me forcer à vider le tiroir-caisse ? Je ne suis pas certaine de savoir comment ouvrir le tiroir d'ailleurs.

S'il me menace, je pourrai peut-être lui donner toute la caisse et qu'il se débrouille avec !

— George est pas là ?

— Non, George ne viendra pas ce soir.

— Où est Luke ?

— Il va bientôt revenir ; il est juste sorti une minute.

— Qui es-tu ?

— Je suis Esme, Esme Garland. C'est mon premier soir.

— Salut, Esme. Je suis Don't Matter.

Il me tend la main. Au lieu de la serrer tout de suite, je l'observe. Elle a des bosses à des endroits bizarres. Ce sont peut-être des verrues ou des bubons. Et je suis enceinte.

Je prends sa main et la serre énergiquement. C'est une grosse main aussi rugueuse qu'un gant de jardin.

— Bonsoir, Don't Matter.

— Tu peux m'appeler DeeMo.

— Très bien. Ah ! je comprends ! Don't Matter, c'est ton nom officiel.

Il rit.

— Ouais. C'est mon nom du dimanche.

Je suis surprise qu'il ait compris mon allusion et me sens immédiatement honteuse.

Il porte un gros sac-poubelle noir avec des livres à l'intérieur qu'il entreprend de poser sur le comptoir. Ils sont tous maculés de sauce tomate. Je regarde la pile grossir et la sauce tomate dégouliner sur le comptoir.

— Euh, DeeMo ?

— Oui, oui.

— Ces livres, ils sont couverts de…

— Oh oui, le ketchup. Je sais. Mais tu peux l'essuyer.

La proposition me paraît raisonnable. Nous avons des serviettes en papier.

Luke revient avec deux bières. Il balaie la boutique du regard, voit DeeMo, les livres couverts de ketchup et moi, puis dit :

— DeeMo, qu'est-ce que tu fous, bordel ?

— Tu n'aimes pas le ketchup ? D'accord, j'ai pigé, j'ai pigé. J'aime ta nouvelle assistante, Luke.

— Ouais, elle est chouette.

Je ne sais pas si « chouette » est encore une pique de sa part ; ce que je sais en revanche, c'est que DeeMo range ses livres à la tomate dans le sac-poubelle sans s'offusquer le moins du monde. Une fois qu'il est parti, je me rassois dans le fauteuil.

— Drôle de job, dis-je.

Je me souviens que je lui ai serré la main et prends le gel antibactérien à côté de la caisse. Alors que je suis en train de m'en mettre sur les mains, la porte s'ouvre et DeeMo réapparaît. Il voit ce que je fais et me regarde droit dans les yeux. Je rougis. Il ne dit rien.

Le regard de Luke va de moi à DeeMo.

— Qu'est-ce qui se passe ?

— Je suis enceinte, dis-je à DeeMo. Je suis paranoïaque. Je ne veux pas… le mettre en danger.

Il hoche la tête.

— C'est pas grave, ma chérie, ne t'en fais pas, dit-il. Luke, tu peux me prêter dix dollars ?

— Non, répond Luke.

Il me regarde.

— Elle ne peut pas non plus, intervient Luke. Mais reviens à onze heures et demie et, si tu rentres les livres qui sont dehors, tu pourras gagner dix dollars.

DeeMo semble juger que c'est une proposition raisonnable et disparaît dans la nuit pluvieuse.

Luke me tend un Coca en bouteille. Je veux le rembourser, mais il secoue la tête.

— Il a une odeur particulière… C'est quoi ?

— L'acétone, répond Luke aussi sec. Son corps a besoin de calories et il n'en a pas assez ; alors, ses organes vitaux se détériorent.

— Et l'odeur ?

Ça ressemble aux bonbons acidulés rouges et jaunes en forme de poire de mon enfance.

— L'odeur, c'est…

— C'est l'odeur de l'acétone. L'odeur d'un homme qui meurt de faim.

***

DeeMo revient à onze heures et demie pile et commence à rentrer toutes les caisses de livres. Luke me fait un signe de tête et dit :

— Va chercher l'aspirateur au fond du magasin et passe-le dans toutes les allées et sur les marches.

J'ai comme l'impression que Luke s'attend à ce que je refuse, que je sorte ma bannière de féministe pour protester contre les tâches domestiques qu'il m'impose. Il semble penser que j'ai été embauchée par pitié et que je m'attends à avoir la vie facile. Voilà ce qui l'irrite. Je vais chercher l'aspirateur sans dire un mot.

C'est un vieil appareil. Il est en plastique épais marron et blanc qui a jauni avec le temps. La couleur me fait penser à du riz au lait en boîte ou au papier peint qu'on voit dans un pub. Le sac est en tissu et le câble est enroulé autour de deux crochets. Quand je trouve enfin comment le mettre en route (il y a un bouton sur la base), on dirait un moteur d'avion qui décolle. Je le passe dans les allées et je joue à la femme au foyer heureuse des années 1950. *Qu'est-ce qui rend les intérieurs d'aujourd'hui si différents et si séduisants*[1] ?

Une fois que j'ai terminé, Luke inspecte les allées, les yeux rivés au sol. Il remarque une tache minuscule.

— Tu as laissé quelques taches.

— Voilà qui est très surprenant avec un aspirateur si **moderne** !

---

1   Allusion au collage de l'artiste britannique Richard Hamilton : *Just what is it that makes today's home so different, so appealing ?*

— Tu aimes passer l'aspirateur ?

— J'aime l'ordre et la propreté.

— Parfait, tu as bien travaillé. Tu peux aller ranger l'aspirateur.

Quand je reviens à l'entrée du magasin, Luke ouvre le tiroir-caisse.

— À quelle heure es-tu arrivée ?

— À cinq heures.

— Tu es payée combien de l'heure ?

— Je ne sais pas.

Il lève la tête et me regarde.

— Tu ne *sais* pas ? George et toi ne vous êtes pas mis d'accord ? Non, bien sûr. Je me demande pourquoi j'ai posé la question. Que dirais-tu de dix dollars de l'heure ?

— Douze ?

— Dix ?

— Dix, ça ira.

DeeMo s'attarde sur le pas de la porte pendant que nous négocions, et son visage s'illumine tout à coup d'un grand sourire.

— Elle gagne moitié moins que moi, mon pote. Je suis payé dix dollars la demi-heure.

Luke compte quelques billets.

— Voilà soixante-dix dollars. Fais-toi plaisir.

Je prends l'argent et regarde fixement les billets.

— Je ne mérite pas tout ça, je n'ai rien fait.

Il hausse les épaules.

— Alors, redonne-les.

Je les range dans ma poche.

— Très bien, dit-il. Bon, il faut qu'on ferme. DeeMo ? Tu es prêt ?

DeeMo hoche la tête et avance en traînant les pieds. Luke éteint les lumières, et nous sortons sur le trottoir. Il verrouille la porte, puis saute et abaisse une grosse grille en métal qu'il fixe à l'aide d'un cadenas à une boucle en fer sur le sol. La grille est couverte de graffitis comme les rames de métro dans les vieux films. Il se redresse.

— Personne ne vient te chercher ?

— Pardon ?

— Je pensais que le père allait peut-être se pointer pour te raccompagner chez toi.

— Oh ! Non. Le père n'est pas au courant. Je l'ai dit tout à l'heure à Bruce…

— Ouais, ouais. Quand il voulait qu'Oprah t'invite dans son émission parce que tu as gardé le bébé. Bon, à la prochaine alors.

Il lève la main pour nous dire au revoir et traverse Broadway pour rejoindre la station de métro de Downtown, alors que je me creuse la tête pour trouver une réponse bien sentie.

DeeMo est toujours là.

— Si tu vas dans cette direction, je peux te raccompagner chez toi, propose-t-il.

Je le regarde. Je ne sais pas quoi dire. Il appuie sa tête contre le mur et part d'un grand éclat de rire qui résonne dans la nuit. Je suis en train de penser que c'est un sans-abri noir, accro au crack, et que, si j'ai besoin d'être protégée sur le trajet, c'est justement des sans-abri noirs, accros au crack. Et il rit parce qu'il a lu dans mes pensées.

— J'habite près de l'Université de Columbia. C'est trop tard pour rentrer à pied. Je vais prendre le métro. Tu peux me raccompagner jusqu'à la station, si tu veux.

Il s'éloigne du mur et marche à côté de moi. Il me raccompagne jusqu'au tourniquet.

— Ça va aller maintenant ?

— Oui, dis-je. Merci, DeeMo.

— Ne parle à personne, dit-il avant de retourner sur Broadway.

Quand j'arrive sur le quai, je vois Luke sur celui d'en face. Il lève le menton pour me saluer vaguement et je lui adresse un sourire tout aussi vague. J'ai envie de crier qu'il n'a pas le droit de me juger, que je fais ce que je veux de mon corps et que ça ne le regarde pas, mais ça serait complètement ridicule. Ma voix monterait certainement dans les aigus et il ne pourrait pas tout entendre de l'autre côté.

En revanche, les quelques usagers du métro sur mon quai n'entendraient que trop bien. Nous nous faisons face, dans un silence embarrassant, du moins pour moi, jusqu'à ce que son métro arrive. La prochaine fois, j'apporterai un livre.

VII

Perchée en haut de l'échelle à La Chouette, je range des livres dans les rayons tout en pensant à l'ascenseur de Lerner Hall à Columbia. Je ne peux pas me résoudre à le prendre. Il ne s'arrête qu'au sixième étage, et c'est précisément à cet étage que se trouve le service d'orientation et d'assistance universitaire.

Ainsi, si je montais dans cet ascenseur, j'annoncerais publiquement en quelque sorte que ça ne va pas très fort, que j'ai des problèmes psychologiques.

Pourtant, il serait encore pire de prendre l'escalier. Opter pour l'escalier, c'est renoncer à l'ascenseur pour ne pas être vu. Mais si on se fait justement surprendre dans la cage d'escalier, on sera soupçonné d'avoir encore plus à cacher.

Luke, qui se trouve à l'entrée du magasin, demande :

— Alors, le type ? Le père ?

— Oui... Le type. Il est...

Je hausse les épaules. Parfois, je me dis que je me débrouille très bien sans Mitchell et c'est justement là que la tristesse me prend par surprise et que je me retrouve en larmes. Je ne pense pas pouvoir en parler une minute. C'est un chagrin sans doute si anodin comparé à la mort, au véritable deuil.

Mais je ne connais pas encore cette souffrance ; et celle-ci me suffit déjà amplement. Je comprends à présent qu'on pleure tout autant l'avenir qui ne sera pas que le passé. Je me cramponne à l'échelle et regarde obstinément le dos du roman *L'Exploitation* de Jane Smiley en attendant que ça passe. Je sens le regard de Luke posé sur moi. Quelques secondes plus tard, il s'éloigne. Je l'entends ranger des livres, puis un client entre et demande un recueil de poèmes.

Je prends le livre de Jane Smiley pour l'emporter chez moi, dans l'espoir que je pourrai me plonger dans sa lecture et tout oublier quand je suis triste.

Je m'assois dans le deuxième fauteuil à l'entrée du magasin. Luke est en train de faire la caisse. Il ouvre le livre de comptes pour noter les recettes de la journée.

— On s'en sort bien financièrement ?

— Ouais, répond Luke. J'aime beaucoup le « on ». Mais oui, on s'en sort pas mal. Si on prend en compte les livres en ligne, les Kindle et j'en passe, on s'en sort plutôt pas mal. Tant que le loyer n'augmente pas. Sinon, on va être transformés en salon de manucure, comme dit Bruce.

— Peut-être que le propriétaire aime l'idée que ça soit une librairie et qu'il fera tout pour ne pas augmenter le loyer.

— Oui, les propriétaires sont comme ça, c'est bien connu, en particulier à New York.

Je ris et Luke lève les yeux vers moi. Il dit :

— Tu sais, pour le type… Ça va passer avec le temps.

— Oui. C'est juste que…, tu sais…, je l'aimais.

Je ne le regarde pas, mais je ne pleure pas non plus. Je suis en progrès.

— Tu es plutôt ouverte à propos de tout ça, dit-il.

— Je ne vois aucune raison de ne pas l'être.

— C'est comme ça qu'on est blessé…

— Je suis déjà blessée.

— Alors, c'est peut-être comme ça que tu as été blessée.

***

J'arrive au terme d'une courte après-midi de travail à La Chouette. J'ai passé des heures à apprendre à rédiger des fiches techniques sur les livres avec George. C'est un système de codification obscur qu'Internet a complètement sabordé, où « passable » signifie en fait « état déplorable », « bon », « mauvais », et « parfait »… que vous êtes un charlatan.

Le prix découpé sur la jaquette, c'est « mauvais ». Deuxième impression, « mauvais » aussi. Les annotations, c'est « mauvais » aussi, à part si elles ont été réalisées par l'auteur, mais c'est encore mieux quand l'auteur a signé le livre. À part si l'inscription est pour quelqu'un de particulièrement important : *À ma chère Laure, avec tout mon amour, Pétrarque.* À la fin, je me sens très fatiguée, même si je n'ai travaillé que trois heures.

— Ça va ? demande George.

— Oui, j'ai eu des cours ce matin. J'ai un travail à écrire. Je suis juste un peu fatiguée.

— Il faut te ménager. Pense au bébé.

— Je sais.

Je m'empresse de répondre :

— Je sais, c'est ce que je fais.

Il me dévisage avec son regard perçant et me demande d'attendre une seconde, puis il se dirige à pas de loup vers le fond du magasin. Il revient avec un livre et me le tend. Il est intitulé *Shackleton's Boat Journey*[1], de Frank Worsley.

— C'est l'une des plus belles histoires de survie de tous les temps, dit-il. Bonne lecture.

C'est du George tout craché de penser qu'un livre sur une exploration dans l'Antarctique va résoudre les problèmes d'une femme seule, pauvre et enceinte, qui prépare un doctorat tout en travaillant. Je vais chez Barnes & Noble pour acheter des livres sur la grossesse.

---

1   L'expédition en bateau de Shackleton.

Je ne peux pas vraiment me permettre de les acheter, mais j'ai consulté Internet jusqu'à présent et c'est trop nébuleux. J'ai l'impression qu'il faut que je structure mes journées et mes semaines.

Ma démarche symbolise à elle seule les problèmes qu'éprouvent les bouquinistes. Je n'ai pas pensé à rechercher des livres sur la grossesse à La Chouette ! Ce n'est qu'après avoir payé mes livres chers et encombrants que je m'en rends compte. Comme si le passé ne pouvait rien nous apprendre sur les bébés. Tous les livres sur les bébés sont énormes. Pourquoi ? Ça ressemble à une infantilisation subtile de la mère. Nous allons passer du statut de femme à celui de mère, et il faut une police de caractères beaucoup plus grosse, du quatorze au moins. C'est exactement la même chose avec les vêtements de maternité. J'ai regardé un jour avec Stella, mais je n'en ai encore acheté aucun. Il y a des cocardes en carton fixées sur chacun d'eux sur lesquelles on peut lire : Je suis un top d'allaitement ou Je suis une robe.

— « Je suis un top d'allaitement », a dit Stella. Sous-entendu : « Vous êtes une femme enceinte, il faut que vos vêtements vous parlent. Bordel de merde ! »

Alors que je me dirige vers le nord de Manhattan avec ma nouvelle démarche sautillante, je tombe sur Mitchell. Il pose les mains sur mes épaules et dit d'une voix à la Cary Grant :

— Tiens, Esme Garland ! Quelle bonne surprise !

Il m'embrasse sur les deux joues et me fait reculer d'un pas pour mieux me regarder. Je ne sais pas ce qui se passe, mais je vois la malice et le chaos. Je le laisse m'embrasser et me contempler pendant que mon cœur bat la chamade et que les pensées se bousculent dans ma tête. J'arrive tout juste à respirer. Je ne dois pas me laisser humilier de nouveau par Mitchell van Leuven. C'est interdit.

Je ne lui demande pas pourquoi il est là, même si c'est éloigné de tous les quartiers qu'il fréquente.

— Je ne viens jamais par là d'habitude, dit-il. Ça doit être le destin. C'est un signe du destin, Esme.

Ce n'est pas un signe du destin.

— Tu es superbe, dit-il. Viens, on va boire un café. Tu sais que Manhattan est particulièrement bien pourvu en cafés. La proportion est de trois cafés pour un habitant. C'est vrai. Allez, choisis-en un. Tout sauf un Starbucks.

Certaines personnes vont réaliser et apprécier le chemin que j'ai parcouru en lisant mes prochaines paroles ; pour d'autres, ces progrès passeront inaperçus.

— J'aimerais beaucoup, mais j'ai un rendez-vous.

— Je ne t'ai jamais vue refuser un café auparavant, dit-il, les yeux rieurs.

De petites rides apparaissent aux coins.

Je hausse les épaules et réponds :

— Je ne bois plus de café.

— Dans ce cas, dit Mitchell d'un ton grave, je ferais mieux de te payer un thé chai au lait.

Je secoue la tête, bien décidée à ne pas accepter.

— C'est quoi tes livres ?

— Oh ! rien de particulier.

J'essaie de rester calme, mais j'ébauche un mouvement pour mettre le sac derrière mon dos, comme pour le sous-traire à son regard.

Il a vu qu'il s'agissait de livres ; mon geste est donc pire qu'inutile. Il fonce sur le sac, comme un petit garçon qui veut absolument voir son cadeau. Je le reprends et dis :

— Non, Mitchell, tu n'as pas le droit.

Il sort les livres du sac. Il y en a deux énormes qui vont ensemble : *The Pregnancy Book*[1] et *The Baby Book*[2]. Puis, j'en ai un autre appelé *Eating Well When You're Expecting*[3] et *The Mayo Clinic Guide to a Healthy Pregnancy*[4]

---

1   Le livre de la grossesse.

2   Le livre du bébé.

3   Bien manger pendant la grossesse.

4   Le guide de la clinique Mayo pour une grossesse en pleine forme.

. J'ai rangé le livre que George m'a donné avec eux. Si bien que j'ai *The Shackleton's Boat Journey* avec le tout. C'est un peu comme si j'avais acheté quatre robes du soir avec une boîte de pâté Spam. Ça me fait passer pour une malade mentale.

Mitchell regarde fixement les livres.

— Tu es enceinte ? demande-t-il.

— Oui, dis-je, et je vais au pôle Sud.

J'ai réussi à trouver une réplique, et ma voix paraît plutôt calme. Mais, après tout, je savais et pas lui. Il est pâle.

— C'est le mien ? demande-t-il.

— Non, dis-je. C'est le mien.

Je suis debout, immobile sur le trottoir. Mitchell est debout, immobile sur le trottoir. Le poids de tous les livres sur la grossesse dans les mains. Je ne pense à rien.

— Tu n'allais… pas me le dire ? dit-il enfin.

Je me tais. Il regarde autour de lui les gens qui passent. Il dit :

— Oh ! oh ! attends. C'était ça au parc ? C'était ce que tu voulais me dire ? C'était *ça* ?

Je lève le menton, presque imperceptiblement.

Il se met à hocher la tête comme si je venais de confirmer ce qu'il avait toujours pensé de moi. On dirait qu'il veut mêler les passants à notre petite scène, comme s'il avait besoin d'un public pour l'énorme crime que j'ai commis, comme s'il avait besoin de témoins de mon attitude déraisonnable.

— Et tu vas l'avoir, dit-il. Comme ça.

Il claque des doigts.

— Je…, j'aurais pu… Dis-moi quelque chose. J'aurais pu passer toute ma vie en étant le père d'un enfant sans le savoir ? Tu n'allais pas me le dire ?

— Pourquoi te le dirais-je puisque tu ne veux pas être avec moi ?

— Parce que c'est mon droit, par exemple.

— Pourquoi est-ce ton droit ? Pourquoi n'est-ce pas ton fardeau si je te le dis ?

— Et pourquoi un droit ne pourrait-il pas être un fardeau ? Tu vas avoir mon *bébé*.

Je reste silencieuse. Il plisse les yeux et dit :

— Tu n'as pas pensé, ça ne t'a pas traversé l'esprit que, dans cette situation, tu, il, quelqu'un pourrait avoir besoin de moi ? Tu, tu…, je…, tu ne vois pas que ça change tout ?

— Je vois bien que ça change tout, dis-je avec passion. C'est parce que je vois que ça change tout que je ne te l'ai pas dit.

Il secoue la tête.

— Tu… es… incroyable.

Je dois subir ça dans la rue la plus fréquentée de la planète. Je veux lui échapper, je veux me sauver. Dans la plupart des endroits, si je partais comme ça, il pourrait me suivre et me dire que je suis incroyable et méchante. Mais je suis à New York. Je marche jusqu'au bord du trottoir et lève la main. Un taxi jaune s'arrête à mes pieds. J'ouvre la portière. Il avance à grandes enjambées et bloque la portière, de sorte que je ne peux pas la refermer. Je pense l'espace d'une seconde qu'il va me crier après, mais, quand je lève la tête pour lui faire face, je constate qu'il a l'air complètement dévasté.

— Pourquoi faut-il que ça se passe de cette façon ? dit-il.

Je crois entendre des larmes dans sa voix.

— Nous pourrions certainement gérer la situation bien mieux que ça ? Tu me fais mal, Esme, ça fait mal.

Des milliers de pétales de repentir se déploient en moi. Je n'ai pas tenu compte de lui. J'étais trop occupée à être blessée pour penser à lui.

— Je suis désolée, dis-je. Je ne pensais pas que tu…

— Tu me manques, dit-il d'une voix aussi douce qu'une fleur.

J'en ai presque le souffle coupé. Doucement, il lève sa

main libre et coince une mèche de cheveux derrière mon oreille. Ses yeux sont comme l'océan. L'Atlantique nord.

Il se penche, son souffle effleure mon oreille.

— Je t'ai choisie, Esme, dit-il. Je t'ai choisie parmi toutes les autres.

***

Je m'étire sur les draps couleur mûre.

Il revient de la cuisine avec un plateau de fromages et un plat de pêches. Il est toujours nu.

— D'où viennent-elles ? dis-je en regardant les pêches. Pas de chez Gristedes ?

— Qu'est-ce que j'ai pas fait ? Non, miss New York, pas de chez Gristedes. Elles viennent de l'Apple Tree Market.

Je mords dans l'une d'elles. Elle a le goût que toutes les pêches devraient avoir.

— Tu devrais acheter des melons là-bas. Ils auraient peut-être vraiment le goût de melon et pas de concombre.

Il sourit en détournant les yeux, puis croise de nouveau mon regard tout en me décochant ce sourire spécial et secret qui me donne le sentiment d'être aimée.

— Je t'ai fait à mon image, dit-il. Je suis très fier.

— Je suis capable de m'énerver toute seule quand les fruits n'ont pas bon goût.

— Non, tu ne peux pas. Tu étais comme tous les Anglais en Angleterre quand je t'ai rencontrée. « Ces pêches sont dégueulasses et coûtent cinq dollars. Oh ! eh bien, au moins, nous avons gagné la guerre… »

— Oui, bien sûr, je n'arrête pas de dire que nous avons gagné la guerre. Mais c'est vrai, tu m'as appris à devenir une vraie New-Yorkaise.

Je regarde en direction de son armoire.

— Ou une New-Yorkaise gay…

— Facile, Esme, facile. Et je t'ai uniquement appris à être un New-Yorkais gay. Les lesbiennes s'en fichent. Les lesbiennes ne mangent pas de pêches. Elles sont trop occupées à manger...

— Des pommes ! dis-je en plaquant ma main sur sa bouche.

Il rit et se laisse tomber sur le lit, de côté. Il m'attire sur lui et commence à m'embrasser. Puis, il pousse la pêche de sa bouche à la mienne.

Je le repousse et fais la grimace. Il rit.

— Tu es dégoûtant, dis-je.

— Je suis adorable, rectifie-t-il. Et tu es tout ébouriffée. Une fille ébouriffée dans un lit défait.

— Je ne peux pas être ébouriffée. Seuls mes cheveux peuvent l'être. Mitchell, ce que tu as dit, c'était vrai ? Tu as vraiment rompu avec moi parce que tu pensais que j'allais le faire ?

— Bien sûr. J'ai joué à l'ancienne : je frappe le premier.

— Mais... tu m'as rendue si triste.

Il hausse légèrement les épaules.

— Autodéfense. Je suis un maître en la matière. Et tu n'es pas triste maintenant.

— Non, je ne suis pas triste maintenant.

— Moi non plus, je suis heureux, Esme.

Il me regarde, juste un regard. Mais c'est un regard rieur, d'un bonheur si pur, que je pense qu'il m'aime, que dans ce regard je sais qu'il m'aime, je sais qu'il m'aime comme je sais que le soleil va se lever le matin pour illuminer les rues transversales, et ma chambre.

Je me perds en lui et je ne peux pas me le permettre. Il faut que j'affiche un certain détachement.

— Comment se fait-il que tu aies étudié l'économie ?

Mitchell me regarde d'un air interrogateur.

— Pardon ? Je ne savais pas que c'était la première fois que nous sortions ensemble.

— Je suis sérieuse. Je me demandais juste ce qui t'a poussé à choisir cette voie.

— Tu as déjà rencontré ma mère ?

— Tu sais très bien que non, alors, pourquoi ?

— Parce que, dit-il tout en caressant doucement l'intérieur de mon bras avec son doigt, de mon coude à mon poignet, parce que, si j'avais étudié la publicité, ç'aurait été trop évident. Tes bras sont beaux.

— Tu as réussi à surmonter ton absence de désir, cette fois ?

Il hoche la tête, l'air pensif.

— Oui. C'était dur, mais j'y suis arrivé. Peut-être que la prochaine fois tu pourrais mettre un sac sur ta tête ?

J'essaie de le frapper. Il m'attrape de nouveau, me chatouille de nouveau. Je ris et lui aussi. Il s'appuie sur un coude.

— Tu vois, Esme ? Tu m'as vraiment manqué. On passe un bon moment. Écoute, j'ai réfléchi, depuis le choc initial… Tu ne penses pas que peut-être… Je ne sais pas… Peut-être que nous sommes trop jeunes pour ça ? Tu ne penses pas que ça pourrait nous détruire ?

Il marque une pause, regarde par la fenêtre, puis pose de nouveau les yeux sur moi.

— Je pense que, si tu le gardes, ça va nous détruire.

Je gis sur le lit comme une poupée de chiffon. L'énergie dans la pièce (ou était-elle en moi ?) s'est éteinte comme si quelqu'un avait actionné un interrupteur. Un piège, une ruse. C'était une ruse.

— Je m'occuperai de toi, Esme. Je serai avec toi tout le long. Je vais trouver le nom d'une bonne clinique. La meilleure. Je peux m'en occuper dès à présent. Et je viendrai avec toi, bien sûr. Je ne te laisserai pas une seconde.

Il touche ma joue avec ses doigts.

— Je pense qu'il est important de le faire vite. Avant que tu ne t'y attaches.

Je me lève et je m'habille en silence sous son regard. Je ne parle pas, je n'ai pas parlé. J'aimerais pouvoir me propulser immédiatement dans mon appartement. Je ne trouve pas ma chaussure et je n'ai qu'une envie : partir.

— Ne sois pas vexée.

— Je ne trouve pas ma chaussure.

— Nous en reparlerons plus tard.

— Je ne trouve pas ma chaussure.

Il ne bouge pas, ne m'aide pas à la chercher.

— Si tu le gardes, Esme, nous partirons sur de mauvaises bases. Tu ne vois pas ?

Il se redresse.

— Je veux être avec toi. Je te trouve extraordinaire. Mais ne nous fais pas ça.

Comment une chaussure peut-elle disparaître de la surface de la terre sans laisser la moindre trace ? L'appartement de Mitchell est impeccable. Mais la chaussure n'est ni sous son lit, ni enroulée dans ses draps couleur mûre honteux, ni dans la salle de bains. Elle s'est volatilisée.

— Pense à la bourse que tu as obtenue, dit-il pendant que je me mets à quatre pattes pour la chercher. Une bourse Forster, tu ne penses pas que tu as une responsabilité vis-à-vis des gens qui te l'ont accordée ?

***

Je suis pieds nus devant le bâtiment de Mitchell. Le trottoir est froid. Il n'y a pas de taxi. Sutton Place est dans son état apocalyptique habituel : pas un être humain à l'horizon. Ça n'aurait pas été si grave en été.

J'aurais pu me faire passer pour une originale ! Je marche dans la rue tout en faisant comme si j'avais des chaussures aux pieds, et un taxi passe enfin par là. Je le prends et rentre chez moi.

VIII

Quand je vais au travail le lendemain matin, je suis brouillée avec la terre entière. Ça lui a été si facile de me reprendre, si facile. Il n'y a pas eu un mot de regret ou de remords, et je n'allais plus jamais lui reparler après avoir été si humiliée. Dix mots et une caresse plus tard, j'étais dans son lit. Je me déteste. J'ouvre La Chouette à la place de Bruce qui a été empêché par un symposium sur les voitures des années 1950. Dennis, le sans-abri blanc, va être mon assistant. Il va m'aider à ouvrir le magasin et à tout installer. Il est déjà là, assis sur le trottoir devant Staples, en train de manger quelque chose qui ressemble à du chili con carne dans une assiette blanche en émail. Il m'adresse un grand sourire en guise de bienvenue. J'étais déterminée à me repaître de ma tristesse, mais je regarde Dennis et pense à sa vie au jour le jour.

Il se nourrit peut-être en mangeant ce qu'il trouve dans les poubelles et dort sous les porches… Je comprends alors à quel point ma résolution était dérisoire.

— C'est bon ?

— Non, répond-il.

Il se lève pendant que je déverrouille la grille et m'aide à la relever. Nous ne pouvons pas entrer tant que nous n'avons pas sorti tous les livres que nous exposons dehors, car ils bloquent en fait toutes les allées. Dennis refuse que je l'aide.

— J'ai appris que tu étais enceinte, dit-il. Alors, ne prends pas de risques.

— Ce n'est pas un risque. Ce n'est pas lourd puisqu'il y a des roulettes.

Il étale les numéros du *National Geographic* avec leur silhouette jaune et ajuste avec soin l'écriteau indiquant que tous les livres sont à un dollar. Puis, il recule d'un pas pour s'assurer que tout est en ordre.

J'allume les lumières du magasin et arrange les marque-pages et les cartes postales. C'est alors que je remarque une minuscule sculpture représentant un arbre en bois sombre aux branches duquel sont suspendues des pommes dorées encore plus minuscules.

C'est exquis. Quand Dennis rentre dans le magasin, je lève l'objet et dis :

— Tu as vu ça ? Tu ne trouves pas que c'est magnifique ?

— Oh oui, c'est moi qui l'ai apporté. J'ai apporté plein d'autres trucs, mais George n'a voulu garder que ça et un livre. Un seul livre.

— Je me demande s'il me le vendrait.

— Je parie que oui. C'est mignon, hein ? Les types qui débarrassaient la maison allaient le jeter. Ils n'ont pas d'âme.

— C'est cet arbre-là qu'il faut absolument préserver.

Je monte sur une chaise pour poser le petit arbre précieux tout en haut et que les clients ne le remarquent pas. Si nous voulons éviter qu'il ne soit vendu accidentellement, il vaut mieux qu'il reste là.

— Dennis, dis-je, je vais aller me chercher quelque chose à manger. Ne laisse personne acheter cet arbre. Tu veux quelque chose ?

Il répond qu'il veut un bagel tout simple et me conseille un *diner* à cinq blocs de là.

— C'est sympa là-bas. Dis-leur que tu viens de ma part. Tu devrais tester leur petit-déjeuner. C'est mieux de consommer sur place parce que ce n'est pas aussi bon dans les boîtes en aluminium.

Je vais docilement au *diner* qu'il m'a indiqué, mais me contente d'acheter deux bagels au sésame et une tasse de tisane à emporter.

C'est sur le trajet du retour que je réalise ce que je viens de faire : j'ai confié le magasin à un alcoolique. Je cours jusqu'à la porte de la boutique.

Quand j'entre, je ne vois pas immédiatement Dennis, mais DeeMo, assis sur le plus gros fauteuil, en train de regarder les nouveaux CD. Il a posé une canette de Fanta ouverte à côté de la caisse.

— Tu n'aurais pas vu Dennis par hasard ?

DeeMo rejette la tête en arrière et m'indique ainsi l'allée droite. Je jette un coup d'œil derrière la section Extrême-Orient. Dennis est en train de fourrer tous les livres d'art qu'il peut attraper dans un gros sac postal.

— Dennis ? Qu'est-ce que tu fais ?

Il lève la tête, surpris, mais range le livre qu'il avait à la main dans le sac.

— Je suis un voleur. Tu n'es pas censée me laisser tout seul. Ils ne te l'ont pas dit ?

— Non. Et tu n'as pas l'air très doué pour le vol, si tu veux mon avis.

— Non, c'est pour ça que je finis si souvent au trou.

DeeMo se lève.

— T'étais dans quelle prison la dernière fois, mon pote ?

— Hudson, répond brièvement Dennis.

DeeMo le regarde soudain avec respect.

— C'est une bonne prison.

— Je sais. C'était pas mal.

DeeMo me dit :

— Les gens commettent des délits pour aller à Hudson.

Puis, il se tourne de nouveau vers Dennis :

— Il y a des putains de prairies là-bas, non ?

Dennis regarde DeeMo sans vraiment comprendre, puis, au bout de quelques secondes, il dit :

— J'ai pas vu de prairies, moi.

Ils se mettent à rire. J'essaie d'imaginer à quoi peut bien ressembler la vie dans une prison d'État. Je ne peux m'appuyer que sur les émissions que j'ai vues à la télé et dans la série *Les Évadés*, que la BBC a dû acheter pour pas cher, car elle passe toutes les sept minutes en Angleterre.

— Des prairies ! gémit Dennis. Putains de prairies !

Ils sont tous deux morts de rire. Une fois qu'ils se sont calmés, je dis :

— Tu es déjà allé en prison, DeeMo ?

— Ouais, la dernière fois, j'ai passé quatre-vingt-dix jours à Rikers.

— Rikers, ça va, dit Dennis, et DeeMo acquiesce.

— Qu'est-ce qui fait que ça va ?

— Il n'y a pas de types condamnés à perpétuité, là-bas, dit DeeMo. Si tu te fais mal voir d'un type condamné à une peine très longue ou à perpète, il te tuera sans hésiter. Parce que, qu'est-ce qu'il risque au fond ? T'es mort et lui, il sortira jamais de prison de toute façon, à part les pieds devant. C'est tout.

Ça fait rire Dennis.

— Dennis, tu remets les livres à leur place ?

Il arrête de rire et soupire.

— Bon, d'accord.

Je le surveille pendant qu'il les range.

— Tu n'as pas d'alliance. Pourtant, tu es enceinte, c'est ça ? demande-t-il tout en s'affairant.

— Oui.

— Et il n'y a pas de père ?

— Non. Pas de père. Enfin…

Je rectifie.

— Il y a un père, mais il…

Dennis hoche la tête.

— Ouais, dit-il. Ouais.

Il se lève et s'époussette comme si ses vêtements avaient été impeccables avant le vol.

— Tu m'as pris mon bagel ? demande-t-il.

Je le lui donne et propose l'autre à DeeMo, qui lève sa canette de Fanta pour me faire comprendre qu'il ne veut rien d'autre. Il dit qu'il va partir.

— Ne pars pas tout de suite.

Je lui demande ça parce que j'ai oublié de vérifier la caisse et, s'il n'y a plus d'argent dans le tiroir, il y a de fortes chances pour que Dennis y soit pour quelque chose. Mais serait-il assez bête pour rester et continuer à voler des livres d'art ? Je me dis, bêtement d'ailleurs, que si je garde DeeMo encore une minute, je parviendrai plus facilement à convaincre Dennis de rendre l'argent. J'ouvre le tiroir-caisse. Tout l'argent est là. Il ne manque pas un sou. Je ferme le tiroir, rouge de honte. Comment ai-je pu le soupçonner ?

— C'est bon, dis-je a DeeMo.

Il me regarde en haussant les sourcils. Maintenant, j'ai l'air d'avoir soupçonné DeeMo.

— C'est bon quoi ? demande-t-il.

— C'est bon, tu peux y aller.

— C'est bon, mais j'aurais pu partir de toute façon. Monsieur Lincoln a dit que j'étais libre.

— Non, non, je ne pensais pas… Je n'ai pas… Je ne voulais pas… J'ai juste pensé que Dennis avait peut-être volé l'argent et que tu pourrais m'aider à le récupérer, dis-je.

Je me suis rattrapée et me voilà tirée d'affaire avec DeeMo, mais Dennis se redresse et il a l'air fâché.

— Tu penses que je serais capable de voler George ?

— Tu étais bien en train de voler les livres d'art.

— Ce ne sont que des livres. Je ne pourrais jamais voler George. Je lui ai vendu un livre la semaine dernière ; c'était une édition originale. Il m'en a donné cent dollars. Tu penses vraiment que je pourrais voler George ?

Il prend un air dégoûté.

— Je suis désolée, dis-je.

Les subtilités du code de déontologie des voleurs m'échappent, mais il est vexé.

— Je suis vraiment désolée, dis-je de nouveau. Décidément, je comprends tout de travers.

— Ne t'en fais pas, répond Dennis qui m'a déjà pardonnée.

DeeMo lève la main en signe d'adieux et nous dit qu'il reviendra plus tard.

Je regarde Dennis finir son bagel. Il mange comme s'il avait été élevé par des loups : il arrache de gros morceaux et les avale sans les avoir mâchés au préalable. Je ne pense pas que ce soit parce qu'il a très faim. C'est juste qu'il mange comme si personne ne l'avait jamais regardé faire.

— Comment tu fais pour trouver à manger ?

— Il y a des endroits où on nous donne de quoi manger. Soup Kitchen, par exemple, dans la 72e Rue. Quand les gens me donnent de l'argent, j'achète de la nourriture.

— C'est vrai ?

— Non, reconnaît Dennis. Non. Quand j'ai de l'argent, j'achète de l'alcool.

— Tu fais les poubelles, tu cherches dans les ordures ?

— Non !

— Je suis désolée, ce n'était pas une question très polie…

Il hausse les épaules.

— Ça m'arrive parfois.

Puis, il dit :

— J'ai une fille.

Je me sens encore plus coupable parce que je suis surprise. Pourquoi les vagabonds comme lui n'auraient-ils pas de fille ?

— Comment s'appelle-t-elle ?

— Josie. Josie Jones.

— Elle vit à New York ?

— Non.

— Ah.

Je hoche la tête en me demandant ce que ça doit être pour Josie d'avoir un père qui vit à la dure dans les rues de New York. À moins qu'il n'ait voulu confier son repos à ses tendres soins[1] et qu'il ne fouille désormais les poubelles, le cœur brisé.

— Elle m'avait trouvé un appartement. Elle voulait que je vive mieux. C'est une bonne fille. Mais je n'ai pas pu. J'aime la rue.

— Pourquoi ?

— Je sais pas, dit-il.

C'est la réponse la plus facile, celle que tout le monde donne pour ne pas avoir à réfléchir. À moins que personne ne s'attende à ce que Dennis réfléchisse ou ne veuille une réponse.

— Je suis sérieuse, dis-je. Pourquoi préfères-tu la rue à un appartement ? J'aimerais vraiment savoir.

Il s'assoit lourdement dans le deuxième fauteuil et regarde droit devant lui. Je m'affaire, ouvre un livre et commence à le lire. Au bout de trois paragraphes particulièrement inintéressants, il dit :

— Tu vois, personne n'allait venir dans l'appartement, il n'allait jamais rien se passer. Il n'y avait personne à part moi.

En prononçant ces derniers mots, il lève les yeux vers moi. C'est l'aveu d'une immense solitude. Il me montre une ceinture-portefeuille tout abîmée autour de sa taille et dit :

— Je vais regarder un peu ce qui se passe dehors.

Une fois qu'il est sorti, je ressens une immense solitude, moi aussi. La solitude est encore pire quand on veut quelqu'un qu'on ne peut avoir. Tout ce qui s'est passé hier

---

1   Allusions au *Roi Lear* de Shakespeare. « J'espérais confier mon repos à ses tendres soins », acte I, scène 1 (traduction de Jean-Michel Déprats).

avec Mitchell me revient à l'esprit et augmente mon sentiment de solitude. Aurais-je vraiment dû partir ? Était-ce bien une ruse de sa part, un piège ? Ai-je réagi trop durement ? Ai-je réagi trop mollement ? L'ai-je perdu à nouveau ? Dois-je m'en soucier ? Je regrette que Dennis soit sorti. Il n'y a pas de client dans le magasin et je ne supporte pas ma compagnie. Il n'y a personne ici à part moi.

Je repense à ce que dit Hamlet : « Il n'y a de bien et de mal que selon l'opinion qu'on a. » Ce n'est pas tout à fait vrai si on est coincé sous un piano à queue, ni quand on parle de génocides, mais ça marche sûrement à propos de l'amour.

Si je pouvais arrêter de croire que je l'aime, je serais sûrement libre. Je ne pense même pas qu'il me rende heureuse. C'est juste que, maintenant que je l'aime, je ne sais plus comment revenir en arrière. Il représente la pomme dans laquelle je n'aurais jamais dû mordre.

Je regarde au plafond, là où sont entreposées toutes les œuvres de fiction. Très peu de clients les achètent. Les livres servent plus d'isolant que de stock.

La dispute fait rage entre les partisans du livre sur papier et ceux de l'e-book.

Mais, pendant que les esprits s'échauffent, les livres tout en haut se désagrègent en silence. Je vais demander si je peux en sortir quelques-uns dehors et les proposer pour un dollar ; ça dégagera un peu d'espace. Ça ne va pas vraiment nous aider beaucoup financièrement et ce n'est pas en réfléchissant au sort de vieux livres que je vais oublier cet amour à sens unique, mais c'est un début. Pendant que je regarde le dos des vieux Tom Clancy, la porte s'ouvre, et Mitchell fait son entrée. Il regarde autour de lui, l'air complaisant et plutôt perplexe, et me fait penser à un agent de change qui se pointerait à la fête d'anniversaire d'un enfant.

— Mignon, dit-il. Je t'ai apporté un présent.

Il pose ma chaussure sur le comptoir. Je ravale la question qui me brûle les lèvres : *Mais où était-elle ?*

— Je peux te parler ? Il faut que nous résolvions ce problème.

Non. C'est déjà résolu. Je suis résolue. Ne me parle pas, ne me touche pas, n'essaie pas de me convaincre.

— Je ne peux pas vraiment parler ici, dis-je à voix basse pour donner l'impression qu'il y a des recoins dans le magasin où des clients se cachent, invisibles.

Mitchell regarde l'allée devant lui, la mezzanine et s'avance pour inspecter l'allée de droite.

— Tu ne veux pas parler devant les cafards ?

— Il n'y a pas de cafards, dis-je. Il y a des clients. Pas en ce moment, mais il y en a eu et il y en aura.

Pendant que Mitchell affiche un sourire narquois, la providence m'envoie obligeamment une cliente qui demande si nous avons du Helmut Newton. Je dois lui demander de qui il s'agit, ce qui pousse Mitchell à lancer un regard amusé à la femme, qui n'a rien remarqué. Je l'envoie vers le rayon où sont rangés les livres brochés consacrés à la photo pendant que je regarde en haut où se trouvent les ouvrages les plus chers. Je cherche avec beaucoup de zèle pour me donner le temps de me calmer. Pas de Helmut Newton, mais elle a repéré d'autres livres qui lui plaisent. Elle va sans doute rester un peu.

— Il n'y a personne d'autre ici qui pourrait te remplacer quelques instants ?

— Il n'y a que Dennis et c'est un sans-abri alcoolique, dis-je.

Je trouve ma réponse très drôle, surtout si on considère que moi, sa collègue de travail, je suis enceinte et employée illégalement. J'ajoute donc :

— Nous avons tous les deux été recrutés par le même chasseur de têtes.

Mitchell ne rit pas. Il dit doucement :

— Un sans-abri alcoolique ?

Il regarde de nouveau autour de lui comme s'il cherchait à localiser une mauvaise odeur.

— Je ne suis pas sûr que ça me plaise que tu travailles ici.

— Dans ce cas, je vais démissionner sur-le-champ.

— Je suis sérieux.

Je le regarde en riant.

— Je sais.

— On parlera ce soir. Je te retrouve à ton appartement. Il faut qu'on règle ça.

— Je veux bien parler, Mitchell…

— C'est certain.

— Mais je ne peux pas faire ce que tu me demandes de faire. Je ne peux pas.

Mitchell fait un geste pour me signifier qu'il comprend. J'accepte de le voir plus tard, une fois que j'aurai terminé de travailler sur ma thèse. À l'évidence, il n'est pas très content de passer après la librairie et l'école, mais je ne vois pas d'autres solutions. Il part, le visage de marbre. Quelques secondes plus tard, il passe la tête par l'embrasure de la porte.

— Ton sans-abri…

— Oui ?

— Il vient de prendre dix dollars à un type pour une pile de livres et est parti en direction de Downtown.

***

Après ma journée de travail à la librairie, je vais à la bibliothèque Avery pour plancher sérieusement sur ma thèse. J'ai beaucoup de mal à m'y mettre en ce moment, mais, une fois que je parviens à me concentrer, j'ai presque l'impression d'être dans un boudoir. Puisque les critiques affirment que Thiebaud est un héritier de la grande tradition incarnée par Jean-Baptiste-Siméon Chardin, je regarde Chardin et pour la première fois je me demande si j'ai eu raison de choisir si vite Thiebaud comme sujet d'étude.

Je pensais me retrouver devant de vieux tableaux datant de trois cents ans qu'il serait impossible d'apprécier avec un regard moderne et je suis surprise de constater que je suis émue aux larmes en contemplant ses œuvres.

Son verre d'eau et son panier de fraises des bois me font penser à la sensation agréable des rayons du soleil sur mon visage. On est proche du ravissement. Je veux savoir si je peux identifier la source de cet enchantement, pourquoi ces tableaux me rendent heureuse, pourquoi j'ai envie de pleurer.

Ce ravissement me fait prendre du retard et, quand j'arrive enfin devant mon bâtiment, il est neuf heures et quart. J'ai un quart d'heure de retard. Mitchell est dans le hall d'entrée, assis dans l'unique fauteuil.

Il y a ce plaisir mêlé de surprise que tous mes arguments démontrant qu'il n'est pas bien pour moi ne pourront pas dissiper. Puis, la peur se manifeste et évolue en moi comme un chat réveillé dans son sommeil. Peut-il m'ensorceler pour me faire faire ce qu'il veut ?

Je commence à m'excuser de mon retard. Il lève les mains.

— Je suis venu en ami, dit-il.

Nous montons l'escalier pour rejoindre mon appartement. Il se tient au milieu de la pièce.

— Esme, dit-il, comment en sommes-nous arrivés là ?

Les réponses qui me viennent à l'esprit sont trop désinvoltes. Je préfère me taire. Il ouvre les bras.

— Pour moi, il s'agit de prendre la bonne décision au bon moment. C'est peut-être une bonne décision de rester ensemble, Esme, mais, si nous le gardons, nous ne saurons jamais si nous serions restés ensemble sans lui.

Je m'approche de l'évier, prends un verre et le remplis d'eau du robinet. Il avance vers moi. Je n'ai pas soif. Je veux juste qu'il se passe autre chose que ça dans la pièce. Je laisse l'eau couler et elle jaillit du robinet en moussant.

En la regardant, je me demande si le fait que j'ai introduit une nouvelle chose dans une pièce fermée signifie que tous les autres atomes sont plus proches les uns des autres à présent.

Ai-je augmenté la pression en voulant la relâcher ? Uniquement à cause du volume occupé par ce jet d'eau du robinet ? Je pense au poème de Larkin : *Si j'étais appelé à construire une religion/Je ferais usage de l'eau*[1]. Lave-moi, purifie-moi de mon péché, purifie-moi de mon désir.

— Esme !

Je sursaute. Je lui tends le verre, le calice. Il secoue la tête, impatient.

— De l'eau du robinet. Je veux partager ta vie parce que je l'aurai choisi. Je ne veux pas y être contraint.

— Tu n'y es pas contraint.

— Tu nous imposes un lien.

— Ce lien existe, que ça nous plaise ou non, dis-je.

Il se détourne et s'éloigne à toute vitesse comme si nous étions dans un film.

— Tu as couché avec moi hier pour me convaincre plus facilement, dis-je.

— Tu te trompes, répond-il en regardant par la fenêtre.

— Alors, pourquoi ?

Il hausse les épaules.

— Parce que j'en avais envie ? Je pensais en avoir envie ? Pourquoi as-tu couché avec moi, toi ?

— J'en avais envie.

— D'accord. Dans ce cas, il n'y a pas de mal.

La grossesse peut fatiguer autant que le décalage horaire. Le sommeil devient un besoin vital. Si on pouvait l'acheter, les femmes enceintes seraient capables de voler de l'argent pour s'en procurer. J'ai une envie irrépress-

---

1   Poème de Philip Larkin, *Eau*, traduction de Guy Le Gaufey.

ible de me coucher. Je vois mon lit par l'embrasure de la porte et je veux m'allonger dessus. Je veux que Mitchell s'en aille.

Je m'assois sur le canapé et, parce que c'est trop tentant malgré tout ce cinéma, je me couche en boule dessus en appuyant ma tête sur un coussin. Si je suis fatiguée, le bébé l'est peut-être aussi. Je dois me reposer pour le reposer.

Quand Mitchell se tourne de nouveau vers moi, il a le menton en l'air et les yeux fermés comme s'il essayait de comprendre l'irrationalité de la personne en face de lui.

— Je ne savais pas que tu étais contre l'avortement. Tu es croyante ?

— Non, dis-je. J'ai juste sommeil.

Je n'ai aucune envie de défendre ma position, de lui expliquer que ce n'est pas parce que je suis pour que les femmes aient le choix, que je suis pour l'avortement à tout prix, ni de lui dire que je ne peux pas le faire, ni de m'excuser parce que je veux garder le bébé.

— Je sais que tu es fatiguée, dit-il. Mais il faut que nous trouvions une solution. Je ne veux pas de bébé, Esme.

Je dis à son pantalon, parce qu'il est toujours debout :

— Tu n'as aucun souci à te faire ; tu n'es pas obligé d'avoir un bébé. Tu peux très bien considérer que tout ça n'a rien à voir avec toi. Le lien entre nous n'est pas si important. Tu n'as pas à te soucier de moi ou du bébé. Je n'ai pas l'intention de venir frapper chez toi, un châle sur les épaules et un bébé dans les bras.

Il s'accroupit et pose la main sur mes épaules. Sa main est large, chaude et lourde. J'aimerais qu'elle soit là pour nous protéger, le bébé et moi, plutôt que pour nous séparer.

— Ma famille, dit-il, ma famille attache beaucoup d'importance aux convenances. Ce n'est pas convenable d'avoir un enfant hors mariage. Je la décevrais beaucoup. Et décevoir ma famille, c'est décevoir des générations et des générations qui se sont efforcées de toujours bien faire, Esme.

— Ta famille ? Pourquoi tu t'inquiètes d'elle en ce moment ? Elle n'en saura jamais rien. Comment pourrait-elle l'apprendre ?

— Comment pourrait-elle l'apprendre ? Tu es folle ?

— Mais non, pourquoi l'apprendrait-elle ? Nous ne sommes pas ensemble…

— Pas ensemble ? répète Mitchell.

Il semble incrédule. Puis, il m'adresse un sourire plein d'autodérision. Son sourire est vraiment charmant.

— Ah bon ? dit-il. Je n'en ai pas été informé.

Je me redresse.

— Bien sûr que non. Bien sûr que nous ne sommes pas ensemble. Nous ne l'avons jamais été. Je pensais que nous l'étions et nous ne l'étions pas. Nous ne l'étions pas. Tu avais toutes les autres…

Je déteste pleurer. Je ne pleurerai pas. Quelle utilité pouvaient bien avoir les larmes dans les civilisations les plus anciennes ? Elles ne font que montrer notre faiblesse ; ça ne peut pas être bien.

Il y a un silence. Puis, il dit :

— Oh ! Esme, je vois à présent. C'est donc ça. Je vois. C'est Esme et son bébé *contra mundum*.

— Je ne parle pas latin.

— Je suis sûr que tu comprends cette expression. Tu es furieuse que je sois sorti avec d'autres femmes et tu t'es mis en tête de partir et d'élever le bébé toute seule. On se croirait dans un roman de la collection Harlequin.

— Que tu couches avec d'autres femmes.

Je préfère rectifier, même si je décoche cette flèche à l'aveuglette, car il n'a pas dit qu'il avait couché avec d'autres femmes le jour où il m'a plaquée dans le parc.

Il s'arrête. Il étincelle tout à coup.

— Je n'ai pas couché avec toutes, dit-il.

Je me détourne pour ne pas lui montrer que ma flèche

a fait demi-tour et est venue me transpercer. Mais mon geste ne fait aucune différence. La douleur n'est pas quelque chose qu'on voit, mais qu'on sait. Elle est communiquée par les atomes qui constituent l'air frémissant.

— Esme, je plaisante. Quand je dis que j'ai couché avec toutes.

Comme il n'est pas encore parvenu à ses fins, il continue à parler :

— C'était juste un accident, dit-il. C'était juste une erreur. Nous ne sommes pas obligés de payer cette erreur jusqu'à la fin de nos jours ! Tu cherches à me punir.

— Je ne cherche rien du tout.

Il me regarde comme s'il regardait un enfant récalcitrant. Il change de tactique.

— Les bébés doivent naître dans un environnement stable. Ils doivent être programmés. Désirés. Ils ne devraient pas être mis au monde à tout prix et advienne que pourra. Ce n'est même pas encore un bébé, Esme.

— Si, c'est un bébé.

— Bon sang !

Il frappe la table des deux mains. Ses mains sont pâles, son visage aussi, et ses yeux ressemblent de nouveau à ceux d'un oiseau. Il poursuit plus calmement :

— Si tu avortes maintenant, il ne saura pas, il ne souffrira pas, et ce serait simplement se débarrasser de quelque chose de pas plus grand qu'un…, un…

— Un quoi ? Un cafard ? Un rat ? dis-je.

Non, en fait, je crie. Je tremble. Je pense qu'il a raison (il ne saurait pas, il ne souffrirait pas) et pourtant je ne peux pas le faire. Le regret que cette situation engendre me consume.

— Pourquoi me fais-tu ça ?

Je lève les yeux vers lui et le regarde fixement. Il tremble de rage, de passion. J'ai l'impression que la simple force de sa volonté pourrait anéantir la petite chose à l'intérieur de moi. Il se tient comme un Dieu blanc et pâle au centre de la pièce. J'ai la sensation désagréable que, si j'éteignais la lumière, il brillerait dans la nuit.

— Choisis, dit-il. Un mot, c'est tout.

— Choisis ?

— Choisis.

— Entre toi et le bébé ?

Il acquiesce avec un léger mouvement de tête. On dirait le méchant dans James Bond. Je me lève aussi. J'ai peur de lui, de son pouvoir, de sa volonté, j'ai même peur de lui physiquement. Je suis dans une rage folle.

— J'ai choisi, dis-je. J'avais déjà choisi quand tu m'as vue dans la rue. Et toi aussi, si je me souviens bien.

Il ne bouge pas. Il dit avec la même violence réprimée :

— Alors, c'est la fin. Je suis désolé que tu en aies décidé ainsi. Nous aurions pu avoir une merveilleuse relation. Nous étions spéciaux, Esme. Je suis désolé que tu ne t'en sois pas rendu compte.

Je me dirige vers le gros verrou en laiton de la porte et tire dessus pour l'ouvrir.

Il prend son sac, passe devant moi et sort.

Sur la table, il y a toujours le verre d'eau intact.

IX

Je suis dans l'amphithéâtre de Columbia. Je vais consacrer toute ma journée à mon doctorat sans me laisser distraire. Le premier cours magistral a pour thème « La Renaissance et les pièges du présentisme ».

Je m'assois au premier rang. Je me rejoue la scène d'hier soir en introduisant des différences cruciales et beaucoup plus optimistes. Je réponds aux arguments de Mitchell avec une grande sagesse pour mon âge, et Mitchell réalise à quel point je suis une personne noble et admirable. Il réalise également à quel point je suis désirable et est soudain submergé de désir.

— Il est important, gronde la voix du professeur dans l'amphithéâtre, de remettre en question les postulats hégémoniques concernant la Renaissance. Il ne faut pas perdre de vue que l'idée que nous en avons a été en grande partie normative, culturellement normative.

Mitchell me pousse en arrière sur le canapé, sa bouche plaquée contre la mienne, sa main entre mes cuisses comme le premier soir.

— Et nous pourrons mieux éviter les nombreux pièges du présentisme si nous menons une étude approfondie de l'histoire et du contexte de la Renaissance. Le mot en lui-même est politiquement chargé…

Mais, en réalité, il n'a rien fait de tout ça et il ne voulait pas faire ça. Je repense à sa pâleur, à sa froideur.

Le présentisme. Je n'avais jamais entendu ce mot avant de lire le titre de cette conférence. Je me rappelle l'avoir recherché sur Google hier soir, mais je ne me souviens pas de la définition. J'ai dû dormir quatre heures en tout et pour tout ; j'ai passé le reste du temps à penser à Mitchell.

Que sont des postulats hégémoniques ? J'ai besoin d'un café. S'ils veulent interdire le café aux femmes enceintes, ils doivent nous donner un produit de substitution, une sorte d'équivalent de la méthadone à base de caféine. Pas de tisane.

Le cours magistral est terminé. Je n'ai pas pris une seule note. Certains étudiants sont encore en train d'écrire frénétiquement. Le type à côté de moi tape ses notes sur son téléphone portable.

Bryan Gonzales, qui s'est montré très aimable avec moi le premier jour, et qui l'est toujours malgré mon manque de constance en matière d'amitié, vient me dire bonjour.

— Salut, dit-il. Tu viens au cours de Fisher ?

Je me lève et marche avec lui.

Je réalise que l'Esme Garland qui a eu une mention très bien en histoire de l'art à Cambridge n'a rien à voir avec l'Esme Garland d'aujourd'hui. Celle d'aujourd'hui est l'incarnation même de la fille qui envoie tout valser par amour, ou qui aimerait le faire si on lui en donnait la chance. Je n'ai qu'une envie : baigner dans la chaleur qui émane de Mitchell, obtenir son approbation, mais pour cela il faudrait que j'interrompe ma grossesse, et ma grossesse dépasse désormais mon désir. Je dois donc rester dans ce monde ennuyeux.

Et, au lieu de m'accrocher aux difficultés du sujet, mais aussi à la fascination que j'ai pour l'histoire de l'art, j'ai l'esprit ailleurs. Assise dans l'amphithéâtre, je fixe le maître de conférences, le stylo en l'air, je rêve de garçons.

Peut-être que mes rêves éveillés, dans lesquels je m'ébats sur un canapé, sont le résultat des bouleversements hormonaux qui s'opèrent en moi. Après tout, dans mon état, même les tableaux de Thiebaud représentant des hot-dogs ont un effet indésirable.

Bryan dit :

— Tu veux un autre café après celui-ci ?

Je réponds que j'aimerais bien en effet, car j'ai un plan abominable, il est vrai. Je veux être particulièrement aimable avec Bryan pour qu'il me passe ses notes.

— Pourquoi est-ce que tu n'as pas pris de notes ? demande Bryan fort à propos. Quand je me suis approché, j'ai vu que ta page était blanche.

— J'ai oublié, dis-je. Bryan, tu pourras me passer les tiennes, s'il te plaît. Je sais que c'est beaucoup demander… ?

Il hausse les épaules.

— C'est bon, dit-il. Je vais les taper et je te les enverrai par mail. Mais… tu as vraiment oublié ?

— Oui, je suis enceinte.

Il dit :

— Ah ! d'accord. Alors, tu pensais à ça.

Je le dévisage. Cette grossesse inattendue m'a telle-ment chamboulée que je m'attends à ce que tout le monde s'immobilise sous le choc et s'exclame « Oh mon Dieu ! » plusieurs fois.

— Oui, dis-je en hochant la tête, je pensais à ça.

***

Quand je reprends du service à La Chouette, George attend mon arrivée ou celle de Luke, car il a passé plus-ieurs heures seul dans le magasin. Il sort pour aller s'acheter de quoi manger, une soupe végétalienne accom-pagnée d'eau déminéralisée, dans un nouveau restau-rant qui vient d'ouvrir à sa grande joie. L'établissement s'appelle Fallen Fruit et nourrit tous les George de l'Upper West Side. Je demande à George si je peux acheter le petit arbre avec les pommes dorées. Il lève les yeux vers l'objet et me dit que je peux l'avoir en échange de ma soirée de travail.

— Mais je veux qu'il reste là. Il doit rester là. J'ai juste peur qu'il ne soit vendu par inadvertance. Imagine s'il y avait des étiquettes de prix sur les œuvres exposées dans les musées, ça serait vraiment stressant.

— Il me plaît aussi, dit George en se levant pour le regarder de plus près. Oui, mettons un petit écriteau dessous et gardons-le là-haut. Laissons le petit arbre tenter sa chance.

— Sous notre tutorat.

— C'est plutôt « tutelle », il me semble, mais oui.

Après avoir promis de me ramener un muffin au thé vert, il me laisse seule.

Je ne mets pas de musique. Il y a toujours de la musique dans le magasin, quelle que soit la personne qui travaille. Quand c'est George, ce sont la plupart du temps des chants grégoriens ou des concertos pour violon ou encore Bob Dylan.

Quand c'est Bruce, c'est souvent de la musique anglaise des années 1960. Il est toujours déçu lorsqu'il apprend que je ne connais pas. David, qui a dix-neuf ans et qui aimerait devenir acteur, passe des trucs qui ressemblent apparemment à Radiohead.

Luke entre et monte sa guitare dans la mezzanine. Il l'apporte la plupart du temps et repart avec elle une fois qu'il a terminé ses heures de travail. Je ne lui demande pas pourquoi, probablement parce qu'il est si taciturne. Je sens souvent cette tension avec Luke. J'aimerais tellement faire tomber ces barrières entre nous.

— Pas de musique ? demande-t-il en redescendant.

— J'étais entre deux CD, dis-je.

J'ai réalisé que, quand je disais que le silence ne me dérangeait pas, toutes les personnes qui travaillent dans cette librairie étaient mal à l'aise. Luke ne répond pas, mais il s'assoit dans le deuxième fauteuil. Il ne parle pas. Je décide que je ne vais pas le forcer à parler en lançant la conversation sur un quelconque sujet.

Je vais me taire, moi aussi. Nous restons assis, en silence. Je me demande comment il peut être aussi silencieux, pourquoi il ne veut pas se lier d'amitié avec moi. Pourquoi reste-t-il assis avec moi s'il ne veut pas me parler ?

Il se lève, comme pour mettre un terme à cette série de questions non formulées, et inspecte les CD.

— Qu'est-ce que tu aimes ?

Aucune réponse ne me vient à l'esprit. J'aimerais avoir quelques connaissances en matière de jazz, de musique folk ou de hip-hop. Luke va certainement penser que je viens d'un autre siècle. Il tourne la tête pour s'assurer que j'ai bien entendu.

— Quel genre de musique ?

— J'aime l'aria de *Lakmé* et les *Quatre Derniers Lieder* de Strauss, et j'adore le lamento quand Didon se donne la mort dans *Didon et Énée*. J'aime beaucoup Purcell en fait. Et Debussy et Satie.

Luke me regarde fixement.

— Et j'aime vraiment *tout* ce que Mozart a pu composer…

— Ça me rassure que tu l'aies cité, car je me disais que tu ne connaissais pas assez bien les classiques.

— Oui, bon, moque-toi si tu veux, mais Mozart est…

— Et qu'en est-il du vingtième siècle ou du vingt et unième siècle ?

— Oui, dis-je.

Ce n'est pas le moment de lui faire remarquer que Satie a vécu jusqu'au vingtième siècle. Je sais quelle va être la prochaine question inévitable, et mon esprit ressemble au néant comme pendant mes cours de chimie quand mon prof me demandait d'équilibrer une équation de réaction. Le vingtième siècle. J'essaie de penser à des groupes peu connus pour impressionner Luke. Mais aucun nom ne me vient à l'esprit à part celui des Beatles et d'Abba.

— Alors ? Qui ? demande Luke en se tournant de nouveau vers les CD.

— Du vingtième siècle ?

— Ou du vingt et unième.

— J'aime Radiohead, dis-je.

Luke rit.

— Quelles chansons ?

— Beaucoup. Toutes.

— Qui d'autre ?

Il attend patiemment.

— Lady Gaga.

— Vraiment ?

— Oui.

— Intéressant. Autre chose ?

— Björk.

— Très bien. Et qu'en est-il d'Elbow ? Tu es anglaise. Tu aimes Elbow ?

— Il est pas mal.

— Bon, si je te disais que tu ne sais absolument pas de quoi tu parles, qu'est-ce que tu en penserais ?

— Je penserais que tu es quelqu'un de très perspicace.

Luke hoche la tête. Il appuie sur le coin d'un boîtier de CD pour le sortir de la colonne. Il ouvre le boîtier.

— Nous allons écouter ça du début à la fin. Tu peux monter dans la mezzanine et écouter si tu veux. Ton éducation musicale va commencer par cet album.

— C'est Elbow ? C'est quoi ?

— Peu importe. Monte, assieds-toi dans le fauteuil au fond et concentre-toi. Je crois que tu ne te laisses pas suffisamment aller pour te concentrer pleinement, Esme.

Je le regarde, mais il ne me regarde pas. Ce n'était pas une affirmation aussi pompeuse que je le pensais. Devrais-je m'en offusquer ? En tout cas, je ne me vexe pas, même si je pense qu'il a tort. Je monte à l'étage, aussi obéissante qu'un chiot bien dressé, et m'assois dans le fauteuil au fond, réservé aux personnes qui envisagent de vider leur portefeuille pour acheter une édition originale de L. Frank Baum, et j'attends la musique.

Maintenant que la pression est retombée, je crois savoir ce que Luke va me faire écouter. Je pense que ça va être *Kind of Blue* de Miles Davis. C'est l'un de ces albums emblématiques qui figurent toujours sur les listes d'Amazon, de Facebook et de tous les sites en vogue. J'espère que c'est ça, parce que je l'ai déjà entendu et je trouve que c'est plutôt bien.

Le fauteuil est en cuir, un cuir un peu démodé et brillant à cause des derrières qui se sont assis dessus depuis des décennies. Il est bien rembourré et ferme. Il y a probablement du crin de cheval dedans.

Rien de bien confortable en tout cas. Mais c'est agréable d'être assise loin de la porte, d'être cachée par une bibliothèque et de suivre à la lettre les instructions que Luke m'a données : me taire et écouter.

Un court silence, un grésillement, puis la chanson commence. Elle est interprétée par un vieil homme dont la voix me semble plutôt fluette, et on dirait presque qu'elle a été enregistrée au fond d'une casserole. Sa voix ne paraît pas très juste. On ne dirait pas qu'il chante très bien. Aucun instrument ne l'accompagne. Pourtant, plus j'écoute, moins la voix est fluette. Elle est riche au contraire de toute l'expérience qu'elle véhicule et que je ne peux même pas imaginer. Elle est pleine de souffrance, d'espoir, elle a un timbre plaintif qu'il est difficile d'écouter. Elle traverse les années.

Puis, je prête attention aux paroles :
Takin' away all of my sin, takin' away… all of my sin[1]…
Est-ce une nouvelle raillerie de la part de Luke. Vraiment ?

---

1   Emportant tous mes péchés, emportant tous mes péchés.

Je me lève et m'approche du bord de la mezzanine. Luke lève les yeux vers moi.

— Tu aimes ?

Je suis narcissique, trop sensible. Il n'y a aucune trace de malice dans les yeux de Luke.

— Qu'est-ce que c'est ?

— C'est la base de la musique moderne. Si tu piges ça, le reste s'emboîte facilement.

Je descends les marches et prends le boîtier du CD.

Je lis à voix haute.

— *Negro Folk Music of Alabama*, volume cinq.

— Ouais, dit Luke.

— Le volume cinq de la série *Negro Folk Music of Alabama* est la base de la musique moderne ?

— Non, ma chérie, pas un CD, ni dix. Mais cette musique de l'Alabama, du Mississippi, c'est...

Il s'arrête. Il doit penser qu'il perd son temps.

— C'est beau, c'est tout. Retourne en haut. Je savais que tu avais un problème de concentration.

Je retourne dans la mezzanine en faisant un peu la tête cette fois. Je me rassois et me remets à écouter.

La musique monte et descend, et j'écoute la voix de l'homme et celle d'une femme qui chante de temps en temps avec lui et je sais qu'il exprime quelque chose que je ne peux pas exprimer moi-même, que je n'ai même pas pu admettre depuis que j'ai vu cette ligne bleue dans la fenêtre de lecture du test de grossesse. Il est plus honnête que je peux l'être. J'ai tout repoussé ; cet homme fait tout revenir. Je ne sais pas vraiment de quoi il parle – de Dieu, on dirait –, mais je sais qu'il est question d'être dans la poussière et dans la terre et d'avoir pourtant eu la chance d'appréhender l'éternel. Des larmes de gratitude, de douleur ou de ravissement coulent sur mes joues. Je les laisse. Je laisse le volume cinq de cette musique de l'Alabama faire son effet étrange et magique, je laisse agir ce sentiment de libération et de renouveau.

— Ne me dis pas que…

J'ouvre les yeux, j'essaie de me concentrer. Je suis toujours dans le fauteuil, mais j'ai comme l'impression d'y avoir passé beaucoup de temps. J'ai le sentiment que mes membres n'ont pas changé de position depuis un bon moment. Luke se tient au-dessus de moi et affiche une expression belliqueuse.

— Tu t'es endormie ?

— Non, non. J'ai juste, euh, fermé les yeux. Ça m'a beaucoup plu. C'est fini ?

— Incroyable, dit Luke en redescendant.

***

Aujourd'hui, c'est mon premier rendez-vous chez le docteur. Je l'ai pris pour quatre heures et demie, parce qu'à une heure il y a un postdoc qui donne un cours magistral sur Richard Diebenkorn et j'aime Diebenkorn.

Quand j'arrive, Stella est déjà dans la salle d'attente. Elle m'a dit plus tôt qu'elle essaierait de venir, car j'avais admis que j'aurais peut-être bien besoin d'un peu de compagnie. Elle est assise en face d'un couple qui attend son tour main dans la main. La femme regarde Stella, puis me fixe avec des yeux perçants, désapprobateurs.

Stella porte des collants noirs déchirés, de grandes bottes et un short en jean. Elle regarde sa tenue.

— Ne dis rien. Je vais prendre des photos chez Sappho. Il faut que je me fonde dans le décor.

— Tu es superbe, dis-je.

La femme écarquille les yeux.

Je suis convoquée à l'accueil pour remplir les formulaires de l'assurance. Je me demande dans quelle galère je vais me retrouver si mon assurance ne couvre pas les frais. D'après la fille de l'accueil, qui est particulièrement désagréable, cette histoire va me coûter trente mille dollars, à part si j'ai une césarienne, auquel cas « Ça va revenir très cher ». Trente mille juste pour mettre un bébé au monde ? Pourquoi ? Ils sont conçus, ils se développent, ils sortent. Les femmes accouchent dans des taxis, sur des canapés, dans les champs ! À quoi servent les trente mille dollars ?

— Comment s'est passé ton cours ? demande Stella quand je reviens m'asseoir.

— Oh ! c'était super. J'aime vraiment Diebenkorn et il cadre bien avec Thiebaud. Je me disais que, si je trouvais une troisième personne pour aller avec eux, je pourrais écrire une thèse qui pourrait facilement se transformer en livre populaire. Ce qui serait pas mal pour ma carrière. Si je pouvais gagner de l'argent en écrivant, ça me permettrait de passer plus de temps avec le bébé.

Stella hoche la tête.

— Et tu sais que je serai toujours là. Je t'aiderai du mieux que je pourrai.

On dirait que le couple n'est plus tout à fait assis de la même façon ou que l'atmosphère a changé dans la pièce. Il y a de la désapprobation dans l'air. La femme pince les lèvres et regarde son partenaire, qui ne voit rien et continue à lire son magazine. Malheureusement, Stella a tout vu. Elle pose immédiatement ses mains sur la mienne.

— Je voulais juste que tu saches que c'est formidable ce que tu fais pour *nous*, me dit-elle tout en adressant un grand sourire au couple. Elle me rend si heureuse, leur dit-elle.

La femme se met à sourire machinalement, mais ses lèvres se figent rapidement. L'homme se contente de nous dévisager.

— Vous allez voir le docteur Sokolowski ? demande Stella.

— Non, le docteur DeSales, répond la femme avec une pointe de soulagement dans la voix, comme si elle risquait d'être contaminée en consultant le même médecin que nous et de se réveiller lesbienne demain matin.

— D'où venez-vous ? demande Stella. De New York ?

Elle sait pertinemment que non. Même moi, je suis capable de m'en rendre compte et je ne suis là que depuis le mois d'août. La femme a une frange qui frisotte et porte trop de couleurs, un col roulé rayé et un gilet matelassé.

Et elle est grosse. Et elle porte des baskets. Elle n'a de surcroît aucune des armes que tout New-Yorkais qui se respecte acquiert pour sa panoplie de défense : le regard à moitié distant, l'iPod, le journal, les ondes qui transmettent le message « Ne me parlez pas ».

— Non, répond l'homme tout en pliant son magazine pour montrer qu'il ne veut pas parler.

— Esme non plus. N'est-ce pas, ma chérie ? dit Stella en me regardant avec tendresse. Elle vient d'Angleterre.

— Esme Garland, dit la réceptionniste.

Dieu merci. Je me lève et murmure à l'oreille de Stella :

— Reste ici, folle que tu es. Je veux y aller seule.

Je m'attendais à ce que le Dr Sokolowski soit une femme. Ce n'est pas le cas. C'est un vieil homme mélancolique assis derrière un immense bureau en chêne. Il lève les yeux, sourit d'un air désolé et dit :

— Madame Garland, je suis Bartosz Sokolowski.

— Enchantée.

— Alors, vous avez des petits ennuis ?

Ça me fait rire.

— Vous le dites à toutes vos patientes enceintes ?

— Non, non. Je tente ma chance parfois et je vois que...

Il tapote ses notes.

— ... vous êtes européenne.

Il balaie tout d'un geste, me fait signe de m'asseoir et me pose les questions habituelles. Il soupire.

— Allez vous déshabiller derrière le rideau, s'il vous plaît. Enfilez la blouse que vous verrez là-bas. Elle s'ouvre par le devant.

Je hoche la tête.

— Comme c'est la première fois que vous venez, je vais procéder à un examen complet, dit-il.

— D'accord.

Je ne m'attends pas à ce qu'il témoigne forcément beaucoup d'enthousiasme à cette idée, mais ce manque d'entrain semble concerner la totalité du rendez-vous.

Je sors vêtue de la blouse verte qui s'attache devant. Je dois m'allonger sur la table d'examen. Il va chercher deux essuie-main en papier et les dispose avec soin sur les étriers.

— Le métal est froid, explique-t-il.

Il examine mes seins et mon ventre, puis procède à l'examen interne, d'abord avec les doigts, puis avec le truc froid et pointu que je n'ai jamais vu, mais qui doit plus ou moins ressembler à un presse-citron Alessi. Puis, il se lave les mains et s'approche de la fenêtre. Il soupire de nouveau. Je suis toujours allongée, presque nue, la blouse ouverte.

— Ah ! madame Garland d'Angleterre, dit-il en regardant les toits de l'Upper West Side.

Le ciel est bleu azur et, sur le toit-terrasse que je vois devant moi, il y a des pots de lanternes chinoises orange, une table et des chaises. Cette vision ne semble lui procurer aucun plaisir.

— Tout va bien ?

J'ai peur qu'il ait découvert quelque chose d'horrible.

— Bien sûr, répond-il avant de replonger dans le silence.

— Vous êtes jeune. Vous avez la vie devant vous. Quand vous aurez vécu aussi longtemps que moi, que vous aurez vu tout ce que j'ai vu, vous vous rendrez compte que la vie perd peu à peu de sa saveur. C'est peut-être mieux ainsi : comme ça on ne s'accroche pas. Vous avez une chlamydiose, mais ça se soigne facilement.

— J'ai une chlamydiose ?

— Oui, mais la plupart des personnes qui ont une vie sexuelle très active souffrent de cette infection. Nous pouvons la traiter immédiatement avec des antibiotiques.

Il continue à regarder par la fenêtre et j'ai toujours les jambes en l'air. Ma tristesse s'embrase comme une allumette allumée dans la nuit. « Vie sexuelle très active. » Je ne suis qu'une fille parmi tant d'autres.

Il se retourne et revient vers moi.

— Et vous êtes aussi une sorcière, vous le savez ?

Je lève les yeux et le dévisage. Il me regarde à son tour avec ses yeux bleus écarquillés.

— Je suis une sorcière ?

— Tout à fait.

Il montre deux grains de beauté sur mon torse.

— Vous avez deux mamelons surnuméraires. Ils sont là pour nourrir un familier. La marque des sorcières.

Je resserre les deux pans de ma blouse. C'est complètement différent des consultations dans un centre de sécurité sociale.

— Vous n'avez aucune inquiétude à avoir, madame Garland. C'est spécial, mais ça n'a rien d'inquiétant. Vous pouvez vous rhabiller.

Quand je sors de derrière le paravent, vêtue de mes habits, il me montre un microscope sur le bureau. Il est face à moi.

— Regardez, si vous voulez bien.

Je regarde. Il y a des centaines d'horribles cellules sur la lamelle. Ça ressemble à des bactéries, mais je n'en ai aucune idée. Ça pourrait être n'importe quoi.

— C'est ce qu'il y a dans votre vagin. La chlamydia.

Les ouvrages sur le savoir-vivre et l'étiquette sont un peu vagues quant à la réponse adéquate à donner pour ce genre de remarques.

— Intéressant, dis-je.

— Cet exemple ne provient pas de votre vagin, mais

si nous envoyions un échantillon à un laboratoire, nous verrions quelque chose de tout à fait similaire.

— Je suis donc en train de regarder des chlamydiae qui viennent du vagin de *quelqu'un d'autre* ?

Il éteint le microscope.

— Pouvez-vous déterminer depuis combien de temps j'ai ça ? dis-je.

— Non, impossible. Elle peut rester à l'état latent pendant des années, mais ça peut aussi être une infection récente. C'est une bactérie.

Il me tend une ordonnance.

— Il est important de prendre ça. Il faut que l'infection ait disparu au moment de la naissance du bébé. Ça peut être une cause de cécité chez le nourrisson.

Mon visage doit être très expressif. Il s'adoucit.

— Ne vous inquiétez pas. Ça se soigne très facilement. Nous allons la soigner. Votre bébé se portera très bien.

— D'accord, merci.

— À ce stade de votre grossesse, je devrais vous voir normalement toutes les quatre ou cinq semaines, mais prenez un rendez-vous pour dans trois semaines, à cause de la chlamydia. Vous allez aussi passer une échographie de datation très bientôt, n'est-ce pas ? L'échographie des douze semaines, je veux dire. Bonne chance, madame Garland. J'ai été ravi de faire votre connaissance.

Stella n'est plus là quand je sors. Elle a laissé un mot à l'accueil. Je lis : *L'asservissement sexuel des lesbiennes ne souffre aucun retard.*

Si seulement j'étais une vraie sorcière. Je me préserverais de la souffrance avec des pentagrammes.

***

À dix-sept heures, George m'appelle pour me demander si je peux éventuellement venir travailler une heure, car il doit se rendre chez un particulier qui vend sa bibliothèque, et Bruce a un rendez-vous dans le centre. Je lui dis que je peux me libérer et lui demande à quelle heure je dois être à La Chouette.

— Maintenant, répond-il. C'est Barney qui garde le magasin pour le moment. Prends un taxi et paie la course avec l'argent de la caisse.

Barney est un habitué.

— D'accord, dis-je, mais Barney peut très bien se débrouiller.

— Barney est avocat, précise George. S'il ouvre le tiroir-caisse, il me facturera cinq cents dollars. Mais il est d'accord pour rester jusqu'à ton arrivée.

Quand j'arrive là-bas, Barney dit :

— Je suis vraiment heureux de vous voir, ma chère. J'ai été sur le point d'ouvrir le tiroir-caisse une ou deux fois au cours des dernières minutes. Mais je peux rester un moment. Mon ami Philippe passe me prendre ici.

Il lève le menton et m'observe.

Il vient souvent tard le soir et parle avec George et Luke. Il s'intéresse rarement à moi, mais aujourd'hui il est à court d'options.

— Vous devriez porter du Ralph Lauren. Le Ralph Lauren vous irait à merveille.

— Merci, mais Ralph Lauren n'est pas dans mes prix.

— George a dit que vous aviez obtenu une bourse pour étudier à Columbia. Mais, même si l'argent est un problème…, il y a un homme dans l'histoire.

Il montre mon ventre de la tête.

— Non, dis-je, pas d'homme.

— Eh bien, ma chère, le Ralph Lauren serait un *investissement*. Ça va être très dur de trouver un homme une fois que Junior sera né. Il va falloir appâter votre proie.

— Je vais aller ranger les rayons. C'est vraiment le désordre.

Barney ne semble pas du tout gêné par le fait que je sois partie. Il continue à me parler, plus fort maintenant.

— Oh ! attendez une seconde… Est-ce qu'il fait seulement des vêtements de maternité ? dit-il en criant presque. Je vais chercher sur Google.

Je prends les livres que j'ai glissés dans les allées sur leur pile en équilibre précaire.

— Pas de vêtements de maternité pour Ralph, dit-il. Je n'en vois pas, en tout cas. Mais… pas d'homme ? Vous ne vous êtes pas très bien débrouillée.

Je reviens vers la caisse. Il feuillette un gros livre sur les tables basses.

— Barney, dis-je calmement. Il y a des clients. Je ne suis pas sûre qu'ils veuillent absolument connaître tous les détails de ma vie privée.

Barney incline la tête d'un côté et me dévisage. Il reprend la parole en baissant un peu la voix :

— Est-il au courant au moins ? Est-il au courant qu'il va bientôt être père ? Vous savez qui c'était ? Était-ce juste une aventure d'un soir ?

Il a cette conviction toute new-yorkaise que, si l'on veut savoir quelque chose, il suffit de poser la question. L'autre partie est libre de répondre ou non. À moins que son éducation ne lui laisse pas le choix.

— Bien sûr que je sais qui c'était. Et il est au courant. S'il vous plaît, on pourrait changer de sujet ?

Il écarquille les yeux.

— Et il ne veut rien avoir à faire avec ça ?

— Je ne pense pas. Disons qu'il n'est plus… concerné maintenant…

— Il est marié ?

— Non, non.

— Alors, quel est le problème ? Quel âge a-t-il ? Que fait-il ? Quelle est sa formation ?

— Barney…

— Allez, dites-moi. Peut-être que nous arriverons à le comprendre comme ça.

— Je ne sais pas… Il n'y a rien…

— Il vous a demandé d'avorter ?

J'hésite et, bien sûr, il tire très rapidement une conclusion…

— C'est ça ! Mais vous ne vouliez pas. George est au courant ?

— Non, pourquoi ?… Barney, personne n'a besoin de savoir tout ça.

— C'est fini avec ce type alors ?

Je lui dis que c'est complètement fini. Barney me regarde avec intérêt. Je comprends pourquoi c'est un bon avocat.

— Et vous êtes complètement anéantie. Que ça soit fini.

Je ne vais certainement pas dire : « Eh bien, oui, Barney, c'est tout à fait vrai. »

— Je vais bien, en fait.

Il recommence à feuilleter son livre.

— Laissez-moi vous donner un bon conseil, ma chère. Faites figurer le nom du type sur l'acte de naissance. Vous ne savez pas ce qui peut se passer. Personne ne le sait. Accordez-vous cette faveur et inscrivez son nom en grosses lettres et bien lisiblement dans la colonne « père ».

— Quel genre de clients défendez-vous, Barney ?

— Les entreprises. Je suis spécialisé dans le droit des entreprises.

Une femme s'avance vers la caisse pour acheter quelques livres. Elle hoche la tête.

— Il a raison.

Je prends l'argent pour les livres.

— Bien sûr que j'ai raison ! s'exclame Barney.

Il baisse les yeux et regarde son livre posé sur ses genoux.

— Oh mon Dieu, où est-ce ? L'église de l'Ascension à Priego de Cordoba. Esme, regardez ça. Vous étudiez l'art, c'est ça, et l'architecture ? Regardez cet endroit.

La femme me sourit et s'en va juste au moment où un homme très mince et très beau entre.

— On se croirait presque dans un gâteau avec plein de couches superposées. Il faut absolument que j'aille voir ça sur place. Oh ! Philippe, salut, salut. Regarde ça ! C'est en Espagne, en Andalousie. J'étais juste en train de dire à Esme qu'il fallait absolument que je voie ça.

Philippe affiche un enthousiasme de rigueur. Barney note le nom de l'endroit et referme le livre dans un bruit sec.

Il aperçoit un type qui avance tranquillement dans la rue, vêtu d'un tee-shirt bleu. Il a un ventre énorme.

— Oh mon Dieu ! Regardez, Esme, ce type qui est en train de passer devant le magasin. Il a complètement renoncé aux femmes. Ça se voit à la façon dont il s'habille. Vous comprenez maintenant ce que je voulais dire avec Ralph Lauren ? Je suis sûr que ce type s'assoit tous les soirs devant la télé pour regarder *America's Next Top Model* tout en rendant les pages du magazine *Truck and Track* très collantes. Philippe, ça te dirait d'aller au Café Lalo ? Je meurs d'envie d'essayer leur nouveau gâteau mousseux au beurre de cacahuètes.

Je suis seule quand un client entre vêtu d'un pantalon vert avec des élastiques aux chevilles. Il demande à voir George ou Luke, ce qui me permet de conclure immédiatement que c'est un habitué. Je me rappelle avoir entendu parler de ce pantalon vert le premier jour que j'ai travaillé ici, mais je n'arrive pas à me souvenir de la particularité de ce client. Il a des cheveux couleur gingembre avec une raie sur le côté. Je remarque qu'ils bouclent un peu au-dessus de ses oreilles. Il a l'air inquiet, se balance légèrement sur ses talons et se mouille les lèvres avec la langue avant de recommencer à parler. C'est pour me demander si j'ai lu *Lolita*.

Ça y est, ça me revient.

— Oui, dis-je.

— Quel âge aviez-vous quand vous l'avez lu ?

— Je ne me souviens pas.

— C'était avant la puberté ?

— Je ne me souviens pas.

— Nabokov est mon écrivain préféré. Beaucoup de gens le sous-estiment.

— Mais pas vous.

— Non, je pense que je suis l'une des rares personnes qui mesurent véritablement son importance. Je collectionne Nabokov : les éditions originales, les œuvres de jeunesse, les babioles... J'ai acheté l'un de ses gilets sur eBay il y a deux semaines. J'aime penser qu'il le portait quand il a écrit la scène sur le canapé.

Il reste immobile et attend que je parle.

— Comment pouvez-vous savoir que cette veste lui a bien appartenu ?

— Il y a un certificat et j'ai vérifié sa provenance avec le plus grand soin. Et il y a des photos de lui avec ce cardigan. Une, du moins.

— Ah.

— Si vous tombez un jour sur quelque chose, n'importe quoi, ayant un rapport avec Nabokov, envoyez-moi un mail, s'il vous plaît, même si ça vous paraît complètement insignifiant.

Il me tend une carte sur laquelle figurent son nom, Chester Manson, et son adresse mail. Je le remercie. Il me tend la main.

— Et vous vous appelez... ?

— Esme Garland.

— Esme Garland... Oh ! vous êtes celle qui...

Il lâche ma main. J'en suis ravie, car ce n'était pas une expérience agréable. Il s'éloigne de moi avec le genre de révulsion contenue que peut nous inspirer une araignée ou un serpent particulièrement dangereux.

— Quelque chose ne va pas ?

Mais je crois savoir ce qui le contrarie. Un homme

fasciné par une nymphette imaginaire ne peut pas vraiment se réjouir de rencontrer une femme enceinte en chair et en os. J'ai bien envie d'avancer vers lui, le ventre en avant.

— Non, répond Chester, le visage tourné. George m'a dit que vous étiez…

Il heurte une étagère.

— Je suis aux N…

Tandis qu'il avance vers les tréfonds du magasin et de son âme, il est pris d'un spasme qui secoue tout son corps.

George revient un peu plus tard, déçu, car il n'a rapporté qu'un sac de romans. Il n'a pas besoin d'aide. Il me libère et je peux rentrer étudier à la maison.

X

Je suis dans la mezzanine en train d'entrer des données dans l'ordinateur, une tâche très prenante, quand un homme de grande taille entre dans le magasin. Il porte des lunettes de soleil et un pardessus que Dickens aurait bien aimé avoir.

Nous sommes en plein après-midi, et les Américains portent des lunettes de soleil plus volontiers que les Anglais, car il y a de temps en temps du soleil ici.

Aujourd'hui, pourtant, il fait vraiment gris et, bien que le client se trouve dans la douce pénombre de La Chouette, il n'a toujours pas enlevé les siennes. C'est soit un pauvre type, soit un type célèbre. En tout cas, il va trébucher comme Mr Magoo s'il ne les enlève pas.

Il regarde Luke, mais Luke est plongé dans le *New York Times* et ne lève pas les yeux. L'homme, qui a des cheveux souples et ondulés, comme les garçons de bonne famille d'Eton dans les années 1930, se met à regarder le rayon « grammaire et dictionnaires ».

Il fixe nos neuf exemplaires d'*Elements of Style* de Strunk et E. B. White à côté de notre unique dictionnaire anglais-grec ancien de Liddell et Scott. Il garde les mains dans les poches.

— Je peux vous aider ? dis-je depuis la mezzanine.

Pour pouvoir me regarder, il doit effectuer un quart de tour. C'est du moins ce que feraient la plupart des gens sur cette planète. Pourtant, l'homme tourne dans l'autre sens ; il effectue une rotation de trois cent soixante degrés et lève la tête vers moi.

— J'espère, dit-il.

D'accord.

Il monte l'escalier et, une fois en haut, il s'appuie sur la rampe. Il enlève ses lunettes de soleil et passe nonchalamment la main dans ses cheveux. C'est Lyle Moore, une star internationale de théâtre et du grand écran. Euh, plutôt du grand écran.

Il vient de remporter un oscar pour *Sapphire Dark*. Il y a certainement des femmes qui s'évanouiraient sur-le-champ si elles étaient à ma place.

— Vous êtes Lyle Moore ! dis-je.

— Je sais, répond-il. À vrai dire…, poursuit-il en fermant les yeux et en inclinant la tête pour étirer sa nuque. À vrai dire, je me sens un peu stressé. J'ai besoin d'un peu de silence, d'un peu de calme. Je me suis dit que j'allais venir ici et me…, vous savez, me détendre un peu.

Il rouvre les yeux et regarde droit dans les miens.

— Oh oui, eh bien, mettez-vous à l'aise…, dis-je. Il y a un…, un fauteuil au fond si vous voulez vous asseoir et lire tranquillement…

Il sourit en découvrant ses dents d'une blancheur immaculée. Puis, il baisse les yeux, secoue la tête, sourit et relève la tête. Dans la vraie vie, il aime surtout interpréter les vampires adorables.

— Alors, vous travaillez ici ?

Il est évident que je travaille ici, non ? Il doit avoir de bons metteurs en scène. C'est ce que je pense, mais peu importe ce que je dis. Mon cœur bat la chamade et je veux à tout prix faire bonne impression.

— Vous cherchiez un livre en particulier ?

— Oui, dit-il en souriant de nouveau.

C'est comme une arme, presque.

— J'aimerais un classique, mais un classique agréable à lire.

J'ai bien envie de lui proposer malicieusement *Lyle, Lyle, Crocodile*.

— Je pense que Graham Greene vous plairait, dis-je, car, dans ma panique, j'ai jeté un œil sur les étagères autour de moi, et j'ai vu son nom écrit sur le dos épais d'un livre.

— *La Puissance et la Gloire* est un roman magnifique.

— Pourquoi ?

— Il y a une scène géniale où un prêtre dispute un os à une chienne, dis-je.

Il me regarde en silence. Je devrais peut-être dire quelque chose de très pénétrant sur le sens profond du livre, mais rien ne me vient. En tout cas, un *prêtre* qui dispute un *os* à une *chienne* ? J'ai bien lu le livre dans lequel il y a cette scène.

— Alors, vous avez un exemplaire de... *La Puissance et la Gloire* ?

Je m'avance vers la balustrade de la mezzanine et prends le livre.

— Voilà, dis-je. Greene était fasciné par Dieu, la culpabilité et la mort. En bref, par le catholicisme.

— Très bien, dit Lyle en caressant les pages avec son pouce. Vous êtes en train de me dire que Greene, c'est du lourd.

— Oui, je pense.

Il passe les doigts sur le texte de présentation sur le rabat de la couverture et dit :

— Donc, il est anglais.

J'ai peur qu'il ne pense que j'ai l'esprit de clocher et que je ne recommande que des auteurs de mon pays. J'essaie de penser à des Américains. Je suis entourée d'auteurs américains. Qui, qui ? Celui qui a écrit sur les chevaux.

— Beaucoup pensent que David Niven est l'un des meilleurs écrivains des cent dernières années, dis-je.

— David Niven[1] ? Ce nom m'est familier.

— Oui, je crois qu'il a été récompensé par le prix Pulitzer et il a écrit *Bring on the Empty Horses*[2]. Il a reçu de nombreuses récompenses et on en a fait un film. Il est censé incarner le genre littéraire qu'on appelle *Southern Gothic*.

Voyant qu'il n'a pas l'air de comprendre, je dis :

— Comme *Minuit dans le jardin du bien et du mal*.

Son visage s'illumine.

— Kevin Spacey, dit-il.

— Oui.

Je regarde en bas parce que Luke a bougé soudain comme s'il réagissait à ce que je viens de dire. Il disparaît dans l'allée latérale quelques instants, puis monte l'escalier en courant d'un pas léger.

— Voilà le Niven, dit-il en le tendant à Lyle Moore. Ravi de vous voir. J'ai vu *In the Wintertime* et c'était un bon film.

Lyle brandit le livre en guise de remerciement, puis dit :

— Bon, je crois que je vais aller m'asseoir au fond un moment.

Il se dirige vers le fond de la mezzanine. Le fauteuil est caché par une grande étagère remplie de livres reliés en cuir que George appelle les « anciens trésors ».

Il peut se détendre là-bas aussi longtemps qu'il le souhaite ; personne ne viendra le déranger.

Je descends voir Luke dans l'intention de m'extasier sur le fait qu'un représentant du gratin hollywoodien est en train de se prélasser en haut. George est arrivé et s'est assis sur le deuxième siège.

Je m'installe donc à la caisse. Il y a plusieurs clients éparpillés dans le magasin.

---

1   Acteur britannique connu notamment pour ses rôles dans *Les Canons de Navarone* et *Les 55 Jours de Pékin*.

2   *Les chevaux légers de Calcutta.*

— Qu'est-ce qu'on va faire de lui ?

— Comment ça, qu'est-ce qu'on va faire de lui ? On ne l'a pas capturé, Esme, ce n'est pas un tamarin lion doré. À moins que tu ne veuilles t'approcher discrètement de lui avec ton téléphone pour prendre des photos et les envoyer au magazine *People* ?

— De qui parlons-nous ? demande George aimablement.

— Nous parlons de Lyle Moore, l'acteur. Esme l'a installé confortablement en haut et lui fait lire du David Niven.

George semble perplexe.

— David Niven ? Oh ! à cause du jeu d'acteur.

— Non, parce qu'il croit que Niven est le plus grand écrivain du siècle dernier. Grâce à Esme.

Je prends mon visage entre mes mains.

— Oh mon Dieu !

— *De si jolis chevaux*, dit Luke. Les *jolis* chevaux, pas les chevaux légers.

— Mais c'est toi qui lui as apporté le livre de Niven ! dis-je à Luke.

George affiche un grand sourire.

— Esme, tu devrais remonter et rectifier ton erreur. Le pauvre garçon, tu ne veux pas qu'il compare David Niven à Roth et Faulkner la prochaine fois qu'il passera dans le *Daily Show* de Jon Stewart ou le *Tonight Show* de Jay Leno ?

— D'accord, dis-je, un peu abattue. Je vais avoir l'air maligne. « Salut, j'étais un peu nerveuse parce que vous êtes célèbre et donc j'ai confondu David Niven avec Cormac McCarthy. Et j'ai filé mes collants pour combler le tout. »

— Je crois que tu as laissé passer ta chance, dit Luke. Qu'importe qu'il sorte avec Palermo Criansa et qu'il vienne de rompre avec Tamsin Bell.

Lyle apparaît en haut de l'escalier avec le livre *Bring on the Empty Horses* à la main.

Alors qu'il descend, je dis :

— Je suis désolée, je vous ai conseillé le mauvais livre.

— Pas du tout, répond-il. C'est parfait. Je le prends.

XI

Je suis organisée maintenant et j'exploite chaque seconde. Ainsi, je lis Arthur Coleman Danto pendant que je fais la lessive, et Panofsky quand je tiens la caisse à La Chouette, enfin Adam Gopnik quand je vais me coucher. J'ai aussi des journaux sur l'esthétique dans la salle de bains. Je n'ai pas une minute à gaspiller.

Je lis également ce que je dois manger, boire, faire, penser, écouter pour le bien du bébé. Je lis aussi le magazine *American Baby* parce que je vais en avoir un. Il y a beaucoup de choses dont il faut s'inquiéter et apparemment chaque source d'inquiétude peut être résolue par un achat. À moins que l'on achète inconsidérément quelque chose d'inquiétant.

Apparemment, si on utilise du sodium lauryl sulfate, qu'on trouve dans la plupart des shampoings, le bébé va en pâtir, il pourrait avoir une tumeur au cerveau.

Les fabricants de shampoing à base de produits naturels ont enlevé cet ingrédient de leur formule, mais les moins honnêtes l'ont conservé, car c'est bon marché et mousseux. D'après ce que j'ai vu, les dangers du sodium lauryl sulfate sont purement fictifs, le genre de mythes qu'on trouve fréquemment sur Internet. Ça me fait penser à toutes les mises en garde sinistres de ma mère quand elle me disait par exemple qu'on allait me voler mon foie si je traînais dans les parkings souterrains de Nottingham. Les efforts que doivent faire les femmes enceintes pour le bien de leur fœtus semblent infinis : écouter Bach, lire Keats, suivre des cours d'aquacardio, refouler toutes les pensées négatives… Autre conseil à suivre que je lis toujours avec déplaisir et aigreur : « Veillez à ce que papa parle à bébé dans votre ventre. Il est important de créer ces liens à trois. »

On voit la photo d'une femme qui ne vit certainement que dans les magazines américains : elle porte des vêtements en lin et en coton dans des teintes claires. Elle sourit, les yeux levés vers le plafond, allongée sur son canapé blanc ; elle découvre ses dents bien blanches pendant que le père pose l'oreille sur le ventre énorme et sourit de toutes ses dents blanches lui aussi. Je n'arrive pas à détacher les yeux de cette photo. Cette femme est une couveuse incroyablement heureuse, fière de perpétuer le rêve américain dans des tons taupe et bleu clair.

Les magazines de puériculture sont remplis de publicités ayant pour but de vider les poches des futurs parents les plus crédules. Il y a par exemple le kit de moulage pour ventre de femme enceinte. Il est possible de réaliser le moule en plâtre de son énorme ventre pour vingt dollars ; le moulage des seins est en option.

Le kit comprend également de la peinture acrylique permettant de décorer le moule à son goût. Et après, qu'est-ce qu'on en fait ? On le pose sur le manteau de la cheminée ?

On peut aussi joindre le forum de discussion *Momversation.com*, ce que je fais parce que mes facultés critiques sont en veilleuse depuis quelque temps. Sur la page d'accueil, on peut lire la question suivante : *Avez-vous choisi le bon partenaire pour coélever votre enfant ?* Euh, non.

Il y a beaucoup de photos de papas dans les magazines. Ils ont tous des mâchoires puissantes et l'air aimant, même si ce sont des top-modèles masculins qui se font passer pour des papas modèles. Et il me suffit de voir un tout petit bébé blotti dans les bras de l'un d'eux pour me sentir nostalgique.

Je crois bien que je me sens très seule. J'ai rencontré Mitchell si vite après mon arrivée à New York que je n'ai noué aucun lien avec d'autres personnes, à part Stella. Vraiment stupide de ma part. Je me dis toujours que je vais voir Beth, mon amie de la galerie d'art, par exemple, mais Mitchell est toujours venu s'intercaler avant que je ne puisse joindre le geste à la parole. Il venait toujours de m'envoyer un texto ou un mail, il m'accordait de l'attention, apparemment aussi légère qu'une pluie irlandaise, mais qui me trempait jusqu'aux os. Et maintenant, je suis en pleine saison sèche.

Si j'essaie de me faire des amis, ils vont se dire que j'ai besoin d'une roue de secours ; alors, je ne peux pas m'y résoudre. J'aimerais tellement pouvoir parler à Mitchell de ce drôle de kit de moulage pour ventre de femme enceinte. J'aimerais pouvoir lui demander de m'accompagner à l'échographie. J'aimerais que le téléphone sonne à cet instant. Ce serait Mitchell et il dirait : « Oh ! Esme, je t'aime. »

Au début, après cet épisode affreux dans mon appartement, je n'arrêtais pas de consulter ma boîte vocale dans l'espoir d'avoir un message de sa part. Mais il n'y a eu aucun message. Je n'ai eu aucune nouvelle de lui depuis.

J'ai essayé de chasser Mitchell de mes pensées chaque fois qu'il tentait de s'y insinuer. Les Américains parlent de déni ; je dirais plutôt « Tenter de se remettre de quelqu'un ». C'est un processus lent. Il me manque toujours. Mais pas assez pour que je l'appelle.

Avant la fin du semestre, je dois rendre deux travaux : l'un sur le regard masculin et l'autre sur Thiebaud. Ce dernier pourrait constituer l'un des chapitres de ma thèse s'il est jugé satisfaisant. Le Pr Henkel dit que je devrais présenter mon travail devant le département au printemps, et cette perspective me glace. Je pense à ces vingt minutes au printemps durant lesquelles tout le monde va se rendre compte que je suis un imposteur. Je m'y vois déjà : un bel étudiant de doctorat aux cheveux bouclés (Bradley Brinkman me vient immédiatement à l'esprit) va se pointer là-bas avec ses vêtements miteux qui soulignent implicitement sa beauté et va me poser des questions avec des parenthèses invisibles en plein milieu des mots, une allusion à Derrida et une petite blague en aparté sur Hegel, et je vais être paralysée par la peur pendant une seconde avant de m'enfuir de la salle pendant que mes notes s'éparpilleront doucement sur le sol.

Les femmes ont plus peur que les hommes. Les autres femmes semblent aussi terrorisées que moi, alors que les hommes ont plutôt l'air d'attendre ces instants avec impatience. Pourquoi avons-nous peur ? C'est parce que nous donnons une conférence, nous livrons nos pensées, tout notre être, nous nous lançons comme si nous étions des poussins quittant le nid. Est-ce parce que notre don pourrait être rejeté ?

Je veux avoir un CV impeccable, la seule qualité sur laquelle les magazines de puériculture ne s'attardent pas ; alors, je n'ai pas le choix.

C'est facile d'écrire sur le regard masculin dans cette ville où les Rembrandt, les Vermeer, les Picasso et les Sargent sont saupoudrés un peu partout.

L'autre travail porte sur les peintres qui ont pu influencer Thiebaud, et les recherches que j'ai pu effectuer jusqu'à présent m'ont amusée parfois, des premières natures mortes représentant des oies et de magnifiques citrons aux œuvres de Thiebaud, des tableaux représentant des gâteaux avec leur glaçage, des bols de soupe en rangs serrés, ou un lapin blanc vivant. Edward Hopper est censé être la plus grande influence de Thiebaud, mais les personnages de Hopper regardent par la fenêtre de leur âme, ils sont suspendus dans une sorte de tristesse. Chez Thiebaud, il y a aussi une tristesse inhérente à la nostalgie, mais en même temps une véritable *joie de vivre*, une *joie de gâteau*.

J'essaie de mettre de l'ordre dans mes pensées quand je reçois un appel de La Chouette. Je reconnais le numéro qui s'affiche sur mon téléphone avec un certain plaisir. Je crois qu'ils vont me demander de venir travailler.

Après avoir dit qu'il espérait ne pas me perturber dans mon travail, George entreprend justement de me perturber en exprimant ses inquiétudes concernant les échographies par ultrasons. Ses inquiétudes me paraissent toutes très rationnelles, mais n'oublions pas que cet homme est persuadé que les médicaments contre les maux de tête sont mortels.

— N'en parlerait-on pas plus si elles représentaient un véritable danger ? dis-je.

Je suis en effet impatiente de passer mon échographie.

— Beaucoup de personnes n'ont aucun intérêt à en parler. Ce n'est pas parce que c'est un acte non chirurgical qu'il en est pour autant anodin. Je te donnerai plus d'informations quand on se reverra.

— D'accord, dis-je tristement. Il y a du monde dans la librairie ? Vous avez besoin d'aide ? Noël approche. Je pourrais venir faire un peu de rangement et préparer pour...

— Tout va bien. Il n'y a que moi et Luke, mais les clients ne se bousculent pas aujourd'hui. Et puis jeudi, c'est Thanksgiving ; alors, il est encore trop tôt pour penser à Noël. Reste à la maison et concentre-toi sur tes études. Nous te verrons demain soir à l'heure habituelle.

J'avais oublié Thanksgiving. Mitchell m'a décrit une fois une soirée de Thanksgiving dans sa famille avec une pléthore de détails malveillants. Il a dit que, par esprit de révolte, nous passerions Thanksgiving seuls dans l'appartement avec une table ornée de dindes en papier orange, que nous ferions ensuite l'amour sur le canapé et qu'après tout ça, nous nous sentirions très reconnaissants.

Le téléphone sonne de nouveau. C'est encore George.

— Nous pensions que tu avais des projets pour Thanksgiving, Esme, mais Luke dit que je ferais mieux de te demander. Nous organisons chaque année une petite soirée de Thanksgiving dans mon appartement de Washington Heights. J'invite tous ceux qui travaillent dans la librairie. David ne pourra pas venir, il prévoit de rentrer chez lui pour Thanksgiving, mais il y aura Bruce et aussi Luke cette année. Et aussi Barney, et Mary avec ou sans le chien. Tu es la bienvenue, naturellement.

Ce mélange renversant de gratitude et de tristesse ! Je veux être avec Mitchell et ses stupides dindes en papier. La déception est si palpable que je pourrais presque la toucher ; la gentillesse désinvolte si caractéristique de George est si touchante que j'en ai les larmes aux yeux.

— Luke me dit de te prévenir que ça sera un repas végétalien.

— Pas de dinde ?

— Eh bien, non, j'en ai peur. Pas même les imitations végétariennes de la dinde, comme la fausse dinde à base de tofu de la marque Tofurky. Et, bien que j'aie personnellement de gros soupçons quant à l'ontologie des champignons, nous mangerons du rôti aux champignons bios.

— Ça ne plairait pas du tout à Norman Rockwell.

— Les dindes, en revanche, sont folles de joie.

— Merci, George, je viendrai avec plaisir.

— Alors, à jeudi.

***

Comme George me l'a demandé, j'apporte de la sauce aux airelles et de la compote de pommes pour accompagner la grande absente de la soirée, la dinde.

L'appartement de George ressemble à un entrepôt abritant les objets destinés à orner les vitrines de Bergdorf Goodman, des objets qui auraient été brassés à la cuillère par un géant. Il y a des livres partout, bien sûr, sur des étagères, en pile, c'était prévisible.

Mais il y a aussi un tas de choses bizarres éparpillées dans toute la pièce. Sur un petit bout de mur, entre deux étagères, le visage en terre d'un homme vert qui regarde malicieusement par terre. Appuyée contre une étagère, contenant environ douze volumes de la *Correspondance* d'Érasme, une immense boussole en carton bleu pâle avec des lignes dorées attire mon regard.

Et que dire des deux dindons en métal dont la queue est constituée de douzaines de pièces d'étain enroulées qui se dressent aux côtés d'un petit mannequin nu réalisé en papier journal ? Je crois qu'il a été fait avec des numéros du *New York Times*, car il y a la photo de Paul Krugman (la tête en bas) sur son ventre. De petits passages aménagés entre les objets convergent vers un espace dégagé au centre du salon. Luke et Mary ont déjà un verre à la main. Je tends à George mes deux sacs de congélation pleins de sauce et de compote.

— Du plastique ! s'exclame George, horrifié.

— Adapté au contact alimentaire ! Pour une demi-heure ! dis-je.

Il les prend avec précaution, puis appuie sur le bouton de l'interphone pour faire entrer Barney. L'avocat se dirige vers le milieu de la pièce lorsque son attention est attirée par une lampe en haut d'une étagère (avec un pied en bois plutôt classique et un abat-jour en parchemin).

Il s'arrête en plein milieu de ses salutations et dit :

— Oh mon Dieu, George, est-ce du plain-chant imprimé sur du vélin ? C'est authentique ? Je m'en fiche, ça me plaît, j'adore l'ensemble, t'en veux combien ?

George me tend un verre de sirop à la fleur de sureau pétillant.

— Barney, c'est mon appartement. Les objets qui sont ici ne sont pas à vendre. Tu veux un verre de prosecco ?

— Quel dommage ! dit Barney, imperturbable. J'ai apporté une tarte à la citrouille. De chez Dean & DeLuca. Il a fallu que je fasse un emprunt pour l'acheter, sérieusement. Oh ! et j'ai apporté du champagne. Salut, ma chère, comment va le bébé ?

Il s'assoit à côté de moi, tout sourire.

— J'ai complètement merdé pour la lampe, n'est-ce pas ? D'habitude, je suis beaucoup plus chic que ça, vous pouvez me croire. Le père n'a toujours pas donné signe de vie ? Qu'est-ce qu'il y a de si drôle ?

Lorsque nous avons terminé la tarte à la citrouille et la tourte à la pêche que Mary a apportée, je suis la seule personne de la pièce à être sobre, même si je me sens plutôt au bord de l'ivresse ; le subtil mélange entre le sucre et les personnes qui m'entourent me donne presque le tournis. Mary n'a bu qu'un verre. Les autres, en revanche, ont arrêté de compter.

Barney se gave de fromage végétalien et fait remarquer après chaque bouchée que c'est dégoûtant.

— Sérieusement, comment une femme peut-elle tomber enceinte par accident à notre époque ? Ou, question plus intéressante, comment une femme peut-elle faire exprès de tomber enceinte à notre époque ? demande-t-il.

— Vous pensez que j'ai fait exprès de tomber enceinte ?

— Le pape est-il gay ? demande Barney.

— Je crois que « catholique » est l'adjectif que tu cherchais Barney, dit George.

— Je suis tombée enceinte par *accident*, dis-je.

— On dit que rien n'arrive par accident, intervient Luke.

— C'était un accident, dis-je.

— Certainement pas pour Freud, fait remarquer George.

— Je suis sérieux, reprend Barney. Je suis vraiment

sérieux. Esme, regardez-vous. Vous êtes une fille intelligente, vous avez la vie devant vous. Qu'est-ce qui aurait
pu vous pousser à prendre un tel risque si vous ne vouliez
pas que ça se produise ?

— Je ne voulais pas que ça se produise.

— Pas consciemment, peut-être…

Je soupire. Il n'y a pas d'argument contre « Pas
consciemment, peut-être ».

— Il est riche, ce type ?

— Ça n'a pas d'importance. Il ne s'agissait pas du tout
de ça.

On dirait qu'ils viennent tous d'avoir une révélation, à
part Mary. Même George.

— À combien s'élève sa fortune à peu près ? demande
Barney. Qu'est-ce qu'il fait ?

— Il enseigne l'économie à la New School, dis-je.

— Oh ! dans ce cas, la richesse n'est pas une nouveauté
pour lui. Comment s'appelle-t-il, Esme ? Comment
s'appelle-t-il ?

— Mitchell van Leuven. Non, Barney, ne cherchez pas
son nom sur Internet, nous sommes au milieu d'un dîner
de Thanksgiving…

Il s'obstine.

— Comment ça s'écrit ?

— Je suppose que personne ne va me croire, mais ce
n'était pas une question d'argent.

— Je te crois, dit Mary.

— Alors, c'était une question de quoi ? demande Luke.

— D'amour. Je suis tombée amoureuse de lui.

— Oui, on a bien compris. Mais pourquoi ?

J'hésite.

— Son iconoclasme, je pense.

Barney lève les yeux au ciel.

— Posez une question simple à une doctorante.

— Il enseigne l'économie à la New School ? dit George.
Je ne vois pas ce qui peut faire de lui un iconoclaste alors.

— Ça ne vous dérange pas si on en revient à sa fortune ? Vous allez m'entraîner sur un terrain que je ne connais pas…, dit Barney.

***

Le lundi après Thanksgiving, il y a tellement de cours magistraux intéressants qui se suivent que je saute le repas de midi. C'est vraiment une erreur idiote et, comme je suis enceinte, je me sens à la fois coupable et affamée. Je prendrai quelque chose entre la fin du dernier cours et le début de ma journée de travail à La Chouette. Sauf que c'est le Pr Vincenzo Caspari, un personnage auguste, aussi auguste qu'on peut l'être avant sa mort, qui donne cette conférence.

Elle a même un titre « La conférence Fermor ». Ainsi, il peut prendre tout le temps qu'il veut. Le Pr Caspari a un intellect aussi raffiné que son costume et il nous parle des vies multiples des tableaux. C'est génial, sauf que la conférence dure vingt-cinq minutes de plus que prévu. Je vais arriver en retard au travail.

Quand je sors en trombe de l'université et que j'arrive dans la rue, il pleut à verse. Et tous les taxis me passent devant à toute vitesse. Les gens attendent avec un journal sur la tête et tentent en vain d'en héler un.

Ils essaient de griller les autres en avançant de quelques mètres vers le nord dans l'espoir de s'approprier le premier taxi. Je ne suis pas de taille à rivaliser avec eux. Je serais capable de me retrouver en plein milieu du Bronx. J'irai plus vite en métro.

Je descends dans la station, mais il n'y a pas de rame en vue. D'après la moue et les grognements de la plupart des usagers déjà sur le quai, je suppose que ça fait un moment qu'ils attendent, eux aussi. J'essaie de me calmer. Je déteste être en retard.

La pluie tombe à travers les grilles sur la voie qui se met à luire. C'est ce que j'aime dans le métro de New York : il est tout près de la surface. À Londres, on est plongé dans les entrailles de la terre, mais ici on peut deviner le temps qu'il fait dehors. J'espère qu'ils renforcent le sol là où ont été creusés les tunnels. Je n'aimerais pas avoir l'impression de marcher sur une pâte feuilletée.

Au bout de dix minutes, le métro arrive. Il m'emmène jusqu'à la 79e Rue et je joins le flot d'usagers trempés dans les escaliers de la station, puis je cours jusqu'à La Chouette.

Je fais irruption dans la librairie, pleine d'excuses, d'explications et de gouttes de pluie, mais je les remballe immédiatement quand je regarde autour de moi. Les deux lampes sur les murs que personne ne pense à allumer d'habitude sont éclairées. Il n'y a pas de clients. Tout est parfaitement rangé.

George n'est pas là. Luke est assis sur le fauteuil, les yeux fermés, les écouteurs de son iPod sur les oreilles. Il ne m'a pas entendue. J'entends le banjo grincer à travers les écouteurs. N'importe qui pourrait s'approcher de la caisse et voler tout l'argent qu'elle contient.

Je me penche par-dessus la caisse et appuie sur le bouton Sous-total pour voir. Le tiroir s'ouvre doucement. Je regarde Luke qui m'observe avec ses yeux marron. Il enlève les écouteurs qui pendent désormais autour de son cou.

— Je voulais juste voir si je pouvais te voler sans que tu t'en rendes compte.

Luke hoche la tête.

— C'est ce que disent la plupart des voleurs juste avant que je leur passe l'envie de raconter des conneries.

— Je suis désolée d'être en retard. Mon cours a duré plus longtemps que prévu.

— Ne t'en fais pas, dit-il.

Je me laisse tomber sur une chaise. Luke est en train de tripoter son iPod. Sans lever les yeux vers moi, il dit :

— Enlève ton manteau, sèche-toi. Ensuite, tu pourras revenir et travailler un peu.

Mais maintenant que je suis arrivée au travail, un autre besoin urgent se fait sentir. J'ai si faim que je n'arrive pratiquement plus à fonctionner. Je rêve de hamburgers.

— Ça ne te fait rien si je vais vite chez Zabar's avant qu'ils ne ferment. Je n'ai rien mangé de la journée. J'ai eu des séminaires, des réunions et des cours toute la journée et je…

— Ouais, vas-y.

Quand je reviens, j'enlève mon manteau et me sèche, puis je m'assois et dispose mon dîner sur le comptoir. J'ai apporté une portion de saumon poché à l'aneth, de la roquette, un bagel, un morceau de gâteau au chocolat et un peu d'eau. Luke regarde le tout impassiblement. J'attaque.

— Alors, comme ça, Columbia et Zabar's… Tu as des goûts de luxe.

Je viens de goûter le saumon poché. Il est délicieux. Je souris de plaisir en le regardant parce que le plat est excellent. Luke semble frustré.

— Je ne me sers pas chez Zabar's d'habitude, dis-je. C'est juste parce que c'est tout près d'ici, qu'il pleuvait et que j'avais faim.

Je ne prends pas la peine de lui parler de ma bourse à Columbia. Quand quelqu'un a décidé de vous en vouloir parce que vous êtes à ses yeux une privilégiée, il faut beaucoup d'efforts et de patience pour le faire changer d'avis et je suis fatiguée.

Je continue à manger. Je lui montre un bout de saumon et lui demande s'il veut goûter. Il s'empresse de secouer la tête, l'air dégoûté. Une fois que j'ai tout mangé et tout rangé, je monte dans la mezzanine. Je vais passer la soirée à entrer des données dans l'ordinateur, à télécharger des livres sur Internet. Ainsi, j'éviterai peut-être de provoquer le courroux de Luke.

Je passe deux heures apaisantes dans la mezzanine. Pour chaque livre, j'indique le nom de l'auteur, le titre, l'ISBN, les mots-clés et j'utilise des expressions bien particulières pour décrire l'état de l'ouvrage. C'est la tâche que je préfère.

C'est George qui m'apprend à le faire et je m'en sors plutôt pas mal quand la description ne demande pas une connaissance trop approfondie. Les termes me sont désormais familiers et je les apprécie. Un peu comme la terminologie utilisée dans les bulletins de météo marine que mon père adore écouter. *État du neuf, très bel état, bel état. Demi-veau. Légèrement jauni. Rousseurs. Signé sur feuille de garde. Dorure en tête. Tranches dorées.*

Je travaille dur et silencieusement pendant toute la soirée pluvieuse, si bien que mon retard, mes privilèges ou mes défauts qui contrarient Luke semblent perdre de leur pouvoir. À vingt-deux heures trente, il est beaucoup plus aimable. Il monte l'escalier les bras chargés de livres qu'il va ranger au fond. Quand il repasse devant moi, il s'arrête et dit :

— C'est calme ce soir.

Je hoche la tête. Il y a un soudain afflux de clients pendant environ une demi-heure, puis il n'en reste finalement plus qu'un. C'est l'homme qui est toujours à la recherche de dictionnaires. Il arrive vêtu de son éternel imperméable, range son parapluie dans un sac en plastique, regarde les dictionnaires sans enthousiasme, achète une biographie de Jimmy Durante et s'en va.

— Je t'ai gravé un CD.

Je suis surprise. Il hausse les épaules, détourne les yeux, dit que ce n'est pas grand-chose, qu'il faut bien que quelqu'un m'apprenne les bases de la musique avant qu'il ne soit trop tard, que je verrai ainsi où les grandes stars ont puisé leur inspiration, qu'il va aller se chercher une bière et qu'il espère que les Yankees vont gagner samedi.

— Si on l'écoutait, dis-je.

Il n'a pas l'air convaincu. J'insiste. Il descend et insère le CD dans le lecteur.

Dès les premières plaintes, il dit :

— Je vais acheter quelques bières. Tu veux que je te ramène quelque chose ?

— Oui, je boirais bien un soda au pissenlit et à la bardane, s'il te plaît, ou un soda au gingembre, quelque chose qui ressemble un peu à la bière, mais qui n'en est pas !

— Un soda à base de pissenlit et de bardane ? Ça existe ce truc ?

— Oui, dis-je innocemment. Des pissenlits écrasés, il faut les cueillir à la pleine lune. Quant à la bardane, je ne sais pas ce que c'est, mais le soda est délicieux.

— Sans doute, mais ça m'étonnerait que les Coréens en vendent. Je te rapporterai un soda aux extraits végétaux s'ils n'ont pas de soda au gingembre. Je reviens dans pas longtemps.

Je descends les marches et m'assois devant la caisse en attendant son retour. La deuxième chanson est plaintive comme celles que Luke m'a fait écouter l'autre soir. Je ne sais pas en quoi Lady Gaga a hérité de ces vieux hommes tristes qui chantent sous les vérandas dans le Sud profond, mais, comme la dernière fois, la musique résonne en moi et je suis de nouveau au bord des larmes quand Luke revient.

— C'est ma place, dit-il.

Les larmes disparaissent. Je reconnais immédiatement la chanson d'après *You've Got a Friend*.

— Oh ! je la connais celle-là, dis-je.

Je ne vois pas ce qu'elle a en commun avec les autres. Je le dis. Pour être tout à fait précise, j'ajoute :

— Ce n'est pas comme ces morceaux qui sont à

mi-chemin entre le banjo et le violon que tu joues tout le temps.

Luke hausse légèrement les sourcils, mais ne dit rien.

Nous ouvrons les bières. La mienne, qui n'en est pas une, a un fort goût de gingembre et est particulièrement amère, et nous écoutons la musique en silence.

Je ne peux pas m'empêcher de demander : — En fait, c'est de la musique américaine tout simplement au même titre que Frank Sinatra et…, et Perry Como, non ?

L'espace de quelques secondes, je suis fière d'avoir réussi à sortir Perry Como. C'est un peu comme si j'avais sorti un lapin de mon chapeau. Mais j'aurais peut-être dû dire Elvis ou les Everly Brothers.

Aucune réaction de Luke. Il ne change pas de position, ne me regarde pas, ne dit rien. Puis, au bout d'une ou deux minutes, il se lève. Il est coincé entre l'étagère et le comptoir. Il est obligé de passer devant mon siège pour sortir. Je me lève, il me passe devant et monte à l'étage sans un mot.

Je me dis qu'il est allé bouder là-bas parce que mon commentaire sur la chanson l'a vexé. Pourtant, il redescend immédiatement avec sa guitare. Il faut que je me lève encore une fois. Tout cela dans le silence le plus total. Il arrête le CD, s'assoit avec sa guitare et tripote les mécaniques pour tendre les cordes et accorder l'instrument. Se peut-il que la guitare se soit désaccordée depuis la dernière fois ?

Il porte une chemise rouge à carreaux, un jean et un blouson en denim. Il a une barbe de plusieurs jours. Sa mâchoire est très américaine et angulaire comme celle de la statue de Prométhée devant la patinoire de Rockefeller Plaza. Pas aussi dorée, bien sûr. Il a les cheveux noirs. Il devrait les couper un peu. Parfois, il porte un bandana, mais pas aujourd'hui. Je ne regarde jamais vraiment Luke, car j'ai toujours peur qu'il me surprenne en train de le faire. Mais en ce moment, il est concentré sur ses gestes pour accorder sa guitare ; il ne sait pas que je suis en train de l'observer. Il est beau.

— C'est vraiment gentil à toi de...

Il secoue la tête pour me faire comprendre à la fois que « ce n'est rien » et que je ferais mieux « de la fermer ».

Sans lever les yeux de la tête de la guitare, il dit :

— Ce n'est pas une chanson simple. C'est juste l'impression qu'elle donne, mais c'est trompeur.

Il gratte un peu maintenant.

— Tu penses certainement que c'est James Taylor qui a écrit cette chanson, dit-il.

Là encore, Luke surestime mes connaissances musicales.

— Mais en fait, c'est Carole King qui l'a écrite. Elle travaillait autrefois dans le Brill Building, juste en bas de la rue ici. À l'angle de Broadway et de la 49e Rue. Carole King la jouait au piano. James Taylor lui a donné ce ton nasillard en la jouant à la guitare. Tout le monde pense que c'est une chanson folk américaine moderne, mais non, c'est une chanson new-yorkaise. Elle s'inspire des morceaux que je t'ai déjà fait écouter, ces chansons du Mississippi, du Tennessee..., mais on sent aussi l'influence de la musique Bluegrass, naturellement. Elle est à l'image de New York. Elle puise dans toutes sortes d'influences et en fait quelque chose de nouveau.

J'ai l'impression d'être un photographe animalier qui a réussi à s'approcher d'un gorille des montagnes. J'ai peur que la moindre parole de ma part (un commentaire encourageant) ou le moindre geste (un hochement de tête pour lui faire voir que je comprends) ne lui fasse réaliser qu'il a un être humain devant lui et ne le pousse à s'enfuir.

Il faut que je me cache, que je me fasse toute petite à la manière d'Attenborough. Il faut que je sois aussi discrète que possible et que je ne fasse rien qui puisse l'énerver.

Luke pince à présent les cordes de sa guitare, apparemment au hasard, et soudain ces quelques notes promettent quelque chose de beau. Je réalise, un peu tard, que ce sont les premières mesures de *You've Got a Friend*.

— Tu vois, c'était tous les trucs mineurs au début. *Nothing is going right*[1], tout en mineur, tout est mélancolique et triste, et puis ça monte en puissance. *Even your darkest nights*[2], et on aborde le refrain avec une septième majeure : *You just call…* Ensuite, on continue à monter en puissance jusqu'à l'apothéose : *I'll be there*[3]. Vient ensuite l'accord suspendu et de nouveau le riff d'ouverture – c'est juste magnifique – et juste quand tu te dis que ça va être la fin, il introduit le pont : *I'll be there /Hey ain't it good to know that you've got a friend*[4]… Et, tu vois, ensuite, il y a une basse continue avec un sol en bas, mais il joue un fa, puis un do par-dessus. C'est super. Tu as des accords qui n'y étaient pas auparavant…, et le refrain…, Carole King avait fait simple, mais James Taylor a utilisé Joni Mitchell et a ajouté ces quartes ; c'est juste une super harmonie… Ça donne une impression de solitude, même si on se sent mieux en l'écoutant.

— Tu peux jouer toute la chanson ? dis-je en chuchotant presque.

Il joue. Il rejoue les premiers accords et interprète la chanson d'une voix remplie de mélancolie comme celle du vieil homme du Sud de l'autre soir. Il a les mains mates ; elles sont complètement différentes de celles de Mitchell. Ses doigts appuient fort sur les cordes et sa peau devient blanche à l'endroit où il appuie, ses ongles sont aussi gros que des pièces de dix cents. Il a raison quand il parle de la solitude dans le refrain. Une solitude qui ne rime pas avec isolement parce qu'il y a quelque chose qui évoque l'harmonica et le whisky glacé à la menthe. Cet air de

---

1 Rien ne va.

2 Même tes nuits les plus sombres.

3 Je serai là.

4 Je serai là/N'est-ce pas bon de savoir que tu as un ami.

guitare a la même magie que le violon parfois, cette sensation de nostalgie, l'impression d'être perdu, puis, juste au moment où on pense qu'il y a une résolution, une éclaircie, on se rend compte que le chagrin est toujours là.

Lorsqu'il s'arrête de jouer à la fin de la chanson, j'ai les larmes aux yeux et je m'empresse d'aller au fond du magasin parce que je ne veux pas qu'il me voie. Je suis sûre que Luke prendrait mes larmes pour de la sensiblerie. Il est en train de pincer les cordes de sa guitare, de jouer un petit air gai.

Je pense qu'il essaie de nous ramener à quelque chose de plus ordinaire. Je suis contente.

— Viens finir ton soda, dit-il au bout d'une ou deux minutes. Il n'y a personne ce soir. Tu as suffisamment travaillé.

Je reviens.

— C'était super, dis-je, merci.

— Il faut bien que quelqu'un t'apprenne quelque chose, répond-il.

Il se retourne et regarde par la fenêtre.

— Quelle nuit !

La pluie continue à tomber abondamment dans l'obscurité. Il est presque minuit.

J'adore la pluie la nuit ; quand il pleut sans discontinuer et que Broadway se met à luire, que l'enseigne de Zabar's brille et que les rues mouillées réverbèrent les phares et les feux de circulation. Le jaune canari des taxis se détache sur le fond noir, les gens courent, foncent à toute vitesse pour se retrouver dans un endroit chaud et illuminé.

Même les nuits d'hiver, nous restons ouverts jusqu'à minuit. Alors, une nuit de janvier pluvieuse, comme en ce lundi soir, est une bonne nuit. Quand il pleut ici, ce sont des pluies torrentielles, incessantes, qui vous trempent jusqu'aux os. Et je veux danser dehors sous cette pluie et tourner mon visage vers les gouttes.

Mais je m'abstiens, naturellement. Nous restons assis sans parler, nous écoutons la musique et regardons la nuit pluvieuse de New York depuis notre librairie, notre petit bijou illuminé.

XII

Je me lève très tôt. Six heures moins le quart. Aujourd'hui, j'ai mon échographie de la douzième semaine, l'échographie de datation. Après, j'aurai la date approximative de mon accouchement, même si je sais que ça sera deux cent soixante-six jours après la fois sans préservatif. Le bébé devrait naître le 20 juillet.

L'échographie n'est qu'à dix heures et demie, mais je dois apporter les dernières touches à mon travail sur le regard masculin. Je me concentre donc sur mes corrections jusqu'à l'heure où je dois partir pour mon rendez-vous.

L'échographie permet de s'assurer que tout va bien et que tout est bien en place. Il est écrit dans la lettre que je dois boire un demi-litre d'eau une heure avant le rendez-vous. Je me dis que l'eau va faire gonfler mon ventre et qu'ainsi le bébé sera plus facilement visible. Je bois donc le plus possible dans l'espoir de le voir distinctement.

Je ne sais pas à quoi ça va ressembler. Les hôpitaux de New York ont peut-être un équipement si perfectionné que le résultat final ressemblera peut-être à une photo. Pas en couleurs, parce qu'il n'y a pas de couleurs dans l'obscurité. Notre sang ne devient rouge que lorsque nous saignons.

Je me demande si j'ai le droit de renoncer à voir le bébé. Ça paraît presque indiscret de sonder l'obscurité avant la

179

naissance. Et pourtant, il est important de s'assurer que le bébé se développe bien. On mesure l'épaisseur de la clarté nucale pour vérifier que tout va bien au niveau du cerveau. Et si justement quelque chose n'allait pas ? Une peur soudaine s'empare de moi et vient se loger dans ma poitrine. Devrais-je avorter ? Où est ma limite morale ?

Je ne peux pas penser à ça et rédiger un travail de qualité. Je repousse mes craintes au fond de mon esprit et ouvre mes livres.

J'imprime mon travail pour l'emporter à l'hôpital. Quand on est enceinte et qu'on boit une telle quantité d'eau, il devient extrêmement compliqué de marcher, le moindre mouvement est douloureux. J'avance avec raideur de la station à l'hôpital, on dirait un personnage de dessin animé.

Le département d'imagerie médicale dispose d'une caisse enregistreuse rutilante à l'entrée, un moyen comme un autre de souhaiter la bienvenue aux patients.

Si leur assurance ne couvre pas tous les frais, ils peuvent payer par carte ou en liquide. Je tends mes papiers et remplis les formulaires qu'on me remet.

Puis, je me dirige vers la salle d'attente. Elle est naturellement remplie de couples qui se tiennent la main. L'hôpital pourrait aménager des horaires spéciaux pour les « mères célibataires », horaires pendant lesquels les couples ne seraient pas acceptés. Nous pourrions toutes nous sourire avec compassion. Je trouve une place libre, sors mes feuilles de mon sac et disparais derrière. J'ai tellement envie de faire pipi que je ne peux pas me concentrer sur ma prose qui devra bientôt être limpide. C'est une forme de torture légère.

Quand mon tour arrive, j'avance à petits pas guindés jusqu'à la salle plongée dans l'obscurité et m'allonge sur la table d'examen. L'échographiste badigeonne mon ventre de gel, puis pose la sonde dessus. Soudain, elle l'enlève et la repose sur son support.

— Madame Garland, vous avez lu la lettre dans laquelle nous vous demandions de boire de l'eau avant l'examen ?

— Oui.

Ne me dites pas que je n'ai pas assez bu, c'est impossible !

— J'ai bu des litres et des litres.

— En effet. Vous voulez bien aller aux toilettes ? Comme ça, nous pourrons peut-être voir le bébé en plus de votre vessie !

Mots doux. Elle enlève le gel, je vais aux toilettes, je reviens et nous recommençons. Cette fois, il y a quelque chose de bien visible sur l'écran. Un petit Martien. Une partie de l'image ressemble à un tuyau d'aspirateur. L'échographiste effectue des mesures entre différentes parties de l'image comme on peut le faire avec Google Earth.

— Vous voyez votre bébé ? demande-t-elle.

— Oui, dis-je avec enthousiasme. Sauf que…, si vous pouviez me montrer la tête.

— Voilà la tête. Nous la voyons de profil en ce moment. Vous pouvez voir le front, le nez, les lèvres. Et voici le bras gauche, la main gauche. Vous arrivez à distinguer maintenant ?

— Oui, dis-je, parce que je ne veux pas la décevoir.

— Tout va bien, dit-elle tout en cliquant et en prenant des notes. Je regarde attentivement l'arc de lumière sur le noir. Je ne comprends rien. Je vois quelque chose qui clignote.

— C'est quoi, ce truc qui bat ?

— Ce truc qui bat ? C'est le cœur de votre bébé.

Un cœur. Un minuscule cœur qui bat.

Elle se retourne pour me regarder parce que je n'ai rien dit. Je suis en train de pleurer. Pourquoi n'avons-nous pas une sorte de soupape pour contrôler nos pleurs ? C'est comme s'il y avait un petit écriteau au-dessus de notre tête sur lequel on pourrait lire JE NE ME CONTRÔLE PLUS.

La plupart du temps, j'ai du mal à intégrer le fait que je vais avoir un bébé et, pourtant, il y a bien un petit être humain qui se développe à l'intérieur de moi. Je le sais, mais je ne le sens pas. Il a manifesté sa présence durant cette nuit cruciale pour sauver sa peau en quelque sorte, mais depuis j'ai pris l'habitude de dire « Je suis enceinte » sans que ces mots se rattachent à une réalité tangible. Or le voilà, ce cœur, ce cœur qui appartient à une personne, un cœur qui va battre à toute vitesse, de peur ou d'excitation ou de joie un jour.

— Je suis désolée, dis-je. Désolée. Vous devez voir ça tous les jours, mais pour moi…

— C'est vrai que je vois ça tous les jours, dit-elle en se tournant vers sa machine, et, la plupart du temps, j'ai encore le sentiment d'assister à un miracle.

Je souris au dos de sa blouse blanche.

— La plupart du temps ? dis-je.

— Oui, la plupart du temps.

— Vous voulez dire que… c'est dur quand vous décelez une anomalie. La trisomie, par exemple ?

Elle effectue une nouvelle mesure.

— Oui, c'est dur. C'est vraiment dur. Mais c'est aussi très dur quand elles ont treize ans, qu'elles ignoraient que ça allait leur arriver et qu'elles ignorent qui est le père ou, pire, qu'elles ne savent même pas qu'il faut qu'il y ait un père pour que ça arrive. Et il y a encore des gens qui disent que l'ignorance est une bénédiction !

Elle me tend des serviettes en papier et change de ton.

— Vous pouvez vous essuyer avec ça et vous rhabiller. Tout a l'air normal, madame Garland.

Je monte dans l'ascenseur en serrant le petit cliché où on croirait voir les traces laissées par le mouvement des essuie-glaces sur un pare-brise. Le cliché de mon bébé. Il y a déjà un couple dans l'ascenseur.

Un jeune homme noir avec de grosses dreadlocks et une jeune femme blanche aux cheveux roux et au visage couvert de taches de rousseur. On dirait qu'elle est enceinte de quelques mois. Ils se tiennent la main.

Je ne dis jamais rien d'ordinaire quand je croise une femme enceinte. Je ne pense pas que les Anglais le fassent en général. En plus d'une sorte de délicatesse excessive héritée de l'époque victorienne (mon Dieu, c'est forcément le résultat d'une relation sexuelle récente), il y a la crainte que la femme en question soit tout simplement grosse. Et si, en plus d'être grosse, elle rêve d'avoir un enfant et n'arrive pas à en avoir, on risque de la blesser doublement sans le vouloir. Ici, c'est différent. Tout le monde félicite une femme enceinte. Je félicite donc la fille.

Elle sourit, mais semble embarrassée. L'homme sourit aussi et passe son autre main sur le ventre arrondi de sa compagne.

— Merci, dit-il, mais notre bébé est né il y a deux jours.

Oh ! Eh bien…, raison de plus pour vous féliciter ! dis-je.

J'espère qu'il n'y en a pas un deuxième dedans que personne n'aurait remarqué.

— C'est incroyable, dit-il soudain quand la porte de l'ascenseur s'ouvre au rez-de-chaussée. Nous allons la retrouver maintenant. Nous avons été séparés d'elle pendant un quart d'heure, le temps que ma femme se fasse ausculter, et elle nous manque déjà.

Ils traversent à toute vitesse le hall baigné de soleil et rejoignent une femme noire plus âgée qui tient un petit paquet précieux dans ses bras.

Elle tend le bébé à son fils.

Je retourne à pied jusqu'à mon appartement.

Une fois arrivée au *deli* en bas de chez moi, je m'arrête et j'achète des fleurs.

— Comment s'appellent ces boutons roses ?

— « Boutons roses », répond le Coréen.

Je les achète avec une botte de tulipes jaunes. C'est peut-être futile de dépenser de l'argent pour acheter des fleurs, mais je veux fêter l'événement : c'est la première fois que j'ai vu mon bébé. Pendant que je fouille la cuisine à la recherche d'un pot approprié pour mettre mon bouquet, le téléphone sonne.

C'est Mitchell. Je n'ai eu aucune nouvelle de lui depuis qu'il a quitté mon appartement le fameux soir où il était si fâché. Le téléphone sonne et sonne encore. Je me demande si je dois laisser la boîte vocale répondre à ma place. Mais je ne peux pas m'y résoudre. Je décroche.

— Comment vas-tu ? demande-t-il.

Il ne prend pas la peine de se présenter ni de s'assurer que c'est bien Esme qui répond. La flamme se rallume en moi.

— Je vais bien.

Mon premier réflexe est de lui dire que j'ai vu notre bébé. Si les Coréens avaient mieux parlé anglais, je le leur aurais dit. Mais Mitchell cherche toujours l'intention qui se cache derrière le discours. Je préfère me taire.

Il dit qu'il veut m'inviter à déjeuner et suggère le restaurant du MOMA, The Modern. Je n'y suis jamais allée, mais j'ai entendu que c'était très bien. Je regarde mon ordinateur portable. Il est en mode hibernation. Serait-ce vraiment trop bizarre de célébrer mon premier rendez-vous visuel avec le bébé en compagnie du père sans dire à ce dernier que je fête quelque chose ?

Je ne lui demande pas pourquoi il veut me voir. Il est peut-être en train de peser le pour et le contre. Je ne voudrais pas l'encourager à se raviser.

Je dis oui, je le retrouverai au MOMA.

XIII

Quand j'arrive, il attend devant le musée et il est trop beau. Il porte l'un de ces costumes chers qui ont une fluidité naturelle. Deux femmes qui se rendent au musée lui lancent des regards appuyés et se mettent à balancer des hanches en passant devant lui.

Tout en m'embrassant, il dit :

— J'avais oublié que tu sentais toujours la rose. À moins que tu ne sentes tout simplement l'Angleterre ? Les roses et les pelouses en été.

Il m'invite à entrer dans le restaurant.

Les femmes qui déjeunent, tailleurs Chanel et colliers de perles, nous entourent. Il règne une atmosphère très moderniste : murs blancs, angles magnifiques, immenses vitres qui laissent filtrer la lumière du soleil.

Je pourrais presque croire que je suis parfaitement à ma place au milieu de cette excellence et de cette élégance, moi qui rédige ma thèse de doctorat sur Thiebaud.

— C'est un cadre magnifique pour un restaurant, dis-je à Mitchell tandis que le serveur nous apporte du pain et de l'eau et que nous déplions les douces serviettes blanches.

— Je sais, répond Mitchell. J'aime ces hauts plafonds.

Je lève les yeux. Il n'y a que de l'air au-dessus de nous sur une longue distance. Cet air a une qualité particulière, une clarté pénétrante, comme l'air arctique, avec les voix fortunées des femmes qui tintent. *Dans la pièce, les femmes vont et viennent en parlant des maîtres de Sienne*[1].

Le serveur arrive.

— La salade de champignons de Paris avec du fromage de chèvre est très bonne, dit Mitchell. Le serveur hoche la tête pour confirmer.

— Elle est sans doute très bonne en effet, mais je vois que vous avez aussi de la soupe aux pois cassés. J'ai un faible pour la soupe aux pois cassés.

Ce n'est pas vrai. Je n'ai jamais goûté la soupe aux pois cassés. Mais si j'explique que je ne peux pas manger de fromage à pâte molle à cause du risque pour le bébé, nous allons recommencer à nous disputer.

Il reste encore de longues semaines avant la fin du délai légal pour avorter. Je ne veux pas me disputer de nouveau avec Mitchell à ce sujet.

— Deux soupes aux pois cassés, dit Mitchell au serveur.

Pendant que nous mangeons la soupe, puis notre plat principal, Mitchell se montre très gentil avec moi. Il me laisse parler. Je lui raconte des anecdotes drôles sur la librairie et sur Stella, et les photographies du donjon sexuel des lesbiennes.

Il est charmant et ne cesse de remplir mon verre de San Pellegrino comme s'il s'agissait du meilleur des champagnes. Je le vide chaque fois par nervosité parce que je sais que Mitchell a un objectif. Il veut que j'accepte d'avorter et je ne peux pas le faire. Alors, à quoi bon cette mise en scène ?

Une fois que nos assiettes ont été débarrassées et qu'il a commandé des figues fraîches et du manchego avec de la gelée de coings, il prend ma main. C'est un geste qu'il fait de temps en temps, un geste que j'adore.

— S'il te plaît…, dis-je en reculant un peu la main.

---

1   Extrait du poème de T. S. Eliot, « La Chanson d'amour de J. Alfred Prufrock », traduction de Pierre Leyris.

Mais cette fois, il a bien choisi. Je ne vais pas lui faire une scène ici.

— Esme, j'ai quelque chose à dire. Je veux que tu y réfléchisses dans l'intérêt de toutes les parties concernées. Pour notre bonheur. Notre bonheur à tous, Esme.

— Je ne peux pas, Mitchell. Je ne vais pas…

— Je sais, je sais. Ce n'est pas ça.

Il tient ma main et la caresse en la regardant.

— J'ai lutté contre ça, Esme, il faut que tu le saches. J'ai lutté comme un lion en cage. Mais en vain.

Le serveur revient avec une corbeille de figues fraîches et le reste. Mitchell attend, le poing serré contre ses lèvres.

— Vos figues, monsieur. Votre gelée de coings et le manchego.

— Merci, dit Mitchell.

Il lève la tête soudain et me regarde droit dans les yeux. L'une des femmes de la table d'à côté laisse échapper un petit hoquet de surprise. Je la regarde pour comprendre ce qui se passe. Elle a les yeux rivés sur la corbeille de figues. Un petit coffret noir en velours est blotti au milieu des fruits.

Je fixe le coffret comme si c'était une tarentule. Il y a un peu de brouhaha autour de nous. Je secoue la tête, et des rires retentissent autour de moi.

Modestie de jeune fille, pensent-elles, timidité de demoiselle. Mitchell lève la main dans un geste très présidentiel pour faire taire ces dames et pour m'empêcher de protester. Il parvient à ses fins.

Plus de rires, pas de protestation. Il prend la boîte au milieu des figues et me la tend. Le serveur est toujours là.

Je ne le regarde pas, mais j'ai l'impression qu'il sourit. Je sens des sourires partout autour de moi.

J'ouvre la boîte. Le diamant brille sous mes yeux. Il n'est pas sur une monture classique. Il n'est pas monté sur une griffe, mais serti entre deux rails.

Ma voisine la plus proche et son amie laissent de nouveau échapper une exclamation de surprise.

Jusqu'à cet instant, je n'avais jamais compris pourquoi tout le monde s'extasiait devant les diamants. Quand j'étais petite, ma mère et moi faisions de la gelée et je levais les cubes rouges vers la lumière en me disant que ce rouge transparent était beaucoup plus beau qu'un diamant vitreux. Je le pense encore.

Mais je ne réalisais pas alors tout ce qu'un diamant représente, tout ce qu'il véhicule quand on le présente à quelqu'un dans son écrin. Je suis à la fois abasourdie et fière que quelqu'un puisse me vouloir à ce point, mais je suis encore plus abasourdie quand je pense que je pourrais mesurer ma valeur ainsi, en livres sterling et en pence, en dollars et en cents. *Parce que je le vaux bien.*

Est-ce que je ne m'abaisse pas ainsi ? Les femmes s'exclament autour de nous en admirant le diamant. Je les entends murmurer « Harry Winston ». Je penche ma tête au-dessus. Pendant une ou deux secondes, personne ne peut voir mon visage.

Épouser Mitchell, voilà qui serait, dans tous les cas, une très mauvaise idée. Il est aussi beau, aussi froid, aussi dur que le diamant sur cette bague. Si je voyais cette scène au cinéma, si je la lisais dans un livre, je voudrais de tout mon cœur que l'héroïne dise non. Oui, c'est le père de son enfant, oui, il la regarde dans les yeux avec le plus grand sérieux, oui, il a fait ce qu'il fallait en la demandant en mariage. Mais. Mais. Mais. Quelles sont ses motivations ? Pars. Pars.

Je veux l'arrêter. Je veux lui poser de vraies questions et entendre de vraies réponses. Mais tous les regards sont tournés vers nous, nous occupons le devant de la scène. Je ne peux pas. Est-ce parce que c'est mon rêve le plus profond ? Le fait d'entendre les vraies réponses me réveillerait sûrement.

— Esme Garland, dit Mitchell, tout à fait conscient que

toutes les dames autour de lui tendent l'oreille, me ferais-tu l'insigne honneur de devenir ma femme ?

Notre public laisse échapper un soupir de ravissement collectif, puis se tourne vers moi avec une bienveillance pleine d'espoir.

Ce public est un public proche de la 5e Avenue et il déjeune qui plus est au restaurant du MOMA un mercredi. Cette bienveillance est-elle absolument totale ? Ne faudrait-il pas la nuancer ? N'y a-t-il personne ici qui n'a repensé à son interprétation féministe d'Emil Nolde, personne qui vient de finir un article sur le nouvel équilibre des pouvoirs dans la politique ? N'y a-t-il personne ici qui pourrait me sauver ?

À l'évidence, il va falloir que je me charge moi-même de mon sauvetage. Mais, tout comme Mitchell traîne les fantômes van Leuven derrière lui, le poussant à faire ce qu'il convient de faire maintenant qu'il n'y a plus d'autres routes à prendre, j'ai moi aussi toute une série de fantômes anglais derrière moi. Les fantômes anglais ne sont pas aussi sûrs d'eux que les fantômes des pèlerins hollandais.

Mes fantômes anglais pensent qu'il est horrible de faire une scène en public, horrible de détruire un scénario si savamment préparé, horrible de décevoir les dames qui déjeunent autour de nous, qui vont ensuite rentrer chez elles auprès de leurs maris, appeler leurs filles et dire : « Il s'est passé quelque chose de délicieux aujourd'hui pendant que je déjeunais au Modern avec Sibyl. »

Je n'ai pas le genre de bagage grâce auquel la bataille de Waterloo s'est gagnée sur les terrains de jeux d'Eton.

Je mens. Je crois à cet argument, mais ce n'est pas ça.

Je suis furieuse qu'il puisse me faire un coup pareil, mais je ne peux pas, je ne peux tout simplement pas lui sortir ça devant toutes ces femmes. Si j'étais française, je le frapperais peut-être ou je lui balancerais sa gelée de coings à la figure. Si j'étais américaine, je pourrais peut-être exprimer ma colère d'une façon plus raisonnée, sans me soucier de notre public, ou je pourrais me contenter de dire « Va te faire foutre » avant de sortir en claquant la porte.

C'est tentant... de le laisser avec ses figues et son diamant. Mais je suis si profondément anglaise. En situation de stress, je deviens agréable, consentante.

Je ne devrais pas penser à moi de toute façon. Je ne devrais pas me demander si Mitchell m'aime ou ne m'aime pas. Je dois penser au bébé. Un bébé doit grandir dans un environnement stable. J'en ai assez de cette phrase. Elle me trotte dans la tête depuis un bon bout de temps. Mitchell l'a prononcée à haute voix quand il a voulu que j'avorte et la voilà qui ressurgit. Un environnement aimant n'est-il pas plus important qu'un environnement stable ? Dire oui présente un avantage. Bien sûr. Il est le père de mon bébé. J'ai décidé d'avoir ce bébé ; c'est pourquoi je me dois de lui donner les meilleures chances dès le départ.

Cela ne signifie-t-il pas que je devrais au moins essayer la version traditionnelle de la famille : deux parents qui aiment leur enfant, la stabilité économique – mieux que stabilité encore : *la prospérité.*

Pourquoi, au nom d'une fierté déplacée, nous condamner, le bébé et moi, à vivre dans un studio situé dans un immeuble sans ascenseur, à devoir faire appel à des baby-sitters, à nous demander où nous allons bien pouvoir trouver les vingt dollars qui nous manquent jusqu'à la fin du mois ? Le devoir l'emporte sur les désirs.

Je mens encore. Je crois à cet argument, mais ce n'est pas ça malgré tout.

— Esme, dit Mitchell en posant son doigt sous mon menton pour que je lève la tête. Je veux que tu saches que ce n'est pas uniquement à cause du bébé.

Notre public est au bord de l'évanouissement. Les fourchettes chargées de roquette n'ont pas bougé depuis deux minutes.

— C'est parce que, pour la première fois de ma vie, la toute première fois, je suis…

Il ouvre les mains comme Jésus pendant son Sermon sur la Montagne.

— … tombé amoureux.

Le chœur new-yorkais réagit comme il a réagi au reste. Je croyais que les New-Yorkais étaient cyniques. Les femmes sortent leurs téléphones pour nous photographier.

Mitchell me reprend la main.

— J'avais peur, dit-il. J'avais peur de t'aimer, d'aimer quelqu'un. C'est un grand jour pour moi. Quand je dis que je serais honoré que tu sois ma femme, je le pense vraiment, du fond du cœur. Pour toi, pour moi, pour le bébé, pour tout ce dont tu n'arrêtes pas de parler tout le temps, l'amour, la beauté, la vérité, dis oui, s'il te plaît. Épouse-moi, s'il te plaît.

J'ai les yeux remplis de larmes. Je suis très émotive depuis que mes hormones font des remous dans mon corps comme l'eau sale dans un seau.

— Ne pleure pas, chérie ! Dis oui, s'il te plaît !

À quelques tables de nous, une vieille femme vêtue d'un manteau en laine noir hoche la tête en me regardant sérieusement.

Après elle le déluge.

Elles disent que je devrais dire oui, à cause du bébé. Qu'il (Mitchell) essaie d'agir en homme responsable. Que nous sommes adorables ensemble. Que je ne le regretterai pas. Que c'est un diamant Harry Winston. Je regarde la bague dont je n'ai rien à faire et que j'aimerais remplacer par de la gélatine rouge. Ça me donne du courage.

Je suis une actrice dans cette histoire, que ça me plaise ou non. Mes yeux vont de la bague à Mitchell. Je veux tellement qu'il m'aime que je n'arrive pas à savoir où mon désir finit et où la vérité commence.

Cet homme versatile m'a emmenée si haut, laissée tomber si bas, m'a fait faire de telles volte-face que je ne sais même plus comment j'étais avant. Je me souviens vaguement d'une personne qui aimait les poèmes et les tableaux, une personne qui nageait dans le bonheur de l'attention accordée aux choses et aux autres, pratiquement convaincue de sa liberté. Cet amour est supérieur à la liberté.

— Ils diront que c'est un mariage forcé.

— Ils diront que c'est un coup de foudre, répond-il.

Puis, il me lance un regard interloqué.

— *Diront* ? Tu emploies le futur ? Est-ce un oui ?

Je souris. Notre public laisse échapper ce qui pourrait être qualifié de cri de triomphe dans l'Upper West Side.

— Oui ? répète Mitchell, incrédule, cherchant à s'assurer qu'il a bien compris.

Il se met à rire.

— Oui, dis-je en riant aussi et en hochant la tête. Oui.

***

Tandis que Mitchell fait glisser la bague, avec un érotisme délibéré, sur mon doigt, la vieille femme au manteau de laine noire s'approche de nous. Elle a un petit carnet et un stylo avec elle.

— Pouvez-vous me donner vos noms ? demande-t-elle. Je regarderai dans la section Metropolitan du *New York Times*.

Mitchell me sourit. Il y a une telle complicité dans son regard que mon cœur bondit de joie. Je sais que je vais le regretter, je sais que les héroïnes vertueuses des romans de la Régence anglaise ne disent jamais oui quand il y a le moindre doute concernant les véritables sentiments du héros. Mais je suis faite de chair et non de mots. Je veux être avec Mitchell. Si je suis avec lui, je pourrai lui faire voir que je mérite son amour.

C'est peut-être l'inverse, d'ailleurs : il ne sait pas encore qu'il mérite mon amour. Je pourrai le lui faire comprendre. Si ça finit mal, je souffrirai, mais cette souffrance ne viendra pas de l'élan réprimé, de la lampe éteinte. Je vais allumer la lampe et me brûler à la flamme.

— C'est mademoiselle Esme Garland et je suis Mitchell van Leuven, dit-il.

Sa réponse appelle immédiatement une réaction, et des murmures se propagent dans la salle comme une onde à la surface de l'eau. Un van Leuven.

La femme hoche la tête, comme si elle n'en attendait pas moins, et ses vieux doigts parés de bijoux s'appliquent pour écrire nos noms. Elle ferme le carnet.

— Dans ce cas, je pense que vous serez effectivement dans la section Metropolitan.

Elle regarde Mitchell d'un œil perçant.

— Vous avez fait quelque chose de bien aujourd'hui.

— C'est aussi mon avis, confirme Mitchell en gratifiant sa nouvelle fiancée et future femme d'un regard plein de fierté, très opportun.

Une fiancée qui ne s'est toujours pas remise de la demande en mariage sans parler de l'éventuelle annonce de l'événement à venir dans le *New York Times*. Mitchell excelle dans l'art d'épater la galerie. Quand il s'agit de ce genre de galerie, en tout cas.

Nous acceptons les sourires et les félicitations pendant une minute ou deux, puis, une fois l'enthousiasme éphémère retombé, les dames se remettent à manger et nous laissent tranquilles.

— Une figue ? demande Mitchell qui en choisit une dans le panier.

Son corps rebondi est bordeaux avec un soupçon de vert pâle en haut. Le fruit est recouvert d'une fine couche de poudre. J'ignore si cette poudre est naturelle ou si tout le monde saupoudre les figues de sucre glace pour leur donner un aspect plus appétissant encore.

193

Je dis oui à la figue, car il ne serait pas très poli de dire non dans de telles circonstances. Mon raisonnement s'applique donc aussi bien aux figues qu'aux demandes en mariage. Oh ! mais je le veux, je le veux. Pourquoi le veut-il, lui ? Mitchell coupe la figue en deux et ajoute un peu de fromage et de gelée de coings. Il me tend l'assiette.

— Mitchell, dis-je d'un ton insistant.

— Pas ici, Esme, répond-il calmement.

— Ce n'est pas ça. C'est… Tu veux bien commander un verre de vin, s'il te plaît ?

Il fait la grimace avant de répondre. Cette habitude qu'il a de faire précéder ce qu'il va dire d'un geste annonçant son propos devrait peut-être m'agacer et finira peut-être par me rendre folle au terme de toute une vie passée avec lui.

Mais, en cet instant, elle ne fait qu'accroître la tendresse que j'ai pour lui. C'est une manie que je connais et que je reconnais. Qui m'appartient d'une certaine façon.

— Mais tu ne peux pas boire, proteste-t-il.

— Je peux boire une gorgée. Commande un verre de vin, ce que tu veux, et laisse-moi boire une gorgée. S'il te plaît, s'il te plaît, s'il te plaît.

— Non, ça va faire du mal au…

— C'est mon corps.

— C'est notre bébé. Nous n'allons quand même pas recommencer à nous disputer à ce sujet.

— Non, mais une gorgée. En Angleterre, il y a même des gens qui disent qu'on peut boire un petit verre par jour. Une gorgée en neuf mois, c'est tout ce que je demande. Allez. Je me suis fiancée aujourd'hui.

Mitchell reste immobile, crispé, puis il se détend. Il fait un signe au serveur.

— Un verre de champagne, s'il vous plaît. Le meilleur que vous ayez.

Le serveur sourit, mais se penche au-dessus de Mitchell et lui murmure quelque chose. Mitchell lève la main pour signifier qu'il a bien compris.

— Oui, bien sûr, une seconde.

Il se penche vers les femmes de la table d'à côté.

— Excusez-moi, je commande un verre de champagne pour ma future femme et moi. Le serveur me dit que je dois prendre la bouteille entière. Je ne vois pas d'inconvénient à acheter la bouteille entière, mais je n'aime pas le gaspillage. Auriez-vous l'amabilité de prendre le reste ?

Les femmes rient, disent que c'est très romantique et que, oui, pourquoi pas, elles prendront la bouteille. Je souris à mon tour, comme une poupée Barbie.

Comme c'est du champagne, nous n'échappons pas à la comédie habituelle avec le seau à glace en argent et la petite table pour poser ledit seau, et la glace, et la serviette blanche. Le serveur fait sauter le bouchon avec des gestes très étudiés. Puis, quand notre verre est enfin rempli, Mitchell le lève, porte un toast à nous deux et boit une gorgée. Il me tend le verre.

En cet instant, je sens que quelqu'un me fixe avec insistance. Je regarde sur ma gauche : non loin de la sortie, la vieille femme au manteau en laine de brebis me dévisage. Elle attend certainement qu'on vienne la chercher et, si elle ne sourit pas, c'est parce que je suis enceinte et sur le point de boire une gorgée de champagne, mais elle a soudain un air sinistre. On dirait presque la fée Carabosse au baptême de la Belle au bois dormant.

Je lève le verre à mon tour. Je suis en plein émoi, en plein ravissement, mais effrayée. Si les cloches se mettaient à sonner maintenant, sonneraient-elles juste ? J'ai la bouche remplie de champagne. Je le garde une seconde ou deux. Il est cher, mousseux et acide.

Il est excellent. Je ne pourrai plus en boire pendant des mois. Je pense aux cygnes qui chantent avant de mourir, et aux papillons aux ailes bleues qui ne vivent qu'un jour, puis j'avale ma gorgée. Ce faisant, je regarde à mon tour la vieille dame et lève mon verre dans sa direction, mais elle ne réagit pas. Et puis tout est fini.

Mitchell regarde comiquement le verre que je lui tends.

— Mitchell, tu es sûr ?

— Oui, je suis sûr. J'ai un tas de vides en moi, Esme. Tu les combles. Tu combles tous mes vides.

XIV

Devant le restaurant, il m'embrasse.
— Il faut que je file. Je n'ai pas envie, mais je n'ai pas le choix. J'ai un cours à donner. Je t'appelle.

Il part à reculons, le bras levé pour héler un taxi qui va devoir faire demi-tour pour l'emmener au travail.

Je regarde le taxi tourner dans la rue latérale et continue à le regarder jusqu'à ce qu'il se confonde avec les autres. Je ne fais pas de signe. Mitchell ne regarde jamais derrière lui. Je remonte la 5e Avenue, puis prends le bus qui traverse le parc au niveau de la 86e Rue. J'essaie de réfléchir.

Ça ne marche pas. Je suis dans une sorte de délire assourdi. J'ai accepté une demande en mariage il y a une demi-heure et maintenant je suis assise seule dans un bus avec un diamant au doigt. Dommage qu'il ait dû retourner au travail.

J'ai l'impression de sortir du cinéma ou du théâtre, le choc de la transition entre les grands drames et la vie ordinaire. La représentation est terminée.

Je descends du bus sur Amsterdam Avenue. Avant d'entrer dans La Chouette, j'enlève la bague de mon doigt et la range dans mon porte-monnaie.

Luke est assis à la caisse. La bague palpite dans mon sac. J'ai besoin d'espace et de calme pour réfléchir à ce qui vient de se passer. Je ne vais en parler à personne pour le moment. Je prends mon sac, avec le porte-monnaie tout au fond, et descends au sous-sol. Je cache le sac dans le coin le plus sombre du sous-sol sombre. Puis, je reste une seconde, blottie en position fœtale dans le coin. Je n'aurais jamais imaginé me retrouver dans une telle situation. C'est à la fois ce que désire mon cœur et ce qui le brise.

David et George sont assis dans la mezzanine et sont en train d'appliquer avec précaution un peu de cirage marron sur le dos de vieux volumes de Dickens avec une reliure en cuir usée.

Les vieux maîtres ont toujours su parfaitement décrire la souffrance comme d'ailleurs toutes les choses qui nous arrivent. David et George appliquaient du cirage sur de vieux livres et les polissaient avec des chiffons doux pendant que j'étais au restaurant, qu'on me demandait en mariage, qu'Icare tombait dans l'eau.

— Tu peux me remplacer ? dit George. J'ai rendez-vous avec un marchand de livres. Il devrait arriver d'une seconde à l'autre. Assieds-toi.

— Ce n'est pas un peu de la triche de faire ça ? dis-je en m'asseyant.

George semble peiné.

— De la triche ? Pas du tout, Esme. Nous ne trichons pas, nous *traitons*. Quand tu cires tes meubles, tu considères que tu triches ?

— Je ne cire pas mes meubles.

— Vraiment ? Pourquoi ?

— Ce sont des meubles IKEA.

— Des meubles IKEA ? Tu n'as pas fait venir par bateau ta vitrine Hepplewhite, ton canapé Knoll, ton horloge en similor ?

George veut absolument que je sois issue d'une vieille famille anglaise vivant dans un manoir avec un beau vestibule orné de carreaux noirs et blancs et un escalier Queen Anne majestueux.

— Qu'est-ce que le similor ? demande David.

George affiche une expression que j'ai appris à reconnaître : c'est la tête qu'il fait quand il s'apprête à parler de produits chimiques dangereux qui vont chez lui des agents varioliques au chocolat. Son visage se contracte vers un point central, si bien que son front s'abaisse tandis que ses lèvres et son menton se plissent vers le nez.

Il me regarde par-dessous ses sourcils, encore que, tout bien réfléchi, tout le monde regarde tout le monde par-dessous ses sourcils. Il nous lance un regard noir.

— C'est mauvais ?

— Comme d'habitude, ce n'est pas mauvais pour les personnes qui possèdent des objets en similor. C'est interdit maintenant même dans ton pays. Ils utilisaient du mercure pour fixer la dorure et, bien sûr, les gaz qui s'échappaient du creuset où on réalisait le mélange étaient mortels. La plupart des similoreurs ne dépassaient pas les quarante ans.

— Oh oui, le mercure, c'est vraiment mauvais. C'est ce qui rendait les chapeliers fous, n'est-ce pas ? dit David.

George semble ravi que ses cours de chimie improvisés portent leurs fruits.

— Oui, et pas seulement les chapeliers. J'espère que tu n'as pas de plombages à base de mercure, Esme. Ce serait très mauvais pour le bé…

— Des « similoreurs », dis-je. Allez, George, avoue que tu viens d'inventer ce mot !

Luke m'interpelle du rez-de-chaussée.

— Esme, tu as demandé à George de vérifier la composition du cirage ? Il risque de t'empoisonner sans que tu t'en rendes compte.

George se tient en haut de l'escalier et soulève la boîte de cirage.

— C'est une bonne question, Luke, et j'apprécie ta sollicitude. Je ne l'empoisonne pas. Regarde. Je l'ai acheté sur Internet. Ça vient de Californie. C'est fabriqué à partir de teintures naturelles à base de plantes et de cire d'abeilles élevées en plein air.

Des abeilles élevées en plein air ? Y a-t-il donc des abeilles élevées en batterie ?

Luke secoue la tête. George regarde la boîte pensivement tandis que j'applique le cirage sur le dos des ouvrages.

— À vrai dire, la boîte de cirage a un prix supérieur à celui que je pourrai tirer des Dickens, dit-il.

***

Je consulte mon téléphone et constate que j'ai reçu sept textos de Mitchell. Je les ouvre. Le premier dit : *Madame van Leuven !!!!* Le suivant se résume à une longue ligne de baisers. Le suivant affirme : *Je m'en suis bien sorti, tu ne trouves pas ? Il fallait que tu dises oui.* Le suivant demande où je suis.

Tout comme le suivant. Celui d'après demande si j'ai changé d'avis. Le dernier m'annonce que nous ne pourrons pas nous voir ce soir, un empêchement de dernière minute.

Je me demande immédiatement si cet empêchement de dernière minute n'est pas lié au fait que je n'ai pas répondu aux précédents SMS. J'appelle Mitchell pour lui poser la question ; il répond que non. Un important économiste est venu sans s'annoncer. Mitchell doit parler avec lui.

Le magasin commence à se remplir des habitués du vendredi soir. Et George, qui se rend souvent à l'Angelika ou au Film Forum pour voir un film torride en noir et blanc, décide de rester aussi. Barney entre à grandes enjambées et Mary arrive aussi.

À minuit, nous fermons, éteignons les lumières du rez-de-chaussée et nous installons dans la mezzanine à la lueur dorée des lampes de l'étage.

Le bois des étagères et le dos en cuir des ouvrages prennent un éclat doré et chaleureux, les gens trouvent une place pour s'asseoir et deviennent aussi doux que la lumière.

— Je crois que je devrais instaurer un petit test pour les futurs employés de La Chouette, dit George en prenant le soda au gingembre avec de la racine d'iris râpée que lui tend Luke. Je pourrais leur demander qui a écrit *Winesburg, Ohio*, qui a écrit *Hamlet*, qui a écrit *La République*…

— La dernière question est plutôt facile, fait remarquer David.

— Ils faisaient passer un test dans le genre chez Strand, dit George. Je crois que c'était très efficace.

Nous attendons la suite et il sourit en levant la paume vers son visage comme si c'était une feuille.

— Vous avez une liste de cinq livres. Voyons voir si je me souviens. *Oliver Twist, Das Kapital, Ulysse, L'Origine des espèces*, et j'ai oublié le dernier. Et puis, en face, vous avez les auteurs en désordre. Il faut relier le livre au bon auteur.

Luke hausse les épaules.

— C'est une bonne idée, je trouve.

— Et ensuite, si tu réussis ce test particulièrement difficile, dit George, tu seras peut-être embauché, mais, durant les six premiers mois, tu ne feras rien d'autre que de la mise en rayon. Voilà à quoi ressemble l'apprentissage chez Strand. Esme, tu as beaucoup de chance d'apprendre les ficelles du métier ici.

— Oh ! Strand c'est bien et tu le sais parfaitement. T'es jaloux, c'est tout, dit Barney en lui faisant signe de se taire. Mais mon endroit préféré pour acheter des livres avant que je ne découvre La Chouette, c'était le Salon du livre ancien de New York à la Park Avenue Armory.

L'assemblée se met à pouffer et il lève les deux mains.

— Parce que, vraiment, un bouquiniste ? J'étais beaucoup plus exigeant autrefois. Je tolère La Chouette parce que mon appartement se trouve à trois cents mètres et parce que j'aime regarder Luke jouer de la guitare.

— Écouter, tu veux dire, rectifie Bruce.

Barney le regarde sans la moindre expression sur son visage.

— Mais le Salon du livre de l'Armory, dit-il, c'est une joie d'aller là-bas. Les prix. Je faisais venir ma mère de Westchester toutes les années à cette occasion.

— Les prix ? Pourquoi ? Il y a de bonnes affaires ?

Barney frémit.

— Non, ma chérie. Pas le moins du monde. Je viens de dire que j'y emmenais ma *mère*. Et bien sûr, ce ne sont pas vraiment des livres usagés. Ce sont des livres anciens.

« Usagé »… Quel mot bizarre pour qualifier des livres ! Livre d'occasion, c'est beaucoup mieux. « Usagé », ça fait immédiatement penser aux préservatifs déjà utilisés.

Et du coup, l'idée de réutiliser des « livres usagés » paraît sordide. Comme si leurs premiers propriétaires les avaient vidés de leur substance et l'on héritait de leurs enveloppes desséchées ou de la lie. Pourtant, le contenu du livre ne s'altère jamais, il reste neuf à tout jamais. Il n'y a rien de pire qu'un livre inutilisé.

Je fais part de ma réflexion à l'assemblée.

— Qu'est-ce que tu emploierais à la place ? Pré-lu ? Pré-utilisé ?

George prend un air ironique.

— Oh ! si seulement, dit-il en tendant la main derrière lui pour prendre une édition originale (forcément, en haut, il n'y a que des éditions originales) de *L'Information* de Martin Amis. Les éditeurs ont loupé leur coup en ne publiant pas les trois derniers quarts de cette petite bombe. Je ne l'ai jamais lu d'ailleurs, bien que j'aime beaucoup Amis. Parfois, les livres ne prennent pas.

***

Quand j'arrive chez moi, très tard, je sors la bague de mon sac. Je ne suis pas aussi attentive que je devrais l'être aux inégalités économiques dans ce monde, mais un bijou comme celui-ci, l'exemple même de la consommation déraisonnable, me fait ouvrir les yeux.

Combien d'opérations de la cataracte pourrait-il financer ? Combien de litres d'eau potable ? Son prix pourrait-il permettre de financer la formation d'un enseignant, d'une sage-femme, d'un médecin dans le tiers-monde ? Et quelle est sa signification, sa portée en plus de sa valeur financière ? Que j'appartiens à celui qui me l'a offert ? Ou que je suis aimée ? Le fait que je l'ai accepté signifie en tout cas que j'aime. Mes yeux se perdent dans les profondeurs brillantes et bleu métallique du diamant, l'angle changeant de la lumière, comme le miroitement des rayons du soleil dans une piscine.

J'enlève la bague, la range dans ma théière et remets le couvercle. Le fait qu'elle soit désormais cachée n'enlève rien à sa puissance.

Tandis que je contemple ma théière qui palpite, on frappe à la porte. Stella, ça ne peut être que Stella. J'ouvre et elle dit qu'elle m'a entendue rentrer et qu'elle a quelque chose à me dire. Elle est rayonnante. Elle a été invitée par la Richard Avedon Foundation à participer à une exposition sur l'art du portrait moderne.

Je ressens une forme de choc, celui que nous éprouvons, narcissiques que nous sommes, quand nous nous souvenons que les autres ont une vie, eux aussi, une vie qui continue pendant que nous rêvons devant une théière renfermant un diamant.

Elle s'assoit sur mon canapé.

— Il faut que je ponde un texte dans lequel j'explique ma démarche, dit-elle. J'essaie de comprendre pourquoi j'aime prendre des photos. Pourquoi ?

Je réfléchis.

— Pour saisir l'instant présent, c'est la réponse qui s'impose, dis-je. Pour remarquer des choses. Pour illustrer ce que veut dire « Prêter attention à ».

Stella hoche la tête.

— Oui, c'est vrai, mais il y a plein d'autres trucs aussi. La femme de la fondation dit que mon travail a une qualité élégiaque.

— Elle a raison, dis-je.

Je pense à ses photos.

— Elle a vraiment raison. Tes photos sont si tristes.

— Mais toutes les photographies sont tristes parce qu'elles montrent quelque chose qui n'est plus, fait remarquer Stella. Elles attirent notre attention sur le fait que le temps passe, que rien ne dure. Mais qui n'est pas capable de le remarquer ? Je le remarque tous les jours, moi, avec ou sans mon appareil photo. Je me dis parfois que je ne fais rien d'autre que *remarquer*. Partout où je regarde. Chaque battement de paupières est une élégie.

— Voilà qui fera parfaitement l'affaire pour le texte que tu as à écrire. Vite, note tout, sinon tu ne vas pas t'en souvenir.

Elle tape ses idées sur son téléphone.

— Cool. Super. Bon, et toi, comment tu vas ?

— J'ai une bague de fiançailles dans ma théière, dis-je.

Elle reste immobile et silencieuse quelques secondes, puis se lève, s'approche de la théière et soulève le couvercle. Elle regarde à l'intérieur.

— Oui, dit-elle, en effet.

Comme il fallait s'y attendre, elle n'explose pas de joie. Elle repose le couvercle sans sortir la bague, sans même tenter de la photographier.

— Mitchell m'a demandée en mariage.

— Et tu as dit oui. D'où la bague… Et pourquoi est-elle dans la théière ?

— Parce que je ne sais pas trop quoi penser.

— Pourquoi as-tu dit oui alors ?

— Parce que je l'aime.

Elle replie les genoux sous le menton en les enlaçant avec ses bras.

— Dans ce cas-là, je pense que tu ferais mieux de la sortir de la théière et de la porter.

— Mais je ne sais pas s'il m'aime.

Mon téléphone se met à vibrer. C'est un texto de Mitchell. Stella fait un signe de tête en direction du téléphone.

— C'est du moins l'impression qu'il donne. Mais c'est vrai que l'attention n'est pas forcément synonyme d'amour.

Je la dévisage.

— Mais nous venons de dire que c'était en quelque sorte une forme d'amour, dis-je.

Elle secoue la tête.

— Il ne le fait pas pour l'attention, dis-je. Il n'est pas comme ça.

— D'accord, dit Stella. En tout cas, que pense ta mère du bébé ? Elle sera contente pour Mitchell ?

Stella s'est prise d'amitié pour mes parents quand ils sont venus. Elle les a trouvés mignons. Ils le sont sans doute. On apprécie toujours les parents des autres.

— Elle ne le sait pas encore, dis-je.

Stella reste bouche bée.

— Qu'est-ce que tu as ? Pourquoi est-ce que tu ne veux pas le leur dire ? Tes parents accepteront ta décision, ils te soutiendront, ils sont cool.

Ils ne sont pas cool du tout. Quand ils sont venus passer une semaine à Manhattan, ils se sont lamentés parce qu'ils allaient manquer une émission sur les boîtes à thé et un épisode d'une série documentaire de la BBC sur l'histoire des haies. « Cool » doit avoir une autre signification pour Stella.

— Tu devrais les appeler, répète-t-elle. Ils te soutiendront.

— Je sais, je sais. Mais, si je ne leur dis rien, s'ils n'ont pas à me soutenir, ils ne seront pas obligés de ravaler leur déception et ils ne…

Je ne termine pas ma phrase.

— C'était bien quand il s'agissait d'avorter. Et pas bien maintenant qu'il va y avoir un bébé.

J'ai envie de rentrer sous terre quand j'y pense. Si j'étais en Angleterre, je n'aurais pas le choix. Mais j'ai fui justement.

— Promis ? demande Stella.

— Oh ! je ne peux pas promettre. J'étais chez les guides. Si je promets, je serai obligée de le faire.

Elle attend. Je promets. Elle se lève pour partir.

— Et, dernière chose, jeune fiancée ! Tu t'es fiancée aujourd'hui. Où est ton fiancé ?

— Il voit un économiste. Il n'a pas pu y échapper.

***

Le lendemain matin, après avoir bu une tasse de thé, j'appelle mes parents.

L'appel ne dure pas très longtemps. Il n'y a pas de récriminations. Ils doivent brûler de le faire. Mais je pleure, je pleure en leur annonçant la nouvelle, à cause d'un sentiment de honte un peu confus, car j'ai trahi les espoirs qu'ils avaient placés en moi.

Je regrette de ne pas avoir de frères et sœurs. Si tel avait été le cas, je n'aurais pas eu à être toutes les filles de la famille et tous les fils aussi.

Même s'il est impossible qu'ils se réjouissent d'une telle situation, aucun d'eux ne semble contrarié par le bébé, et ma mère dit qu'elle va venir la semaine prochaine, et bien sûr pour la naissance du bébé. Je suis d'accord pour qu'elle vienne au moment de l'accouchement.

Je ne sais rien sur l'art de mettre au monde un bébé ni sur l'art de s'occuper de lui après. Je me demande jusqu'à quel point ils cachent leur chagrin alors qu'ils sont encore sous le choc. À ma grande surprise, pourtant, ils émettent ouvertement des réserves à propos de Mitchell. Mon père dit calmement, à la fin :

— Ne te précipite pas pour l'épouser. Il est inutile de paniquer.

— Ce n'est pas ça, papa, dis-je.

— Ils vont tout changer ; la famille va forcément avoir une influence sur ton parcours. Si c'est un problème d'argent, nous pouvons…

— Ce n'est pas l'argent. Je choisirais Mitchell même s'il était pieds nus dans le parc.

— La bourse. Tout ce pour quoi tu as travaillé…

— Ça n'a pas changé. Je travaille toujours à mon doctorat. Ça ne va pas me freiner, ça va au contraire m'encourager à travailler plus dur encore.

Silence au bout du fil. La déception et la peur bourdonnent au-dessus de l'Atlantique.

— Je l'aime, papa, dis-je et je rougis dans l'appartement vide.

Après le coup de téléphone, je file à Columbia et entre dans l'enceinte de la fac à grandes enjambées. Combien d'ondes de déception se sont propagées à la surface de ma vie depuis cet instant T sans protection. J'aurais pu arrêter leur propagation. Non, j'aurais pu arrêter ces ondes particulières, mais il y aura toujours des remous.

Columbia me semble différente maintenant que je suis fiancée. Je me sens mal à l'aise. Comme si j'avais court-circuité le processus éducatif et toutes les lumières s'étaient éteintes. Quand je rejoins le flot d'étudiants qui se dirigent vers les amphithéâtres, j'ai l'impression de ne plus être à ma place.

— C'est donc ça que tu voulais ? disent les noms sculptés sur les façades du bâtiment de la Butcher Library. Tu as fait tout ça pour ça ? Une alliance ?

Je m'arrête, m'assois sur les marches de la bibliothèque et me tourne vers eux.

— Le mariage ne va rien changer du tout, dis-je. On n'est pas en 1870.

Hérodote, Sophocle, Platon, Aristote, Démosthène, Cicéron et Virgile me regardent et font la moue avec leurs lèvres de pierre.

— On a vu… *Une fille qui savait tout Dante dans sa jeunesse/Ne vivre que pour donner des enfants à un crétin*[1], disent-ils.

— Mitchell n'est pas un crétin. Et je peux très bien me marier et avoir des enfants sans pour autant renoncer à ma carrière. Je ne sais pas pourquoi cela devrait vous contrarier, d'ailleurs. Vous êtes les mâles blancs européens et morts[2], vous vous souvenez ?

Ils ignorent ma remarque.

— Une carrière, disent-ils. Si tu épouses Mitchell van Leuven ? Tu rêves. Tu as une bourse ici, Esme Garland, pour étudier l'histoire de l'art et voilà ce que tu en fais ? Quel gâchis ! C'est toujours la même rengaine.

— J'ai à faire, dis-je en me levant et en mettant mon sac en bandoulière. Ce fut un plaisir de parler avec vous. Vous connaissez mon père au moins ?

— Dans cinq ans, tu vendras des cupcakes.

Ils viennent de lancer la flèche du Parthe.

***

Le deuxième cours magistral de la journée porte sur l'impressionnisme. La professeure s'appelle Dorothy Straicher ; elle n'a que quelques années de plus que moi et je l'aime beaucoup. Elle nous informe qu'il y a une exposition consacrée à Sargent et l'impressionnisme dans un

---

1   Extrait du poème de W. B. Yeats, « Pourquoi les vieillards devraient-ils être sages ? » Traduction de Jean-Yves Masson.

2   *The dead white males*, expression bien connue dans le monde anglo-saxon pour désigner des hommes dont l'importance et le talent ont peut-être été exagérés parce qu'ils appartenaient à un groupe ethnique et à un genre dominants.

hôtel de l'Upper East Side et que même les modernistes irréductibles parmi nous pourraient en tirer quelque chose. Après avoir mangé un plat infâme en compagnie de Bryan, qui étudie aussi à Columbia, je lui demande s'il aimerait venir voir l'expo avec moi, mais il fait la grimace. Je ne sais pas si c'est l'impressionnisme ou Sargent qui lui a inspiré cette grimace, toujours est-il que j'entreprends de traverser Central Park toute seule.

J'aimerais que Mitchell m'accompagne, mais, si je lui envoie un texto, il va me répondre qu'il est en train de donner un cours ou qu'il va en donner un et je vais me sentir rejetée. Il ne faut pas que j'oublie qu'il a un travail.

Il y a, comme d'habitude, des joggers, des touristes, des promeneurs et des gens bizarres avec des chats en laisse, éparpillés dans le parc, si bien que je n'ai pas trop peur. J'entre au niveau de la 108e Rue et je marche d'un bon pas en direction de la 77e Rue Est. Je m'arrête pour envoyer un texto à Mitchell juste au cas où il aurait une pause et pourrait venir avec moi.

J'emprunte un petit sentier entre deux grands affleurements de schiste cristallin argenté et, quand j'arrive au bout du chemin, je vois un homme seul, assis sous un arbre avec une guitare. Il me tourne le dos.

Quand je suis dans le parc, je marche avec le téléphone à la main, de sorte que, si je pressens un danger, je peux faire semblant d'avoir au bout du fil un homme de forte carrure que je vais retrouver sous peu.

C'est ma seule protection, car je ne cours pas vite et je suis incapable de me battre. Je suis sur le point de faire comme si je parlais à Luke au téléphone quand je réalise que cet homme étrange dans le parc, c'est justement Luke.

Je m'approche, puis m'arrête. Il ne remarque pas ma présence. Il est occupé à pincer les cordes de sa guitare. Il répète le même son inlassablement. C'est un peu assommant.

— Salut, dis-je.

Il se retourne.

— Salut, répond-il.

Il fait un peu froid pour s'asseoir par terre et il risque d'attraper des hémorroïdes, mais je m'abstiens prudemment de faire le moindre commentaire.

— Quelle bonne idée de jouer dans le parc ! dis-je. Ils ont travaillé dur pour lui donner cet aspect si naturel. Ça me plaît. Je pense que son charme pittoresque opère vraiment une fois qu'on oublie qu'il a été créé par l'homme.

— Oui, bien sûr, sans doute, dit Luke.

Ce qui signifie « non » chez les Américains. Il hésite, puis ajoute :

— C'est juste un endroit qui permet aux gens de respirer.

Je le regarde.

— Oh ! tu n'aimes pas quand je dis que ce n'est pas naturel ?

— Comme tu le dis, je trouve que ça n'a pas d'importance si à l'origine il n'y avait pas de parc ici. Il est bien réel maintenant. Le schiste cristallin est bien réel, les arbres sont réels, le fait qu'il change en fonction des saisons est réel.

Je me tais. Avec Luke, j'ai toujours l'impression de ne jamais dire ce qu'il faut. Peut-être que j'en fais trop.

— Le parc est peut-être comme un tableau pour toi, dit-il, mais pour moi il est plutôt comme la musique. Tout tourne autour du temps. Je crois qu'il me plaît parce qu'il change. Il change comme la musique. Il a des rythmes comme la musique.

— Les tableaux changent avec le temps aussi, dis-je en m'appropriant sans vergogne la phrase du Pr Caspari. Nous regardons les tableaux pendant un certain laps de temps ; c'est donc une expérience séquentielle. Et nous pouvons retourner les voir plus tard. Ils changent, nous changeons.

Luke hoche la tête. Il commence à parler, puis

s'interrompt comme s'il s'aventurait sur un terrain dont il n'était pas certain qu'il supporte son poids.

— Oui, mais pas de cette façon ; le parc change aussi pour les gens. Ce sont des choses différentes pour des personnes différentes à des périodes différentes. Tu vois, pour les amoureux, pour les types qui marchent dans les Rambles, pour les joueurs de softball, pour les vendeurs de bière, pour les enfants, les touristes, les joggers… Ils se déplacent tous dans le parc, comme des notes de musique. Ils incarnent tous une note différente. Ça peut paraître dissonant, mais c'est harmonieux au contraire.

Silence. Je ne sais pas quoi faire. Ce qu'il dit me remplit d'une telle joie, que j'ai presque l'impression de tromper Mitchell, à cause de cette joie justement.

— Tu joues souvent ici ?

Il regarde autour de lui en hochant la tête.

— Oui.

— Et ça ne te gêne pas, le fait de jouer en public ?

Je me demande s'il entend la fragilité dans ma voix. Moi, je l'entends en tout cas. Il regarde de nouveau autour de lui, cette fois avec insistance. Il n'y a personne en vue.

— Je fais souvent des concerts, tu sais. Il y a encore plus de public, comme tu peux l'imaginer.

Je ne trouve rien d'autre à dire.

— Je ferais mieux de…

— Tu fais juste une petite promenade ou tu vas travailler ? demande-t-il.

— Ni l'un ni l'autre : je vais aller voir des tableaux.

— Tu traverses le parc à pied toute seule ?

— Oui, mais je ne crains rien.

Luke se lève et prend son étui de guitare. Ça ressemble plus à une housse d'ailleurs.

— Je vais te tenir compagnie.

Je suis sur le point de protester poliment, machinalement, mais je vois à son expression qu'il s'attend à un tel refus poli et qu'il n'a pas du tout envie de l'entendre.

Si j'étais avec Mitchell ou Stella et que nous nous trouvions dans un endroit tranquille du parc, je déboutonnerais mon chemisier pour que les rayons du soleil pénètrent jusqu'aux profondeurs de mon utérus. Au lieu de l'obscurité totale, un peu de lumière, comme à l'intérieur d'une prune.

— Merci, dis-je.

— De rien.

Pendant que nous marchons, il dit que l'idée du parc n'était pas au départ de faire quelque chose de beau.

— C'est beau ici et j'apprécie cette beauté. Mais ce n'est pas ce qui a motivé Olmsted en premier lieu quand il a conçu le parc. L'idée était de créer un espace démocratique où les gens pourraient tous venir tels qu'ils sont. À New York, où tout le monde lutte pour survivre, tout le monde peut venir à Central Park et regarder les feuilles en automne, la neige en hiver... Nous voyons tous les mêmes motifs, nous nous déplaçons tous dans le même espace-temps, tu vois ?

Je ne vois pas vraiment, mais j'aime comment son esprit fonctionne différemment du mien et je pense qu'il pourrait m'aider à m'ouvrir sur autre chose.

— Je vois à peu près, dis-je en souriant.

Il me demande quels tableaux je vais voir et je lui parle de Sargent. Comme Luke me met toujours un peu mal à l'aise, je me lance dans une longue histoire compliquée sur Madame X au Met et j'explique que tout le monde était choqué parce que la bretelle de sa robe n'est pas représentée sur son épaule (dans la première version du tableau), mais a glissé plus bas. La couleur un peu mauve de sa peau n'est pas une fantaisie artistique, mais la poudre de lavande qu'elle porte.

— Pourquoi voulait-elle avoir la peau mauve ?

— Je ne sais pas. Elle n'a pas la peau violette comme un bonhomme Ribena.

Ça ne doit strictement rien dire à Luke, mais aucun de nous ne le relève.

— C'est plus une pâleur qui a des nuances mauves. Le tableau est vraiment célèbre et ça n'est pas très loin d'ici. Tu devrais vraiment aller voir.

— Il est au Met, tu as dit ? Allons voir.

— Tu veux que je vienne aussi ? J'allais voir les Sargent à l'hôtel Mark, dans la 77e Rue…

— Oh ! je croyais que tu allais au Met, laisse tomber. Ça ne fait rien.

— Mais tu pourrais aller voir.

— J'irai un jour. Je pensais que ça serait plus marrant avec une guide anglaise qui sait tout.

— On pourrait payer un dollar chacun et aller voir le tableau. Et ensuite, j'irai au Mark.

— Bien sûr. On adore quand les touristes arnaquent la villa.

— Je ne suis pas une touriste.

— Si, tu en es une. Paie le tarif.

C'est très différent de marcher avec Luke. Mitchell avance partout à grandes enjambées comme s'il était poussé par sa propre énergie, et cette énergie se propage aux autres personnes. Peut-être qu'elle rebondit à la surface de leurs corps et vient le revigorer, car il marche comme s'il allait renverser les tables du temple, couper la tête des angelots en bois, traverser la médiocrité pour trouver une pureté aussi claire que la glace.

Luke marche sans se presser avec sa guitare et une sorte d'amplitude tranquille, comme s'il allait se lancer dans un morceau de Simon and Garfunkel. Il est en train de parler de l'histoire d'amour de George avec l'herbe de blé.

Lorsque nous arrivons devant le kiosque à musique, où la Vénus de Botticelli devrait vraiment chanter une chanson, je reçois un texto de Mitchell dans lequel il me dit qu'il ne pourra pas venir voir les Sargent, mais qu'il espère que je vais passer un bon moment et que nous nous verrons ce soir. Je devrais être contrariée par cette dernière affirmation, mais je suis simplement contente. Je ne suis pas plus sûre de lui maintenant qu'auparavant.

Luke s'arrête à la périphérie d'un petit groupe de personnes attroupées autour de quelque chose.

— Nous sommes peut-être descendus un peu trop loin, dit-il.

Je veux voir ce qu'ils regardent, par quoi ils sont captivés. Une danseuse sur la scène, vêtue d'un justaucorps en Lycra et des vestiges d'une jupe turquoise, tombe en avant sans tendre les mains pour se rattraper.

Si personne n'intervient, elle va s'écraser la tête contre le béton. Elle tombe comme une planche et, à quelques centimètres du sol, son partenaire la rattrape. La représentation, l'exercice a lieu dans un silence solennel. Ils recommencent et recommencent. Chaque fois, elle pourrait mourir et chaque fois il la rattrape. Je regarde inlassablement cette même scène se dérouler sous mes yeux : la chute, le risque, le sauvetage.

— Qu'est-ce qu'il y a ? demande Luke.

Je réalise que ça fait plusieurs fois qu'il me pose la question. Je ne comprends pas ce qu'il veut dire.

— Tu pleures ? demande-t-il.

— Oh ! dis-je en secouant la tête. Ce n'est rien. Les hormones. Allons-y.

Nous faisons demi-tour, et Luke dit :

— Je suppose que c'est un peu difficile pour toi en ce moment.

Je pense, non sans un sentiment de culpabilité, que je viens d'accepter d'épouser l'homme dont je suis tombée amoureuse, l'homme qui est le père de mon enfant, et qui est de surcroît très riche.

— Ce n'est pas si terrible que ça, dis-je.

Quand nous arrivons au Met, Luke demande un ticket

adulte et un ticket étudiant. La personne au guichet annonce :

— Trente dollars.

Il paie, puis se tourne vers moi pour me donner mon petit badge en métal.

— Trente dollars ? On a le droit de garder le tableau ?

XV

Je suis d'après-midi aujourd'hui. J'ai laissé ma bague à la maison, comme d'habitude, dans la théière.

David a été appelé en renfort, car George est parti à une vente de livres très importante chez un particulier. David est toujours aimable, mais j'ai le sentiment que j'incarne pour lui l'exemple à ne surtout pas suivre. En me regardant, il voit ce qui pourrait lui arriver s'il n'est pas assez prudent avec les filles qu'il fréquente. À en juger par celles qui viennent dans la librairie, il aime les filles rondes et mignonnes.

Celle que nous voyons le plus souvent, Lena, a de jolies joues rondes et rouges et respire la bonne santé. David l'emmène généralement regarder les livres de la section « romans à suspense » pendant quelques minutes quand il n'y a pas beaucoup de clients. Luke est en train de ranger des livres en rayon. Bruce traîne dans le magasin en attendant le retour de George. Apparemment, une vente de cette ampleur exige la présence de tout le monde.

Bruce continue à m'apporter galamment du thé chaque fois que je viens. Je m'assois donc et remue le sachet de thé dans la tasse dans l'espoir vain que l'eau chaude prenne un peu de saveur, pendant que David et Bruce discutent.

David dit qu'il serait temps de demander à l'Homme à la serviette pourquoi il porte une serviette sur la tête. Bruce secoue la tête.

— Luke ! appelle David. Tu devrais vraiment le lui demander !

— Je ne vais « vraiment » pas le faire, répond Luke en rangeant de malheureux livres de cuisine sur une étagère déjà bien garnie. Si ce type veut se balader dans la ville avec une serviette sur la tête, ça le regarde. C'est un bon client.

— J'aimerais trop le lui demander ! Je te paie un double macchiato latte au caramel avec une dose supplémentaire de crème fouettée si tu le lui demandes.

— Tentant, dit Luke sans aucun enthousiasme.

— Oh ! allez ! Et c'est toujours la même, n'est-ce pas ?

— Il en a peut-être plusieurs de la même couleur, dis-je.

— Ce type est un barjo. Vous croyez qu'il l'enlève une fois qu'il est chez lui ?

— Et cette femme dont les cheveux forment une masse compacte sur sa tête ? demande Bruce. Ou Capitaine Jim avec son perroquet ?

— Ou la famille qui s'habille comme les Romanov, dit David. Des tarés.

— Qu'est-ce qu'on en a à faire ! réplique Luke, soudain impatient. On n'est pas parfaits, nous non plus ! Fichez-leur la paix.

David semble décontenancé, puis il se ragaillardit et dit :

— On pourrait peut-être tous venir au travail avec des serviettes vertes sur la tête. Ainsi, il se sentirait comme chez lui…

George passe la tête dans l'embrasure de la porte.

— Vous pouvez venir me donner un coup de main ? demande-t-il.

Nous nous approchons tous du taxi que George est en train de vider. Le moindre espace est rempli de sacs pleins de livres. Le chauffeur est à peine visible.

Nous traînons tous les sacs de livres dans le magasin. Il n'y a plus de place pour les clients.

George nous demande à tous de marquer le prix des plus faciles : les romans en format poche, les livres de cuisine, etc., et se charge quant à lui des livres d'art. Il prend le premier, le feuillette, lève son crayon pour inscrire le prix sur la première page, puis s'arrête.

— Vous savez, jusqu'à présent j'ai toujours procédé ainsi : je feuillette le livre, je regarde la qualité du papier, l'impression, le nom de l'éditeur, le contenu, puis je fixe le prix en fonction de tous ces éléments.

Nous attendons.

— Et alors ? demande David.

— Et maintenant, je ne peux plus. Le fait que je puisse chercher ce livre…

Il tient un livre de photographies de Yousuf Karsh et le soupèse dans sa main comme s'il pouvait déterminer sa valeur de cette façon.

— … le fait que je puisse chercher ce livre sur Internet signifie que je dois forcément le chercher sur Internet. Ça pourrait être le Karsh que tous les fans de Karsh recherchent désespérément, et, dans ce cas, je risque de fixer un prix inférieur de plusieurs centaines de dollars à sa valeur sur le marché. De la même façon, il faut que je m'assure qu'Abrams, la maison d'édition, n'a pas, dans un geste un peu désespéré, fait imprimer cinquante mille exemplaires de cet ouvrage, auquel cas, nous ne pourrons pas en tirer plus de cinq dollars avec un peu de chance. C'est la triste vérité, mais c'est la vérité quand même. Je ne peux pas fixer le prix de ce livre sans faire une recherche zélée sur Internet. Je suis prisonnier de la liberté du Web.

Il me tend le livre.

— Ou, pour être plus précis, c'est toi la prisonnière, Esme. Monte et commence tes recherches. Je t'apporterai d'autres livres une fois que je les aurai triés.

— Comment peux-tu offrir un prix aux particuliers si tu ne connais pas la vraie valeur du livre ?

George sourit mystiquement.

Nous travaillons dur jusqu'à ce que les livres soient absorbés dans le minuscule espace, puis Bruce s'en va. J'ai une petite pile de livres d'art que j'aimerais bien garder. Les tentations sont constantes depuis que je travaille ici. Il y a par exemple ce catalogue Christie recensant des astrolabes islamiques du Moyen-Âge, ce livre sur les dessins de Lyonel Feininger (ça plairait à Stella) et cet autre sur les fleurs de Jim Dine. C'est un lot incroyable.

Mais je suis si peu payée, et le bébé va me coûter si cher… Je ne peux pas les acheter même avec le rabais que me fait George. Mais je ne peux quand même pas les laisser partir. Je les range dans le placard de réserve avec mon nom dessus. C'est exactement ce que j'ai fait avec ma super carrière d'historienne de l'art.

David est installé confortablement en bas avec George et Luke. Ils ont mis un CD de Bob Dylan, et David et Luke parlent de sa musique. George intervient de temps en temps dans la conversation. Le magasin est souvent comme ça : ils traînent et discutent. George n'est jamais à court de patience quand les gens veulent apprendre.

C'était sûrement un très bon professeur avant qu'E. B. White ne l'attire ici. Je me dis que je vais jeter un rapide coup d'œil sur les landaus et les poussettes en ligne.

Stella a vu un landau sur Madison Avenue l'autre jour dans la vitrine d'une boutique chic pour bébés. Elle dit qu'il est en tissu gris perle, qu'il a des enjoliveurs en chrome brillants et qu'il coûte huit cents dollars.

Bien sûr, maintenant, ce landau incarne dans mon esprit l'idéal platonique de tous les landaus et c'est lui que je veux. J'ai l'intention d'aller me promener sur Madison Avenue pour le regarder, mais je n'ai pas encore trouvé le temps de le faire.

Bien évidemment, ce serait de la folie pure de dépenser huit cents dollars pour un landau. Je me sentirais sans doute obligée d'avoir d'autres enfants pour le rentabiliser. Il faut que je sois plus pragmatique.

Je tape *meilleures poussettes* dans Google. Une fenêtre pop-up apparaît instantanément au milieu de l'écran et elle n'a pas grand-chose à voir avec les poussettes et les landaus. Je lis CLIQUEZ ICI POUR VOIR DES CHATTES VIBRANTES ! Le message clignote. Les mots sont écrits en rouge sur un fond noir.

Je regarde en bas. Ils ont ouvert un CD, ont déplié le livret et se disputent à propos des paroles. C'est le mot « vibrantes » qui attire mon attention, comme si les « chattes » exerçaient une fascination repoussante, pendant qu'elles bougent sous le regard de la caméra. Ça va peut-être me permettre de mieux approcher les concepts de fascination et de répulsion. Je pourrais m'en servir quand je présenterai mon travail sur le regard masculin ; et pourquoi pas rabattre le caquet de Bradley Brinkman par la même occasion ? Je clique. Je regarde. Je le regrette immédiatement. Les images sont à la hauteur des promesses du message. Toutes les photos se ressemblent plus ou moins, mais c'est vrai que je ne suis pas une connaisseuse. Ma curiosité est plus que satisfaite. Je clique sur la croix pour fermer la fenêtre. Elle ne disparaît pas.

Bien sûr, George est en train de monter l'escalier avec une pile de livres que je dois chercher sur Internet. J'appuie frénétiquement sur le « x ». D'autres photos apparaissent. Des seins énormes d'abord, suivis de photos encore plus explicites qui prolifèrent sur mon écran. George est pratiquement arrivé en haut. J'essaie d'appuyer sur tous les « x ». Rien ne se passe.

— Tu devras peut-être vérifier sur plusieurs sites, dit-il. Pour ce qui est des *Principia Mathematica*, il faudra consulter les catalogues de vente aux enchères en ligne.

Je plonge sous la table, saisis le câble et tire dessus de toutes mes forces. Les prises américaines sont beaucoup plus faciles à enlever que les anglaises. L'ordinateur s'éteint en laissant échapper un soupir électronique discret. George me regarde en fronçant les sourcils.

— On peut savoir pourquoi tu as fait ça ?...

— Parce qu'il faisait vraiment un drôle de bruit, dis-je.

— Quel genre de bruit ?

— Un bruit de cliquetis.

Je suis écarlate.

— Est-ce que par hasard tu étais en train de faire quelque chose… d'interdit ?

— Un peu, je regardais les landaus.

— Les landaus ?

— Les poussettes.

— Les poussettes ?

— Les voitures d'enfant, quoi !

— Ah. Et je suis monté juste à ce moment-là. Tu as eu peur que je te prenne la main dans le sac ?

— Oui.

— La prochaine fois, ne passe pas par la case « destruction du matériel informatique », passe directement aux aveux.

Il pose tous les livres.

— Il y a une autre vente chez un particulier la semaine prochaine, Esme, sur West End Avenue. Je me suis dit que tu pourrais m'accompagner si tu veux. Ça sera certainement très instructif pour toi. Ça te dit ?

— Bien sûr. J'aimerais beaucoup voir comment ça se passe.

— C'est à seize heures mardi prochain.

Je consulte mon agenda : je n'ai ni cours magistral ni séminaire.

— Je peux venir. Merci. C'est très gentil à toi.

— En fait, ça ne l'est pas tant que ça. J'ai l'impression que tu pourrais être un véritable atout pour mes difficiles transactions. Si j'emmène une Anglaise enceinte, je pourrais négocier plus facilement. Bon, tu penses que tu peux rallumer l'ordinateur maintenant ?

Pendant que je suis sous la table, occupée à remettre la prise, j'entends une voix que je reconnais. Une voix de la côte est très assurée. Il dit qu'il n'a pas besoin d'aide, qu'il veut juste regarder.

Je reste figée sous la table.

George est assis en face de moi. Il est en train de lire le début du premier volume de *Principia Mathematica*. Il n'a pas remarqué Mitchell. Au lieu de me lever, je regarde furtivement depuis ma cachette sous le bureau en direction de l'escalier. Mitchell est debout devant le comptoir.

Luke est debout lui aussi, presque comme s'il voulait régler ses comptes avec Mitchell. Il y a un contraste intéressant entre les deux. Mitchell est impeccable, très calme. Luke ne l'est pas. Mitchell regarde, par-dessus la tête de Luke, les livres qui se trouvent au-dessus des CD.

— S'agit-il des œuvres de Shakespeare éditées par l'imprimerie de l'Université de Yale ? demande-t-il.

Luke confirme que c'est bien ça sans prendre la peine de regarder. Il est toujours debout. Pourquoi ne s'assied-il pas ?

— La série est complète ? demande Mitchell.

Luke prend le premier volume pour regarder à l'intérieur. En vain, semble-t-il, parce qu'il appelle George pour le lui demander.

George, interrompu dans sa lecture, me voit à genou sous la table, dans une position qui ne laisse aucun doute sur ma volonté de me cacher. Il ne me quitte pas des yeux. Il dit que la série est pratiquement complète. Il ne manque que les sonnets.

— Nous pourrions certainement trouver le volume des sonnets, monsieur, si vous êtes intéressé par les œuvres complètes.

Il croise mon regard avant d'ajouter :

— Nous avons des spécialistes d'Internet ici.

Pourquoi suis-je cachée sous la table ? Parce que je n'ai pas trouvé le temps de parler de la demande en mariage à Luke et George. Aux dernières nouvelles, le père n'était pas dans le scénario pour eux. Et j'ai décidé de ne pas porter ma bague de fiançailles ici. J'ai pensé qu'il serait de fort mauvais goût de l'exhiber devant les sans-abri. Et elle est si lourde. Et je ne m'y suis pas encore habituée.

Je jette un coup d'œil en bas. Mitchell tend la main pour prendre le livre.

— Je peux regarder ? demande-t-il.

Luke lui tend le petit livre bleu.

— Esme est là ?

Je me réinstalle sur mon siège et regarde par-dessus la balustrade. La tension est-elle en moi ou s'est-elle propagée dans toute la boutique ?

— Bonjour, Mitchell, dis-je.

— Bonjour, répond-il.

Ils me regardent tous les deux me lever et descendre l'escalier. En arrivant en bas, je suis toute rouge. Mitchell rend le livre à Luke sans même le gratifier d'un regard.

— Merci, Luke, dis-je.

Mitchell ouvre de grands yeux en entendant mon commentaire et le reproche implicite qu'il contient.

Il se tourne et dit :

— Oui, Luke, merci beaucoup.

— C'est Mitchell, dis-je. Mitchell, je te présente Luke et, en haut, c'est George.

Mitchell fait un signe de tête à George et regarde autour de lui avec désinvolture.

— J'ai beaucoup entendu parler de cet endroit, mais je n'étais encore jamais venu.

Il est venu, le jour où il m'a rapporté ma chaussure.

— Eh bien, maintenant que vous nous avez trouvés, nous espérons que vous viendrez nous voir souvent, dit George.

— Esme est complètement sous le charme, c'est évident. Il ne se passe pas deux minutes sans qu'elle parle de vous. Je crois qu'elle vous considère, vous deux en particulier, comme des mentors. En tout cas, il est clair qu'elle vous admire, Luke.

Luke se contente d'un mouvement de tête presque imperceptible. Je ne me rappelle pas avoir parlé de Luke à Mitchell.

— Le magasin vous appartient ? demande Mitchell.

— Non, répond Luke.

Il n'étoffe pas davantage sa réponse.

— Luke est musicien, dis-je.

— Je n'irais pas jusque-là, réplique Luke.

Mitchell a déjà reporté son attention sur moi pendant que Luke parle.

— Tu as une minute ? demande-t-il.

Je suis en bas de l'escalier. Je n'ai pas du tout envie de lui accorder une minute. C'est moi qui me fais des idées ou il se conduit très mal ?

Je pose les mains sur les rampes et dis :

— Avant de venir, je devrais expliquer à Luke et…

— Je suis certain que ça ne leur fera rien d'attendre un moment, dit Mitchell. J'aimerais te parler dehors.

Le ton est agréable, mais il s'agit bien d'un ordre. C'est dans sa courtoisie même que se loge sa volonté de fer, et il insuffle à chaque échange cette volonté, si bien que toute interaction avec lui devient un enjeu : on perd ou on gagne.

— Mitchell…

Il est toujours là et attend. J'ai lu Elaine Showalter, Simone de Beauvoir, Marilyn French, Hélène Cixous. Et Mitchell exige que je lui témoigne quoi ? Mon allégeance ? Mon asservissement ? Hélène Cixous, c'est bien ça. *Les belles bouches barrées de bâillons, pollen, haleines coupées…* Il attend.

— Je ne peux pas, là, tout de suite.

Il lève le menton et sort du magasin.

XVI

Luke se tourne vers moi, incrédule, tandis que Mitchell s'éloigne. Je ne peux pas supporter ça plus longtemps. Malgré Luke, malgré Charlotte Perkins Gilman et toutes les autres, je sors précipitamment de La Chouette moi aussi. Je lui cours après sur Broadway, je l'appelle, un sentiment de honte dans mon sillage.

Il s'arrête sans se retourner.

Je m'approche et viens me poster devant lui.

— Je suis désolée, dis-je. Je ne pouvais pas venir comme ça, comme un chien à qui on dit « au pied »…

Il hoche de nouveau la tête. Il hoche toujours la tête quand il veut dire : *C'est bien ce que je pensais…*

— Tu voulais montrer mon assujettissement, mon allégeance…

C'est un peu pathétique de dire ça alors que je viens de sortir en courant et en hurlant dans la tempête patriarcale.

— Ton allégeance ? Oui, tu l'as montrée. Ton allégeance envers toi-même.

— Non, envers toi, dis-je, renonçant au peu d'amour-propre qui me reste et soulagée que personne d'autre ne m'entende.

L'allégeance ? L'allégeance est supérieure à la loyauté. L'allégeance, ça fait immédiatement penser aux seigneurs, aux suzerains, à l'obéissance. C'est un mot hiérarchique.

227

Je suis sûre que je viens de m'abaisser. Je me déteste pour ça, pour la panique qui m'envahit quand je pense que je pourrais le perdre.

Je prends une profonde inspiration.

— Reviens, dis-je. Reviens et parle-leur correctement. Tu peux poser ton gourdin.

— Mon gourdin ?

— Oui, tu peux laisser ton gourdin à l'entrée de la caverne.

Il regarde en direction de Downtown vers l'Ansonia. Il se met à sourire.

— Je veux te faire jouir devant eux.

— Comme c'est excitant, dis-je poliment. Mais je suis censée faire de la place pour ranger les quatre volumes de *Principia Mathematica*.

— Je suis venu pour une raison bien précise, dit Mitchell, renonçant finalement à essayer de me choquer. Je t'invite à la réception de Noël chez mes parents. C'est chez eux, dans les Hamptons. Ils sont à Paris en ce moment, mais ils vont bientôt revenir à New York. Je savais que leur retour était imminent. Je sens déjà ce vent froid souffler. Nous pourrons y aller en avion avec mon cousin Pete et rentrer en car, avec la compagnie Jitney, pour le retour.

— Ton cousin Pete ?

— Il est pilote.

Je n'aime pas trop l'idée de monter à bord d'un avion minuscule piloté par quelqu'un qui s'appelle « mon cousin Pete ». Les gens riches meurent souvent en pratiquant des loisirs auxquels leur argent leur permet de s'adonner : les accidents de ski, les accidents de chasse, les accidents de jets privés qui piquent du nez et s'abîment dans l'océan…, dernière demeure aquatique des victimes fortunées.

— Je ne veux pas prendre l'avion, Mitchell. Je préfère y aller en train.

— En train ? dit Mitchell comme si j'avais proposé d'y aller à dos de dragon ou en tapis volant.

Exception faite du métro, les trains ne font pas partie de l'univers de Mitchell. Il pense qu'ils sont exclusivement réservés aux pauvres, tout comme les cars Greyhound et la chaîne de restauration rapide Taco Bell.

— Ne sois pas ridicule. L'avion ne présente aucun risque.

— Je pense qu'il est préférable de ne pas voyager en avion quand on est enceinte. J'aimerais vraiment éviter, Mitchell.

Il hausse les épaules.

— Dans ce cas, nous irons en voiture, dit-il.

— Tu as une voiture ?

— Bien sûr que j'ai une voiture.

— Tes parents ne vont pas m'aimer. Je ne suis jamais allée suivre des cours d'étiquette et de protocole dans une Finishing School en Suisse.

— Je sais. Mais tu es diplômée de Cambridge. Ils se raccrocheront à ça.

— Moi aussi.

— Alors, tout devrait bien se passer.

— Reviens avec moi dans le magasin, Mitchell. Juste une minute.

Il hoche la tête. Nous reprenons la direction de la librairie.

Je ne sais pas comment Mitchell va faire pour réussir son retour étant donné qu'il vient de partir en homme vexé et fâché. Quant à moi, je n'ai pas vraiment envie d'assister à cette scène.

Nous entrons, Mitchell me guide doucement à l'intérieur en posant sa main dans le creux de mes reins. Luke est désormais assis sur la chaise derrière le comptoir, toujours en pleine conversation avec George d'un étage à l'autre. Mitchell sourit à George et englobe Luke dans son regard chaleureux.

— Et si on recommençait ? dit-il. Je m'appelle Mitch-

ell van Leuven et je suis enchanté de faire votre connaissance.

Il tend la main à Luke, qui se lève pour tendre la sienne
à son tour.

— Je voulais vous le dire tout à l'heure : Mitchell m'a
demandé de l'épouser il y a quelque temps.

— Et Esme a accepté, ajoute Mitchell.

— Oui, oui, c'est ce que je voulais dire. Nous allons
nous marier.

— Félicitations, dit Luke.

En haut, George fronce les sourcils pour me décocher
son « regard spécial ».

— Oui, dit-il. Félicitations.

Luke s'est mis à ranger le présentoir de cartes postales, une tâche à laquelle personne ne s'est attelé jusqu'à
présent, à part moi.

— Nous vendons des cartes postales d'occasion, dis-je
à Mitchell.

— Des cartes postales d'occasion ?

— La plupart ont déjà été utilisées et envoyées. *Nous
passons un excellent séjour à Coney Island, j'espère que
tatie Margie est rétablie…*

— Intéressant.

— Tout le monde les vend neuves, intervient George.
Nous aimons injecter un peu d'histoire dans tout ça.

Mitchell se penche pour en prendre une avec un
paysage particulièrement ennuyeux. Il la retourne.

— Elle est adressée à Eileen Hastebury dans le
Michigan, dit-il. Dolores passe un très bon séjour en
Normandie. Elle est partie très tôt ce matin ramasser
des escargots avec Herman.

— Tu vois ? dis-je. Tu passerais vraiment à côté de
quelque chose si tu les achetais neuves.

— C'est donc ça, La Chouette, répète-t-il comme
s'il n'y avait jamais mis les pieds auparavant. C'est très
mignon. Tu me fais visiter ?

— Je n'ai pas grand-chose à te montrer, dis-je. C'est vraiment très petit.

Tandis que je lui montre la première allée avec le rayon « romans », Luke informe George qu'il sort quelques minutes. La porte claque. George descend l'escalier pour s'installer derrière la caisse.

— Il y a deux rangées de romans sur chaque étagère, dis-je à Mitchell, répétant le vieux mantra de La Chouette. Et ce n'est pas classé par ordre alphabétique.

— Je vois.

Il prend un ouvrage intitulé *La Grève*, d'Ayn Rand.

— C'est un livre culte, un livre extraordinaire. Tu l'as lu ?

— Non.

— Tu devrais. Il est très bien. Elle en a écrit un autre qui est bien aussi.

— D'accord, dis-je, tu pourrais me l'acheter.

Il regarde sur la page de garde.

— Il coûte huit dollars. Huit dollars pour un livre d'occasion abîmé. Je parie qu'on peut le trouver sur Internet… gratuit.

Il le range à sa place.

— C'est grâce à ce genre de raisonnement que les gens n'écriront plus à l'avenir, dis-je.

— Non, les gens écrivent pour satisfaire leur ego, pas pour l'argent.

— Nous avons une carte postale ici, une carte postale d'occasion, bien sûr, avec la citation de John Ruskin, selon laquelle les gens préféreraient acheter un turbot plutôt qu'un livre.

— Moi aussi. J'aime le turbot et je n'ai pas besoin d'acheter des livres. J'ai toute la bibliothèque de la New School ainsi que mon iPad. Pourquoi les gens continuent-ils à acheter des livres ? Les livres prennent de la place, c'est tout. Ils empiètent sur notre espace.

— Et que fait-on de cet espace si on ne le remplit pas de livres ?

Il me sourit.

— L'espace, c'est pour la lumière ? La liberté ?

George intervient.

— Je suis désolé de vous interrompre, mais je crois que je dois rectifier quelque chose à propos de Ruskin. En réalité, il ne décrivait pas un monde où on se demande s'il est préférable d'acheter un turbot ou un livre et où c'est chaque fois le turbot qui l'emporte. Il observe simplement que les gens passent beaucoup de temps à regarder et à réfléchir devant le meilleur des livres avant de se décider à en donner le prix d'un bon turbot.

— C'est la première fois que je participe à une conversation aussi longue sur le turbot, dit Mitchell.

— Vraiment ? demande George. Le turbot pouvait atteindre des prix très élevés au dix-neuvième siècle, mais il se vendait parfois aussi à des prix raisonnables. Les fluctuations étaient importantes ; tout dépendait de la pêche des marins. Je crois que ce poisson a toujours été très prisé. Il y a par exemple l'histoire de cet évêque qui aurait recousu de ses propres mains épiscopales les nageoires sur le turbot que sa gouvernante avait massacré.

Mitchell me regarde en haussant les sourcils. Tout comme George.

— C'est bizarre de te voir ici, dis-je à Mitchell.

C'est vraiment bizarre. Il ne passe pas du tout dans ce décor.

— Je ne vois pas pourquoi. Je suis déjà venu.

— Je suis contente de te voir.

— Tu ne travailles qu'avec des… hommes ?

— Oui, en ce moment, mais Mary vient tous les dimanches. David vient souvent aussi. Tu sais, celui dont je t'ai parlé, qui travaille au Starbucks et veut devenir acteur. Et tu viens de louper Bruce.

— Mais je n'ai pas loupé Luke. Je crois que tu ne m'as jamais parlé de lui.

— Vraiment ? Oh ! Luke… Je crois qu'il ne m'apprécie pas vraiment.

— Pourquoi ?

Je prends une pile de livres posés par terre.

— Je ne sais pas. Peut-être parce qu'il pense que j'obtiens tout ce que je veux beaucoup trop facilement : Cambridge, Columbia, la bourse, même ce job.

— Il a peut-être raison.

La porte du magasin s'ouvre, et Blue, l'un de nos habitués, entre. Je ne l'ai rencontré qu'une ou deux fois depuis que je travaille ici. Je lève la tête et regarde dans sa direction pour attirer l'attention de Mitchell, puis je dis à voix basse :

— C'est Blue. Tu te souviens ? Je t'ai parlé de lui déjà. C'est celui qui est toujours sur le point de partir pour Vegas.

C'est un homme de petite taille, d'origine hispanique. Il a les cheveux noirs qui tombent en boucles ternes jusqu'à ses épaules. Il a un visage étroit et porte une barbiche qui accentue sa forme anguleuse. Il me fait penser au Nain Tracassin.

Il ne sourit jamais. Tous ses mouvements sont rapides et saccadés. Il lance des regards nerveux autour de lui comme un roitelet. Blue décharge ses livres sur le comptoir. Je m'avance vers lui.

— Salut, ma chère. C'est la dernière fois que je viens, dit-il. Parce que je pars pour Vegas après-demain. J'ai réservé mon billet, il ne me reste plus qu'à partir. Alors, si vous pouviez me donner un bon prix pour ces…

Ses livres sont des candidats pour le rayon à un dollar dehors. Au mieux. J'aimerais pour lui qu'il y en ait qui soient bien parmi eux. Il voit mon expression.

— Il y a de bons bouquins là-dedans, dit-il. Je suis bien

content parce qu'il faut de l'argent pour se lancer à Vegas. C'est une ville chère. Oh mon Dieu !

Mitchell s'approche. Il s'adosse au rayon poésie.

— On dirait que Vegas vous plaît vraiment, dit-il.

— Bien sûr que Vegas me plaît, répond Blue. C'est la meilleure ville du monde. La meilleure ville du monde. Oh ! je suis impatient d'y être. On peut se pointer là-bas avec pour seul bagage les habits qu'on porte sur le dos et en repartir les poches pleines de diamants.

— Il faut un peu plus de possessions que ses seuls habits pour refaire sa vie à Vegas, dit Mitchell.

Blue lui lance un regard furtif. L'affirmation de Mitchell pourrait être une promesse de don. Mitchell a les mains dans les poches, mais il n'est pas en train de chercher quelques billets à donner à Blue.

— Ouais, dit Blue. Mais je pourrai bosser une fois là-bas. Si vous me donnez quelque chose pour ces bouquins, mademoiselle, ça m'aidera vraiment beaucoup.

— Je ne pense pas que nous puissions prendre ce genre de livres, dis-je à contrecœur.

Je le sais. Je n'ai pas besoin de poser la question à George, je sais que ces auteurs entrent dans la vaste catégorie des auteurs qu'il méprise.

— Je ne peux pas vous donner grand-chose pour ces livres. Nous allons les mettre dehors ; donc, je vous donne vingt-cinq cents pour chacun. Ça ne va pas vraiment vous aider, je sais.

Blue utilise tous les muscles de son corps pour montrer sa déception.

— Vingt-cinq cents, le livre ? Mademoiselle, vous ne pouvez pas me dépanner ? Ce sont de bons livres. Des livres que les gens aiment.

Il appelle George, qui tend le bras pour prendre un livre. Je vois qu'il s'agit d'*Anatomie de la mélancolie*. Il y a peu de chances pour que George puisse tendre le livre à son client sans l'ouvrir auparavant.

— George, viens. Elle est nouvelle. Elle risque de passer à côté de quelque chose.

George ouvre bel et bien le livre et dit, l'air distrait :

— Non, non, elle sait parfaitement ce qu'elle fait, Blue.

Je suis plutôt contente que George ait dit ça devant Mitchell.

— Vingt-cinq cents le livre. Vous pourrez vous payer quelques cafés sur la route de Vegas. C'est tout ce que je peux faire.

Blue hoche tristement la tête. J'ouvre le tiroir-caisse et compte l'argent que je lui dois.

Mitchell est adossé à l'étagère, toujours dans la posture de l'observateur indifférent.

— Pourquoi faites-vous tout ce cinéma avec Las Vegas ? demande Mitchell. Nous savons tous que vous n'irez pas.

Je lève les yeux vers Mitchell. Je n'en reviens pas qu'il puisse dire une chose pareille.

— Mitchell, ne…

— C'est bon, Esme. Tu ne peux pas comprendre, c'est mon domaine.

Il se tourne de nouveau vers Blue.

— On a compris que, votre truc, c'était Las Vegas. Mais, honnêtement, vous pourriez vous en passer.

Mitchell se redresse et s'avance vers Blue. Il sort le portefeuille de sa poche et choisit un billet de dix dollars. Il le tend à Blue.

— Je vais prendre les deux Robert B. Parkers, dit-il en s'emparant des deux livres.

Blue prend le billet sans dire un mot, puis glisse les trois dollars et la monnaie que je lui ai donnés sur le comptoir.

Pendant que Blue fourre l'argent dans sa poche, Mitchell reprend :

— Vous n'avez pas besoin de faire toute cette comédie ; vous avez une opération économique tout à fait valide sans tout ça.

Blue se retourne et ouvre la porte juste au moment où Luke revient.

— Ce n'est pas ce qu'il voulait dire…, dis-je, mais Blue sort en poussant Luke au passage, puis il file et descend Broadway à toute vitesse en se faufilant entre les gens, la tête toujours baissée.

Je me tourne vers Mitchell.

— Pourquoi as-tu fait ça ? Pourquoi as-tu voulu le blesser ?

— Esme, dit George. Je pensais que tu aurais le bon sens de ne pas mettre les Michael Connelly à la vente pour un dollar dehors.

— Et, Esme, dit Mitchell, où est ta bague ?

XVII

Jeudi, trois heures moins le quart. Je suis à La Chouette et m'apprête à partir pour ma première vente de livres chez un particulier. La librairie est pleine à craquer. On dirait que les clients ont été lâchés ici pour participer à une sorte de concours de dénicheur de livres. Ils sont en haut des échelles, en équilibre instable sur de petits tabourets, accroupis pour regarder les piles de livres par terre. J'aperçois George. Il est en train d'ouvrir la vitrine la plus précieuse à la demande d'un client. Elle est toujours cadenassée. George et Luke sont les seuls à avoir les clés. George me voit et hausse les sourcils pour exprimer son étonnement devant ce trésor inattendu.

Il sort deux ou trois livres de la vitrine, les pose sur le bureau, puis prend l'ouvrage du dessus avec précaution.

Il traite toujours les beaux livres avec la même déférence, qu'il soit seul ou avec un client. Sa sollicitude pour les livres est sincère. Je trouve que ça donne du charme à l'acte même d'acheter.

— Luke, tu peux aller chercher David ?

Luke appelle David à pleins poumons, et David surgit du fond de la boutique avec une jolie fille dans son sillage. Ce n'est pas Lena.

— Tu as bien avancé au fond ? demande Luke.

— Pas mal, répond David avec un sourire irrésistible.

George descend l'escalier.

— Il faut que je reste ici. Luke, tu peux aller avec Esme à cette vente privée à West End ? David pourra te remplacer devant.

Luke regarde autour de lui.

— C'est bon, George. Je peux gérer quand c'est comme ça. Et toi, tu vas à la vente.

— Non, je préférerais rester ici pour le moment.

Il fait de gros yeux pour indiquer que le client en haut pourrait être sérieux.

— Mais…, Luke, il sait comment procéder ? Est-ce qu'il sait faire ? dis-je.

— Merci, réplique Luke.

— Luke est très doué pour ça, dit David. Tu le connais vraiment mal.

George sort une feuille de sa poche avec le nom et l'adresse, et remonte l'escalier. Luke et moi sortons du magasin ensemble. Nous attendons que le feu passe au vert sur Broadway, sans parler, puis, une fois que nous sommes sur le trottoir d'en face, je dis :

— Bon, c'était Mitchell, l'autre jour.

— Ouais, dit Luke. C'était Mitchell.

Nous descendons la 81e Rue et tournons à l'angle sans parler. Nous arrivons devant le bâtiment. Le hall est paré de carreaux noirs et blancs. Les rangées de boîtes aux lettres sont dorées.

Pendant que nous attendons l'ascenseur, trois personnes plutôt âgées convergent vers les boîtes aux lettres pour prendre leur courrier. Elles se saluent distraitement, mais plutôt cérémonieusement, les unes parce qu'elles ont toujours fait ainsi depuis des années, et l'autre parce qu'elles se sont connues à une autre époque, mais qu'elles ne sont jamais devenues amies. Mme Eliot, M. Bedel, Mme Begoni.

— J'espère que ça ne va pas durer longtemps, dit Luke, une fois que nous sommes dans l'ascenseur.

— Il ne t'a pas plu ?

— Qui ? Mitchell ? Je l'ai vu deux secondes. Je n'ai pas d'opinion.

— Très bien. Il était vexé parce que je ne portais pas ma bague de fiançailles. Nous venons de nous fiancer. Mais je me suis dit que ça serait indélicat d'exhiber un diamant sous le nez des sans-abri.

— C'était très délicat de ta part, en effet.

— Je ne l'ai dit à personne à La Chouette parce que je ne savais pas comment…

Luke lève les mains.

— Esme, ta vie privée ne regarde que toi.

— J'aurais dû te le dire quand nous sommes allés voir le tableau de Sargent. Je ne voulais pas.

— Pourquoi ?

— Je ne sais pas. Parce que je me suis dit que ça allait changer les choses.

Luke sourit presque. Il dit doucement :

— Tu es sûre ? Tu as quoi ? Vingt-trois ans ? Et tu vas épouser ce type ? Celui-là en particulier. Où tout est question de statut, de classe et de…

Il s'interrompt.

— Mitchell ne se soucie pas de ce genre de choses, dis-je tandis que Luke lève les yeux au ciel. *Et* je l'aime.

Il hausse les épaules.

— Ouais, mais tu aimes le chocolat, tu aimes… le saumon poché – tous ces trucs… Ils te plaisent, ils sont agréables, mais ils ne sont pas forcément *bons* pour toi. Comment sais-tu que ce n'est pas juste une passion ?

— Je pense qu'il n'y a pas de différence entre amour et passion. Si la relation fonctionne, on parle d'amour. Si elle ne fonctionne pas au bout du compte, on hausse les épaules et on dit que c'était une passion sans lendemain. C'est une expression qu'on utilise après coup, avec le recul.

Il m'adresse un sourire bref, triste.

— Peut-être, mais, comme je te l'ai dit, ça ne me regarde pas.

Dans le couloir du seizième étage, les murs sont tapissés et recouverts de plusieurs couches de peinture café. Toutes les portes sont marron foncé. Une guirlande de Noël éteinte pend tristement au-dessus de l'une d'elles. Nous arrivons devant une autre porte, et Luke consulte un bout de papier.

— Seize B. Madame Kasperek. C'est ça. Tu ne travailles pas ce week-end, c'est ça ? George dit que tu pars dans les Hamptons.

— Oui…

Je le dévisage. Il regarde droit devant lui et attend que la porte s'ouvre. Nous entendons quelqu'un tirer le verrou.

— Sois gentille, dit-il toujours sans me regarder. Sois anglaise.

Une vieille dame menue et énergique ouvre la porte. Elle me paraît assez vieille : je dirais qu'elle a dans les quatre-vingts ans. De fines mèches blanches couronnent sa tête comme des nuages.

— Monsieur Goodman ? demande-t-elle.

— Non, m'dame. Monsieur Goodman a eu un empêchement de dernière minute. Il ne vous a pas prévenue ? Il nous a envoyés…

— Oh oui, c'est vrai, c'est vrai. Il vient d'appeler. Entrez.

Luke s'avance vers elle et lui serre la main.

— Je m'appelle Luke et je vous présente Esme Garland.

— Vous êtes pile à l'heure, dit Mme Kasperek avant de se tourner vers moi.

Luke explique que j'apprends les ficelles du métier et que c'est la première fois que je participe à une vente chez un particulier.

— Je m'appelle Esme, dis-je.

Elle me serre la main et la garde dans la sienne pendant quelques secondes.

— Et vous attendez un enfant, fait-elle remarquer.

Ses yeux bleus plongent dans les miens. Ils pétillent de plaisir comme si elle se réjouissait vraiment pour moi.

— Félicitations, ma chère.

— Ça se voit déjà ?

Je n'ai pas l'impression qu'on peut déjà deviner que je suis enceinte. Je suis juste un peu plus ronde. Et elle n'a même pas regardé.

Nous entrons dans un appartement deux pièces plutôt spacieux avec de grandes fenêtres donnant sur le West End. Deux murs du salon sont tapissés de livres jusqu'au plafond. Il me suffit de jeter un rapide coup d'œil pour réaliser que nous allons emporter beaucoup de livres. Il y a de nombreux ouvrages édités par Routledge, une ou deux étagères occupées par des recueils de poèmes de Faber. Les étagères du bas sont remplies de monographies d'artistes. Mais les livres sont partout, empilés pêle-mêle çà et là dans la pièce. Sur un fauteuil usé et miteux trône un petit ouvrage orange intitulé : *Bell-Ringing : The English Art of Change-Ringing*[1]. Une lampe de bureau et une paire de lunettes sont posées sur une petite table à côté du fauteuil. Luke observe chaque détail.

— Vous êtes une grande lectrice, madame, dit-il.

— Oui, j'ai toujours aimé lire.

Luke s'avance pour regarder de plus près.

— Puis-je vous offrir quelque chose à boire ? demande Mme Kasperek.

— Non, répond Luke.

Ça m'ennuie qu'il n'ait pas ajouté un « merci » après le « non ».

— Mais vous, Esme…, c'est ça ? Vous aimeriez certainement un thé ?

---

1   L'art des sonneurs de cloches en Angleterre.

Je suis très exigeante en matière de thé et j'ai peur qu'elle n'aille chercher au fond d'une vieille boîte du thé en vrac Lipton dont la date limite de consommation est depuis longtemps dépassée. Mais je dis oui parce que Luke a dit non.

Mme Kasperek passe devant moi et s'empresse d'aller dans sa cuisine.

— Venez avec moi. Comme ça nous pourrons discuter un peu. J'aime faire de nouvelles connaissances. À moins que vous ne deviez aider votre ami ?

Je regarde Luke. Il tend le bras pour attraper un volume très mince et dit :

— Je suis son chef, à vrai dire. Non, non, elle peut vous accompagner. Nous ne voulons pas faire trop travailler les femmes enceintes qui sont employées chez nous.

— Mon chef ? dis-je.

— Bien sûr, répond-il.

Il regarde en direction de la cuisine et dit d'une voix plus calme :

— Va lui tenir compagnie.

Mme K. est en train d'ouvrir un placard. Il y a une rangée de bocaux en verre à l'intérieur avec des étiquettes écrites à la main.

— J'ai différentes sortes de thé, mais je n'achète qu'en petite quantité, dit-elle. Je ne veux pas que le thé reste trop longtemps au fond du bocal et perde de sa saveur.

— Où avez-vous acheté tous ces thés ? Je pensais que vous alliez me proposer du Lipton.

Elle fait une grimace qui ne réjouirait certainement pas les hauts dirigeants de Lipton.

— Chez McNulty's. Je prends le bus jusqu'à Christopher Street. J'aime les gens qui travaillent là-bas. Vous connaissez McNulty's ? Ils ont le temps. Dans la plupart des endroits, ils n'ont plus le temps. J'aime le Mélange russe. Nous pourrions boire celui-là. Ou le Nilgiri. Il vient des Nilgiri, les Montagnes bleues en Inde du Sud. Il n'est pas cher, mais c'est un bon thé. Vous voulez essayer celui-là ?

Je dis oui et je la regarde préparer minutieusement un vrai thé. Elle fait couler de l'eau fraîche d'abord. Toutes les veines bleues sont visibles sous la peau tendue de sa main pendant qu'elle remplit la bouilloire. J'aime le fait que les Américains aient tous des bouilloires sur leurs cuisinières ; personne n'utilise de bouilloire électrique ici. On dirait que c'est en lien avec leur mode de vie pionnier. Qu'on se trouve dans un immeuble à New York ou qu'on cherche à éloigner les coyotes de la prairie, on a besoin d'eau bouillante. Il faut donc une flamme. Elle réchauffe la théière et mesure quelques cuillères de thé. Pendant que le thé infuse, elle reporte son attention sur moi.

— C'est dur pour moi aujourd'hui. De vendre mes livres.

— Pourquoi les vendez-vous ?

— Parce que je vends aussi mon appartement. Mon fils m'a trouvé une place dans une résidence médicalisée. C'est une bonne maison de retraite. Je serai mieux là-bas. Mais il n'y a pas de place pour mes livres.

— Vous en avez vraiment beaucoup.

— Je sais. Mais je n'ai jamais vraiment aimé en emprunter à la bibliothèque. J'aimais les avoir chez moi, pour pouvoir relire des passages quand j'en avais envie. J'aimais savoir qu'ils étaient à moi, qu'ils m'appartenaient. C'est important d'avoir Shakespeare, c'est important d'avoir… Churchill pour mieux comprendre la guerre.

Elle me dévisage.

— Deux Anglais. Vous venez d'un grand pays.

Je ne pense pas pouvoir m'enorgueillir du génie d'un Shakespeare ou de l'intelligence politique d'un Churchill, mais je dis bêtement que j'aime l'Angleterre. Nous goûtons le thé. Il est excellent.

— Je vais aller faire un tour chez McNulty's dès que j'en aurai l'occasion, dis-je. Madame Kasperek, comment avez-vous deviné que j'étais enceinte ? Est-ce George, monsieur Goodman, qui vous l'a dit au téléphone ?

— Non, non, j'ai toujours deviné. Parfois, je devine le sexe aussi, mais je ne le dis jamais. Je pense qu'un bébé doit vous surprendre quand il arrive.

— Vous avez deviné le sexe du mien ?

Elle hoche la tête, les lèvres résolument fermées.

Je pose la main sur mon ventre. J'étais impatiente de passer l'échographie du cinquième mois pour découvrir le sexe du bébé, mais je crains tout à coup de gâcher la surprise. Je devrais peut-être laisser le bébé me surprendre ; c'est une idée qui me plaît.

Nous apportons notre thé dans le salon et regardons Luke vider les étagères comme il déboiserait un terrain.

Mme Kasperek se tient au milieu de la pièce et regarde en silence. Luke ne laisse pas grand-chose, juste quelques vieux guides de voyage, des livres de cuisine abîmés et des romans en format poche que plus personne ne lit maintenant. La vieille dame a les bras le long du corps.

Parfois, elle lit le titre du livre tout en haut de la pile que Luke est en train de transvaser dans un sac.

— Le Walter Cronkite est signé, dit Mme Kasperek lorsque l'ouvrage rejoint le reste de la pile.

— Dédicacé, rectifie Luke. *À Winifried K.*, signé *Walter C.* C'est vous, madame Kasperek ?

— « Walter C. » J'avais beaucoup d'estime pour Cronkite.

Elle reste pensive pendant quelques secondes, puis se dirige vers sa chambre.

— Vous voulez le garder ? Le livre ? demande Luke.

Pas de réponse. Luke me fait signe d'aller voir dans la chambre de la vieille dame. J'avance sans faire de bruit et regarde furtivement à l'intérieur de la pièce. Mme Kasperek est assise sur son lit et fixe le mur qu'à l'évidence elle ne voit pas. Ses yeux bleus sont concentrés sur le passé, sur cette séance de dédicaces il y a des années, peut-être. C'est un vieux lit, très haut, sous lequel on peut ranger des affaires, et elle est si petite que ses pieds, dont les fines chevilles dépassent des jambes de son pantalon, ne touchent pas le sol.

— Luke aimerait savoir si vous aimeriez garder le Cronkite, dis-je en essayant de parler le plus gentiment possible. Puisqu'il vous l'a dédicacé…

— Vous savez qui c'était ?

Je ne sais pas vraiment, en fait.

— Était-ce un historien ?

Elle secoue la tête.

— C'était un journaliste. C'est lui qui a annoncé l'assassinat de Kennedy. Sur CBS. Il était bouleversé.

Luke se tient sur le pas de la porte.

— J'ai vu cette séquence, dit-il. Il a enlevé ses lunettes pour dire que Kennedy était mort.

Mme K. hoche la tête, puis regarde longuement Luke.

— Ces livres…, commence-t-elle.

Puis, elle s'interrompt. J'ai peur. Pour elle, pour moi dans des dizaines d'années, m'efforçant de rester digne devant ces deux étrangers qui emportent mes livres. Je vois la ligne droite qui l'emmène vers sa tombe, puis qui m'emmènera à mon tour vers la mienne.

— Je sais, madame, dit Luke.

— Ils sont toute ma vie. Ces livres sont toute ma vie.

Elle regarde par la fenêtre. Je vois les muscles de son visage contracter ses mâchoires. Je connais si bien cette expression que je sens moi aussi les larmes me monter aux yeux. Elle ne parle pas. Luke est immobile sur le pas de la porte ; il ne parle pas non plus. Le silence s'éternise et il est insupportable. C'est le silence des étagères vides, d'un esprit qui se referme, contraint de renoncer à explorer davantage.

— Ne vous débarrassez pas de tous vos livres ! dis-je. Gardez vos préférés. Gardez le Walter Cronkite et le

Churchill. Et les poèmes et les Shakespeare. Et celui que vous étiez en train de lire.

— Vous êtes gentille. Très gentille. Non, je ne veux pas en garder. Emportez-les tous.

Je ne comprends pas pourquoi elle ne pourrait pas en garder quelques-uns.

Luke lui propose ensuite un prix, qui me paraît plutôt élevé. Des centaines de dollars. Mme K. hoche la tête avec apathie, et Luke sort une grosse liasse de billets de sa poche, les compte et les donne à la vieille dame.

Nous avons des douzaines de sacs remplis de livres à transporter. Nous commençons par tous les empiler dans le couloir. Une fois que nous avons terminé, nous retournons dans l'appartement. Mme Kasperek est toujours sur le lit.

— La résidence médicalisée se trouve-t-elle à New York ? dis-je.

Elle me regarde comme si elle avait du mal à revenir à la réalité.

— Oui, c'est tout près d'ici, sur la 10e Avenue. Il a peut-être réussi à me faire renoncer à mes livres, mais personne ne me fera quitter New York.

— Alors, achetez-en d'autres. Achetez de nouveaux livres. De meilleurs livres. Vous seriez sans doute bien en peine d'en trouver de meilleurs que ceux-ci, mais vous pourriez au moins essayer. Cela vous amuserait peut-être. Et Barnes & Noble ne sera pas très loin de votre nouveau lieu de résidence.

Mme Kasperek se met à rire. Je regarde derrière moi. Luke hausse les sourcils qui remontent jusqu'à sa frange.

— Barnes & Noble, dit-il. Tu ne penses pas que La Chouette pourrait tout aussi bien faire l'affaire.

— Oh ! j'avais oublié La Chouette. Mais à La Chouette, elle verrait à quel prix incroyablement élevé sont vendus les livres qu'elle a échangés contre quelques dollars.

— C'est vrai, dit Luke, l'air pensif. Vous devriez

peut-être vous contenter de Barnes & Noble, madame Kasperek…

Mme Kasperek ouvre les bras.

— Les affaires sont les affaires, dit-elle. Je ne peux pas en vouloir à monsieur Goodman.

Luke lui serre de nouveau la main.

— Au revoir, madame. J'ai été ravi de faire votre connaissance. J'espère que nous vous verrons à La Chouette, comme l'a dit Esme.

Je me tourne vers Mme Kasperek avec un sentiment d'urgence.

— Vous savez ce que dit Caliban quand il veut s'approprier les pouvoirs de Prospero ? *Surtout, n'oublie pas de commencer par t'emparer de ses livres, car sans eux il n'est qu'un sot comme moi, et pas un génie ne lui obéirait.*

Luke me regarde en secouant la tête ; il préférerait sans doute que je me taise

— Il arrive un moment où on n'a plus besoin de livres parce qu'ils sont là-dedans.

Elle donne une petite tape sur son front.

— C'est la même chose pour vous. Vous n'avez pas besoin d'un exemplaire de *La Tempête*. Prospero est dans votre tête. Chanceuse que vous êtes.

— Très bien, dis-je. Je m'arrête.

— Vous aimez le père ? demande Mme Kasperek.

Je la dévisage.

— Le père du bébé ? répète-t-elle. Vous l'aimez ? Parce que c'est ce qui compte, au fond, dans la vie. À mon âge, je sais certaines choses et je sais ça. Alors, soyez sûre de vos sentiments pour lui parce que le reste ne vaut absolument rien à côté.

Je regarde Luke qui était déjà en train de me fixer.

— Oui, dis-je. Je l'aime.

Elle nous regarde tour à tour, moi, puis Luke. Soudain, elle comprend, mais se trompe.

— Oh ! vous êtes le père ! dit-elle à Luke.

Elle caresse son genou avec sa main, exaspérée de ne pas avoir deviné plus tôt.

— Non, madame, je ne suis pas le père ! répond Luke.

Il parle d'une voix pleine de gratitude. La vieille dame secoue la tête.

— Je pensais que vous alliez bien ensemble.

— Mais, merci, Luke, dis-je. C'était très courtois de ta part.

Je tends la main à Mme Kasperek.

— Au revoir. Vous n'avez pas besoin de nous raccompagner.

Avant de fermer la porte, je jette un regard en arrière. Je vois Mme Kasperek sur son lit, dans son appartement dépouillé des livres qui étaient toute sa vie.

XVIII

Nous déjeunons ensemble dans un restaurant on ne peut plus chic de Columbus Circle. Nous dominons la ville. C'est tellement chic que j'ai l'impression, comme c'est de plus en plus souvent le cas, que je ne suis pas à ma place, que c'est le genre de New York qui exige un raffinement particulier que je n'ai pas encore. Je ne suis pas encore raffinée. Leur menu dit qu'ils ne veulent pas m'impressionner (allons donc, ça m'étonnerait), mais qu'ils veulent cuisiner pour moi et me faire plaisir. Je suis sur le point de faire un commentaire sur ce que je viens de lire quand Mitchell dit :

— Nous sommes là pour fêter quelque chose. On vient de me proposer un poste.

— Un poste ? Qu'est-ce que tu veux dire par là ? Qu'est-ce qui ne va pas avec celui que tu as en ce moment ?

— Rien, mais ce poste est à Berkeley. Qu'est-ce que tu en penses ?

Tout en le regardant, je prends conscience que je suis désormais soumise à la volonté et au désir de quelqu'un d'autre. Je me dis qu'à cause de l'amour sincère que j'éprouve pour lui, je vais sans doute devoir renoncer à pratiquement tout ce que j'aime en dehors de lui.

Je déploie sur mes genoux la lourde serviette en lin qui a sans doute été brodée par des carmélites andalouses et j'aplatis les lignes de pliage. Je suis beaucoup plus triste à l'idée soudaine d'avoir à renoncer à la librairie que d'avoir à laisser Columbia.

— Incroyable, dis-je. Vraiment, c'est impressionnant.

— Merci. Tu as bien l'air surprise ? Il n'y a pas de quoi. C'est ce qui arrive quand on est un jeune professeur plein d'avenir… J'en ai parlé à ma mère aujourd'hui. Mes parents viennent juste de rentrer de Paris. Elle a dit qu'elle était ravie, ravie pour moi, a-t-elle précisé, puis elle m'a demandé si je ne pouvais pas plutôt me renseigner pour des postes à Oxford et Harvard. Tu ne trouves pas qu'elle est trop chou ?

— Ce n'était pas assez bien pour elle ?

— Ce n'est même pas ça. Si on m'avait proposé un poste à Oxford, elle se serait demandé pourquoi je n'ai pas obtenu de poste à Cambridge.

— Mais qu'est-ce que ce poste à Berkeley signifie pour toi ?

Il me regarde en rayonnant.

— Et si on commandait un verre de champagne pour deux ? Pas une bouteille, cette fois.

Je hoche la tête. Oh ! je vais pouvoir en prendre une gorgée.

Il fait signe au serveur d'approcher et commande un verre.

— C'est un super département, dit-il.

Je suis une personne. Pas un accessoire.

— Mitchell, je…

— Nous pourrions vivre dans le comté de Marin. J'adore cette région.

— Mais, Mitchell…

— Peu importe où nous vivons d'ailleurs, Esme, tu pourras reprendre une certaine activité physique et de bonnes habitudes alimentaires. Ça sera plus facile qu'ici. Tu pourras courir tous les matins, par exemple, mais je pense que le beach-volley serait un très bon choix pour toi. Je suis sûr que tu pourras trouver un groupe d'autres femmes enceintes qui pratiquent ce sport.

— Du beach-volley ?

Je répète mollement sa suggestion.

— Tu sais, le beach-volley pour moi, c'est un peu comme les rats pour Winston Smith.

— Esme, je vais refuser. Je voulais juste te taquiner. C'est vrai que c'est une offre intéressante, mais ce n'est pas ce que je veux. Ce changement de poste ne me permettrait pas vraiment de monter en grade ; donc, ça ne serait pas forcément un bon choix à long terme. Ma tactique, c'est de jouer sur le long terme.

— Dans ce cas, pourquoi as-tu postulé ?

— Je n'ai pas postulé. On est venu me chercher.

Il sourit.

— Et puis, tu es à Columbia. Si tu ne venais pas avec moi, ça ferait une sacrée distance à parcourir pour se voir. Fais-moi un peu plus confiance, Esme. Tu n'accordes pas facilement ta confiance. Bon, passons à autre chose. Ça ne te fait rien de rencontrer mes proches à cette fête ? Ma famille et les amis ? Il y aura mon oncle Beeky, c'est bien.

— Non, ça ne me fait rien, dis-je. Au contraire, j'ai hâte de les rencontrer.

— Je dois dire que moi, ça m'inquiète un peu. Ils peuvent être vraiment cinglants.

Je lance à Mitchell un regard Paddington par-dessus mon menu. Il l'associera peut-être au regard furieux d'un être humain, pas à celui, impénétrable, d'un ours péruvien imaginaire.

— Certaines personnes pensent que je peux être vraiment cinglante, moi aussi.

Mitchell secoue la tête.

— Pas aussi cinglante qu'eux, c'est impossible. Il ne suffit pas d'être intelligent dans ma famille. Il y a aussi… l'aspect social.

— Vraiment ? dis-je, étonnée.

— Tu le sais parfaitement. Ne sois pas ridicule. Ma famille peut être difficile quand elle sent qu'il y a une remise en question de l'ordre établi. J'essaie juste de te préparer.

— J'apprécie ta démarche, dis-je d'un ton enjoué. À présent, je ferais mieux de me concentrer sur mon repas, sinon je vais arriver en retard au travail.

— C'est encore autre chose dont je voulais te parler. Ton travail. Je ne pense pas que tu aies encore besoin de travailler pour gagner un peu d'argent. J'achèterai tout ce qu'il te faudra pour le bébé. Tu n'as plus à te soucier de ça. Et je sais que ce n'est pas à moi de décider, tu es assez grande pour le faire, mais je pense vraiment que tu devrais démissionner.

J'espère sincèrement qu'ils ne trouveront pas d'autres moyens pour faire marcher la pression à New York ; les châteaux d'eau perchés sur les toits de la ville sont si beaux. Si simples et si intelligibles. Peut-on aimer quelque chose parce qu'on le comprend ? Pourquoi ne mettent-ils pas des publicités sur ces châteaux d'eau ? On pourrait faire des choses si marrantes avec eux ; les transformer en immenses boîtes de Bird's Custard, de cacao Bournville, par exemple, en boîtes de sirop de sucre roux Lyle. Une sorte de catalogue nostalgique des produits emblématiques de l'Angleterre dans le ciel de New York. Je parie qu'il y a une ordonnance municipale pour empêcher ce genre de fantaisies.

— En fait, je ne veux pas insister, mais, s'il te plaît, réfléchis-y, Esme. Je ne veux pas que tu travailles encore dans ce magasin glauque qui ne vend que des livres d'occasion le jour où je te présenterai à ma mère.

***

Après mon déjeuner, composé de cailles et d'hégémonie, je retourne à La Chouette et demande à George, qui est assis derrière la caisse :

— Qui fait le ménage ici ?

— Pardon ? demande George.

Ce n'est pas bon signe.

— Qui fait le ménage ? Vous avez une femme de ménage ?

— Tee nettoie les vitres, annonce Luke.

— Et Luke se charge de passer l'aspirateur, le soir à la fermeture.

— C'est Esme qui passe l'aspirateur, rectifie Luke.

— Ce n'est pas à ce genre de ménage que je pense. Qui nettoie les toilettes, par exemple ?

Les toilettes en bas sont répugnantes. Il y a une bouche rouge spongieuse collée sur la lunette, une bouche voluptueuse et rouge. Elle me dérange aussi bien pour des raisons symboliques que pour des raisons hygiéniques.

George me dévisage.

— C'est une question que je ne me suis jamais posée. Quelqu'un doit s'en charger, je suppose.

Il tient ce magasin depuis 1973.

— Où sont les produits de nettoyage ?

— Ils sont encore… au magasin. Tu peux prendre de l'argent dans la caisse et aller en acheter, Esme.

— D'accord, dis-je.

Je n'ai pas encore ouvert le tiroir-caisse que George ajoute déjà :

— Veille à ne pas prendre de marques contenant des produits chimiques dangereux. C'est particulièrement important, dans ton état.

Je n'aurais pas dû poser la question. J'aurais dû aller les acheter sans rien dire.

— Je crois que tu ferais mieux d'utiliser du jus de citron et du vinaigre. Ainsi qu'un tampon à récurer. Mais pas en aluminium.

— Je peux prendre de l'eau de Javel ? dis-je tout en ouvrant le tiroir-caisse.

— De l'eau de Javel ! s'exclame George comme si c'était

un affreux blasphème. Non, non, non ! Remets l'argent dans la caisse.

— C'est bon, je ne prendrai pas d'eau de Javel. Je vais acheter de l'Ecover.

George secoue la tête.

— Remets l'argent dans la caisse, remets-le, Esme. Je vais y aller moi-même.

Je ferme le tiroir-caisse.

— D'accord ! Et tu peux me prendre des gants en caoutchouc, s'il te plaît ?

Il se tourne et me dévisage de nouveau.

— Tu sais, une paire de Marigold, vous avez des Marigold ici ? Des gants jaunes en caoutchouc ?

— Tu sais que le latex peut être incroyablement dangereux ? En particulier, à cause de l'amidon de maïs utilisé comme lubrifiant. Les molécules de latex adhèrent à l'amidon de maïs, et on risque de les inhaler. Les personnes allergiques peuvent avoir un choc anaphylactique à cause des gants en latex.

— Je ne veux pas parler des gants chirurgicaux et je ne vais rien inhaler du tout. Je parle du genre de gants qu'on enfile pour nettoyer les toilettes. Des gants jaunes. Rien à voir avec l'amidon de maïs.

George sort du magasin et descend Broadway d'un pas lourd pour partir en quête de produits d'entretien inefficaces.

— Comment les gants Marigold peuvent-ils lui inspirer plus de méfiance que les microbes ?

— C'est quoi, cette envie soudaine de faire le ménage ? demande Luke.

— Ce n'est pas une envie soudaine. Mais Mitchell a dit… Enfin…, je trouve que le magasin est un peu glauque. Je ne sais pas…

Luke hoche la tête.

— Quoi ?

— Rien.

Luke se dirige rapidement vers le fond du magasin avec une pile de livres, puis revient tout à coup. Il a toujours la pile de livres dans les mains.

— Quoi ? C'est quoi le problème ? dis-je.

— Rien. Tu joues à la bonne épouse ?

Luke ne me parle pas comme ça d'habitude. Ça fait mal.

— Je pense que Mitchell a raison, dis-je.

— Évidemment.

— Peu importe, dis-je.

Je déteste cette expression, mais j'espère que Luke la déteste encore plus que moi.

— Occupe-toi de la caisse, dit Luke. Je vais me charger des commandes sur Internet.

— Très bien.

Je le regarde monter l'escalier.

Il y a deux clients dans le magasin. Ils n'ont pas du tout l'air pressés de partir. Je réfléchis à un moyen de me débarrasser d'eux pour pouvoir me disputer tranquillement avec Luke.

— Mince, dis-je en parlant un peu fort. Je ne pensais pas qu'il était si tard ! On ferme tôt aujourd'hui, c'est ça ?

Il me regarde par-dessus la rambarde, l'air dédaigneux et perplexe, puis retourne à son écran d'ordinateur.

J'attends que le pouvoir de suggestion ou l'embarras pousse les clients hors du magasin, mais ça ne marche pas. J'inspecte la petite étagère de CD, qui se vendent plutôt bien malgré tout, et choisis *The Best of Christian Rock*.

Je sors le CD du boîtier qui n'a encore jamais été ouvert. J'appuie sur PLAY. Au bout d'une minute, les deux clients quittent précipitamment le magasin.

Luke les regarde disparaître.

— Esme, arrête-moi tout de suite cette merde, dit-il.

Je laisse le CD. Je réfléchis à ce que je veux lui dire et je décide que je vais renoncer à mon amabilité habituelle. Je vais dire la vérité telle qu'elle est.

— Tu me traites mal.

Luke mime la perplexité à la perfection.

— Je ne te traite pas mal. Je n'ai juste aucune envie d'entendre que Jésus m'aime sur un air de guitare particulièrement nul, le tout couronné par le fait que le guitariste et le batteur ne semblent pas interpréter le même morceau.

— Je ne veux pas parler de la musique. Tu as été méchant à propos de Mitchell.

Il hausse les épaules.

— Ouais.

Il continue à travailler sur l'ordinateur. Je laisse la musique, juste pour l'énerver, et entreprends de mettre de l'ordre dans les nouveaux CD. Les minutes passent dans un silence qui n'a rien de complice.

— Tu te trompes complètement à propos de Mitchell.

— Je te l'ai déjà dit, je n'ai pas d'avis sur Mitchell, réplique Luke.

Il pianote sur le clavier d'ordinateur. Il prend un autre livre, l'ouvre, recommence à taper.

— Tu ne sais *rien* de lui.

— C'est exactement ce que je t'ai dit l'autre fois. Au cas où tu ne l'aurais pas remarqué, j'ai du travail…

— Pourtant, on dirait que tu passes ton temps à le juger. Il a tout à fait le droit d'exprimer une opinion sur ce magasin, comme tout le monde.

Luke ne dit rien.

— Vraiment ! La liberté de parole ! Tu ne jures que par ça d'habitude.

— Esme, laisse tomber, s'il te plaît.

— Tu n'as absolument aucune idée. Il a dû travailler très dur pour arriver là où il est aujourd'hui.

— Oh ! bien sûr, c'est chouette de voir quelqu'un originaire d'un tel milieu s'en sortir. Et quand tu dis « là où il est », c'est où exactement ? Je n'en ai aucune idée. Il gère des fonds d'investissement ? Il vend des armes ?

Un sentiment de triomphe inavouable m'envahit : je l'ai obligé à répondre. Je suis peut-être profondément désagréable.

— Tu veux qu'il gère des fonds d'investissement pour pouvoir le mépriser encore plus. Il enseigne l'économie à la New School, c'est tout. Ce n'est pas un agent de change. Il est diplômé de la LSE. Il a un doctorat.

Plus rien ne peut arrêter Luke à présent. Il se lève les poings serrés.

— Un doctorat à la LSE ? Ça te plaît d'utiliser des acronymes que personne ne comprend ? J'ai l'impression que vous allez vraiment bien ensemble, tous les deux.

— Et on dirait que tu veux à tout prix justifier ton manque d'ambition en te moquant de ceux qui en ont. On vient d'offrir à Mitchell un poste à l'Université de Californie, à Berkeley. Tu n'obtiens pas un poste dans une fac aussi prestigieuse juste parce que tu viens d'une bonne famille.

— Mais si, ma chérie, c'est exactement ça au contraire.

Je ne dis rien. Je serre le crayon dans ma main jusqu'à ce qu'il se casse.

— Berkeley, dit Luke. Waouh ! Je pense que tu as réussi. Tu vas nous manquer.

Je vais chercher mon sac au sous-sol, puis retourne à l'avant du magasin.

— Dis à George que j'ai des nausées, tu ne seras pas loin de la vérité.

Je quitte le magasin d'un pas énergique.

J'entends la porte s'ouvrir brusquement derrière moi. Luke sort en courant et vient se poster devant moi dans la rue.

— Laisse-moi passer, dis-je.

J'essaie de le pousser pour passer, mais il revient se mettre devant moi.

— J'ai envie de te gifler.

— C'est bête, dit-il. On t'a embauchée et on a essayé de t'aider à cause du bébé et maintenant dis-moi pourquoi on continue à te couvrir ? Parce que tu es énervée ? Reviens immédiatement ou tu es virée.

— Tu ne peux pas me virer.

— Je vais me gêner !

Il s'arrête. Moi aussi.

— Tu vas à Berkeley avec lui ? Juste comme ça ? Tu viens de commencer un doctorat toi aussi, non ? Ça aussi, c'est des conneries ? Ça ne veut rien dire pour toi maintenant que tu as ton homme ?

Je lève la main pour le gifler. J'ai envie de le gifler très fort. Il prend mon poignet.

— Réfléchis, dit-il.

Il est presque doux.

Nous voyons George en même temps. Il s'est immobilisé à quelques pas de nous, les bras le long du corps, un sac en plastique de Whole Foods dans les mains.

Luke lâche mon poignet. Je suis essoufflée tout à coup. George nous regarde, puis fixe La Chouette derrière nous avec insistance.

— Je suis vraiment désolé de vous interrompre, mais j'ai comme l'impression que le magasin n'est pas aussi bien pourvu en personnel que quand je l'ai quitté.

— Reviens, me dit Luke d'une voix plus calme. Reviens. Me voilà qui crie après une fille enceinte en pleine rue.

— Je pense que tu devrais t'excuser, dis-je.

Il lève les yeux au ciel.

— Oui, je devrais. Tout comme toi d'ailleurs, pour m'avoir sorti ces conneries à propos de l'ambition. Alors, si on retournait dans cette librairie glauque et qu'on s'excusait mutuellement ?

— Si vous voulez garder votre place tous les deux, je

pense que ça pourrait être une bonne idée, intervient George.

— D'accord, dis-je.

Luke me prend le bras et me fait faire demi-tour. Nous suivons George à l'intérieur. Les horribles chansons de rock chrétien passent toujours sur le lecteur CD, et personne n'a volé l'argent dans la caisse.

J'éteins la musique et m'assois dans le siège à l'avant du magasin. Luke se tient sur la première marche de l'escalier, les mains posées sur les rampes. George a posé les sacs en plastique sur le comptoir et reste planté devant eux. Aucun de nous ne parle. Personne ne présente ses excuses à personne.

Je vais au sous-sol, éclairé par une ampoule basse consommation qui illumine la crasse, et je me mets au travail. J'enfile les gants en caoutchouc et je nettoie les toilettes avec cette horrible bouche rouge et la cuvette tachée, puis j'enchaîne avec la petite salle de bains répugnante. J'ai vraiment honte de ne pas y avoir pensé plus tôt. Je consacre beaucoup de temps au rangement, j'aime quand tout est bien ordonné dans le magasin, mais je pensais que les tâches les plus serviles avaient été confiées à quelqu'un d'autre. Je vais peut-être très bien m'entendre avec les proches de Mitchell, après tout.

Quand je remonte, Luke a fini sa journée de travail et est parti.

***

Le lendemain matin, Mitchell arrive devant mon immeuble au volant d'une voiture noire. Je savais qu'il avait une voiture, mais je ne l'avais jamais vue auparavant. Je ne sais pas où il la gare, car tout le monde sait que les places de parking coûtent un prix exorbitant ici.

Les mauvaises langues disent souvent qu'il y a des rats partout à Manhattan, que tous les habitants de Manhattan ont certainement déjà avalé des pattes de cafard sans s'en rendre compte et qu'il est impossible d'avoir une voiture ici, car les parkings et les garages sont trop chers (ils égaleraient presque mon loyer).

Je descends avec mes sacs ; la minuscule malle est déjà pleine à craquer avec les affaires de Mitchell, si bien que je dois mettre les miennes à l'arrière. La banquette arrière semble minuscule, elle aussi. Pourtant, le véhicule est plutôt long et racé. Mais il y a plus de carrosserie que d'espace.

— Elle te plaît ? demande Mitchell en regardant l'intérieur avec amour.

Un intérieur qui a certainement coûté la vie à plusieurs vaches et à une ou deux tortues. À moins que ça ne soit du noyer ?

— Oui, dis-je poliment. C'est quelle marque ?

Il dit que c'est une Aston Martin et m'explique dans un jargon incompréhensible toutes ses caractéristiques techniques et ses options. Je dis qu'elle est vraiment belle.

— Mais tu ne pourras pas la garder quand le bébé sera né, dis-je. Il faudra que tu choisisses, je ne sais pas, un modèle particulièrement sûr.

Mitchell se tourne vers moi. Il aurait presque pu poser pour *Le Cri* de Munch. Il parle d'une voix aussi blême que son visage.

— Le… bébé… pourra aller à l'arrière, dit-il.

Je regarde par-dessus mon épaule, amusée.

— Dans ce cas, il est préférable que je ne mange pas trop entre aujourd'hui et le mois de juin. On part bientôt ?

Mitchell démarre la voiture, et nous voilà en route pour les Hamptons.

Tandis que nous traversons les étendues plates qui entourent la voie express de Long Island, Mitchell dit que je suis parfaitement habillée pour l'occasion et que je n'ai aucune raison d'être nerveuse.

Je réponds que je ne suis pas nerveuse.

— Tu n'as aucune raison de l'être.

— Bon. Et ta tenue est parfaite à toi aussi, dis-je d'une voix rassurante.

Il semble un peu perplexe, mais préfère ne pas relever.

— C'est toi qui es nerveux, non ?

— Je leur présente rarement des femmes, explique-t-il.

Mitchell dit parfois des choses qui me glacent comme si j'avais plongé la main dans un lac gelé.

— Et cette fois, tu vas leur présenter ta fiancée enceinte.

— Ouais.

— Tu crois qu'ils vont penser que tu m'épouses à cause du bébé ?

Pas de réponse. Il n'y a que le son noir du rire de Mitchell.

— C'est pour ça que tu veux m'épouser ? Mitchell ? Dis-moi ?

Il arrête de rire.

— Non, vraiment pas. Je t'ai dit, Esme Garland, que je t'avais choisie parmi toutes les femmes qui peuplent cette terre.

Je suis encore en train de savourer sa phrase quand il laisse échapper un pet bien long et bien bruyant. Ce qui ne lui ressemble pas du tout. Il se met à rire en voyant mon expression.

— Ma mère ne peut pas supporter les gens qui pètent, dit-il. C'est presque une phobie chez elle. Donc, soit je ressens le besoin de péter parce que je m'approche d'elle, soit je préfère régler mon problème de flatulences avant d'arriver. En tout cas, personne ne pète dans les Hamptons.

— Vraiment ? L'air doit être très pur.

— La vue est parfaitement dégagée sur des kilomètres et des kilomètres.

***

Nous arrivons enfin dans un village côtier : des maisons avec des bardeaux bleu pâle, une jolie petite école où on imagine aisément Laura Ingalls sur les marches, et une poste qui ouvre un matin sur deux l'hiver.

Nous allons d'abord dans la Winslow House, une maison qui appartient à un certain Carter Winslow, qui l'a mise à notre disposition pour toute la durée de notre séjour.

Une clôture blanchie à la chaux entoure la maison, puis il y a le jaune Naples du sable et le bleu pâle de la mer hivernale qui se déploie jusqu'à l'horizon. Quelqu'un a noué un ruban rouge sur l'un des piquets de la clôture.

Carter Winslow est à Singapour pour faire fructifier son argent. Mitchell consulte son téléphone et écoute les instructions. La maison n'est pas fermée à clé, et on nous a donné la chambre bleue. Lorsque nous entrons, nous sommes accueillis par un épanchement de lumière, la lumière de la mer, qui se déverse dans la pièce par la fenêtre. Même les coins les plus ombragés de la pièce sont éclairés par cette lumière turquoise et radieuse. Dehors, une jetée en bois bancale avance dans l'eau.

Les murs sont tapissés d'un papier peint avec un motif floral bleu pâle, et deux lits jumeaux trônent au milieu de la pièce : ils sont tous deux recouverts d'une couverture en laine dotée d'une bordure en soie de la même couleur que la laine, comme autrefois. Ils sont en fer forgé et évoquent l'Angleterre de la guerre, comme s'ils avaient été peints par Eric Ravilious.

— Ça te plaît ? demande Mitchell.

Je lui adresse un grand sourire.

— Je ne sais pas trop pour les lits jumeaux, dit-il. C'est sûrement un coup de maman. Elle nous autorise à partager la même chambre, mais se rassure en nous imposant des lits jumeaux. Non, Esme, ne t'installe pas. Nous allons tout de suite chez mes parents. Je vais te les présenter.

Les parents de Mitchell vivent dans la maison voisine le long du littoral. Elle est encore plus majestueuse que la Winslow House, ce que j'aurais eu du mal à croire il y a vingt minutes.

Mitchell me fait entrer dans une pièce aux murs gris pâle avec des tapis en laine de la même couleur sur le sol en bois. Les stores blancs translucides aux fenêtres sont baissés et nous empêchent de voir la mer.

Au-dessus du manteau de la cheminée, il y a un tableau. On dirait un John Marin. C'est probablement un John Marin. La mère de Mitchell – je suppose que c'est elle en tout cas – est assise sur le canapé. Elle est en train de lire.

— Maman ! dit Mitchell tout en s'approchant du canapé pour aller l'embrasser.

Elle se plie au rituel du baiser, puis trouve son marque-page, ferme le livre et le pose avec soin sur le côté. Elle se lève en me regardant.

— Maman, c'est Esme. Esme Garland, je te présente ma mère, Olivia van Leuven.

La mère de Mitchell s'avance vers moi et murmure :

— Enchantée.

Elle tend la main, puis pose sa joue froide contre la mienne l'espace d'un instant fugace. C'est une personne parfumée : elle sent la violette. Elle s'écarte de moi, puis reste immobile sans rien dire. Elle porte un chemisier en tissu Liberty anglais et un pantalon à la coupe parfaite. Et un collier de perles.

— Et voici mon père, dit Mitchell quand un homme entre tranquillement dans la pièce.

Mitchell se lance de nouveau dans les présentations. Cornelius van Leuven est une version plus âgée, plus burinée, plus bronzée de Mitchell. Il me serre la main en me disant bonjour.

— Votre coupe de cheveux est charmante, fait remarquer Olivia. Je suppose que vous les avez coupés vous-même. Je doute qu'un salon puisse réussir cette coupe avec autant de… *brio*.

Sa façon de parler a quelque ressemblance avec les aigrettes de pissenlit : ses mots flottent doucement dans l'air poudreux du salon sans intention apparente. La manière ne cadre pas vraiment avec le message.

— C'est mon amie qui me les coupe, dis-je.

— Ah. Et elle est coiffeuse de profession ?

Il est bien sûr tentant de répondre que Stella travaille sur une exposition de photos prises dans un donjon SM pour lesbiennes, mais non. Répondons à chaque coup par un baiser.

— Elle est à Columbia avec moi.

— Oh oui, Mitchell en a parlé, dit-elle. Tu nous sers à boire, Cornelius ?

Le père de Mitchell nous demande ce que nous voulons, puis Mme van Leuven nous indique un canapé où nous asseoir. Mitchell me tient la main quand nous nous asseyons ensemble. Je trouve son geste très gentil.

Puis, je le vois sourire à sa mère, et le geste ressemble soudain à un numéro d'acteur. Il y a quelque chose dans tout ça qui amuse profondément Mitchell. Mme van Leuven enveloppe de son regard impassible nos mains enlacées, puis accepte gracieusement le verre que son mari lui tend.

— Comment s'est passé votre voyage ?

Quand elle parle à quelqu'un, elle regarde ailleurs, n'importe où, mais ailleurs, comme dans l'espoir mélancolique de trouver quelque chose dans la pièce susceptible d'éveiller son intérêt.

— Bien, répond Mitchell. Les préparatifs se passent bien ?

Il se tourne vers moi.

— Les fêtes de Noël de ma mère sont célèbres dans tout le pays.

Olivia ne réagit pas. Elle dit :

— Julia semble avoir la situation en main. J'ai ramené Hervé de Paris, et son aide nous est très précieuse. Je crois que cela a été ma seule contribution jusqu'à présent.

— Hervé est le chef cuisinier de maman. Un spécialiste du hors-d'œuvre, explique Mitchell.

— Ah, dis-je.

— Et le piano a été accordé, ajoute Olivia.

— Toutes les années, nous chantons des chants de Noël autour du piano, explique Mitchell. Pour la fête, pas ce soir. Esme a une belle voix, maman. Elle viendra enrichir le chœur.

Olivia enregistre l'information sans témoigner le moindre enthousiasme. Son manque d'intérêt total réprime toute velléité en moi de la remettre à sa place.

Cornelius s'assoit lui aussi avec son verre.

— Vous logez dans la Winslow House ? dit-il.

— Oui, confirme Mitchell. C'est très gentil à Winslow de la mettre à notre disposition.

— Ce n'est pas étonnant de la part d'un homme comme Carter Winslow, dit Cornelius.

Il y a un silence. Nous sirotons nos boissons.

Puis, Mitchell reprend la parole :

— Je croyais que quelqu'un allait dormir là-bas demain en même temps que nous, juste pour la nuit après la fête, un ami de Portia, je crois ?

— Oh ! dit Cornelius, les sourcils froncés. Je n'en ai pas entendu…

— Il est possible qu'il ne vienne pas, après tout, annonce Olivia. Je crois que c'est un enseignant. Un ancien professeur de Portia.

— Ah, dit Mitchell. Bien.

Je hoche la tête pour confirmer que c'est bien.

— C'est une magnifique maison, la Winslow House, fait tranquillement remarquer Olivia.

— Oui, dis-je.

— Quand je suis venue passer mon premier été ici,

après mon mariage, et que j'ai vu la Winslow House, j'ai regretté qu'elle n'appartienne pas aux van Leuven, dit-elle.

— Elle est beaucoup plus petite que la nôtre, objecte Cornelius.

— Oui, dit simplement Olivia.

Elle n'ajoute pas qu'elle préfère désormais sa maison beaucoup plus grande. Elle se contente de rester assise en silence.

— Nous sommes dans une chambre bleue, dis-je pour rompre le silence. Elle est magnifique avec plusieurs nuances de bleu. Il y a de grandes fenêtres qui donnent sur la mer. Et elle est dotée d'un dressing.

Le visage d'Olivia, qui n'était pas particulièrement expressif jusqu'à présent, se ferme complètement, d'une façon qui me rappelle irrésistiblement Mitchell.

Je repense rapidement à ce que je viens de dire et réalise que, bien sûr, j'ai fait allusion à notre chambre. On nous soupçonne peut-être de vouloir passer notre temps à nous envoyer en l'air dans les lits jumeaux.

— Personne n'est encore arrivé à part nous ? demande Mitchell.

— Anastasia est là, Mitchell, annonce son père, sur un ton que je juge beaucoup trop grave.

— Ah oui, j'étais au courant, dit Mitchell en hochant la tête. Comment va-t-elle ?

Olivia le regarde avec intérêt.

— Elle va très bien.

— Tant mieux, dit Mitchell.

Il joint les doigts.

— Je suis ravi de la revoir. J'ai beaucoup de tendresse pour Anastasia. Je suis content que tu fasses sa connaissance, Esme.

Cornelius se lève brusquement.

— Si vous voulez bien m'excuser, j'ai beaucoup de travail à faire avant le dîner.

Il me fait un signe de tête poli.

— Je suis enchanté d'avoir fait votre connaissance, mademoiselle Garland.

Je bredouille une réponse polie, puis je regarde Mitchell. Il a les yeux fixés sur le bout de ses doigts joints.

— Anastasia ? dis-je.

Je n'aime pas le son de son nom dans ma bouche.

— Vous ne l'avez jamais vue, déclare Olivia. Il y a sa photo, là-bas. Elle devait avoir dix-sept ou dix-huit ans à l'époque.

Elle montre une étagère blanche sur laquelle sont disposées quelques photos dans des cadres argentés, puis ajoute à point nommé :

— Elle a gardé sa place dans notre famille.

Mitchell se lève pour aller regarder. C'est une photo en noir et blanc ; elle est jolie. Anastasia est très blonde, d'une blondeur suédoise ou islandaise, et le photographe a immortalisé un moment de pur bonheur. Elle a la tête rejetée en arrière et lance un regard oblique à quelqu'un. Elle rit à gorge déployée. Le vent fouette ses cheveux autour de son visage.

— Elle est belle, dis-je.

— Oh ! ce n'est pas sur cette photo qu'elle est la plus belle, répond Olivia. Elle se préparait pour… Milan, c'est bien ça, Mitchell ? Le défilé de Milan ? Qu'est-ce qu'elle porte, chéri ? Du Alexander McQueen ?

— Je ne sais pas, répond sèchement Mitchell.

Puis :

— En fait, je me souviens de cette robe. C'est Hermès.

Le gracieux hochement de tête d'Olivia confirme l'information.

— Oui, c'est ça. La robe McQueen à laquelle je pensais avait une encolure complètement différente.

— Milan ? dis-je. J'ignorais qu'elle était top-modèle.

— Anastasia ? dit Mitchell avec un sourire perplexe. Elle ne fait pas de mannequinat en ce moment. Elle en a fait un peu il y a quelques années, pour s'amuser. Elle travaille sur Wittgenstein.

Un ancien top-modèle qui travaille sur Wittgenstein. Dieu a créé cette fille pour me rendre humble.

— Il mangeait des œufs en poudre.

Je sais deux choses sur Wittgenstein : qu'il avait un faible pour les œufs en poudre et qu'il a dit : *Les limites de mon langage sont les limites de mon propre monde.* Dans ce contexte, j'opte pour les œufs. Ils me dévisagent tous les deux.

— Eh bien, voilà, dit Mitchell. Tu auras un sujet de conversation tout trouvé avec Anastasia quand tu feras sa connaissance.

Il se tourne vers les photos.

— Tu en as une de Clarissa aussi, maman ?

Maman tressaille.

— Nous en avions une de Clarissa et Devereaux le jour de leur mariage. Quelqu'un l'a enlevée.

Est-elle en train de sous-entendre que Mitchell n'est pas étranger à cette disparition ? Anastasia, Clarissa. Elles ont dû penser à une époque qu'elles étaient tout pour lui, comme moi à présent. Il est impossible qu'elles ne l'aiment plus. Une fois qu'on a baigné dans sa lumière, il est sûrement impossible d'y renoncer.

— C'était toi ? dis-je à mi-voix.

Il semble d'abord étonné, puis franchement amusé. Il est plié en deux de rire. Ça dure un moment. Puis, il se redresse et regarde Olivia.

— Esme veut savoir si j'ai une quelconque responsabilité, pour Clarissa et Dev !

Olivia sourit. J'attends que l'un d'eux m'explique. Ni l'un ni l'autre ne prend la peine de le faire. Mitchell soupire une fois remis de son éclat de rire.

— Et Patrick est-il toujours persona non grata ici ? C'est toujours… Qu'est-ce qu'il faisait déjà, ah oui, un apprenti DJ ?

Le visage d'Olivia s'égaye une seconde.

— Il est à la fac de droit à présent, dit-elle.

Mitchell crie de joie, puis commence à fredonner les premières mesures de *Another One Bites the Dust*.

— Mais Margot dit que Clarissa voit quelqu'un d'autre, quelqu'un à McKinsey, poursuit Olivia. Alors, peut-être que tout est bien qui finit bien.

J'ai fini mon jus d'airelles. Je me concentre sur mon verre vide pendant qu'ils continuent à parler de tous ces gens que je ne connais pas. Je raconterai peut-être des potins sur eux un jour, moi aussi, mais je crois que je suis beaucoup trop bien élevée pour le faire en présence d'un étranger.

Je me demande qui va bien pouvoir mettre un terme à ces cancans. S'ils ne changent pas bientôt de sujet, je vais peut-être faire semblant d'avoir une contraction.

— J'ai des choses à faire cet après-midi, dit Olivia. Nous nous retrouverons tous pour l'apéritif dans le grand salon à sept heures si vous voulez vous joindre à nous avant le dîner. Il n'y a que la famille ce soir… et Anastasia.

Elle se lève du canapé et j'essaie en vain d'imiter ses mouvements élégants. Mitchell va ouvrir la porte pour elle. Elle s'arrête sur le seuil et ils se regardent. Je ne peux pas voir le visage d'Olivia. Mitchell lui sourit. C'est un sourire complexe. Il prend acte de la souffrance qu'elle vient d'exprimer et lui demande d'être à la fois loyale et optimiste.

Je trouve la pilule un peu dure à avaler : c'est vraiment moi la cause de ces efforts pour rester digne en toutes circonstances ? Le bébé et moi sommes la déception faite chair.

Mitchell et moi descendons les marches devant la maison quand nous entendons un bruit de sabots.

— Il y a des gens qui ont des chevaux ici ? dis-je.

— Oui, bien sûr, répond Mitchell, surpris.

— C'est sans doute encore plus difficile d'avoir un cheval ici que d'importer un chef cuisinier parisien.

— Ne fais pas la garce, Esme. Ça ne te va pas du tout, dit Mitchell.

Je m'arrête. C'est comme s'il venait de me gifler.

Le bruit des sabots devient de plus en plus fort. Un cavalier et un cheval au trot apparaissent à l'angle de la maison.

C'est une cavalière, en fait. Elle porte un jodhpur, une veste chaude, et une bombe en velours noir. Elle semble très surprise de voir Mitchell qui s'immobilise sur les marches et la dévisage. Son regard est doux, son expression, mélancolique.

— Ana, dit-il.

Comme une conclusion. Il reste figé sur place une seconde encore, puis il descend les marches et elle se penche pour qu'il l'embrasse sur les joues. Elle ferme les yeux. Les cils contre sa peau, les sourcils arqués et rapprochés, l'expression même d'un désir ardent. Je suis comme un appareil photo, je m'immisce, je saisis l'instant. Je vois ce que je ne devrais pas voir. « Chaque battement de paupières est une élégie », mais je me demande pour qui cette élégie a été écrite.

— Ils m'ont dit que tu étais arrivé, confirme-t-elle.

Il y a une inflexion étrangère dans sa voix ; je ne m'y attendais pas. Elle me tend la main. Mitchell se tourne à demi vers moi.

— Je te présente Anastasia Stael von Halmstad, dit-il.

— Vous pouvez m'appeler Ana, dit-elle. Et vous êtes Esme. Félicitations. C'est pour quand ?

C'est la première personne dans les Hamptons à mentionner le fait inéluctable que je suis enceinte. Je pourrais l'embrasser. Je pourrais l'embrasser sauf que je pense que Mitchell a très envie de s'en charger lui-même. Je lui dis que ce sera pour le mois de juillet.

— Vous savez si c'est un garçon ou une fille ?

— Non, je ne voulais pas savoir, dis-je en pensant à Mmc Kasperek et à ses étagères vides. Je dis « je » et « moi » à dessein au lieu de « nous ». Je pense que le « nous » ne serait pas très charitable s'il y a eu quelque chose entre eux.

— C'est bien. On entend si souvent « Joshua va naître à quinze heures mercredi » de nos jours.

Le cheval devient rétif et elle donne une petite tape sur son cou brun et brillant.

— J'aimerais bien descendre, mais Foldar a besoin d'un bon galop, dit-elle. Nous allons galoper jusqu'à la Crique. J'ai été ravie de vous voir.

— Nous te retrouverons à l'apéritif de maman avant le dîner, dit Mitchell.

— Oh oui, bien sûr.

Elle fait pivoter son cheval qui se fraie un chemin jusqu'au sentier côtier. Mitchell la regarde s'éloigner, puis se tourne vers moi, l'air sérieux.

— Allons chez Beeky, dit-il.

Il avance à grands pas vers les bois gelés.

C'est agréable de marcher sur un sentier forestier ; ça change des trottoirs new-yorkais. C'est spongieux, plein de perspectives même à cette période de l'année. Une palette de vert sombre, de brun roux, de marron avec des éclats soudains de jaunc-vert et de blanc. Je me demande à quoi ressemblent les champignons vénéneux américains. Je n'en vois aucun.

— Il est vraiment beau, ce bois. Il y a des champignons ici ?

Mitchell ne dit rien. Je poursuis dans son sillage.

— C'est magnifique. Tout ce bleu qui filtre à travers les arbres et le scintillement de la mer, et tout est pur et frais. Tu as de la chance, Mitchell.

— Ma mère a décidé d'être gênée quand tu as parlé de la chambre et du dressing. Tu as remarqué ? Elle est vraiment spéciale.

— Elle est très proche d'Anastasia.

— Oui.

— Est-ce pour ça que ça n'a pas marché entre vous ?

Je me sens un peu fébrile à la fois à cause de mon courage et de mon incroyable perspicacité.

— Ne fais pas ça, Esme.

— Quoi ?

— Ne me sers pas ton Freud à deux balles, ton Piaget de poche, ta Melanie Klein allégée. J'ai étudié tous ces trucs il y a des années et ce n'est pas ça. D'ailleurs, il n'y a rien, il n'y a pas de mystère, ça n'a pas marché.

Il continue à avancer, puis s'arrête et se retourne pour dire :

— Ça ne te fait rien si je marche un peu seul ? On se voit tout à l'heure. Tu es sûre que ça ira ?

Je ne sais toujours pas si Mitchell dit ce genre de choses dans l'intention de me blesser ou s'il est prisonnier de l'idée qu'il se fait de lui-même et qu'il projette bon gré mal gré, au risque de me blesser.

— Bien sûr, dis-je.

Ce n'est pas la peine de se disputer avec lui, ni de le suivre obstinément à travers le sous-bois. Je fais demi-tour et pars en direction de la Winslow House.

Je me demande si le fait de consentir aux besoins de quelqu'un témoigne d'une certaine maturité. Est-ce caractéristique de l'âge adulte ? Je n'ai pas l'impression. Je l'associerais plutôt à une certaine érosion.

Il revient deux heures plus tard pour s'habiller en vue du dîner. Je ne dis rien quand il entre dans la pièce. Il pose la main sur mon épaule et me force à me retourner, puis il m'embrasse avec fougue en posant la main sur mon sein.

Ce n'est pas une façon de demander pardon ; c'est ce que fait Mitchell au lieu de dire qu'il est désolé.

— On a le temps ? demande-t-il.

— Pour quoi ?

— Pour ça.

Après, nous marchons jusqu'à la maison de ses parents.

Ce soir, pour le dîner en famille, il porte une chemise noire et une veste noire presque liquide au toucher, comme si elle était en soie épaisse. Demain, pour la soirée de Noël, il portera une cravate noire. Je ne l'ai jamais vu en cravate noire. Il fait plutôt froid. Mitchell pose sa veste sur mes épaules. Juste avant que nous n'atteignions la porte, il dit :

— Je n'aimais pas Anastasia. Je ne veux pas en parler, mais c'est la vérité. Je sais ce que je ressens pour toi et je vois la différence.

Anastasia est la première personne à nous accueillir. Je me sens coupable parce que Mitchell vient de me faire cette confession, quelques secondes seulement avant qu'Anastasia ne vienne vers nous en souriant.

C'est comme si j'étais complice d'une moquerie. Je voulais qu'il me le dise et, maintenant qu'il l'a fait, je me sens souillée par mon propre désir, une sorte de Salomé ordinaire.

Nous avons à peine eu le temps d'échanger quelques plaisanteries qu'Olivia se glisse déjà jusqu'à nous.

— Tu as eu des nouvelles de Harvard, ma chérie ?

Anastasia hoche la tête à regret.

— Oui. Malheureusement, oui. Ils ont engagé quelqu'un d'autre. J'étais leur deuxième choix.

Elle marque une pause, puis ajoute :

— Et personne n'aime être dans cette position.

— Je suis vraiment désolée. Mais peut-être que le premier choix ne trouvera pas le poste à son goût ou qu'il se passera autre chose. Nous ne savons pas ce que le sort nous réserve, répond Olivia.

Une fois qu'elle nous a quittés pour aller vers un autre groupe, Anastasia me dit :

— J'ai été tellement déçue de ne pas obtenir le poste à Harvard. Pourtant, j'y ai vraiment cru à un certain stade. J'avais même commencé à chercher des locations à

Cambridge. Comme quoi il ne faut jamais vendre la peau de l'ours avant de l'avoir tué.

Elle hausse les épaules, sourit.

Mitchell la regarde sans parler et elle ne dit rien non plus.

— Deuxième place, dis-je parce que ma nature déteste le vide. Ce n'est pas mal. Mitchell aurait pu prendre un poste à Berkeley, mais il l'a refusé.

Anastasia hésite. Je réalise trop tard mon indélicatesse. Elle va penser que je vante les succès de Mitchell. Il a l'air consterné.

J'essaie de dire que je suis désolée. Elle secoue la tête.

— Ce n'est pas grave. Félicitations, Mitchell.

— Ce n'est rien, dit-il.

Il me prend par le bras.

— Viens avec moi. On se verra plus tard, Ana.

Il m'entraîne à travers la pièce.

— Ana n'avait pas besoin de savoir pour Berkeley. Ce n'était pas très délicat de ta part. Mais peu importe.

Il s'arrête devant sa mère et son père qui se tiennent tous les deux à côté d'un fauteuil où une vieille femme est assise. La matriarche.

— Esme, j'aimerais te présenter ma grand-mère, Marguerite van Leuven. Ninin, je te présente Esme Garland.

La vieille dame prend ma main. Il y a chez elle une robustesse et quelque chose évoquant le dix-huitième siècle qui me pousse à me demander comment elle s'entend avec Olivia.

— Ses cheveux ne sont-ils pas charmants, Ninin ? dit Olivia. Esme m'a expliqué qu'elle n'allait pas chez le coiffeur ; c'est son amie qui lui coupe les cheveux. Ce look ébouriffé lui donne un air charmant et excentrique.

— Oui, c'est bien mon amie qui les coupe. C'est l'un de ses nombreux talents, dis-je. La Richard Avedon Foundation lui a demandé d'exposer ses portraits. C'est une photographe très talentueuse.

— Quelle coïncidence ! dit Olivia en souriant. C'est justement Richard qui a pris la photo d'Anastasia. Il nous manque beaucoup.

— C'est un garçon ? demande Marguerite van Leuven, interrompant sans ménagements Olivia et l'obligeant à ravaler sa méchanceté.

— Je ne sais pas.

— Comment ? Ils ne sont donc pas équipés pour ça en Angleterre ?

— Oh si, bien sûr, et j'étais à New York de toute façon, mais je ne voulais pas savoir.

— Et pourquoi ? Il faut pourtant commencer à prévoir. Si c'est un garçon, il faudra que vous lui trouviez un bon chirurgien.

— Un bon chirurgien ?

— Pour la circoncision. Et puis, il faudra le faire inscrire dans les bonnes écoles.

— Ninin, dit Mitchell, ne t'inquiète pas pour ça.

— Ne pas s'inquiéter ? Si ça n'a pas changé depuis mon époque, tu devras l'inscrire à l'école Browning avant sa naissance. Tu t'y prends un peu tard. Nous t'avons inscrit à Browning quand ton père a épousé Olivia.

— Non, maman, dit Cornelius. Ils ne vont pas inscrire un nom sur une liste d'attente si l'être humain à qui il est destiné n'a même pas encore été conçu.

— Bien sûr que si. Il suffit de connaître les bonnes personnes. Ne sois pas naïf, Corny.

Cornelius doit être habitué à son surnom peu flatteur et aux manières de sa mère, car il semble résigné.

Puis, elle dit :

— Ensuite, il faudra l'inscrire à St. Paul, bien sûr. Et je crois que c'est mixte maintenant.

— Depuis près de quarante ans, Ninin, dit Mitchell. Tu le sais parfaitement. Arrête de jouer à la grande dame.

— Si c'est une fille, nous pourrons l'inscrire à Nightingale, propose Olivia. C'est une belle école. C'est tout près du Y, n'est-ce pas, Mitchell ?

— Un peu plus à l'est. Mais toujours dans la 92e Rue.

— Nightingale-Bamford ? intervient Marguerite van Leuven. Non, non ce n'est pas aussi bien que Hewitt. Inscrivez-la à Hewitt.

Ils continuent à se quereller à propos des écoles. Mon cœur bat la chamade. Puis, je m'exclame d'une voix beaucoup trop aiguë :

— Je ne vais pas faire circoncire mon bébé, ça ne risque pas.

J'ai parlé suffisamment fort pour faire cesser les chamailleries de ces messieurs dames de la haute société. Pendant une seconde, personne ne parle. Mitchell regarde le plafond. Puis, Olivia tourne la tête vers moi et dit :

— Pourquoi ? Tous les garçons se font circoncire.

— Non, dis-je. Pas en Angleterre, pas dans la plupart des pays du monde. C'est si…

Je veux dire « barbare », mais je ne suis pas assez courageuse ou pas assez mal élevée. Mon cœur bat à tout rompre dans ma poitrine. Je laisse ma phrase en suspens.

Mitchell se penche vers moi et dit à voix basse, mais suffisamment distinctement pour que sa grand-mère entende :

— Je ne t'ai jamais entendue te plaindre du résultat final.

Marguerite van Leuven éclate de rire.

— Il sera américain. Vous devez le faire circoncire, dit Olivia sans prêter attention aux grivoiseries qui ont amusé sa belle-mère.

— Mais pourquoi ?

Elle hausse ses épaules élégantes et frissonne légèrement comme si elle venait d'avaler une cuillérée de sorbet. Mitchell est penché en arrière désormais et détourne les yeux de sa mère.

— C'est pour des raisons d'hygiène, n'est-ce pas, Cornelius ?

— Je crois, répond sèchement Cornelius.

— Et c'est la tradition aussi. Le garçon, si c'est un garçon, se sentirait vraiment différent des autres s'il n'était pas circoncis. Vous ne souhaitez tout de même pas qu'il se sente rejeté par les autres dès son plus jeune âge ?

— Je m'en fiche. Je m'en fiche complètement. Je préfère faire de lui un garçon différent des autres plutôt que de le… mutiler.

Le mot provoque un mouvement de recul général dans l'assemblée.

— Ma chère, dit Olivia d'une voix aussi tranchante qu'un scalpel. Ce n'est pas de la *mutilation*. Je n'ai pas mutilé mon fils. C'est une intervention chirurgicale tout à fait normale. Vous utilisez des mots beaucoup trop chargés émotionnellement.

— Si ! c'est de la mutilation ! dis-je.

La peur qu'ils ne parviennent finalement à leurs fins m'étreint. Je suis prisonnière de cette crainte. Je ne peux pas me murer dans le silence. Ils ont tous l'air si sûrs que la circoncision est ce qu'il y a de mieux. Je dis avec une véhémence que Mitchell méprise, je le sais :

— C'est de la *mutilation génitale*.

Olivia détourne la tête avec dégoût.

— S'il vous plaît, dit-elle. C'est une question délicate. Les Stein habitent juste à côté.

Elle accompagne ses propos d'un regard inquiet en direction du mur, comme si nous nous trouvions dans une petite maison mitoyenne et les Stein avaient l'oreille collée contre le mur.

En réalité, je pense qu'elle ne s'inquiète pas du tout de ce qu'ils pourraient penser et qu'il faut probablement une voiturette de golf pour accéder à leur propriété sans mettre trop longtemps.

— Quand c'est religieux, dis-je, c'est différent.

Je suppose que les Stein sont juifs plutôt que des partisans de la circoncision à tout prix.

— Je ne comprends pas votre logique, dit Cornelius. C'est culturel pour nous. Les motivations culturelles sont-elles si différentes des motivations religieuses à vos yeux ? Où se situe donc la frontière entre les deux ?

— Esme, nous devrions peut-être parler de ça si nous avons un garçon ? propose Mitchell qui sourit en me regardant fixement. C'est inutile de se disputer maintenant, puisque nous pourrions tout aussi bien avoir une fille.

— Ah ! tu veux donc faire circoncire notre bébé ?

— La circoncision n'a fait aucun mal à Mitchell, affirme Olivia.

Je me tourne vers elle ; l'étonnement l'emporte sur la bienséance.

— Mais vous êtes sa mère, vous ne pouvez pas…

Mais, bien sûr, je ne peux pas m'engager sur ce terrain-là.

— Et d'ailleurs, dis-je, *ça lui a fait du mal* : sa sensibilité est sérieusement…

Mitchell se lève. J'ai l'impression que les murs vont exploser.

— Excusez-moi, dit-il.

Il fait un signe de tête à sa mère, puis sort de la pièce. Elle prend acte de son geste et se tourne de nouveau vers moi, le visage placide.

— Je préférerais vraiment parler d'autre chose, dit-elle.

***

Le lendemain, je me réveille dans la chambre bleue. La lumière de la mer s'infiltre entre l'espace laissé par les rideaux. Je regarde Mitchell qui, me tournant le dos, dort encore. Il n'a rien dit à propos de la conversation malheureuse d'hier. J'ai essayé de m'excuser après, mais il ne m'a pas laissée faire. Depuis, je suis partagée entre la satisfaction et la honte. J'avais raison, mais j'ai été grossière.

Je sors du lit et m'approche de la fenêtre pour regarder la mer derrière la clôture et le sable. Hier, il faisait gris. Aujourd'hui, il n'y a pas un nuage et le soleil brille. Je regarde cette étendue bleu pâle et mystique, baignée de la lumière fraîche du matin.

Je suppose qu'il faut beaucoup d'argent pour que tout ait l'air si simple. Les lits en fer forgé ont sans doute été achetés chez un antiquaire de Chipping Norton, puis expédiés ici ; la clôture vient certainement de Bloomingdale's ou a été importée d'Antigua par avion. Mais, s'ils peuvent se le permettre, pourquoi ne pas choisir ce qu'il y a de plus beau ?

Mitchell dort encore. J'aimerais qu'il se réveille et qu'il me fasse l'amour. Rien qu'à cette pensée, le bout de mes seins durcit sous mon tee-shirt. Je l'enlève et me glisse complètement nue dans le petit lit derrière Mitchell. Je colle mon corps contre le sien en épousant parfaitement ses lignes. J'aime sentir ma peau (froide, car je suis sortie du lit) contre la sienne encore toute chaude. Je passe ma main sur son bas-ventre et le caresse jusqu'à ce que son membre durcisse, mais voilà que Mitchell se réveille en sursaut, me repousse et se redresse. Il m'a presque jetée hors du lit.

Il ne dit rien. Il s'assoit et se frotte le visage. Je reste allongée, immobile.

— Tu ne peux pas faire ça, Esme, je n'étais pas prêt.

— Je suis désolée. J'avais juste envie, je pensais que ça te plairait. Je songeais même à sucer…

— Non !

Il se crampoonne à ses cheveux.

— Non, pas comme ça. Ça ne peut pas se passer comme ça.

— Je suis désolée.

Il va dans la salle de bains en avançant avec raideur. Je

reste allongée seule une minute, mais je ne veux pas avoir l'air de l'attendre.

Je descends dans l'immense cuisine glacée. Les rayons du soleil strient la grande table en chêne de bandes plus claires. Le sol en pierre est particulièrement froid, et cette sensation d'intense fraîcheur s'infiltre dans mes pieds.

Je fais le tour de la pièce ; elle est très belle comme le reste. Si je savais peindre, je représenterais cette cuisine en utilisant la technique du lavis à l'encre.

Il y a un dessin de Diebenkorn qui ressemble exactement à ça. L'évier est carré et imposant. Des casseroles sont suspendues tout autour ainsi que des bouquets de lavande. Je n'ai jamais vu un endroit d'une beauté aussi implacable. Partout où le regard se pose, c'est un régal pour les yeux. Pourquoi Mitchell n'a-t-il pas voulu me faire l'amour ? Parce qu'il veut Anastasia.

Je regarde dans le frigo. Il y a un saladier rempli de myrtilles et un pot de crème. Ils n'étaient pas là la dernière fois que j'ai ouvert le frigo. Pourtant, je n'ai jamais vu personne d'autre que nous ici. C'est un peu comme si nous étions dans *Les Elfes et le Cordonnier.* Je prends un petit bol de myrtilles et verse la crème dessus. La crème met en évidence les petites étoiles à l'emplacement où se trouvaient les fleurs avant le fruit.

Un journal trône sur la table. Je ne l'avais pas vu lui non plus. *Green Light.* Je le feuillette tout en mangeant mes myrtilles. Il y a des articles sur les droits de port et les tarifs, puis sur quelqu'un qui prend sa retraite après quarante ans de bons et loyaux services à la poste.

Dans les annonces, il y a des langoustiers à vendre, dont certains peuvent également faire office de chalutiers pour les pétoncles. J'essaie de m'intéresser au genre d'équipements supplémentaires pour qu'un langoustier puisse élargir son domaine d'activité. Mitchell entre dans la cuisine. Il s'approche de la cuisinière sans me regarder, sort la cafetière hexagonale et me demande si je veux du café. Je dis que oui.

Il a les yeux rivés sur la cafetière quand il dit :

— Esme, je sais que je devrais sans doute être plus moderne, pas aussi borné quant à ma vision de la femme... Mais, vraiment, pour moi tu es pure. Quand je pense à toi, je te vois dans ta chemise de nuit en coton, ou dans ton pyjama, ou dans un calicot. Tu n'as pas à changer pour moi. Tu n'as pas à faire ça.

— Ce n'est pas vraiment ça. Je te trouve en fait très...

Il s'agenouille à côté de ma chaise.

— La pureté, c'est très important pour moi, dit-il. Je ne veux pas parler de virginité. C'est quelque chose de plus abstrait pour moi. Quelque chose de propre, de blanc, de clair. Tu es la pureté incarnée pour moi, Esme.

Je le regarde.

— Et si on allait se promener après le café ?

— Non, répond-il. Après le café, on retourne là-haut.

XIX

Nous sommes à la fête de Noël d'Olivia. Apparemment, tout comme les Anglais, les Américains ressentent le besoin de remplir leur maison de poinsettias à cette période de l'année. C'est une habitude qui a traversé l'océan Atlantique. L'activité apparemment grouillante mais contrôlée qui régnait dans la maison avant l'arrivée des premiers convives a été remplacée par une urbanité décontractée. Olivia est vêtue d'une robe verte avec des broderies dorées. Il y a des serveurs.

Mitchell va me chercher une boisson sans alcool et je vois Anastasia avec un groupe d'autres femmes. Elle est en train de leur raconter une histoire qui les fait rire. Elle m'aperçoit et vient vers moi.

— Salut, dit-elle. Vous avez une très belle robe. Je me disais… que nous pourrions parler, toutes les deux. Vous ne pensez pas que ça serait une bonne idée ?

Je ne suis pas certaine d'en avoir envie. Je ne veux pas connaître son histoire passée avec Mitchell. J'ai d'ailleurs peur que cette histoire ait un présent.

— On fait connaissance ? dit Mitchell, de retour avec un verre.

— Ça te pose un problème ? demande Anastasia en lui lançant un regard éloquent.

— Pas du tout, mais ne révèle pas tous mes secrets d'enfance, Anastasia.

— Je crois que tu n'as besoin de personne pour ça, rétorque-t-elle.

Il fait un signe de tête à un homme qui vient de prendre un verre de vin sur un plateau présenté par un serveur. Il est seul. On dirait un faucon.

— C'est Tony van Ghent.

— Tu veux dire Anthony van Ghent ? Le critique littéraire ?

— Oui !

Mitchell me regarde d'un air approbateur.

— Tu as lu ses travaux ?

— Oui, ses essais m'ont beaucoup aidée.

— Va le lui dire.

Je pense à la qualité de ces essais. Il y avait aussi tout un livre de rhétorique, que j'ai commencé mais jamais fini. Du coup, j'hésite à m'avancer vers lui. De plus, si je pars, Anastasia et Mitchell seront seuls. Mitchell me pousse légèrement.

— Vas-y.

Je m'approche d'Anthony van Ghent et me présente. Je lui dis que ses essais sur le modernisme m'ont aidée à réussir mes examens finals.

— Et vous les avez passés où ?

— À Cambridge.

Il hoche légèrement la tête. La bonne réponse.

— Et dans quel collège ?

— Corpus.

— Ah oui, je connais bien Mariella…, dit-il. Vous lui transmettrez mes amitiés quand vous la verrez.

Mariella, c'est le prénom de la femme du master, une femme dont j'ai passé trois ans à admirer de loin les goûts en matière de robes et de chaussures. Nous ne sommes pas du tout aussi proches qu'il ne l'imagine. Je n'étais qu'une étudiante parmi tant d'autres.

— Je ne suis plus à Cambridge, dis-je. Je suis à Columbia.

Il me regarde d'un air absent.

— Vous travaillez sur quelque chose en ce moment ?

— Woolf, répond-il.

Il balaie la salle du regard, dans l'espoir manifeste de trouver quelqu'un de plus intéressant que moi. J'en doute parce qu'hier soir, lorsque nous avons dîné avec la famille de Mitchell, la discussion a surtout porté sur les droits de port.

Je m'obstine à lui faire la conversation, car je ne veux pas essuyer un échec sous les yeux de Mitchell.

— J'ai lu quelque part que Virginia Woolf n'avait pas compris *Paradis perdu* ; elle n'a pas saisi.

Je suis récompensée par une infime lueur d'intérêt dans ses yeux.

— Vous pensez qu'elle ne voyait pas l'intérêt de ce phallocentrisme ? demande-t-il.

— Vous voulez dire qu'elle ne pouvait pas voir l'esprit qui se cache derrière le pénis ?

Van Ghent sourit légèrement et, très vite, je ne sais plus où me mettre. Il se retourne quand le père de Mitchell pose doucement la main sur son épaule. Cornelius se contente d'un simple « Tony » pour le saluer, puis, s'adressant à moi, ajoute :

— Esme, vous pourriez m'accorder quelques minutes ? Tony, vous voulez bien nous excuser ?

Il ouvre la marche et se faufile à travers les convives jusqu'à son bureau aux murs lambrissés. On dirait que le lambris est à la mode par ici. Les magazines littéraires *London Review of Books* et *New York Review of Books* trônent sur une table basse à côté du fauteuil dans lequel je m'assois. Cornelius reste debout, près de la cheminée.

— La *London Review of Books* est terrifiante. Les articles sont interminables, mais personne ne s'en rend compte, car en général les lecteurs renoncent au bout de quelques lignes seulement.

Je prends le magazine.

— Très amusant, dit-il.

Puis :

— Mademoiselle Garland.

Pas Esme.

— Mademoiselle Garland, j'ai entendu votre remarque à Tony van Ghent et elle confirme les craintes que j'avais à votre sujet avant de vous rencontrer.

Je pose la *LRB*. Mon cœur bat de nouveau la chamade.

— Ce que je vais dire va certainement vous blesser, j'en ai bien peur. Il m'est d'ailleurs pénible d'avoir à vous le dire. Mais vous n'êtes pas à votre place ici, vous ne le serez jamais, je pense, tout comme vous ne serez jamais heureuse parmi nous.

Je sens l'adrénaline irriguer mes veines. Mon sang me paraît brûlant.

— En général, je ne suis pas aussi direct, dit-il. C'est toujours plus agréable de rester dans la nuance.

Il pose sa main effilée sur le manteau de la cheminée.

Je suis tout à fait d'accord avec lui. Le franc-parler n'est pas vraiment une qualité qui le caractérise. Tout ce que je l'ai entendu dire jusqu'à présent montre qu'il ne sait parler que par circonlocutions.

— Mais dans ce cas, poursuit-il, en suivant le contour du plâtre avec un doigt, je crois qu'il y a une expression toute faite qui résume tellement bien votre démarche que ce serait vraiment de l'égotisme de tenter une périphrase plus intéressante. Il me faut donc parler franchement. Il y a indubitablement une forte possibilité, malgré les caprices de la contingence et de l'infortune, que mon fils soit tombé, ou qu'il ait sauté volontairement pour ne pas trahir ses valeurs morales transmises de génération en génération, dans un piège que vous lui avez tendu avec succès…, mais qui n'est pas très original, vous en conviendrez.

Parler franchement, si on s'appelle Henry James peut-être.

— L'expression toute faite, c'est « vieille comme le monde ». On parle souvent d'une ruse vieille comme le monde, si vous voyez ce que je veux dire. Mon fils a-t-il été victime d'une ruse à laquelle les femmes ont recours depuis l'origine des temps ?

— Je n'ai pas…, dis-je.

Mais je m'arrête. Je ne peux pas parler. Si je parle, je vais certainement pleurer et je ne vais pas donner cette satisfaction à cet homme. Je veux dire que ce n'est pas seulement une ruse vieille comme le monde, mais aussi un accident vieux comme le monde.

Il faut que je détourne mon esprit de ce qui se passe. Je regarde un coussin broché sur un fauteuil broché et je pense à un poème que j'ai appris à l'école et que j'essaie de réciter dans ma tête. *La tête nous fait mal, dans les vents d'est glacés qui sans pitié nous fouaillent… Fatigués nous veillons, car la nuit est silencieuse… Inquiètes du silence… Que faisons-nous ici*[1] ?

— Mademoiselle Garland ?

Il est toujours au même endroit, immobile. Il a la même invincibilité brillante que son fils.

Puis, un sentiment fatal d'obstination et d'irritabilité me submerge. Il est probablement temps d'expliquer ce qui s'est passé, même si ça ne le regarde pas, même si l'explication ne sera pas agréable. Mais je décide de m'abstenir.

Puisqu'il me prend pour une fille comme ça, alors, je vais lui donner ce qu'il veut.

Je regarde M. van Leuven droit dans les yeux et je souris. Mon sourire est censé représenter mon âme machiavélique. L'espace d'une seconde, je lis la surprise sur son visage, puis ses traits se durcissent de nouveau, des traits durs dont Mitchell héritera.

---

[1] Extrait du poème « Exposure » de Wilfred Owen. Traduction de Barthélemy Dussert.

Il dit doucement :

— N'allez surtout pas penser que je suis incapable de traiter, brièvement en tout cas, avec des personnes de votre genre.

Je ris, tout aussi doucement, un souffle susurré.

— Une personne de mon genre ?

— Oh oui, il n'est pas difficile de deviner le genre de personne que vous êtes.

L'envie de pleurer est immédiatement remplacée par le besoin irrépressible, presque hystérique, de rire.

Et je ris. Ça renforce le côté machiavélique du personnage que j'incarne. Il fronce les sourcils.

— Et si nous passions aux choses sérieuses ? dit-il.

Je souris pour lui montrer que je suis d'accord, même si je ne saisis pas vraiment ce qu'il entend par là.

Il regarde par-dessus ma tête.

— Quel montant envisagiez-vous ?

J'aurais dû m'y attendre et pourtant c'est un véritable choc. C'est donc ainsi que les gens se comportent dans ce milieu. Je me cale dans mon fauteuil et le regarde droit dans les yeux.

— Oh ! Monsieur van Leuven, dis-je en souriant, vous ne vous attendez tout de même pas à ce que je donne le premier chiffre ?

Je jubile presque parce que j'ai réussi à sortir cette réplique. C'est tout ce que je sais en matière de marchandage.

Monsieur van Leuven hoche la tête – parce qu'il ne s'attendait pas à autre chose ou parce qu'il sent que nous allons parvenir à un accord.

— Soyons clairs : il n'est pas trop tard pour avorter, dit-il.

Je dis qu'en effet il n'est pas trop tard et je décide que je le déteste.

— Mais, d'après ce que je crois savoir, il ne reste pas beaucoup de temps.

Je secoue la tête.

— L'argent, si nous nous mettons d'accord sur une somme, sera versé une fois que l'avortement aura eu lieu et uniquement dans ce cas.

Ne pleure pas ne pleure pas ne pleure pas sois en colère sois en colère sois en colère.

— Ce n'est pas pénible pour vous, tout ça ? demande-t-il d'une voix un peu incrédule.

— Mitchell est-il au courant ?

Ma voix est un murmure ; je ne veux pas qu'elle se brise.

— Mitchell m'a dit qu'il vous a demandé d'avorter.

— Oui, c'est vrai.

J'oublie de chuchoter, et ma voix se brise.

— Sait-il que vous me demandez ça ? Le sait-il ?

Il me regarde, il me jauge. Il ne croit plus en la méchante Esme. Il dit :

— Oh ! ma chère fille.

Les larmes coulent. Je les ignore. Si la lumière joue en ma faveur, il ne les verra pas. Si je les essuie, il les verra.

Désormais, les mots semblent venir de son cœur plutôt que de sa tête.

— Non, il ne sait pas. Mais, ma chère, vous ne voulez certainement pas d'un mariage précipité, avec un bébé sur les bras à votre âge et avec votre potentiel. Croyez-moi, ça change tout. Ma femme…

Il s'interrompt. Puis, il dit :

— Et c'est irrévocable. Mitchell m'a dit qu'il voulait à tout prix que vous avortiez et que vous aviez refusé catégoriquement. Que vous n'êtes pas croyante, que vos valeurs morales ne vous interdisent pas… d'interrompre une grossesse non désirée… J'ai fait une erreur avec ma phraséologie un peu malheureuse à propos de l'argent, mais je suis très heureux de vous aider financièrement…

Je dis d'une toute petite voix :

— Elle n'est pas non désirée. Quant au mariage, ce n'est pas parce qu'il peut paraître précipité…

— Peut paraître précipité ? Vous pensez que Mitchell…

Il s'interrompt de nouveau. Je le revois se lever brusquement quand nous avons parlé d'Anastasia cet après-midi. Ils savent tous quelque chose.

Il regarde son sous-main en cuir vert. Il reste longtemps ainsi, la tête baissée. Quand enfin il se redresse, il dit, avec un petit haussement d'épaules :

— Vous avez choisi la voie du chagrin.

Quelle autre voie y a-t-il ? aimerais-je dire. *Quelle autre voie compte dans la vie ?* Aimer, c'est être vulnérable. Aimer, c'est faire l'expérience du chagrin au centre même de l'amour.

— Je dois partir, dis-je.

Je me lève, me tourne et traverse la pièce jusqu'à la porte. Je n'arrive pas à tourner la poignée. Toute la tension refoulée se concentre tout à coup sur la conviction que Cornelius m'a enfermée.

— Laissez-moi sortir, dis-je. Laissez-moi sortir.

Je tire frénétiquement sur la poignée, tape ma paume contre le panneau de la porte. Il y a peut-être un donjon spécial, une oubliette de Sag Harbor où on enferme les gens qui ne répondent pas aux critères de sélection.

M. van Leuven s'approche de la porte pendant que je continue à tirer dessus.

— Vous permettez ? dit-il.

Il pousse légèrement la porte avant de tourner la poignée. Elle s'ouvre facilement.

— Merci, dis-je.

Merci. La politesse par-dessus tout.

Je sors de la maison en courant et j'arrive dans l'air glacial sans savoir vraiment où je vais aller. Je ne sais qu'une chose : je veux m'éloigner au plus vite de Cornelius van Leuven et de ses tentatives de corruption, mais encore plus de la dernière chose que j'ai cru voir dans ses yeux :

il me semble que c'était de la pitié. La nuit commence à tomber, et les alentours de la maison sont déjà plongés dans l'obscurité. Deux lampes sont éclairées dans l'allée, projetant des halos de lumière bien nets sur le sol. J'entends la fête, la fameuse fête de Noël de la famille van Leuven, et je m'éloigne d'elle. Je vais retourner dans la petite chambre bleue dans l'autre maison et me ressaisir.

Il y a du givre partout. Tout est immobile. Cette stase qui touche tout ce qui m'entoure est incompatible avec mon tourment et me calme progressivement. Je descends l'allée bordée de buis de Cornelius et rejoins la petite route municipale.

Je mets longtemps. Quand, enfin, j'atteins la route, l'odeur très subtile du buis vient me chatouiller les narines, comme si un petit nuage odorant était resté suspendu dans l'air depuis l'été dernier. Ça me rappelle tellement les longues journées d'été en Angleterre qu'il m'est presque insupportable tout à coup d'être aussi loin de la maison. Je sais que l'Angleterre se résume beaucoup plus souvent à attendre des bus qui ne viennent pas, sous un ciel aussi blanc aujourd'hui qu'hier et demain, mais ce parfum qui m'entoure évoque une Angleterre différente : celle où on mange des fraises à la crème, où on entend le bruit caractéristique du cuir sur l'osier (la balle et la batte des joueurs de criquet), celle où on boit dans le jardin un verre de Pimm's avec des feuilles de menthe et des morceaux de concombre. Et je me dis tout à coup que c'est de la folie de l'avoir quittée.

Je sors mon téléphone de mon sac et essaie d'appeler ma mère. Il n'y a pas de réseau.

J'arrive enfin à la Winslow House. Elle n'est pas fermée à clé, bien sûr, parce que personne ne s'inquiète des voleurs. Je jette un coup d'œil dans le salon. Les portes-fenêtres qui donnent sur la mer sont fermées, mais il doit y avoir un jour quelque part parce que les rideaux vaporeux bougent doucement. Les touches du piano brillent un peu dans la faible lumière du crépuscule. Je pense aux tableaux de Hopper représentant des maisons au bord de l'océan, une porte ouverte sur la mer, le large. Quand je les ai vus en Angleterre, j'ai pensé que c'étaient des fantaisies à la René Magritte, mais je me dis à présent qu'il les a certainement peints d'après nature. Comme ils sont privilégiés, les van Leuven et tous les autres, d'avoir tout ça quand ils le veulent. Je devrais moi aussi me sentir privilégiée d'être ici. Mais je ne suis pas à ma place.

J'avance jusqu'au milieu de la pièce et aperçois furtivement mon reflet dans le miroir, un reflet qui m'alarme. Je me tourne pour regarder comme il faut. Dans la robe pâle que j'ai choisie pour la fête, avec mes cheveux relevés en chignon dont se sont échappées quelques mèches, je pourrais être le fantôme d'une fille triste qui vivait ici il y a un siècle ou plus. La tristesse imprègne la pièce ; je ne sais pas si c'est la mienne ou si elle appartient à un esprit délaissé. En tout cas, nous allons bien ensemble.

Je m'approche du piano à queue, m'assois et caresse les touches. Je dois à peu près avoir le niveau « Préparatoire 1 », le premier contrefort plutôt que le sommet. Je n'ai jamais joué sur un piano à queue. Je commence à interpréter une version très simple de la *Sonate au clair de lune* que j'ai apprise quand j'étais enfant. Je n'allume pas.

C'est la *Sonate au clair de lune*, après tout, et ça va parfaitement avec l'atmosphère de la pièce. Je n'y arrive pas au départ. Ça fait longtemps que je n'ai pas joué. Puis, je retrouve mes sensations, et ma solitude totale me pousse à jouer bien.

La musique, c'est comme la poésie. Elle peut vous permettre d'arrêter de penser. Elle peut aussi vous ouvrir. Je mets ma solitude, ma tristesse et mon bonheur dans la musique. Je joue ma *Sonate au clair de lune* simplifiée pour les enfants comme si j'étais Alfred Brendel. Je joue comme un génie si on fait abstraction de toutes les fausses notes.

Une fois que j'ai terminé, je reste assise calmement pendant quelques secondes. J'aurais aimé que Luke puisse entendre ça ; au moins saurait-il à présent que j'ai une âme.

J'entends un bruit qui me fait sursauter. Cornelius van Leuven se tient sur le pas de la porte comme un revenant. Il a les mains dans les poches.

— Vous jouez particulièrement mal, dit-il.

— Je sais.

— Vous pouvez jouer le reste ? Le troisième mouvement, par exemple ?

Je le regarde en haussant les sourcils. Nous savons tous les deux que j'en suis incapable.

— Moi, je sais le jouer, dit-il.

Il est désormais adossé contre le chambranle de la porte.

— De mémoire ?

Je devrais plutôt dire : « Comment avez-vous pu me sortir ces choses horribles tout à l'heure ? Et on ne vous a jamais dit qu'il fallait frapper avant d'entrer ? Et allons-nous vraiment parler de Beethoven plutôt que de la situation que nous devons affronter ? » Mais je m'abstiens.

— Non, mais Carter a certainement la partition.

Il se redresse et avance jusqu'à une table où sont posées des partitions. Une fois qu'il a trouvé celle qu'il cherchait, il allume la lampe à côté du piano. Je me lève du tabouret, il s'assoit dessus et ouvre la partition.

— Tout comme vous, je suis plus d'humeur à interpréter le premier mouvement, dit-il. Connaissez-vous suffisamment bien le morceau pour tourner les pages ?

— Tout juste.

Il pose doucement les doigts sur les touches tout en étudiant la partition, puis il commence à jouer.

Il joue avec l'assurance parfaite que j'attendais de sa part, mais aussi avec une émotion dont je ne l'aurais jamais cru capable, lui que j'ai vu il y a quelques minutes caresser le plâtre dans son bureau dans un geste de menace à peine voilée.

Il joue sans fausses notes ce que j'ai joué et, sous ses doigts plus lents, plus mesurés, la sonate se transforme en lamentation. Est-ce parce que je ne fais pas ce qu'il voulait que je fasse ? Se lamente-t-il pour son fils ? Il me semble que c'est plus profond. On dirait, parce qu'il n'est plus un jeune homme, qu'il pleure tout ce qui n'aurait pas dû être et tout ce qui aurait pu être. Il déverse un torrent de tristesse.

À la fin, il reste assis en silence, comme moi tout à l'heure, sans bouger. Je m'approche de la fenêtre, puis erre dans la pièce, comme si j'allais trouver un endroit où je me sentirais à l'aise. C'était sans doute très malin de sa part de jouer du piano en ma présence. C'est peut-être une tactique qu'il a trouvée en lisant L'Art de la guerre, un moyen de désarmer son ennemi.

Je pense à la musique que Luke a jouée pour moi à La Chouette, la musique des vieux hommes de l'Alabama, à la musique qu'ils passent sur le lecteur CD aussi. Mon bébé écoute beaucoup de musique triste dans mon utérus : Emmylou Harris et Dock Reed et Leonard Cohen et maintenant Beethoven. Je me demande si ça va l'influencer : je ne voudrais pas qu'il ait le vague à l'âme avant même d'être né. Il faut que je me dépêche d'aller acheter des trucs plus gais.

— Dans mon bureau tout à l'heure, dit Cornelius en regardant droit devant lui, je vous ai fait passer un test. C'était important pour moi, pour Olivia, pour tout le monde, de savoir quel genre de personne vous étiez.

Je ne dis rien. Le coup du « test qu'on fait passer » après un plan qui a échoué est si galvaudé que ça en serait presque comique. Presque.

— Nous venons d'une très vieille famille. Je sais que Mitchell a considéré qu'il était de son devoir de vous demander en mariage et je respecte son choix. Mais avant de permettre une telle chose – permettre n'est sans doute pas le terme exact, Mitchell est un adulte –, avant d'accéder à une telle demande, nous devions nous assurer, sans l'ombre d'un doute, que vous n'étiez pas…, qu'il n'y avait pas d'arrière-pensées. Je sais que j'ai été dur avec vous. C'était très pénible pour moi aussi. Mais je suis heureux de vous dire, Esme, que vous avez réussi mon test.

Je suis au milieu de la pièce, sur un tapis bleu passé, certainement un Aubusson. Je suis le contour d'une arabesque avec mon orteil avant de lever les yeux.

— Mais, monsieur van Leuven, dis-je d'une voix aussi douce que la sienne tout à l'heure, je crains que vous n'ayez pas réussi le mien.

Sa peau devient blême et il sort dans le vestibule sans un mot. Il ouvre la lourde porte d'entrée, puis s'arrête.

— Vous vous demandez peut-être, non sans une certaine inquiétude, où se trouve mon fils en ce moment, mademoiselle Garland. Il fut un temps où il ne pouvait pas quitter d'une semelle la femme qu'il aimait. Mais il a *peut-être* passé l'âge pour ça aussi, ce qui expliquerait votre solitude actuelle.

Il soulève légèrement les épaules.

— Bonne nuit, dit-il.

Je monte à l'étage. J'enlève ma robe du soir et me brosse les dents. J'ai l'intention de me mettre tristement au lit. Je pourrais peut-être contracter une phtisie durant les prochaines heures et dépérir dans une poignante agonie tout en écoutant la mer derrière la fenêtre et le cliquetis des chaînes des bateaux. J'imagine les visages dévastés des coupables autour de mon lit de mort. « Pouvons-nous au moins sauver l'enfant ? » demandera Cornelius, une ombre sur les joues, car il comprendra le rôle qu'il a joué dans ma disparition. Et le prêtre, ou le docteur, l'autorité dans un manteau noir, dira : « Dans un cas comme celui-ci, l'issue est incertaine. Il ne nous reste plus qu'à prier. »

Ce scénario laisse la place à une rediffusion plus prosaïque du test de Cornelius et du reste. Je décide que ce rêve de mort à la fois passif et agressif, que toutes ces larmes d'amertume versées sur mon oreiller, ce n'est ni plus ni moins que de la lâcheté. Je me rhabille et enfile cette fois un gros gilet en laine sur ma robe. J'asperge mon visage d'eau froide et retourne à la fête d'un pas décidé.

Le fait de marcher à grandes enjambées m'aide. J'arrive au milieu d'un brouhaha énergique et éméché. Je ne vois personne que je reconnais. Je passe d'une pièce à l'autre, mais j'hésite avant d'entrer dans la troisième.

Je suis venue, sobre, enceinte, enveloppée d'un gilet de laine, chercher mon fiancé, l'arracher à la fête et peut-être à son amour. J'aurais tout aussi bien pu me pointer en pantoufles avec des rouleaux dans les cheveux. Comment ai-je pu même songer à mettre un gilet en laine dans ma valise ?

Il n'y a ni Mitchell ni Anastasia.

— Salut !

Une femme s'approche de moi ; elle était dans le groupe qui parlait avec Anastasia tout à l'heure. Elle semble tout à la fois étincelante et fragile. Très experte, elle boit une longue gorgée de champagne.

— Esme, c'est ça ? Quel joli prénom ! D'où vous vient-il ?

— Mon prénom ? C'est ainsi que s'appelait mon arrière-grand-mère.

— C'est si adorable.

— Merci.

— Mitchell vous cherchait il y a un instant. Il est parti en direction de la plage, dit-elle.

— Oh ! d'accord, d'accord. Merci.

Je crois savoir quelles sont ses motivations. Pourquoi serait-il à la plage ? Il fait un froid glacial. Je m'en vais, non pas pour partir à la poursuite de Mitchell, mais pour rentrer. Le gilet, la blessure, je ne peux cacher ni l'un ni l'autre. Une fois arrivée au niveau de la clôture, je fais quelques pas dans le sable doux et blanc. C'est alors que je les vois. Là, au bord de l'eau, il y a Mitchell, qui regarde la mer. Et, à environ deux mètres, sur sa droite, les yeux rivés sur la mer, elle aussi, Anastasia.

Ils ne sont pas dans une étreinte passionnée. Ils ne se touchent pas, ils ne se parlent pas, c'est tout juste s'ils bougent, d'ailleurs.

J'ai moi-même l'impression de m'être changée en pierre. Leur intimité ne pourrait pas être plus évidente si je les surprenais au lit ensemble. Les gens se soûlent dans une soirée, ils font l'amour ensuite et puis ça en reste là ; mais là, c'est autre chose.

Je me force à rester, me force à affronter la réalité.

La nuit est très claire. Les cheveux d'Anastasia sont éclairés par le clair de lune.

Il se tourne légèrement vers elle et parle. Je n'entends rien, ils sont trop loin, mais je vois très distinctement ; leurs corps et leurs gestes disent tout ce qu'il y a à dire. Anastasia, une fois qu'elle a écouté, tourne la tête dans l'autre direction. Sa nuque est si élégante, tous ses mouvements sont si élégants, comme ceux d'une danseuse. Il se remet à parler, explique, exige – en tout cas, il veut qu'elle comprenne.

Elle est enveloppée dans quelque chose pour se protéger du froid, une sorte de couverture, et elle a les bras croisés, non pas pour afficher son inflexibilité comme le font la plupart des gens, mais pour se protéger, pour se couvrir. Il lui parle et elle hoche la tête. Elle regarde ses pieds, déplace le sable avec sa chaussure. Mitchell s'approche d'elle et lève la main, comme s'il voulait caresser ses cheveux, mais il laisse retomber son bras le long de son corps sans la toucher. Il s'écarte un peu.

Elle penche légèrement la tête vers la sienne, comme si elle brûlait d'aller à sa rencontre. Ils restent ainsi, immobiles. Au bout de longues minutes, il pose la main sur elle et se contente de tenir le haut de son bras à travers la couverture. C'est un mouvement plein de retenue, comme s'il ne pouvait pas se permettre d'en faire plus, le réconfort qu'on peut offrir à une étrangère.

Il s'éloigne rapidement, vers la gauche, vers la Winslow House.

Anastasia reste où elle est une minute et moi aussi. Je devrais m'en aller en pleurant.

Ce n'est pas très agréable d'être l'objet du devoir plutôt que du désir. Leur amour me rend instantanément pitoyable. Peu importe comment je suis, je suis la tierce personne pitoyable, hors du monde enchanté qui est sa propre justification.

Anastasia avance sans le savoir droit sur moi. Je ne bouge pas. Quand elle me voit, elle s'arrête une fraction de seconde, puis approche et s'immobilise devant moi. Silence pendant quelques instants.

— Vous l'aimez, dis-je.

Elle secoue la tête.

— Non, non.

J'ai les larmes aux yeux, mais j'espère que ma voix n'est pas larmoyante.

— Ce n'est pas grave, dis-je, vous n'avez pas besoin de…

— Non ! dit-elle. Ce n'est pas ça.

Je réalise que sa voix est sincère et non alarmée.

— Je viens de voir…

— Ce que vous venez de voir, dit-elle avec lassitude, c'est Mitchell qui fait sa petite comédie. Je savais qu'il lui faudrait trouver un moyen. Il l'a fait, c'est fini.

Elle marque une pause, puis ajoute :

— Nous n'avons pas eu l'occasion de parler tout à l'heure. Mais voilà ce que je pense. Je sais que c'est lui le père. Mais je vous conseille de partir en courant.

Je ne dis rien.

— Vous l'aimez, je sais.

J'acquiesce.

— Aimez quelqu'un d'autre, dit-elle.

Puis, après m'avoir regardée pendant un long moment, elle dit :

— Je sais. Eh bien, venez, il fait froid.

Nous nous séparons au niveau du chemin et je rentre à la maison.

Je monte à l'étage et me déshabille de nouveau pour me mettre au lit. Je me glisse sous les draps. Je regarde le plafond. La vie est-elle censée ressembler à ça quand on est sur le point de se marier ? Que me réserve la suite, si c'est déjà si difficile ? Mitchell est couché dans l'autre lit.

Sa voix s'élève dans l'obscurité.

— Esme, il faut que je te dise quelque chose. J'ai emmené Anastasia à la plage ce soir. J'étais très inquiet, car, d'après mes parents, elle était toujours…, elle avait toujours des sentiments pour moi. Je veux être complètement honnête. Je l'ai emmenée à la plage pour lui dire qu'il ne pourrait plus jamais rien y avoir entre nous. Elle était bouleversée, vraiment, mais je pense qu'au bout du compte, elle s'en remettra.

Je ne parle pas. Il saute à bas de son lit et s'accroupit à côté de moi.

— Je t'aime totalement, Esme Garland. Corps et âme. Demain matin, je vais te réveiller tôt et te donner des heures et des heures de plaisir indicible. Dors maintenant.

Il retourne vers son lit à pas de loup et se couche. Quelques secondes plus tard, je l'entends ronfler.

XX

Quand nous revenons des Hamptons, je retourne immédiatement travailler dans ce petit magasin glauque dont la simple vue offusquerait Olivia. Le soleil brille, mais il fait froid. Tee, le type qui vient de South Bronx et qui lave parfois les vitres et s'assoit à minuit devant Barnes & Noble avec une bâche pleine de livres (« Quand Barnes & Noble ferme, j'ouvre »), dort à poings fermés au milieu de Broadway, devant le magasin. La capuche remontée sur sa tête, elle-même posée sur son sac, les doigts entrecroisés sur son ventre, il se tape un petit roupillon de midi au soleil.

Installée derrière le comptoir, je le regarde. Les gens passent devant lui à grandes enjambées ou au contraire le contournent en traînant, et il dort simplement. Peu lui importe que les gens voient son visage pendant qu'il dort, alors qu'il ne le contrôle pas.

Quelqu'un donne un coup de coude à la personne qui l'accompagne pour qu'elle regarde Tee et son insouciance paisible. Une fille seule le prend en photo, hésitante, à la dérobée, avec son téléphone.

Quelqu'un prononce la phrase de circonstance, qu'il faut dire dans ce contexte pour affirmer fièrement son sentiment d'appartenance et la singularité de la ville :

— Il n'y a qu'à New York qu'on voit ça.

Un homme mince, vêtu d'un jean et d'un sweat-shirt

jaune passé, le regarde fixement en passant, puis jette un rapide coup d'œil autour de lui. Il y a une sorte de fébrilité chez lui qui ressemble à de la culpabilité, mais qui pourrait trahir le manque. Il a quelques ressemblances avec les sans-abri de ma connaissance, mais je ne peux pas vraiment identifier ce que c'est. Il revient, s'accroupit à côté de Tee en me tournant le dos. Lorsqu'il se relève, Tee dort toujours, mais son sac n'est plus là.

Je pose ma main sur le comptoir comme si je pouvais sauter par-dessus, mais mon corps reste malheureusement cloué au sol. Je contourne alors le comptoir, sors dans la rue, et je cours aussi vite que possible après le type qui se dirige vers Downtown. Il n'a même pas cherché à disparaître dans une rue latérale. Il marche tranquillement. Je le dépasse en courant, puis me retourne pour lui faire face.

— Rendez-le, lui dis-je furieusement. Rendez-le ! Comment avez-vous osé ?

Je me retiens de dire : « Et à Noël par-dessus le marché ! » Mais c'est tout juste.

Le type me regarde fixement et il est tout aussi furieux que moi. Il arrache la sangle du sac de son épaule et le jette dans mes bras.

— Pour qui tu te prends, toi ? De quel droit tu me dis ce que je dois faire ? lance-t-il, puis il me pousse pour passer.

Je ne comprends pas.

— Je ne me prends pour personne en particulier, dis-je. Puis, je crie en m'adressant à son dos, mais c'est un type qui vit dans la rue, un sans-abri, ça ne se fait pas.

— Va te faire foutre ! hurle-t-il sans se retourner.

Je retourne au magasin en courant, je cours parce que je suis encore furieuse. Tee dort toujours à poings fermés.

Je glisse le sac sous le comptoir et le cache sous les *New York Times*. Luke est en train de recouvrir des jaquettes d'un acétate de protection sur la table du haut. J'enlève la clé du tiroir-caisse et monte l'escalier.

Je raconte à Luke tout ce qui vient de se passer. Il passe le pouce en haut du film d'acétate pour faire un pli et tourne la jaquette pour s'assurer que le livre est bien protégé.

— C'est Dennis qui l'a trouvé, dit-il. C'est une édition originale du *Vieil Homme et la Mer*.

Je ne sais pas pourquoi il dit ça au lieu de réagir à mon histoire. Je me tiens toujours en haut des marches et j'attends. Rien ne se passe. Je redescends et m'assois. Des clients entrent et demandent des renseignements, je réponds, cherche des livres pour eux, discute avec eux et les aide.

L'homme à la serviette sur la tête entre et monte jusqu'à la mezzanine pour regarder les éditions originales et j'entends Luke discuter avec lui. Tee entre dans le magasin en trébuchant et se frotte le visage.

— Tu as vu mon sac ? demande-t-il.

Je le lui donne.

— Merci, dit-il.

Il est déjà sur le pas de la porte.

— À plus tard.

L'Homme à la serviette redescend pour acheter un exemplaire dédicacé de *L'Histoire d'Edgar Sawtelle*, et Luke l'accompagne.

— Vous allez aimer, lui dit Luke. Il m'a beaucoup plu.

Luke sort et revient avec une tasse en plastique qu'il pose sur le comptoir.

— De la camomille. Je me suis dit que ça allait peut-être te calmer.

— Je suis calme, dis-je. Tu as une relation complice avec l'Homme à la serviette.

— Ou John, comme il aime se faire appeler. Esme, tu n'aurais pas dû poursuivre ce type pour récupérer le sac de Tee. C'était vraiment stupide. Tu sais qu'il aurait pu avoir un couteau, etc., etc.

— Comment a-t-il pu voler le sac de Tee ?

Je répète ce que j'ai dit auparavant.

— Ils vivent tous les deux dans la rue. Je ne comprends pas.

— En effet, tu ne comprends vraiment pas.

Il me sourit. Je trouve ça déconcertant.

— Tu veux qu'ils fassent tous partie de la même bande ? Une bande de voleurs, de joyeux compagnons comme dans Robin des bois ? Ils ne voleraient qu'aux gens comme Bill Gates et Donald Trump ?

— Non, dis-je d'une voix dédaigneuse, mais au fond de moi je pense : *Oui, c'est exactement ce qui devrait se passer.*

Il tient son front dans ses mains.

— Esme, ma chérie, dit-il en levant son visage. Aucun de nous ne sait à quel point c'est dur dans la rue. On n'en a aucune idée, en fait. Mais j'aime ta vision idéaliste du monde.

— Ce n'est pas si idéaliste que ça. Si nous *imaginons* le monde ainsi, peut-être que cette vision sera plus proche de son accomplissement.

Il sourit de nouveau.

— Bois ton infusion, dit-il.

Je sens quelque chose qui s'enflamme en moi.

— Non, dis-je, tu te trompes.

— Vraiment ?

— Oui, tu es…

Je n'arrive pas à trouver le terme exact pour exprimer l'énormité de son erreur. Il attend.

— Tu es *consentant.*

Il me fixe. Je le fixe. Il a des yeux magnifiques.

— Je ne sais pas si je te l'ai dit très souvent, Luke, mais je t'aime vraiment bien, en fait.

Il m'adresse un sourire glacial.

— Non, tu ne le dis pas très souvent, répond-il.

***

J'ai fini ma journée de travail à La Chouette et j'attends que Mitchell vienne me chercher. Il est tout juste six heures passées. George feuillette le contenu d'une chemise en carton rose. Il sort une lettre et une carte postale.

— Hum. Je me demande si c'est un trésor… C'est une carte postale dédicacée par Percy Lubbock à… quelqu'un d'indéchiffrable.

Il me tend la carte.

— Qui est Percy Lubbock ?

— Oh ! J'en conclus qu'on ne va pas gagner une fortune avec celle-ci, dit George en la rangeant. Nous aurons peut-être plus de chance avec notre édition originale annotée des *Trois Guinées*. Malheureusement, Virginia Woolf est une femme.

— Ça, c'est un scoop ! dis-je. Qu'est-ce que tu entends par là ?

C'est un truc bizarre, mais je crois, et c'est aussi mon expérience, que les femmes n'ont pas ce besoin de collectionner qu'ont les hommes. Les femmes qui sont entrées dans cette librairie en quête d'éditions originales, ou de livres dédicacés, ou…, tiens, quand on parle du loup, il sort du bois…

Il fait un signe de tête à notre expert de Nabokov, Chester Mason, qui vient de se glisser dans le magasin.

— … ou encore d'objets qui ont appartenu à des romanciers célèbres se comptent sur les doigts d'une main.

— Bonsoir, dit Chester.

— Les hommes ont l'air de croire qu'il y a un esprit dans ces objets, qu'ils ont un caractère sacré parce que l'écrivain les a touchés, comme si la magie pouvait déteindre sur eux, comme s'ils pouvaient profiter de sa grandeur.

Il sourit du coin des lèvres.

— Je suis persuadé qu'on peut en effet accéder à cette grandeur, mais uniquement grâce aux mots. Les textes matériels sont importants, bien sûr, mais d'un point de vue historique, culturel. Je n'ai jamais su quoi penser des gens qui veulent des livres signés à tout prix. Mais bon, une édition originale signée, ça serait pas mal.

Je lance un regard anxieux à Chester ; j'ai peur que son monde ne s'écroule tout à coup. Mais pas du tout. Il n'écoute pas. Je me demande si je dois raconter qu'une fois, à Cambridge, j'ai eu entre les mains une édition reliée en cuir de *Vie et opinion de Tristram Shandy, gentilhomme*, signée très lisiblement par l'auteur, et que j'en ai eu des frissons à l'idée que ce livre, cet objet en particulier, ait été tenu et ouvert par Laurence Sterne… Pourtant, je suis une femme… Mais je décide de ne rien dire. Je ne l'ai pas acheté, il est vrai, mais il n'était pas à vendre.

— George, vous avez déjà consommé du peyotl ? demande Chester. Je parie que oui, non ? Au bon vieux temps ?

George dit :

— L'encre violette.

Il hoche distraitement la tête.

— Une fois qu'on en a consommé, reprend Chester, les yeux fixés sur George, on comprend la musique différemment, on comprend les couleurs différemment, et toutes ces choses en relation les unes avec les autres. Vous ne trouvez pas ? Vous et moi, George, nous nous souvenons de ces jours complètement dingues et brumeux, et nous savons, n'est-ce pas ? Grâce au peyotl, on devient synesthétique. Je me demande si Nabokov en a consommé. Il était synesthétique, en tout cas. Je pense que oui, je pense qu'il en a consommé.

— J'en doute. On ne trouve pas beaucoup de cactus peyotl dans les steppes russes, dit George.

Cette remarque est à la fois destinée à refroidir Chester et à le provoquer. George sait parfaitement que Nabokov n'avait strictement rien à voir avec les steppes russes. Je pense que George trouve que Chester est un peu « difficile ». Nous sommes tous de cet avis. Luke lui a demandé l'autre jour d'arrêter d'ennuyer deux filles avec Balthus, et Chester a invoqué le premier amendement.

Il commence à expliquer à George que la Russie de Nabokov, c'était la Russie de Saint-Pétersbourg, mais George lève la main et lui dit qu'il ne faisait que le taquiner. Chester semble ravi de se faire taquiner.

— En tout cas, dans le lot éclectique que j'ai rapporté ce matin, en plus de Percy Lubbock et Virginia Woolf et de deux livres sur Maïmonide, j'ai trouvé ça.

Il tapote une grosse bible brochée, sale et fripée.

— Elle a de la valeur ? dis-je, l'air d'en douter.

Ce n'est pas franchement un bel objet. George me la tend au moment où Mitchell entre dans le magasin.

— A-t-elle de la valeur ? répète George. Oh ! salut, Mitchell ! Eh bien, Esme, qu'est-ce que la valeur ? Je suis sûr que Mitchell pourrait nous le dire.

— Définir le terme « valeur » ? Je peux toujours essayer, répond Mitchell.

— Shakespeare peut aussi nous aider dans cette tâche, ajoute George. *Quel objet a d'autre valeur que celle qu'on y attache.*

— Quel est le livre qui a le plus de valeur dans cette librairie ? demande Mitchell d'un air détaché. Juste par curiosité.

— Il y a un exemplaire de *Feu pâle* en haut, dit Chester avec l'air de quelqu'un qui ne peut s'empêcher de dévoiler son secret le plus précieux et qui prend le risque insensé de voir cet homme partir avec. Ils le vendent trois mille dollars.

— *Feu pâle* de… ? demande aimablement Mitchell.

Le livre ne risque rien.

Chester a du mal à cacher sa peine.

— Nabokov.

— Que me donneriez-vous pour ça ? demande George à Mitchell.

Mitchell regarde la bible impartialement.

— Je ne la veux pas, précise-t-il, mais j'en donnerais trois ou quatre dollars.

— Non, vous ne la voulez pas et nous sommes désormais tous habitués à ce qu'Amazon nous dise ce que nous voulons. Amazon qui œuvre activement pour nous protéger du hasard, de l'heureuse découverte. Cette bible appartenait à Gregory Corso, qui faisait partie de ces poètes – écrivains, devrais-je dire – de la *Beat generation*. Avec Jack Kerouac, Allen Ginsberg et d'autres.

— *Howl*[1]. Hurlez, dit Mitchell comme le roi Lear. Oh ! et *Sur la route*.

George hoche la tête.

— Oui, m'sieur. *Sur la route*. Bien qu'à mon avis, *Sur la route* n'arrive pas à la cheville d'autres textes écrits par les beatniks, en particulier Ginsberg, comme vous dites. Certains poèmes de Corso sont aussi plus brillants, « Marriage » et « Bomb » pour ne citer qu'eux. Esme, tu as lu « Marriage » ?

Je secoue la tête.

— Vous devriez peut-être le lire tous les deux. Il porte un regard réaliste, etc.

George se tourne de nouveau vers Mitchell, comme le vieux marin[2] se tourne vers le convive du mariage, et lui dit avec le plus grand sérieux :

— Corso était un gamin des rues de New York. Il allait tous les jours à l'école et il était même enfant de chœur le dimanche ; personne ne savait qu'il dormait dans des tunnels la nuit. Et quand il rejoint les écrivains de la *Beat generation*, il parvient, malgré cette folie idéaliste

---

1   « Howl », poème culte d'Allen Ginsberg, récité pour la première fois à la Six Gallery de San Francisco en 1955. Cette critique virulente du rêve américain est considérée comme une des œuvres les plus importantes de la *Beat generation*.

2   Allusion au poème de l'auteur britannique Samuel Taylor Coleridge, « La Complainte du vieux marin », écrit entre 1797 et 1799. Le vieux marin invite le convive d'un mariage à écouter le récit de ses aventures lors du naufrage de son bateau. Le convive, d'abord agacé, est ensuite fasciné par son histoire.

et criarde, à rester fidèle dans un sens très réaliste à sa foi catholique. Je pense que c'est impressionnant, touchant en tout cas.

Mitchell a été stoppé dans son élan. Il se montre souvent impatient quand il doit se taire et écouter quelqu'un, mais George semble exercer un étrange pouvoir coleridgéen.

— À mon avis, il y a parfois dans la poésie de Corso un lyrisme retentissant qui permet d'accéder à la fois à une compréhension du monde et de ce qui le dépasse. Il y a parfois quelque chose de divin dans l'œuvre de Corso.

— Il faut que je me penche sur son œuvre, alors, dit Mitchell.

— Mais revenons-en à votre question. Vous êtes un économiste et vous me demandez quel est le livre le plus précieux que nous ayons ici ? Eh bien, à vrai dire, je n'en sais rien. Est-ce *Hamlet*, où chaque phrase est une mine d'or, chaque mot, un bijou, chaque pensée, un trésor ? Est-ce le Vieux Testament, le Nouveau, le Coran, ou *L'Éthique à Nicomaque*, ou encore *Le Banquet* de Platon… Nous ne manquons pas de livres magnifiques. Pourtant, malgré leur valeur, je crois que nous avons un exemplaire de *Hamlet* à trois dollars et il y a beaucoup d'endroits dans la ville où on peut avoir une bible ou un coran gratuitement.

— Bien sûr, dit Mitchell en souriant. Je pensais plutôt à quelques pages de la Bible de Gutenberg ou à quelque chose de typiquement new-yorkais.

— Nous n'avons pas le moindre feuillet, pas le moindre lambeau de la Bible de Gutenberg. Mais nous devrions peut-être nous pencher sur cet exemplaire qui ne paie pas de mine.

Il soulève la bible.

— Elle est après tout intrinsèquement liée, et notre conversation le montre, à la ville de New York, exactement là où nous sommes en cet instant précis, à la poésie moderne du vingtième siècle, à la tension entre l'existentialisme où tout est considéré comme absurde, et la foi, où tout est investi d'une signification. Alors, cette bible en lambeaux…

Il se penche vers Mitchell et le fixe.

— … cette bible en lambeaux avec des taches de café sur la couverture, ne résume-t-elle pas à elle seule la ville de New York ? Cette bible a-t-elle réellement appartenu à Corso ? Probablement pas. C'est sans doute une histoire inventée par un vendeur new-yorkais particulièrement malin. Mais ça n'a guère d'importance au fond. Corso se baladait avec une bible comme celle-ci dans les rues de New York, une bible qu'il avait prise dans une église. Quand la ville l'a rejeté, il est resté malgré tout, avec un livre comme celui-ci dans sa poche, et ce livre, avec toutes ses taches, toutes ses déchirures, a voyagé dans je ne sais combien de rues, de métros. Qui sait combien de fois Salomon a construit son Temple, combien de fois Jonas a été recraché par la baleine, qui sait les feux d'artifice d'imagination qu'il a provoqués, que ce soit chez Corso ou chez un Milton muet et peu glorieux. Je pense, je pense vraiment que ce livre est un symbole de la ville, non pas parce qu'il est rare et étrange, mais parce *qu'il ne l'est pas*.

Nous fixons tous trois la bible souple dans les mains de George. Mitchell lève doucement les yeux, tout comme George. Leurs regards se croisent, et Mitchell rit.

— Je vais prendre le *Hamlet*.

George, tel un sphinx, va en chercher un. Il revient avec le livre.

— Trois dollars, s'il vous plaît.

***

La ville de New York tout entière baigne désormais dans l'ambiance de Noël, même si Thanksgiving a retardé l'installation des guirlandes et des autres décorations.

C'est le commercialisme à l'état pur. Les vitrines des grands magasins sur la 5ᵉ Avenue se sont transformées en contes de fées étincelants parés de diamants, le sapin de Noël du Rockefeller Center est allumé, la boutique Cartier est ornée d'un immense ruban rouge, et une grande étoile en cristal brille au-dessus de la 5ᵉ Avenue à l'angle de la 57ᵉ Rue.

Les pères Noël de l'Armée du salut font tinter leurs clochettes à chaque coin de rue, tous les arbres sont enveloppés, du tronc à la plus petite brindille, de minuscules lumières blanches, et, chaque fois qu'on entre dans un magasin, on ne peut échapper à *A Holly Jolly Christmas* et *Jingle Bell Rock*. La Chouette distribue de petites tasses en carton remplies de vin chaud, réchauffé sur une plaque chaude dans la mezzanine. Le vin coûte une petite fortune à George, car il insiste pour que les ingrédients soient bios. Le vin bio, ce n'est pas difficile, mais pour ce qui est de la noix muscade bio, c'est une autre histoire.

Au plus fort de cette période, alors que tous les New-Yorkais, toutes races et religions confondues, semblent imprégnés de l'esprit de Noël, qui consiste entre autres à insuffler un peu de lumière et de chaleur à l'époque la plus sombre de l'année, je vends un livre à une cliente et lui souhaite un joyeux Noël. Elle me dévisage comme si j'avais dit :

— Odin soit loué.

Une fois qu'elle est partie, Luke déclare :

— On ne dit pas « Noël ».

— On dit « Noël », rectifie George, mais on se souhaite de joyeuses fêtes.

— C'est comme « Oriental », intervient Bruce. On ne peut pas dire « Oriental ».

— Voilà encore quelque chose que je ne comprends pas, dis-je. On dit bien « Occidental ».

— Seulement si on le dit occidentalement, fait remarquer David.

— C'est vrai ?

— C'est vrai, confirme George, l'air pensif. C'est une forme de courtoisie qui est apparue à cause des nombreuses religions et nationalités qui cohabitent ici. C'est évident, en fait. Personne ne doit imposer son système de croyances aux autres, tu ne trouves pas ?

— Si, dis-je, même si George est le premier à tenter de nous convertir aux baies de goji et à la poudre de maca. Quand je vais sortir du travail, je vais aller m'acheter un sapin de fêtes.

— Tu vois, tu piges vraiment vite, dit Luke. Tu vas t'en sortir.

Les sapins de Noël viennent du Vermont. Ils sont transportés par des hommes pas franchement loquaces, emmitouflés dans des vêtements chauds ; ils sont étranges, différents, plus proches de la terre et s'enferment dans un silence dédaigneux, comme des gitans. Ils apportent leurs sapins et les dressent sur les trottoirs, si bien que des pans entiers de Broadway sont soudain transformés en avenue sombre où règne une odeur de pin.

Les Coréens au-dessous de mon appartement importent leurs sapins et les taillent à la tronçonneuse pour qu'ils s'approchent du modèle platonique idéal : tous les bourgeons, toutes les branches qui dépassent sont éliminés sans remords. En décembre, je m'endors non pas bercée par le bruit des voitures qui passent, mais par le bourdonnement des tronçonneuses des Coréens qui taillent chaque sapin jusqu'à ce qu'il soit parfait.

Ce soir-là, j'achète un petit sapin aux hommes du Vermont, puisqu'ils se sont donné la peine de venir jusqu'ici et que c'est peut-être leur seule source de revenus pour l'année. Ils passent mon sapin dans une emballeuse et il ressort garni d'un filet. Au début, je le porte, mais il est trop lourd ; je le traîne donc sur les deux derniers blocs jusque chez moi.

Je l'installe dans un coin de mon appartement et le décore avec des guirlandes électriques de Duane Reade. Mitchell a du travail et ne peut pas venir, mais ça l'amuse que j'aie acheté un sapin et il dit que je devrais en faire un sapin typiquement new-yorkais. Il me promet d'apporter des babioles en forme de hamburgers, de taxis jaunes, de pickles.

C'est une expérience particulière de décorer un sapin dans mon appartement où je vis seule. Ça implique une certaine solitude, bien sûr, mais aussi une certaine révérence. Bien que je ne me préoccupe guère de religion, je décore malgré tout mon sapin de Noël, sans qu'on me l'ait demandé, seule. Ce n'est pas complètement anodin.

Stella passe me voir et me dit qu'il me faut des airelles. Elle descend chez les Coréens et revient avec un sachet de baies rouges. Nous passons une soirée tranquille à confectionner des guirlandes avec. On ne ferait jamais ça en Angleterre.

Là-bas, il faut tout acheter, des boules en verre ou en plastique, pour que le sapin soit parfait. Est-ce parce que le temps est beaucoup plus humide en Angleterre et que les baies risqueraient de moisir ou parce que nous avons perdu ce lien à la terre que les Américains ont su conserver ?

Stella partie, je reste assise dans l'obscurité et contemple longuement mon sapin étincelant avant d'éteindre les guirlandes et de me coucher.

***

En ce vendredi matin, il fait un froid glacial et étincelant. Je travaille à La Chouette avec Bruce et George. Luke n'est pas encore là. Je suis occupée à ranger et à enlever les décorations de Noël. Ils parlent d'un film où il est question d'un bûcheron qui fait du saut à ski pendant ses loisirs. Les New-Yorkais parlent tout le temps de cinéma de la même façon que les Anglais sont censés parler du temps qu'il fait. Ils parlent des vieux films, des nouveaux, des grands, des inconnus, de ce film polonais de 1937 qu'ils viennent de voir à l'Angelika, de celui avec Matt Damon qu'ils ont vu dans la grande salle du Sony de la 64ᵉ Rue, du film anglais qu'ils viennent de voir au Paris et du *Parrain,* du *Parrain* et encore du *Parrain.*

Des critiques viennent dans le magasin et parlent de films, puis les sans-abri entrent à leur tour et parlent cinéma avec les critiques. Les types qui vivent dans la rue voient tous les nouveaux films dans les immenses ciné-mas Sony, parce qu'ils paient un ticket d'entrée pour un, puis ils passent de salle en salle toute la journée. DeeMo peut discuter avec n'importe quel critique de cinéma qui croise son chemin, tant que le film dont il est question est passé au Sony.

Parfois, les gens arrivent au magasin au milieu d'une phrase, qui peut porter sur l'intelligence exceptionnelle de Jacques Audiard ou sur la sortie sans cesse repoussée de *How Starbucks Saved My Life*[1] ou encore sur George Cukor et son talent inimitable – ce remake lamentable de *Femmes* il y a quelques années ne l'a-t-il pas prouvé (remarque de Bruce) ? La phrase peut aussi porter sur les frères Cohen qui sont tellement complices qu'un acteur peut poser une question sur le film qu'ils sont en train de tourner à l'un ou l'autre, il obtiendra de toute façon la même réponse.

Ce pourrait être une façon d'éviter les sujets tels que la politique, la religion ou le sexe, mais je les soupçonne de plus s'intéresser aux films qu'à l'une de ces trois ques-tions. Je ne peux pas vraiment participer à leur conversa-tion et ils n'aiment pas trop quand j'interviens, alors, je me contente d'écouter pendant quelques instants. Je suis perchée en haut d'une échelle quand Luke arrive. J'essaie

---

1   Comment Starbucks m'a sauvé la vie.

d'épousseter le bord des étagères avec un plumeau. En fait, je ne fais que redéposer la poussière un peu plus loin. Il n'est plus question du film sur le bûcheron.

Ils parlent à présent de l'exceptionnel talent de comédienne d'une certaine Petula Maybelle. Je ne sais pas qui c'est, mais le nom m'incite à penser qu'elle n'est pas près de détrôner Judi Dench. Plus les minutes passent, plus je me crispe. Luke se mêle immédiatement à la conversation, et ils s'intéressent maintenant à Natalie Portman.

— Sa beauté, c'est à prendre ou à laisser, tu sais ? Je l'aime parce qu'elle est si intelligente, dit Bruce.

J'époussette de plus belle.

— Ça va là-haut, Esme ? demande George.

— Très bien.

— Ça ne me plaît pas trop de te voir en haut d'une échelle dans ton état, dit Bruce.

— Je vais parfaitement bien.

— Qu'est-ce que tu penses de Natalie Portman, Esme ? demande Luke.

— Je l'ai entendue dans une interview et elle est très, très intelligente, dis-je.

— Et belle, ajoute Luke.

— Très belle, dis-je.

Je les regarde tous les trois.

— Tu dois être très exigeant avec les femmes, Bruce.

Bruce a l'air peiné.

— Ce n'est pas ça…

— Pourquoi n'y a-t-il aucune metteuse en scène ? dis-je.

— Aucune ? répète George en haussant les sourcils. Esme, je suis choqué. Il y a Jane Campion et beaucoup d'autres.

— Amy Heckerling, Sofia Coppola, Nora Ephron…, dit Bruce qui se rembrunit soudain. Elle va me manquer, c'est sûr.

— Tu vois, dit Luke. Tu sous-entends que ces femmes

ne comptent pas ? Tu ne serais pas une antiféministe par hasard, Esme ? C'est un nouveau mouvement ?

Je ne réponds pas. Je suis très vexée. À juste titre ? À tort ? Je reste perchée sur mon échelle pour que personne ne puisse voir mon visage. Ils se dispersent pour vaquer à leurs occupations. Luke reste derrière le comptoir.

— On ne faisait que te taquiner, tu sais, dit-il calmement. Tu as l'air un peu irritable aujourd'hui.

Il parvient à m'arracher un petit sourire, mais ma mauvaise humeur persiste.

Quand un client s'approche du comptoir et s'adresse à Luke, je descends au sous-sol pour aller aux toilettes. À la suite de la conversation que nous venons d'avoir, je décide que je ne vais pas supporter cet abattant avec cette bouche rouge plus longtemps. Je vais en parler à George.

Puis, je remarque qu'il y a du sang dans ma culotte.

Prise de panique, je vérifie. Je saigne.

Je prends un bout de papier toilette pour protéger ma culotte, puis retourne au rez-de-chaussée. Ils sont encore en train de discuter.

Je monte dans la mezzanine, m'installe dans le fauteuil vert sombre au fond et appelle la secrétaire du Dr Sokolowski. Elle me le passe immédiatement une fois que je lui ai expliqué la situation.

— Mademoiselle Esme Garland ? Vous saignez ?

— Oui.

— Vous saignez un peu ou abondamment ?

— C'est…, ce n'est pas très abondant.

C'est difficile de juger, de séparer la réalité de la peur.

— Ne quittez pas, s'il vous plaît.

Je patiente, je regarde les étagères et essaie de ne pas penser.

— Ma secrétaire est en train d'appeler l'hôpital pour que vous puissiez passer une échographie. Elle vous rappellera dès qu'elle aura pu prendre un rendez-vous. Vous comprenez ?

— Oui.

— Ne vous faites pas trop de souci, mademoiselle Garland. Il est tout à fait normal d'avoir des pertes au cours du premier trimestre. Il peut y avoir beaucoup de raisons à ça et, la plupart du temps, ça n'a rien d'inquiétant.

— Merci, dis-je.

— Mais une fois que vous aurez passé l'échographie, rappelez-moi, s'il vous plaît, et nous verrons à ce moment-là.

Je reste dans le fauteuil. Les livres du *Magicien d'Oz* sont tous en face de moi, dans une vitrine sous clé. J'attends.

Mon téléphone sonne. C'est la secrétaire. Je peux me rendre immédiatement à l'hôpital pour passer l'échographie.

J'appelle Mitchell. Je tombe sur la boîte vocale et laisse un message, puis je lui envoie un texto. Et encore un autre pour qu'il comprenne que je suis en pleine panique. Je vais chercher mes affaires, puis m'avance vers le comptoir.

— Nous sommes en train de parler d'Anita Ekberg, dit Luke.

— On s'est un peu déchaînés depuis que tu es partie, avoue Bruce en souriant comme s'ils avaient tous fait des remarques grivoises.

Je me tourne vers George.

— Il faut que je parte, dis-je. J'ai…, j'ai un rendez-vous à l'hôpital.

George fronce immédiatement les sourcils.

— Il n'y a rien de grave, j'espère ?

— Non, ils veulent juste me faire passer un petit examen. Tout va bien. Je suis désolée de devoir partir en plein milieu, comme ça.

George balaie mes excuses d'un geste.

— Tu veux de la compagnie ? Tu ne devrais pas y aller toute seule…

Je fais semblant de m'impatienter.

— Non, non, vraiment, c'est juste un petit examen de rien du tout. Je…

Je réalise que je devrais dire que j'avais oublié le rendez-vous ou qu'ils ont changé la date, mais je n'en ai pas la force. J'aimerais juste pouvoir partir sans qu'ils en fassent toute une histoire. George s'en rend peut-être compte ou peut-être pas ; quoi qu'il en soit, il hoche la tête et dit :

— Je vais t'appeler un taxi.

Il sort à grandes enjambées.

Je prends mon sac et le suis dehors. Les hommes sont silencieux tout à coup. DeeMo arrive tranquillement pendant que j'attends sur le trottoir.

— Qu'est-ce qui se passe ? demande-t-il.

Je lui explique où je vais et il me demande si quelque chose ne va pas. Je lui dis que tout va bien. George hèle un taxi et, au moment où je m'installe à l'arrière, DeeMo monte de l'autre côté.

— Je viens avec toi, dit-il.

Le chauffeur de taxi se retourne immédiatement et me regarde en haussant les sourcils. Je lui dis qu'il peut démarrer.

— Est-ce que je t'ai déjà raconté ce qui m'a foutu pour la première fois dans la merde ?

Je secoue la tête.

— J'avais seize ans et je devais de l'argent à ces types. Alors, un de mes frères m'a passé un flingue.

— Ce n'était pas très malin de la part de ton frère.

— **Je suis entré dans une banque, je suis allé vers la guichetière et j'ai braqué mon pistolet sur elle. J'ai fait un hold-up !**

Je le regarde. Il regarde par la vitre.

— **Comment est-ce que tu as pu faire ça à cette pauvre femme, DeeMo ? Elle devait être morte de peur.**

— Je n'allais pas lui faire de mal.

— Elle n'en savait rien.

— Non, c'est vrai, le juge non plus d'ailleurs.

— Est-ce que tu avais enfilé un bas sur ta tête ?

— Non, une cagoule de ski.

DeeMo se met à rire.

— C'est là que tout a foiré, ma vieille. Elle m'a donné l'argent, mais pas de sac. Elle a dit qu'elle n'avait pas de grand sac, juste ces petits sachets pour la monnaie. Alors, je prends un sac à provisions à une femme qui fait la queue, je le remplis d'argent et sors en courant. Mais, au bout de dix mètres, le sac casse et les billets s'éparpillent sur le trottoir. J'enlève ma cagoule et j'essaie de fourrer l'argent là-dedans. Il y a des centaines de dollars qui tombent et je prends la fuite, mais je laisse une traînée de billets derrière moi… Tu ris ? C'est pas drôle, m'dame.

— Alors, comment est-ce que tu t'es fait prendre ?

— Je me suis arrêté pour ramasser quelques billets, et un flic m'a tiré dans la jambe. Oh ! Ça aussi, c'est drôle. Un Blanc tire sur un Noir et ça fait rire une Blanche. T'es raciste ou quoi ?

— Oui, c'est pour ça que je ris. Et tu t'es retrouvé en prison ?

DeeMo hoche la tête.

— Ouais, dit-il. C'était la première fois.

— Que faisaient les gens dans la rue, tu te souviens ? Ils avaient peur, ils hurlaient ?

— C'était le South Bronx, il y a vingt ans, ma fille. La plupart des gens dans la rue étaient aussi des braqueurs de banque.

Le chauffeur arrête son véhicule et annonce que nous sommes arrivés. Ma peur ressurgit tout à coup. Je paie la course, et DeeMo sort à toute vitesse pour venir ouvrir ma portière.

— Ça va aller, dit-il quand je descends de la voiture. Je vais dire une prière pour toi.

— Merci, DeeMo.

Je lui donne cinq dollars pour qu'il puisse prendre un bus et retourner à La Chouette.

— Et merci pour l'histoire.

Il hausse les épaules.

— C'est rien, répond-il et il s'éloigne d'un pas nonchalant en direction de Downtown.

***

Dans le grand hall d'accueil de l'hôpital, je sens que je perds du sang. La sensation dépasse peut-être la réalité. Je n'ai jamais voulu lire quoi que ce soit sur les risques et les problèmes durant la grossesse ; c'est pourquoi je ne consulte jamais les sites ou les blogs consacrés à ce sujet. On ne risque pas d'y évoquer la naissance d'un petit garçon qui respire la santé. Toutes les histoires qu'on trouve sur Internet fendent le cœur : septième fausse couche, deuil maternel, enfants mort-nés…

Le sang ne veut peut-être rien dire, à moins qu'il n'annonce le pire. Je ne peux pas penser à ça, sinon je ne pourrai pas fonctionner. Je dois rester calme. S'il y a une chance que ce petit cœur batte encore, il faut absolument que j'empêche le mien de s'emballer. Il doit maintenir un rythme régulier comme le tic-tac éternel d'une horloge comtoise.

D'abord, on me fait une prise de sang, puis on me dirige vers le département d'imagerie médicale, où on me dit de m'asseoir et d'attendre. La fille à l'accueil lit mon dossier et m'adresse un sourire gentil et triste.

Il y a environ dix couples qui attendent déjà. Je m'assois. J'ai peur de tacher le siège, parce qu'il est rembourré. Je me relève.

Quelqu'un crie tout à coup

— Mademoiselle ! Mademoiselle ! Vous saignez ! Il y a du sang sur la moquette !

Je regarde. Je vois une tache rouge.

La tache rouge me permet de passer devant tout le monde.

Je suis allongée sur la table d'examen dans la pièce sombre. L'échographiste me dit que nous attendons un docteur accompagné d'une stagiaire et me demande si ça ne me fait rien. Ça ne me fait rien. Nous attendons quelques minutes et je regarde l'échographiste qui fait des réglages sur son écran. Je doute qu'il s'agisse de vrais réglages. Le docteur et la stagiaire arrivent en blouse blanche et en affichant une mine très officielle.

— Désolés de vous avoir fait attendre. Vous êtes Esme Garland ? Je me présente, Barratt James, et voici Colene Smith. Elle est en stage chez nous. Vous êtes au premier trimestre de la grossesse et vous avez des pertes ?

Je confirme.

— D'accord, nous allons vous examiner. Votre sang a été analysé et il n'y a rien d'anormal. Que cherchons-nous dans le sang, Colene ?

— Le taux de progestérone ?

— Exactement et le taux est normal.

Il m'ausculte et fronce les sourcils.

— C'est relativement abondant.

— Je sais.

— Vous avez des douleurs ?

— Non, dis-je en me raccrochant à cet espoir extravagant. N'y a-t-il pas forcément des douleurs en cas de, de…

— Pas nécessairement.

Il fait un signe de tête à la radiologue qui sort un genre de petit stéthoscope fixé à son ordinateur, le colle sur mon ventre et appuie sur un interrupteur. Les battements de cœur d'un bébé, rapides et insistants, emplissent la pièce.

J'enfonce mes ongles dans mes paumes le plus fort possible.

Je vois des formes trembloter sur l'écran. C'est de nouveau cette masse de tuyaux étranges et de mouvements. Les mouvements, c'est sûrement bon signe. Les mouvements et les battements de cœur sont forcément de bons signes.

La radiologue effectue ses mesures en silence, puis se redresse et me regarde droit dans les yeux.

— Je ne vois rien d'anormal.

— C'est plutôt positif, mais je crains que les saignements soient plus abondants que de simples pertes. Mademoiselle Garland, je suis sûr que vous voulez que je vous dise ce que je pense, dit le docteur, mais il se fourvoie complètement. Les fausses couches sont fréquentes en début de grossesse ; elles sont souvent liées à une anomalie chromosomique. L'embryon non viable est alors éliminé. C'est l'une des principales causes de saignements abondants pendant le premier trimestre de la grossesse.

— Y a-t-il une… anomalie chromosomique ?

— Non, je ne sais pas. Je veux dire que, si les saignements continuent et donnent lieu à un avortement spontané, ce sera certainement à cause d'une anomalie chromosomique. En tout cas, si c'est le cas, il n'y a aucune raison pour que vous n'ayez pas une grossesse normale à l'avenir.

— C'est vrai, intervient l'autre, la stagiaire. Il faut voir le côté positif. Beaucoup de femmes n'arrivent même pas jusque-là.

Je hoche la tête parce que je suis incapable de parler. J'aimerais avoir quelqu'un à mes côtés qui pourrait répondre à ma place quand je suis trop triste pour être polie. Je tourne mon visage vers le mur. Devant l'hôpital, je lève la main tout doucement, prudemment, et un taxi s'arrête devant moi. Je lui demande s'il peut me conduire chez moi, doucement, sans à-coups. Il peut. Il le fait.

Une fois à la maison, j'appelle le Dr Sokolowski. Il prend immédiatement la communication.

— Mademoiselle Garland, j'ai reçu les résultats de votre prise de sang par mail et ils sont tout à fait normaux.

Merci de m'avoir appelé. Je pense que vous devriez vous mettre au lit.

— Je suis au lit.

— Parfait. Vous saignez toujours ?

— Oui.

Silence de quelques secondes. Je l'imagine en train de marcher jusqu'à la fenêtre pour regarder tristement les toits.

— Il se peut que vous fassiez une fausse couche, ma chère. Vous devez être prête.

Il attend. Je ne dis rien. Il reprend, plus vivement :

— Il se peut aussi que vous ne fassiez pas de fausse couche. Je vous conseille de passer deux ou trois jours au lit, si possible, et de contrôler régulièrement les saignements. Et il faut que quelqu'un soit à vos côtés pour s'occuper de vous. Avez-vous des proches qui peuvent être auprès de vous vingt-quatre heures sur vingt-quatre ? C'est important.

Comme je ne veux pas que le Dr Sokolowski soit plus triste qu'il ne l'est déjà, je dis :

— Oui, oui, j'ai des proches. Merci, docteur.

Mitchell me rappelle et me demande ce qui s'est passé. Je lui parle des saignements et de l'hôpital. Il demande ce que les saignements veulent dire.

— Les docteurs disent que je peux…, que je peux…, qu'il peut…

Pourquoi sommes-nous incapables de mettre des mots sur nos peurs ? Comme si les mots avaient le pouvoir de saisir le spectre de quelque chose et de lui donner corps. Comme si nous croyions tous à la magie.

— Où es-tu ? dis-je. J'ai besoin de toi.

Les mots sont sortis avant que je n'aie eu le temps de réfléchir.

— J'ai une réunion dans cinq minutes et ensuite je donne un cours. Je viendrai dès que possible.

Je me rallonge, en me calant contre mes oreillers, et je me sens diminuée. Ça m'apprendra.

Je devrais songer à rassembler une petite équipe pour m'aider, si je dois rester au lit plusieurs jours, comme John et Yoko.

Presque aussitôt après m'être couchée, j'ai l'impression de me dissocier de New York. Jusqu'à présent, j'ai toujours eu le sentiment d'être à ma place ici : je cours comme tout le monde pour attraper mon métro, je m'achète un café que je bois en marchant à grandes enjambées sur Broadway pour arriver à l'heure au travail, je cours dans les couloirs de Columbia pour ne pas rater le début de mes cours magistraux, je prends le petit-déjeuner avec une amie ou mange à deux heures de l'après-midi avec elle parce que c'est le seul moment que nous avons trouvé pour nous voir, entre deux cours, entre un cours et le début de son service au café. Je lève la main pour héler un taxi en priant pour qu'il ne soit pas coincé dans un bouchon, car j'ai promis que je serai là pour l'inauguration de la galerie à huit heures ou dans ce bar à neuf heures. Comme tout le monde, j'ai le sentiment qu'il aurait fallu arriver il y a dix minutes ou hier. Et toute cette hâte n'est absolument pas nécessaire. C'est juste que, comme les autres, j'entends la bande sonore du nouveau film palpitant de ma vie, et que c'est New York et qu'il faut courir, courir et courir.

Mais maintenant, il y a le sang ; alors, je baisse les stores et je reste immobile dans mon lit.

Je vais essayer de dormir. Le sommeil n'est-il pas un baume pour les blessures de l'esprit ?

Je me réveille deux heures plus tard. Il est trois heures de l'après-midi. Les stores ont beau être baissés, la lumière s'infiltre. Les rayons du soleil hivernal brillent à travers les pétales roses des œillets que j'ai achetés l'autre jour, les fleurs les moins chères que j'ai pu trouver chez les Coréens. Je ne peux pas voir les œillets ; je distingue uniquement leur ombre rose sur le store.

Je ne souffre pas. J'essaie de rester le plus immobile possible. J'essaie de me transformer en coupe, en berceau. J'essaie d'être douce et forte, de faire de la place en moi pour qu'il puisse continuer à être, à vivre. J'essaie de maintenir mon bébé en vie en le gorgeant d'amour. Le temps passe et c'est d'ailleurs tout ce qui se passe.

XXI

La sonnette retentit. Mitchell. Je me lève tout en essayant de maintenir cette fluidité calme. En bougeant, je sens le sang couler. J'appuie sur le bouton pour le laisser entrer, mais, au bout de quelques secondes, la sonnerie retentit de nouveau. Cette fois-ci, j'appuie sur l'interphone.

— Mitchell ?

— Euh, non, c'est Luke.

— Oh ! dis-je d'un ton enjoué. Attends, j'appuie sur le bouton pour te faire entrer.

Je jette un coup d'œil dans mon appartement. Il est relativement bien rangé. Il n'y a pas de sous-vêtements qui traînent, pas de tasse sale.

Je ne suis pas habillée, certes, mais comment une pauvre fille enceinte dans un pyjama Marks & Spencer pourrait-elle réveiller la passion dormante de Luke ? Je reste comme je suis. Comme c'est bizarre que Luke vienne dans mon appartement !

Il s'arrête sur le seuil et dit :

— C'est George qui m'a envoyé. Il se faisait du souci pour toi. Il a pensé que tu ne nous avais pas tout dit, que c'était une forme de retenue toute britannique.

— Entre, dis-je.

Il reste sur le seuil.

— Euh…, non. Je ferais mieux de retourner au travail. Tu m'as l'air d'aller bien.

Il est trois heures de l'après-midi et je porte un pyjama avec de gros cupcakes imprimés dessus !

— Je suis juste passé à cause de George. Nous… Il n'arrivait pas à te joindre sur ton téléphone. Je ne veux pas te déranger.

— Luke, j'ai perdu du sang.

Il a l'air absolument pétrifié. Si je n'étais pas moi-même terrifiée, ça me ferait rire. Il semble craindre que je me mette à parler de tampons ou de placenta. Voilà qui me fait penser que je n'ai plus de serviettes hygiéniques. J'en confectionne à l'aide de papier toilette.

Je réfléchis. C'est à l'évidence une très mauvaise idée de demander à *Luke* d'aller m'en chercher. Non seulement il serait très embarrassé, mais en plus c'est une requête beaucoup trop intime. D'un autre côté, la moitié de la population saigne une fois par mois ; on ne devrait pas être si délicat. Et j'en ai vraiment besoin. Je le lui demande.

Son expression me fait penser à celle du Britannique à la fin de *Zulu*.

— Bien sûr, dit-il. Je vais y aller tout de suite. Tu veux… une marque, une catégorie particulières ?

Je secoue la tête.

— Non, prends ce que tu trouves. Juste… Évite d'en prendre des parfumées. Elles me font éternuer.

Il revient environ dix minutes plus tard, l'air encore plus figé, si c'est encore possible. Il me tend un sac Duane Reade.

— Ça s'est bien passé ?

Je pose la question par pure politesse.

— Non, dit-il. Je voulais m'assurer que je n'avais pas choisi les parfumées ; j'ai donc fait ce que toute personne sensée aurait fait à ma place.

— Tu as lu l'étiquette ?

— J'ai senti le paquet.

Il se tient le nez pour donner l'impression qu'il parle dans un haut-parleur.

— « Sécurité allée trois, sécurité allée trois. » C'est incontestablement une pharmacie où je ne pourrai plus jamais remettre les pieds.

Un sourire vient illuminer brièvement son visage encore pétrifié.

— Je suis vraiment content que tu trouves ça drôle.

En effet, je trouve ça très drôle.

— Ça a l'air très bon pour la santé, dis-je en pointant le menton vers le sac marron de chez McDonald's dans sa main.

Il y a aussi un autre sachet en papier. C'est probablement une bouteille de bière.

— Ouais, si des chercheurs découvrent un jour que la bière et la nourriture de McDonald's sont mauvaises pour la santé, je suis foutu.

Il me regarde, l'air inquiet.

— Qu'est-ce qui se passe ? Qu'est-ce qu'ils t'ont dit à l'hôpital ?

Je lui explique que les examens sont normaux, que j'ai entendu les battements de cœur du bébé à l'hôpital, mais aussi que les docteurs parlent de l'éventualité d'une fausse couche.

— Si tu as entendu les battements de cœur, c'est plutôt bon signe. Bon, tu devrais être au lit.

— Oui, j'étais couchée. Ils ont dit que je devais rester au lit.

Il recule.

— Retourne au lit. Je connais le chemin. Allez, recouche-toi.

Je me recouche. Je me sens un peu mal à l'aise, mais ça n'a pas d'importance. Ce qui compte, c'est de se raccrocher au mince espoir que le Dr Sokolowski m'a laissé.

J'entends Luke ouvrir la porte ; il me dit de bien faire attention à moi. Je lui réponds :

— Merci.

La porte de l'appartement ne se referme pas. Il dit :

— Esme ?

Il réapparaît dans l'embrasure de la porte de la chambre. Je suis couchée, la couette remontée jusqu'au menton.

— Est-ce que tu as mangé au moins depuis que tu as remarqué le…, le problème ?

— Non, je n'ai pas faim.

Il ouvre les bras.

— Je ne suis pas docteur, mais je dirais qu'il faut essayer de garder les bonnes habitudes que tu as normalement. C'est important de manger correctement. Tu veux que j'aille te chercher quelque chose ?

— Non, merci, ça ira.

Il s'assoit sur la petite chaise juste à côté de la porte.

— Non, ça n'ira pas. Je vais aller te chercher quelque chose à manger ; alors, soit tu me dis ce que tu veux, soit je choisis à ta place à tes risques et périls.

Il agite son sac de McDonald's. L'odeur qui s'en échappe est irrésistible. J'ai envie de lui dire de me donner ce qu'il y a dedans, mais j'ai peur qu'il y ait des cils de vache dans les steaks comme le veut la rumeur.

— J'ai des trucs dans le frigo. Tu n'as pas besoin de sortir. Tu pourrais me faire un sandwich, s'il te plaît, si ça ne te dérange pas ? J'ai des bagels, de la mozzarella et de la roquette.

— Bien sûr.

Il se lève pour aller dans la cuisine.

— Et j'ai aussi des canettes de V8. Tu peux m'en apporter une ? Tu en veux une toi aussi ?

— Non, ma Sam Adams me va très bien.

— Et tu mangeras avec moi ?

— Oui, si tu veux…

Je lui souris pour lui montrer que oui. Il voit peut-être dans mon sourire à quel point j'ai peur, car il n'a plus l'air embarrassé d'être chez moi tout à coup. Il se contente de me regarder depuis le pas de la porte. J'ai envie de lui dire que je ne veux pas perdre mon bébé. C'est évident, bien sûr, mais je veux le lui dire, je veux lui dire quelque chose d'honnête. Je n'ai pas été honnête avec lui, je lui ai caché des choses à propos de Mitchell. Si je peux lui dire ça, je serai vraiment honnête. Mais j'en suis incapable. Je ne peux pas dire « perdre » et « mon bébé » dans la même phrase. Le pouvoir mystique des mots est trop fort ; je ne peux pas prendre le risque.

— Oh ! Luke, dis-je à la place.

— Je sais, répond-il doucement, comme il l'a dit à Mme Kasperek qui était si triste à l'idée de se séparer de ses livres. Je sais. Le cœur bat toujours. Ça va aller.

Je hoche la tête et je souris, parce que c'est ce qu'il attend de moi.

Il revient avec mon « repas » disposé sur mon plateau à fleurs Laura Ashley. Il ne semble vraiment pas à sa place dans mon appartement. Je me redresse. J'ai faim. Il a sa bière, mais pas de burger.

— Où est ton burger ?

— Je l'ai mangé pendant que je préparais ton bagel. Ils perdent de leur qualité gustative quand ils sont froids.

— Je crois que tu travailles avec George depuis trop longtemps, toi.

— Je sais.

Je bois un peu dans ma canette de V8. C'est gentil de la part de Luke d'avoir pensé que j'avais besoin de manger. J'étais tellement obnubilée par le fait qu'il fallait que je reste allongée que j'en avais oublié tout le reste.

— Quand j'étais avec le docteur à Columbia, il a dit que je risquais d'avoir un avortement spontané.

Luke ne dit rien.

— Tu ne trouves pas ça choquant ? Qu'il emploie une telle expression ?

— Je suppose qu'il a essayé de ne pas heurter ta sensibilité.

— Oui, mais, si c'est le cas, ça ne marche pas parce qu'il obtient exactement l'effet inverse. On a l'impression qu'ils n'accordent pas assez de dignité à la tragédie. Ça ne laisse aucune place à l'imagination morale. Ils parlent d'avortement spontané, comme on dirait « candidature spontanée », comme si c'était la faute de la femme, comme si elle expulsait volontairement l'enfant. Luke, c'est horrible, c'est choquant parce que ce n'est pas honnête ; c'est si cruel et si clinique, « vous risquez d'avoir un avortement spontané ». Quand ils prononcent cette phrase, on ne pense pas au bébé qui ne naîtra jamais, à l'enfant qui est mort, on pense à un processus qu'on ne peut pas vraiment comprendre, où l'existence de l'être qu'on a porté est niée. Pourquoi ne peuvent-ils pas dire : « Mademoiselle Garland, votre bébé risque de mourir. » C'est simple et honnête. Il y a de la bonté, de la gentillesse, même, dans cette phrase. L'autre formulation nie les sentiments de la mère. Mais, Luke, s'il meurt, s'il meurt, il ne sera jamais tenu par sa mère et je ne le verrai jamais ; il ne sentira jamais l'odeur du bois qui brûle, il ne verra jamais le ciel ou une fleur et je ne le verrai jamais, Luke, je ne le verrai…

Il a passé son bras autour de mes épaules. Je pleure dans mes mains comme une héroïne ridicule du dix-neuvième siècle. J'ai encore un morceau de bagel dans ma bouche que je n'arrive pas à avaler. Et moi qui essayais de rester calme.

— Nous ferons tout notre possible pour t'aider, Esme, dit Luke. Si nous pouvons sauver ton bébé en te gardant au lit, nous veillerons tous à ce que tu restes au lit et que tu bouges le moins possible.

***

Après le départ de Luke, je me rallonge et reste immobile. Je me concentre sur une seule chose : abreuver mon bébé d'amour. Je me demande si c'est une sorte de prière. Je trouve que c'est un peu comme quand on prie. Ça fait longtemps que je n'ai pas prié, depuis que les chrétiens évangéliques ont essayé de m'enrôler quand j'étais à l'université en Angleterre.

Et puisque je ne crois pas particulièrement en Dieu quand je n'ai pas de problème, je trouve ça un peu déplacé de me mettre à croire en lui le jour où j'ai besoin d'aide. Donc, je ne prie pas. Je suis allongée dans mon appartement silencieux. Les seuls bruits viennent de l'extérieur, les voitures qui passent sur Broadway.

Comme je n'ai personne à mes côtés, il m'est plus facile de penser que le bébé est porté par quelque chose de puissant, quelque chose qui me dépasse, comme si cette concentration était une force réelle qu'on pourrait mesurer à l'aide d'une machine. Je ne veux pas écouter de musique, je ne veux pas allumer mon ordinateur ou la radio, rien ne doit venir perturber notre silence. Si je reste parfaitement silencieuse et immobile, je pourrai l'atteindre, il le saura et il restera en vie.

Stella vient après ses cours et me demande si je veux qu'elle aille me chercher quelque chose à manger, mais je préfère attendre Mitchell. Elle a même proposé de cuisiner pour moi, mais j'espère que nous n'en aurons pas le temps, parce qu'il faudrait qu'elle apprenne d'abord.

Quand elle sort pour aller faire un double de ma clé, afin que je n'aie pas à me lever du lit chaque fois qu'elle frappe chez moi, elle revient avec deux smoothies vert vif de Whole Foods. J'en sirote un. J'ai l'impression de boire un jardin tout entier.

Elle s'installe au bout du lit et se met à pianoter sur son téléphone portable. Entre deux textos ou deux tweets, elle me parle. Elle vaque à ses occupations avec une grâce si joyeuse qu'elle fait échouer toutes mes tentatives d'exprimer ma gratitude.

— Mitchell devrait déjà être là, dis-je. Tu crois qu'il lui est arrivé quelque chose ?

— Quand les gens sont en retard, ce n'est jamais parce qu'ils sont morts.

— Ça doit bien être le cas, parfois.

— Mitchell n'est pas mort. Il n'est pas non plus allongé quelque part, dans le coma. Il va venir. Mais il ne va pas venir aussi vite que tu ne le pensais.

À peine a-t-elle terminé sa phrase que la sonnette retentit. Stella sourit mollement et va ouvrir. Mitchell apparaît avec un énorme bouquet de fleurs. Elles ne font pas partie du répertoire des Coréens ni d'aucun des *delis* du coin. Il a dû les acheter chez un vrai fleuriste.

— Ça va, mademoiselle Esme Garland ? demande-t-il.

Il soulève les fleurs et dit :

— J'ai pensé que tu préférerais ça aux raisins.

Je reconnais le son familier de l'obturateur qui se ferme. Stella repose son appareil photo.

— Merci, dit-elle.

Mitchell se penche pour m'embrasser. Stella prend les fleurs avec l'air désapprobateur d'une servante.

— Je vais les mettre dans un vase. Mais je vais le faire chez moi. Envoie-moi un texto si tu as besoin de moi.

— Oh oui, Stella. Merci beaucoup pour ton aide, dit Mitchell. Esme est désormais en de bonnes mains.

Il se tourne vers moi.

— Bon, je vais m'occuper de toi. De quoi as-tu besoin ?

Stella se retourne et lance à Mitchell qui lui tourne le dos :

— Elle n'a besoin de rien parce que des amis l'ont aidée toute la journée. La librairie est au courant, ses professeurs sont au courant, j'ai fait ses courses et tout va bien pour elle.

— Super, c'est super, dit Mitchell.

Il lève les yeux au ciel, puis me regarde d'un air comique.

— Esme, je te rapporterai les fleurs demain matin. Il est préférable que tu ne les gardes pas dans ta chambre pendant la nuit parce qu'elles rejettent plus de dioxyde de carbone.

Elle pose son regard sur Mitchell.

— Il aurait mieux valu acheter des raisins.

— Merci, dis-je et merci pour tout ce que tu as fait aujourd'hui.

Elle lève la main et me fait un signe nonchalant. Une fois qu'elle est partie, Mitchell dit :

— Des raisins ? Ta copine lesbienne passe son temps à *me* prendre en photo. Je ne veux pas dire, mais…

— Elle prend tout le monde en photo.

— Non, ce n'est pas vrai. Elle est irrésistiblement attirée par mon magnétisme animal.

— Elle est immunisée contre ton magnétisme animal, tu veux dire.

Il secoue la tête.

— Pas une femme n'y résiste. Je meurs de faim. Tu peux manger normalement, je suppose. Je ne suis pas obligé d'aller te chercher un bouillon ou un truc dans le genre ?

— Non, pas de bouillon. Je peux manger normalement.

— C'est une excellente nouvelle. Je suis affamé. Et si on mangeait mexicain ?

— Oui, dis-je, à la fois exaspérée et attendrie.

Il sort les menus, s'assoit à la table et dit :

— Tu es sexy dans ton pyjama. Je ne l'avais jamais vu.

Je regarde mon pyjama. Le pilou, la couleur bleu pâle, les cupcakes. J'ai honte tout à coup.

— Tu plaisantes, dis-je.

— Non, tu as l'air si innocente. Déflorable.

Il tape le numéro et dit en aparté, en attendant que quelqu'un réponde :

— Ne laisse entrer aucun homme dans ton appartement…

Après avoir commandé, il demande :

— Qu'est-ce qui se passe ?

— Rien.

— Comment tu te sens ?

Il pose la question sans me regarder, car il est occupé à sortir son iPad de son sac. Il fronce les sourcils. Je ne dis rien, car j'ai l'impression que sa question n'en était pas une. Il prend un mouchoir en papier et le passe sur l'écran avec le plus grand soin.

— Ah ! dit-il en se rasseyant et en regardant l'écran. C'est mieux. Je me sens revivre. Comme un homme neuf.

— Moi aussi, dis-je.

Je ris parce que je trouve que c'est marrant.

Il me regarde d'un air inquisiteur par-dessus son iPad. Au bout de quelques instants, il s'approche, s'assoit sur le lit et tend le bras par-dessus mon ventre pour poser la main de l'autre côté.

— Tu comprends, dit-il, que j'essaie de faire comme si de rien n'était ? Tu comprends, n'est-ce pas ? C'est important de ne pas paniquer. Ça va aller. Pour toi, pour tout le monde.

Il s'en va après le repas pour que je puisse me reposer. Je passe la nuit à attendre la douleur soudaine et désespérée qui annoncera la fin, la perte, mais elle ne vient pas.

Au lieu de cela, c'est le matin qui se lève, et je décide que ce n'est pas parce que je dois rester couchée que mes stores doivent être baissés. Mais, quand je les relève, je vois une couverture de nuages blancs et maussades qui me font trop penser à la maison. Je les baisse.

J'ai l'impression que le repos fonctionne. Je suis sûre que le bébé est encore en vie. Et peut-être que, plus longtemps il restera en vie, plus il aura de chances de s'en sortir. Je ne sens plus le sang couler.

Si ça ne marche pas, ça sera d'autant plus triste d'avoir raisonné ainsi. Je suis intimement convaincue que ma volonté, mon amour, mon corps peuvent le sauver.

Comme si l'amour était la seule forteresse imprenable. Comme si ça marchait. Il n'y aurait pas de tragédie si l'amour pouvait nous sauver. L'amour ne peut pas sauver tous les soldats morts sur les champs de bataille. Il ne les a pas sauvés à Azincourt, il ne les sauve pas en Afghanistan ; l'amour de leurs mères continue à se déverser, mais il n'a plus de récipiendaire ; comme la lumière dans l'espace, il est infini et ne revient jamais. « La famille a été informée », entend-on au journal télévisé quand on nous annonce la mort vaine d'un énième jeune de vingt ans. On parle d'ailleurs souvent « des proches » parce que « famille », ça fait encore plus mal.

Le visage solennel d'un membre du gouvernement apparaît ainsi que la photo d'un type souriant aux cheveux courts, avec une chemise de l'armée. Ce sont des types de mon âge ou plus jeunes encore. Certains ne sourient pas, mais affichent un air grave, comme pour montrer qu'ils ont une mission très sérieuse à accomplir. Premier bataillon, deuxième bataillon, régiment royal de fusiliers. Wootten Bassett. Il avait dix-neuf ans, il avait dix-huit ans, il avait vingt et un ans. Son commandant le décrit comme un soldat… C'est avec une profonde tristesse que… Il va beaucoup nous manquer. *Dulce et decorum est*[1]. *Quand j'ai péri, ils m'ont « nettoyé » de la tourelle avec un boyau d'arrosage*[2].

L'amour ne marche pas, l'amour ne sauve personne, l'amour ne peut sauver personne.

Et pourtant, vais-je pour autant me lever et aller à la bibliothèque, abandonner l'espoir ? Non.

Je vais, avec beaucoup de précautions, à la salle de bains. Je perds toujours du sang. Peut-être un peu moins, mais je ne sais pas si l'espoir fausse mon jugement. Alors

---

1   Poème écrit par Wilfred Owen en 1917, où il condamne la guerre et décrit l'horreur des tranchées. Wilfred Owen a été tué lors d'une offensive sur les bords du canal de la Sambre, à l'Oise, le 4 novembre 1918.

2   Extrait du poème de Randall Jarrell, « The Death of the Ball Turret Gunner ».

que je retourne tout aussi prudemment dans mon lit, Stella entre avec une boîte de tisane appelée Bedtime.

— Tu sais, d'habitude, je ne jure que par les médicaments. J'aime pas trop tous ces produits pour bobos écolos, mais cette tisane est géniale. Elle m'aide à dormir. Il n'y a aucune contre-indication sur la notice, même pour les Californiens ; donc, je me suis dit qu'il ne devait vraiment y avoir aucun risque à la prendre. Ça t'aidera à te reposer.

— Qu'est-ce qu'il y a dedans ?

Elle lit.

— De la racine de valériane. Et il y a aussi du millepertuis. Je crois que ça soigne les coups de blues.

— Ça ne soigne pas les coups de blues, ça soigne les insurrections, dis-je.

J'essayais de dire « impuissance » et quelque chose à propos des érections en même temps. Je me mets à rire. Tout me paraît drôle tout à coup.

— Comment on dit déjà ?

— On parle de troubles de l'érection, de dysfonction érectile, même si ce n'est pas un problème qui me préoccupe beaucoup. Je vais mettre de l'eau à chauffer.

Après m'avoir préparé l'infusion qui va me redonner le moral / m'aider à dormir / et soigner ma dysfonction érectile, Stella part pour la fac, où elle doit suivre un cours magistral. Je me retrouve de nouveau dans le silence et je fais exactement la même chose qu'hier, parce qu'il n'y a rien d'autre à faire que de rester allongée et d'espérer.

En fin d'après-midi, Luke appelle pour voir si je vais bien. Je dis que oui et il m'annonce que, dans ce cas, il ne passera pas. Je lui demande où il est et il répond qu'il se trouve à l'angle de la 116e Rue et de Broadway. À environ trois minutes de chez moi.

— Alors, viens, dis-je.

— Oh non, à part s'il te faut quelque chose…

— Il me faut…, il me faut…

Je veux dire des pommes, mais je pense que ce n'est pas bien de dire « pommes ». Je réfléchis à un autre fruit.

— ... de la pastèque en tranches, dis-je. Ils en vendent, déjà tranchée, dans tous les *delis* du coin.

— Tu n'as pas besoin de pastèque. Et en plus, elle sera congelée. Il fait un froid de canard, dehors.

— Si, j'en ai besoin. C'est plein de vitamines, des vitamines spéciales. Et j'aime la juxtaposition des couleurs.

Luke soupire.

— D'accord. Je sonnerai dès que j'aurai trouvé des tranches de pastèque.

Avant mon départ pour New York, mon tuteur à Cambridge m'a dit que l'un des nombreux avantages de la ville, c'était de pouvoir acheter des navets à trois heures du matin.

Je n'ai pas trouvé que c'était vraiment un avantage, mais mon tuteur était originaire de l'est de l'Angleterre et avait un faible pour les racines comestibles.

Il n'en est pas moins très agréable de pouvoir demander à Luke, comme ça sans réfléchir, de me rapporter de la pastèque tout en ayant la certitude qu'il en trouvera.

Le danger, c'est qu'on risque de croire qu'on peut toujours avoir ce qu'on veut.

Luke arrive avec sa guitare et la moitié d'une énorme pastèque.

— Ils n'en vendaient pas en tranches, dit-il. Retourne au lit. Je vais t'en couper un morceau.

— Comment se fait-il que tu aies ta guitare avec toi ? dis-je quand il revient avec une assiette blanche sur laquelle trône une immense tranche rouge. Tu vas jouer pour moi, comme un ménestrel ?

— Non, j'ai un concert tout à l'heure.

— Vraiment ?

— Ouais, je joue avec deux groupes, et nous avons un concert ce soir.

— C'est bien. Où ?

Luke semble mal à l'aise. Il balaie la pièce du regard, puis dit :

— À Brooklyn.

Il vit quelque part à Midtown. Je suis sur le point de lui dire que c'est très gentil de sa part d'avoir fait ce détour pour passer me voir quand je réalise que c'est justement la cause de son embarras.

Il n'est pas du genre à vouloir être remercié et applaudi pour ses bonnes actions.

Je mange un peu de pastèque. Comme je ne veux pas cracher les pépins devant Luke, je les avale en espérant qu'ils ont une valeur nutritive. Pourquoi ne lui ai-je pas demandé des pommes, finalement ?

— Alors, comment ça va aujourd'hui ? demande-t-il. C'est… mieux ?

— Oui, dis-je. Ça ne s'est pas complètement arrêté, mais je pense que ça va mieux. Je vais peut-être appeler le docteur.

— Ne te précipite pas. Repose-toi encore. Il faut que tu sois sûre que ça va vraiment mieux.

Il est mignon aujourd'hui. Il porte une chemise en lin blanc avec son jean, ce qui lui donne un teint plus mat. Je dois penser à mes hormones : c'est à cause d'elles que je trouve presque tous les hommes séduisants. J'ai fait un rêve intéressant l'autre nuit, à propos de Richard Nixon, par exemple, mais il vaut sans doute mieux l'oublier.

— Luke, tes hormones ne te jouent jamais des tours ? Elles ne sèment jamais la pagaille dans ton esprit, je suppose…

Il hausse les épaules.

— Comment veux-tu que je sache ?

— Elles font subir toutes sortes de choses aux femmes enceintes, en tout cas. Ce matin, j'ai failli pleurer en pensant aux soldats en Afghanistan…, tu sais…, les soldats britanniques et américains qui meurent là-bas. Je ne sais pas comment j'en suis venue à penser à ça. Ça doit être les hormones.

— Ou de l'empathie.

— J'ai aussi réalisé à quel point ça va être flippant…

Les dieux m'obligent à rectifier :

— … à quel point ça pourrait être flippant d'être mère.

— Pour moi, ça n'a rien à voir avec les hormones. C'est vraiment flippant d'être mère.

— Oui, oui.

J'ai envie qu'il reste, mais, pour une fois, je n'ai pas envie de parler. Il n'a pas l'air de s'en offusquer. Nous restons un bon moment silencieux. Puis, il dit :

— Je devrais peut-être y aller…

— Tu ne veux pas jouer quelque chose si tu as le temps ? Tu sais comme la fois où tu as joué *You've Got a Friend*.

Il rejette la tête en arrière, tourne un peu le visage et semble de nouveau mal à l'aise.

— Ça me ferait vraiment plaisir, dis-je pour le convaincre de surmonter sa timidité apparente.

— Esme, il est arrivé quelque chose. Nous ne savions pas s'il fallait te le dire.

J'attends, terrifiée, parce qu'il a l'air si sérieux.

— C'est Dennis.

Il s'arrête. Je plaque ma main contre ma bouche.

— Il est mort, chérie. Ils l'ont trouvé dans un sous-sol d'Amsterdam Avenue.

— Qui « ils » ?

— Je ne sais pas. D'autres types qui vivaient dans la rue, comme lui. Tee l'a dit à DeeMo. On l'a emmené à la morgue ce matin très tôt.

— Qu'est-ce qui lui est arrivé ? Ça s'est passé quand ? Il est mort de quoi ?

Aucune des questions que je pose n'a d'importance, mais je dois les poser. Je ne veux pas que Luke connaisse les réponses ou je veux pouvoir dire : « Ah ! tu te trompes !

C'est la mauvaise réponse à cette petite question. Donc, il ne peut pas être mort. »

— Le médecin légiste pense qu'il s'agit d'une overdose, mais il ne pouvait pas le dire tout de suite avec certitude. Il y avait une seringue à côté de lui.

— Mais ça ne peut pas être ça. C'était un alcoolique.

— Ouais. Mais l'un n'exclut pas l'autre. Dans la rue, il n'est pas nécessaire de se spécialiser.

Je regarde les couvertures et je pense à Dennis ; je le revois rire avec DeeMo quand ils parlaient des « prairies » de la prison ; je le revois en train de manger son bagel.

— Il est peut-être mort d'autre chose ? De faim ?

Luke joint les mains et s'appuie dessus.

— La faim, l'hypothermie, la drogue, la boisson, c'est sûrement l'une de ces causes ou toutes à la fois. Je suis désolé. Nous l'aimions tous.

— Oui, oui. Ça fait longtemps que tu le connaissais, Luke ?

— Ouais, ça fait des années. Bizarre, mais vrai.

— Alors, c'est dur pour toi… Je suis désolée.

— Ça va.

— Il faut que je sois rétablie pour l'enterrement.

Il semble surpris.

— Esme, il est peu probable qu'il y en ait un. Il sera certainement enterré dans le cimetière des pauvres à Hart Island, sans doute. Il n'y a pas d'office.

Je ne vois pas de quoi il veut parler avec son cimetière des pauvres et cette île.

— Comment peut-on enterrer quelqu'un sans lui rendre un dernier hommage ?

— C'est ce qu'ils font avec les sans-abri, les inconnus, les gens qui n'ont pas de famille. Et personne ne connaît le nom de famille de Dennis.

— Mais il avait une fille. Et pourquoi les inconnus n'auraient-ils pas droit à des prières ?

Il affiche de nouveau un air surpris.

— Je ne savais pas qu'il avait une fille. Il ne m'a jamais parlé d'une fille. Il… Tu sais, il l'a peut-être inventée. Il passait son temps à raconter des bobards. Tu connais son nom ?

— C'était Josie, je crois.

— Josie ?...

— Je…, je ne me souviens pas de son nom de famille. Combien ça coûte un enterrement ?

Il soupire.

— Esme, je n'aurais pas dû t'en parler.

— Bien sûr que si. Alors, combien ?

— Chérie, on n'est pas assez riches pour ça, en tout cas. Je ne sais pas, plusieurs milliers de dollars. Et ne demande pas à George. Il n'en a vraiment pas les moyens, mais il serait capable d'essayer.

— Je peux demander à Mitchell, dis-je.

Il ne répond pas.

— Je vais demander à Mitchell.

Je le répète parce que ça sonnait faux la première fois. Luke est toujours silencieux.

— Et les droits de l'homme, alors, ça n'existe pas ? On est en Amérique après tout. Tous les hommes sont censés être égaux ! Pourquoi tout le monde n'aurait-il pas droit à un enterrement décent quel que soit l'endroit où il vivait ou comment ?…

Encore ces fichues larmes !

— Ne pleure pas, dit-il. Ne pleure pas. Dennis voulait autant que nous que tu gardes ce bébé, qu'il soit en bonne santé.

— Je ne pleure pas, dis-je en essuyant mes larmes.

— Tu pleures vraiment beaucoup pour quelqu'un qui ne pleure pas.

— Je sais. J'aimais bien Dennis, c'est tout.

— Je l'aimais bien, moi aussi.

Nous restons silencieux quelques secondes.

— Luke, tu ne pourrais pas jouer quelque chose en

mémoire de Dennis ? Ça serait une façon de lui rendre un dernier hommage.

Luke semble extrêmement mal à l'aise.

— Je ne sais pas. Ça fait… Non, je ne peux pas.

— Oh ! s'il te plaît. S'il te plaît. Chante *Danny Boy*.

— J'ai cassé une corde.

— Tu ne peux pas jouer une mélodie sans cette corde ?

— C'est un sol, dit-il.

Je hoche la tête comme si j'avais compris.

— Écoute, je n'ai pas vraiment cassé une corde, mais je ne peux pas faire ça. Je ne peux pas chanter une chanson pour Dennis. Ça fait…, ça fait ringard. Mais si je jouais un petit air pour le bébé ?

Il prend sa guitare.

— Tu as des mains d'ours.

— Les ours n'ont pas de mains.

Il pince les cordes et joue un air lent et charmant.

Je me cale contre mes oreillers, j'écoute et j'envoie cette mélodie là où elle veut aller. De la tristesse naît la paix.

Une fois qu'il a terminé, je dis :

— C'est magnifique. C'est du Mozart ?

— Non, c'est *La Belle et le Clochard*.

Il se lève, puis dit :

— Esme.

Il regarde par la fenêtre.

— Il neige.

Des flocons géants tombent sur la ville. Je sors du lit et m'approche de la fenêtre.

Nous les regardons tomber, plus gros, plus rapides, plus nombreux qu'en Angleterre. À la maison, on les regarde tomber avec espoir, mais ils fondent sur le sol mouillé.

Ici, ils restent. Il suffit de quelques minutes pour que nous nous retrouvions dans un monde tout blanc. Une lumière vive, aussi éclatante que de la porcelaine, emplit la pièce.

— C'est tellement beau, dit Luke. Même Broadway.

— En particulier Broadway.

— Oui, tu as peut-être raison.

— J'ai envie de sortir, dis-je.

— Certainement pas. Pas tant que tu ne seras pas rétablie. Ne crois pas que je vais t'aider à sortir pour que tu puisses te balader sous une tempête de neige.

Je me tourne vers lui pour lui dire merci et j'essaie de le dire exactement comme je le ressens. Je pose ma main sur son bras en même temps. Je ne touche jamais Luke.

Il y a une expression dans ses yeux que je suis incapable de déchiffrer. Puis, il regarde sa montre, mais je sais que, quelle que soit l'heure, il va partir.

— Je dois y aller, dit-il. Avec la neige…, ce concert…

Il va chercher sa guitare, la range dans sa housse. Je reste immobile.

— Retourne au lit, dit-il en le montrant d'un hochement de tête.

— J'y retourne de ce pas. Merci, Luke.

— Tchao.

La porte se ferme derrière lui. Je vais me recoucher, je regarde la neige tout en regrettant d'avoir touché Luke. Il n'a pas aimé.

Je n'ai jamais vu une couche de neige aussi épaisse. Les voitures garées le long des trottoirs sont complètement recouvertes. Le moindre espace horizontal, si petit soit-il, est lui aussi recouvert. La circulation devient de moins en moins dense, les voitures ralentissent et, le soir, il ne reste plus que les bus qui eux aussi finissent par s'arrêter. Je me demande si un bulletin d'alerte météo a été émis, déconseillant à tout véhicule de circuler, mais je ne veux ni vérifier sur Internet ni allumer la radio. La qualité intense du silence est trop précieuse. Il est difficile d'imaginer que quelque chose parvienne à arrêter les New-Yorkais et, pourtant, ils se sont arrêtés. La ville est recouverte d'un manteau blanc, et plus aucune règle ne s'applique. Je ne veux pas bouger, je ne veux pas qu'il y ait de temps. Je veux vivre dans un monde qui a toujours été recouvert de neige fraîche.

Je la regarde tomber toute la journée. Avec Luke, j'ai vu les premiers flocons se poser sur la boîte aux lettres bleue, les feux de circulation, la banne verte du *deli* coréen et je continue à les regarder tomber abondamment, mais en douceur, enveloppant la ville dans le silence.

Je continue à regarder jusqu'à ce que la nuit tombe. J'ouvre la fenêtre et je sens les flocons fondre dans ma main tendue. Puis, je me penche un peu. Broadway. Broadway sous une couche de neige toute fraîche. Il y a des moments où on a vraiment la sensation d'exister, d'être en vie, où on prend conscience que vivre, c'est douloureux non pas parce que c'est terrible, mais parce que c'est magnifique.

Je pense à tous les gens sur qui cette neige est en train de tomber. Les sans-abri de Riverside qui espèrent qu'elle ne va pas coloniser leur tunnel, les riches de la 5e Avenue qui la regardent derrière leurs grandes fenêtres avant de tirer leurs grands rideaux, et tous les millions d'autres – les promeneurs de chiens, les docteurs, les avocats et les amants.

J'imagine les flocons se poser sur la façade argentée et étincelante du Chrysler Building et sur le grillage et les poubelles du Bowery, sur les courbes du Guggenheim, sur les câbles plongeants du George Washington Bridge et sur les nobles têtes des lions de la bibliothèque, sur le flambeau de la statue de la Liberté et sur le fleuve Hudson.

Des flocons blancs dans l'eau sombre. Tout Manhattan, tout New York doit être transfiguré par cette neige qui tombe, comme une bénédiction, gratuite, sans doute non méritée, sur nous.

La paix qui s'est installée en moi quand Luke était là tient comme la neige fraîche sur la chaussée. Je sais que cette neige n'est que de la neige. Ce n'est pas un sceau divin apposé sur une supplique ni un présent en remerciement d'une faveur accordée. Pourtant, si je lève mon visage vers la neige pour l'accepter, ne serait-il pas sage de lever mon visage et d'accepter ce qui va se passer, ce qui va arriver au bébé ? Aurai-je du chagrin si je le perds ? Oui, il faut qu'il y en ait, et il y en aura si je le perds. Mais cette neige, cette bénédiction, pas uniquement pour moi, mais pour nous tous, me fait comprendre que je ne dois pas me concentrer sur ce qui m'arrive, mais sur la façon dont je réagis à ce qui m'arrive.

C'est facile à dire, surtout par une telle nuit. Je sais que cette paix, cette sagesse ont pu s'installer parce que j'ai le sentiment que le danger est passé. Si je constate que j'ai encore perdu du sang la prochaine fois que je vérifie, mes pieuses réflexions sur cette bénédiction seront vite oubliées.

Le téléphone sonne. C'est Mitchell qui s'assure que je vais bien. Oui, je vais bien. Il dit qu'il va braver la neige, la pluie, la chaleur, l'obscurité de la nuit pour me rejoindre et venir s'en rendre compte par lui-même.

XXII

Le lendemain matin, je me réveille tôt au son des pelles qui enlèvent la neige. Je reste allongée et écoute le raclement régulier des lames sur le trottoir. Encore un bruit que j'associe plus à l'Angleterre qu'à Manhattan, mais je ne sais pas très bien pourquoi. Manions-nous plus souvent la pelle en Angleterre ? Les Coréens s'interpellent ; j'entends de l'espagnol aussi : des Hispaniques ont été embauchés au *deli* pour couper les pastèques et enlever les pétales marron des roses et ainsi que New York puisse continuer à vivre dans son rêve de perfection. Ils ont l'air heureux aujourd'hui, même s'ils ont sans doute eu beaucoup de mal à rejoindre leur lieu de travail, et il n'est que six heures et demie.

Je m'approche de la fenêtre et vois un des Hispaniques prendre un peu de neige pour en faire une boule. Il vise avec une précision fatale le bonnet en laine de son collègue qui pousse un cri et se penche pour confectionner sa propre boule et prendre sa revanche.

Ils ont creusé une tranchée dans la neige, si bien qu'il y a désormais un chemin entre deux talus escarpés. Aucun véhicule ne circule sur Broadway.

Quand je vérifie, il n'y a plus du tout de sang. Je suis sûre que le danger est passé. C'est une curieuse certitude que je serais bien en peine d'expliquer à qui que ce soit. Mais, le Dr Sokolowski ayant parlé de deux ou trois jours, je décide de rester à la maison, encore pour aujourd'hui, malgré la neige qui m'attire dehors. Stella n'arrête pas d'entrer et sortir ; elle me lit des tweets qui me font rire et m'apporte des choses à manger. Luke ne vient pas. Je savais qu'il ne viendrait pas. George m'appelle pour s'assurer que je vais bien.

Après le déjeuner, j'appelle le Dr Sokolowski pour le tenir au courant. Il semble ravi.

— Je crois que ce n'est plus la peine… que je reste au lit.

— Je ne pense pas, en effet. Si les saignements ont cessé et vous ne ressentez aucune douleur, je dirais que ce n'est plus nécessaire de rester allongée. Vous pouvez vous lever. Passez me voir demain. Je vous ausculterai pour m'assurer que tout est rentré dans l'ordre.

**

Je vais le voir le lendemain matin. Tout va bien. Ce qui est moins bien, en revanche, c'est que le Dr Sokolowski part à la retraite.

— Je retourne en Estonie, dit-il. C'est beaucoup mieux en Amérique, il n'y a aucun doute là-dessus, mais mon pays me manque.

Il m'adresse soudain un sourire rayonnant, d'émigré à émigré.

— C'est ça l'amour, non ?

Je lui dis que je suis contente pour lui. Il semble beaucoup plus gai que la dernière fois que je l'ai vu.

— C'est pourquoi je vous conseille de changer, dit-il. C'est l'occasion de changer. Il n'est pas trop tard. Je pense qu'il serait bien pour vous de vous faire suivre par les sages-femmes.

— Les sages-femmes ?

— Les sages-femmes de Manhattan. Elles sont à l'angle de la 87e Rue et de West End. Allez les voir. Elles vous plairont, j'en suis certain.

— Personne ne va vous remplacer ?

— Si, mais qui sait ce que ça va donner ? Ces femmes sont très bien. Anya va vous faire boire tellement de thé aux feuilles de framboisier que vous allez devenir verte.

— Pas rouge ?

— Les feuilles de framboisier ! Les feuilles sont vertes. Ce thé a pour effet de dilater le col de l'utérus. Le bébé va glisser tout seul.

Il fait un son désagréable pour imiter un bruit de glissement.

— Mais ne buvez pas tout de suite ! Pas avant le cinquième mois. Vous y êtes presque.

Il me donne la carte des sages-femmes de Manhattan. Il se lève pour m'ouvrir la porte et je le serre dans mes bras, furtivement. Je ne sais pas si ça se fait.

— Je vous souhaite beaucoup de bonheur en Estonie, dis-je. Une belle vie.

— Nous nous reverrons avant mon départ, dit-il en me faisant un signe pour me dire adieu.

Nous savons tous deux que ça ne sera pas le cas.

Une fois que je suis sortie, j'appelle Mitchell pour lui annoncer que d'après le Dr Sokolowski tout va bien pour le bébé.

Je lui parle aussi des sages-femmes et il ne se montre pas vraiment enthousiaste.

— Le mot « sage-femme » en lui-même me donne déjà la chair de poule. On se croirait au Moyen-Âge. J'imagine une sorte de sorcière qui fait bouillir des potions dans un chaudron et qui jette des sorts. Arrête d'être si vieux-jeu et trouve-toi un obstétricien.

— Figure-toi qu'obstétricien, c'est un mot différent pour désigner la même chose. Vous, les mecs, vous avez décidé que vous alliez utiliser un beau terme latin et que vous alliez piquer le boulot des femmes.

— En ajoutant un environnement médicalisé et hygiénique.

— Et des forceps.

— Oh ! arrête !

— Le Dr Sokolowski pense le plus grand bien de ces femmes, Mitchell, et c'est un homme jusqu'à preuve du contraire. En tout cas, je vais prendre rendez-vous avec elles.

Il soupire.

— Tu es tellement têtue ! Pourquoi a-t-il fallu que je choisisse une fille têtue ?

— J'ai quelque chose d'autre à te dire, quelque chose de triste.

Je lui parle de Dennis.

— Vraiment ? Dans un sous-sol ? Il a fait une over-dose ?

Je réponds qu'ils ne savent pas et décide que ce n'est pas le bon moment pour lui demander s'il n'a pas un peu d'argent de côté pour payer un enterrement. Pourtant, s'il en avait, nous pourrions au moins donner des cendres à sa fille si nous la retrouvons un jour.

Je tape HART ISLAND dans Google pour en savoir plus sur cet endroit dont m'a parlé Luke, là où ils vont enterrer Dennis si nous ne trouvons pas une autre solution. Une telle lecture a de quoi vous rendre plutôt sombre. C'est sur Hart Island que la ville enterre les sans-abri, mais aussi des prisonniers et… des bébés. Ils les mettent dans des fosses communes.

Si votre bébé meurt dans un hôpital de New York, vous risquez, sous l'effet du chagrin et de la douleur, de signer un document sur lequel figure le terme « enterrement municipal » sans savoir ce que vous faites réellement. Cela signifie que votre bébé, votre enfant, sera emmené sur cette île et empilé avec les autres dans un fossé. On se croirait dans un film d'horreur, presque, et, pourtant, c'est la réalité.

Une pluie diluvienne s'abat sur la ville durant la nuit, de sorte que New York se transforme de nouveau. On passe d'un pays merveilleux où tout est blanc à un univers boueux, humide et glissant, qui semble installé à tout jamais. Le lendemain, quand je marche sur Broadway sous un soleil hivernal, la boue grise a disparu à son tour, et on dirait que la ville a subi un grand nettoyage et qu'elle étincelle de nouveau. Je retourne pour la première fois à Columbia depuis mon repos forcé. Les taxis jaunes filent à toute vitesse. Emmitouflés dans des bonnets et des écharpes, les gens avancent d'un bon pas. Le ciel ne m'a jamais paru aussi bleu, les rouges, jamais aussi rouges.

Le livreur de pastèques lance ses pastèques aux Hispaniques du *deli*, car les fruits sont tellement lourds qu'on ne peut pas les déplacer plus vite. Un jeune homme passe devant moi, entouré de huit chiens, dont les laisses s'emmêlent continuellement et finissent par s'enrouler autour des jambes d'un passant, qui se met à jurer et à donner un coup de pied à l'un des chiens. Une femme se penche vers les animaux.

— Oh ! les petits chiots ! Oh ! mes bébés ! roucoule-t-elle. Moi aussi, je suis une maman à toutous ! Moi aussi, je suis une maman à toutous. Oui, je suis un beau chienchien, oui.

Les chiens se marchent les uns sur les autres pour être les premiers à se faire caresser et chouchouter. L'homme est encore plus saucissonné par les laisses.

— Emmenez vos foutus cabots au parc, dit l'homme entre ses dents, tel Jack Nicholson.

La femme lève la tête et rétorque :

— Les foutus cabots ? Et la foutue politesse, vous en faites quoi, connard ?

Le type lui lance un regard assassin et la fixe ainsi pendant une seconde, puis il lève les bras au ciel et prend la direction de Downtown.

Je suis restée trop longtemps à l'intérieur avec les stores baissés. J'ai un rendez-vous avec ma prof, rendez-vous qui a été repoussé à cause de mon repos forcé. Mais d'abord, j'appelle La Chouette pour voir s'ils ont appris quelque chose sur Dennis et son nom de famille. Rien de neuf.

Le Pr Hamer aime mon travail, mais elle me conseille d'aller à San Francisco pour voir la lumière et mieux comprendre ainsi son importance dans la plupart des paysages de Thiebaud. J'ai déjà décidé, à cause des saignements et malgré le fait que je n'aie aucune connaissance médicale, que je ne prendrais pas l'avion pendant ma grossesse ; alors, j'entreprendrai ce voyage après l'accouchement. J'essaie d'imaginer à quoi pourrait ressembler un voyage et un séjour à San Francisco d'après le peu que je connais de la ville.

Mon bébé et moi dans un taxi en direction de l'aéroport de LaGuardia. Nous franchissons les contrôles de sécurité, nous passons des heures en vol, le bébé pleure, tous les passagers aimeraient que je le fasse taire, tout ça pour que je puisse admirer une série de collines en me disant : *Hum, quelle belle lumière !* Mais, comme ce n'est pas très loin de Los Angeles, peut-être que Stella pourrait venir avec nous et ça serait tout de suite beaucoup plus marrant.

Mitchell vient me rejoindre à midi. Je l'attends devant Columbia et il m'emmène chez V & T's pour manger une pizza. Il ne me serait jamais venu à l'idée de mettre les pieds dans ce restaurant, car le décor devait déjà paraître ringard dans les années 1960, mais Mitchell affirme que, si un établissement peut survivre avec un tel cadre à New York, c'est que la nourriture doit être vraiment bonne. Je fais comme si nous ne savions pas tous les deux qu'il a une application Zagat sur son téléphone.

Tandis que j'attaque ma pizza, qui est bonne, je dis :

— Je ne suis restée que deux ou trois jours au lit et pourtant tout me paraît nouveau.

— Tu as eu des visites à part Stella ? demande Mitchell.

— Quoi ? dis-je fatalement.

Il se crispe immédiatement.

— Tu m'as très bien entendu.

— Oui, Luke de La Chouette est passé une fois. C'est George qui l'a envoyé. C'est là qu'il m'a annoncé la mort de Dennis.

C'est plus ou moins un mensonge. Non, c'est même carrément un mensonge. Pourquoi suis-je en train de mentir à Mitchell ?

— Il s'est passé quelque chose ?

— Bien sûr que non !

— Esme, il s'est passé quelque chose.

— Oui, il s'est passé quelque chose, mais ce n'est pas du tout ce à quoi tu penses, dis-je. Bon sang, Mitchell !

— Bon sang, Mitchell ? Tu fais entrer un homme dans ta chambre, tu ne m'en parles même pas et après tu me lances des « Bon sang, Mitchell » ? Dis-moi ce qui s'est passé.

— Tout ce qui s'est passé, c'est qu'il m'a annoncé la mort de Dennis. Il m'a dit que Dennis allait certainement être enterré dans un cimetière des pauvres, là où ils mettent les sans-abri. Ils les enterrent dans des fosses communes. C'est horrible, non ?

— Ouais, c'est nul. Il t'a prise dans ses bras ?

— Qui ? Luke ? Non !

— Où était-il dans la pièce ?

— Assis sur une chaise.

— Tu as pleuré ?

— Je ne sais pas… Non, je ne pense pas.

— Il ne t'a pas consolée ?

Je repousse mon assiette.

— S'il m'a consolée, il avait tous les droits de le faire. J'aimais bien Dennis, lui aussi l'aimait bien, et nous étions tous les deux tristes et j'avais peur à cause du bébé. Luke est mon ami, il est venu voir si j'allais bien et c'est George qui le lui a demandé et il m'a apporté de la pastèque et je t'aime, Mitchell, je t'aime. Mais ça ne veut pas dire que je ne peux pas parler à un autre homme. Il faut que tu le comprennes. Il faut que tu comprennes que tu es tout pour moi, l'est, l'ouest, que personne d'autre n'a d'importance à part toi. Il faut que tu me croies et il faut que tu me fasses confiance ou nous ne serons rien du tout.

Je n'avais jamais dit tout ça, comme ça, aussi franchement. C'est sûrement une mauvaise idée, mais l'honnêteté, c'est important, non ? Mitchell s'appuie contre le dossier de sa petite chaise en bois.

Le sourire triomphant qu'il essaie absolument de garder sous contrôle est de retour.

Il balaie le restaurant du regard, puis augmente le volume d'un cran pour dire, d'une voix rieuse :

— Il faut que je te comprenne, il faut que je te croie, il faut que je te fasse confiance ?

— Oui, dis-je. Oui.

Il mange un peu de sa pizza. Puis, il ajoute, plus doucement :

— Tu sais que j'excelle à ce jeu-là. Toi, en revanche, tu es très mauvaise.

— Je ne joue à aucun jeu.

— Alors, tu vas perdre.

Je hausse les épaules tout en le regardant. Je crois qu'il se trompe complètement. Son visage s'adoucit. Il affiche désormais une expression de douceur mélancolique. Il prend ma main.

— Bon, écoute ! On devrait se marier bientôt.

Une voix se fait entendre derrière moi :

— Si elle fait entrer d'autres types dans sa chambre, mon pote, je pense qu'il vaudrait mieux repousser le mariage.

— Je n'y peux rien, réplique Mitchell en souriant. Je suis tombé amoureux d'elle.

— Oh ! dans ce cas, t'es dans la merde, dit la voix.

Je ne me retourne pas.

— On peut y aller ? dis-je à Mitchell.

Il regarde sa pizza qu'il n'a pas terminée, mais accepte.

Je croise le regard du serveur et lui demande l'addition. Il dit qu'elle est sous les flocons de piment et que nous pouvons payer dès que nous serons prêts. Je règle l'addition et dis à Mitchell que je l'attends dehors.

Il sort, encore tout sourire, après un dernier échange avec l'autre homme.

— Ce type a dit que, si tu étais prête à payer l'addition, c'est que tu voulais me garder.

— Je suis sûre, dis-je, que je suis censée rester calme et ne rien changer, mais ça ne sert à rien. Pourquoi faut-il toujours que nous nous donnions en spectacle ?

— C'est toi qui as déclaré ta flamme éternelle dans une pizzeria.

Je lui dis qu'il faut que j'aille travailler.

— À la librairie ?

— À la bibliothèque.

— J'étais sérieux quand j'ai dit que nous devrions nous marier bientôt, dit-il.

Il prend la même direction que moi, puis s'arrête tout à coup.

— Je viens d'avoir une super idée. Tu as un peu de temps maintenant ? À quelle heure faut-il que tu sois à La Chouette ?

— Nous allons nous marier maintenant ?

— Non, non, je ne suis pas complètement fou, Esme. Je suis juste un peu impulsif. C'est ce qui fait mon charme. Je veux aussi veiller à ce que tout se déroule comme il se doit. Je viens d'avoir une idée sur le lieu de notre mariage. À quelle heure est-ce que tu dois être au travail ?

— Je dois aller à la bibliothèque avant le travail. Il faut que je consacre beaucoup de temps à mon exposé. Il faut qu'il soit vraiment bien : je vais le présenter devant tout le département.

— Nous n'en avons vraiment pas pour longtemps. Je vais d'abord vérifier quelque chose.

Il sort son téléphone et appelle quelqu'un. Je lui

demande ce qu'il fait, mais il me coupe pour parler avec enthousiasme à un certain James.

— Nous avons de la chance, il est là, dit-il après avoir raccroché.

— Qui est là ? Et où est le « là » dont tu parles ?

Il avance à grandes enjambées vers le bord du trottoir tout en levant le bras. Un taxi s'arrête à notre hauteur. Il ouvre la portière pour moi.

— Où allons-nous ?

— Je te promets que tu seras à la bibliothèque dans une heure, dit-il.

Puis, il s'adresse au chauffeur :

— Église St. Thomas, 5ᵉ Avenue, s'il vous plaît. C'est à l'angle de la 53ᵉ Rue.

Mitchell se cale contre la banquette arrière et me sourit.

— Je suis sûr que James va te plaire. C'est tout à fait ton genre. Et j'ai été baptisé à St. Thomas. Mes parents continuent à y aller quand ils sont en ville. Je crois que ma mère écoute même certaines émissions qu'ils diffusent sur la radio de l'église à Paris.

Le taxi fonce vers Central Park West et traverse le parc.

— Mitchell, je trouve que c'est horrible que Dennis soit enterré dans une fosse commune pour les sans-abri.

— Oui, c'est nul. Mais, s'ils ne retrouvent pas sa famille, il n'y aura personne pour payer l'enterrement.

— Tu pourrais payer, toi, dis-je.

Il me regarde, l'air incrédule. Il a sans doute de quoi l'être. Il prend ma main et la porte à ses lèvres.

— Ma chère fille, dit-il. Mon innocente Esme. Je ne peux pas payer son enterrement. D'abord, je ne m'appelle pas Bill Gates. Ensuite, on ne peut pas payer des milliers de dollars pour l'enterrement d'un type qu'on ne connaît pas et, enfin, je ne vais tout simplement pas le faire. Tu es sérieuse ?

— Non, dis-je.

Il me regarde. Il sait que je l'étais.

— Mais j'aime que tu me l'aies demandé.

Je reste silencieuse. Il reprend :

— Arrête de te tourmenter avec ça. Tu as toujours été aimable et gentille avec lui quand il était en vie. C'est ce qui compte. D'accord ?

Je hoche la tête. Mais je dis :

— Qui sommes-nous alors si nous n'offrons pas un enterrement décent aux gens qui n'ont pas d'argent ?

Mitchell prend un air patient.

— Tu vois, c'est bien ce que je pensais. Dans cette histoire, tu penses plus à toi qu'à Dennis. L'enjeu ici, c'est l'idée que tu te fais de toi-même. N'est-ce pas un genre d'égoïsme déguisé en gentillesse ?

Sa remarque me fait l'effet d'une douche froide. A-t-il raison ?

— Je n'avais pas vu les choses sous cet angle. J'étais juste triste à l'idée que…, je ne sais pas…, on le jette tout simplement dans une fosse.

— Bon, n'en parlons plus. Nous sommes arrivés.

Le taxi s'arrête devant un édifice, certainement une cathédrale, sur la 5ᵉ Avenue. Je ne l'avais jamais remarquée auparavant, mais il est vrai que ce n'est pas vraiment un quartier que je fréquente. Et, sur la 5ᵉ Avenue, on remarque surtout les boutiques, pas franchement les églises. Il y a une grande volée d'escaliers et d'immenses arches gothiques. Je m'immobilise. Il est inconcevable que je me marie ici. C'est l'équivalent ecclésiastique des boutiques qui l'entourent : Salvatore Ferragamo, Cartier, Fendi et Henri Bendel.

Il me sourit.

— Ne panique pas. C'est juste une église. L'intérieur n'est pas aussi spectaculaire. Tu te sentiras mieux dedans. Viens.

— Je ne panique pas, dis-je, même si c'est bien le cas. Regarde, c'est juste à côté d'un Gap pour les bébés. Les invités pourront y faire un tour avant d'assister à la cérémonie et nous acheter quelque chose d'utile.

Nous montons les marches et passons sous la grande arche gothique. L'intérieur est aussi spectaculaire que l'extérieur le laisse supposer. Je ne me sens pas mieux.

— C'est très anglais, tu ne trouves pas ? dit Mitchell en regardant un retable catholique qui pourrait venir tout droit de Rome. Ça me rappelle toujours l'Angleterre.

L'intérieur de St. Thomas a cette apparence de droiture qui vous fait soupirer de plaisir, le genre de plaisir évoqué par un Titien ou un Bellini. La patine des colonnes en pierre, l'éclat doux et chaleureux des boiseries, c'est un gothique adouci par la Nouvelle-Angleterre, comme si le gothique s'était retiré dans le Nouveau Monde pour se relaxer.

— C'est très beau, dis-je en regardant autour de moi, mais, Mitchell…

— Mitchell ! dit un homme qui sort de l'ombre.

L'homme porte un col de pasteur, et sa coupe de cheveux n'est pas loin d'évoquer une tonsure noire. Il doit avoir l'âge de Mitchell à peu près, mais il ne lui ressemble en rien, ou presque. Sa foi semble le remplir d'optimisme. Il s'avance pour nous serrer la main.

— Je suis ravi de te revoir. Ça fait un bail. Bonjour.

Le dernier mot m'est destiné. Je le salue à mon tour.

— Je suis content de te voir, moi aussi, James, dit Mitchell. J'aimerais te présenter ma fiancée, Esme Garland.

Il me serre la main.

— La fiancée de Mitchell ? Félicitations ! C'est une excellente nouvelle. Mitchell, je pensais que tu avais même renoncé à prier pour trouver la perle rare. Je suis vraiment ravi de faire votre connaissance, Esme. Je m'appelle James Curtis.

— James et moi nous connaissons depuis longtemps, dit Mitchell. Nous étions même à Yale ensemble.

— Oui, mais moi j'étais déjà diplômé et tu n'étais

qu'un jeune insolent, dit James. Et je donnais beaucoup de cours auxquels tu n'as jamais assisté. Comment t'es-tu sorti de cette situation ?

— L'économie était incompatible avec la théologie, je pense.

— Comme toujours. Pourquoi as-tu voulu devenir économiste, Mitchell ? Je n'ai jamais eu l'impression que ça t'intéressait.

— Pour contrarier ma mère, bien sûr, dit Mitchell, comme si sa réponse devait être évidente pour tous ceux qui le connaissent.

James sourit comme un prêtre.

— Et que faites-vous, Esme ?

— Je suis doctorante en histoire de l'art à Columbia, dis-je.

— Ah ! l'histoire de l'art. Votre intérêt pour St. Thomas est sans doute plus architectural que théologique ? Mais l'un n'est-il pas l'expression de l'autre ? Voulez-vous que je vous fasse visiter ?

Je dis oui, parce que je suis polie et parce que je veux continuer à regarder cette voûte qui s'élance vers le ciel.

— La structure a été construite en style gothique français et en grande partie avec les méthodes de construction françaises. Il n'y a pas d'armature métallique. Ce n'est que de la pierre.

Mitchell regarde l'autel.

— Faut-il réserver des années à l'avance, James ? Si nous voulons une petite cérémonie ?

— Oh ! pour un mariage ? Pour ton mariage ? Ça serait merveilleux si tu te mariais ici, Mitchell. Ta mère serait ravie. Mais je ne sais pas. C'est très chargé en général, répond James, tandis que je fais des gestes furieux pour faire taire Mitchell. Nous pourrions consulter le calendrier. Vous voulez bien m'accompagner dans mon bureau ?

Mitchell hoche la tête et me fait signe de les suivre dans le bureau. Je jette un dernier regard à la nef. Penset-il vraiment que je peux m'avancer vers l'autel en étant enceinte ? Ce serait grotesque. Les gens riraient sous leur cape Balenciaga.

Mitchell pose sa main dans le creux de mes reins, un geste qui traduit sa détermination, et me guide jusqu'au bureau de James.

— Nous nous renseignons juste comme ça. Nous n'avons pas encore décidé si nous allions nous marier à New York ou à Sag Harbor.

— Ou en Angleterre, dis-je. Mitchell, nous devrions d'abord en parler entre nous avant de faire perdre son temps à James.

Mitchell me fait la grimace et me pousse pour que j'avance.

Nous entrons dans un bureau aux murs lambrissés qui sent la cire de lavande. James va chercher un siège en bois sculpté pour moi avec un coussin plat en soie et un petit banc pour Mitchell.

— C'est un siège épiscopal, mademoiselle Garland, dit-il, même si l'évêque ne l'utilise pas très souvent.

Il s'assoit devant un Mac dernier cri, ouvre un fichier et un immense calendrier sur son bureau.

— À quel mois pensiez-vous ? Et faut-il absolument que ça soit un samedi ?

— N'importe quel jour. Qu'est-ce que tu en penses, Esme ?

— Je…, je ne peux pas, dis-je en m'asseyant un peu trop lourdement sur le siège orné qui doit accueillir des derrières d'évêques depuis des centaines d'années.

— Mitchell, je ne peux pas… Tu vois bien…, les gens vont remarquer.

— Je ne vois pas pourquoi tu ne pourrais pas. Ne t'inquiète pas. Ce n'est qu'une église paroissiale. Et c'est l'église de ma famille, dit Mitchell.

— Je ne peux pas, je ne peux pas. Mon père, je suis désolée… Nous vous avons fait perdre votre temps…

— « Révérend », rectifie Mitchell, pas « mon père ».

— Oh ! ni l'un ni l'autre. « James », ça suffit amplement. Y a-t-il un problème ? demande-t-il.

Il pose la question avec une clémence bienveillante que les hommes d'Église doivent apprendre à appliquer à toute situation quand ils sont au séminaire. Ses yeux restent courtoisement fixés sur mon visage, même si je viens de lui donner un sacré indice. Je sens le rouge me monter aux joues.

Je lance un regard éloquent à Mitchell, mais il ne voit pas ce que je veux dire. Je me tourne de nouveau vers le prêtre, hausse les épaules et dis :

— Je suis enceinte. Je ne peux pas me marier dans cette église en étant enceinte.

James sourit.

Au risque de paraître indélicat, j'aimerais vous dire que vous ne serez certainement pas la première.

— Eh bien, peut-être que ça ne leur faisait rien. Mais, pour moi, c'est impossible. Je ne pourrai jamais me marier dans cette église, de toute façon, enceinte ou pas enceinte. Je pensais plutôt à un mariage civil à la mairie ou dans une église à la maison, en Angleterre, après la naissance du bébé. C'est, je ne sais pas, comme l'abbaye de Westminster. Imagine, mon père, me tenant le bras dans cette nef, imagine la robe que je devrais porter, et tout le tralala.

— Esme, dit Mitchell.

Mais le révérend James lève la main.

— Non, non, Mitchell, laisse, c'est mon domaine. Voyons si je peux vous aider, mademoiselle Garland. Vous semblez croire à tort qu'il s'agit d'une institution élitiste. Ça n'est pas du tout le cas. C'est juste une église, la maison de Dieu, où tout le monde est bienvenu. Au bout du compte, malgré les apparences, il n'y a pas de différence entre St. Thomas et la chapelle la plus humble du monde.

Je hoche la tête, en silence. Si je jette, oh, je ne sais pas, une alliance en diamant des marches de cette église, ça sera certainement une Harry Winston. Le révérend James plonge ses yeux d'une perspicacité troublante dans les miens.

— Félicitations pour votre grossesse, dit-il gentiment.

— Merci, je… Nous sommes très contents.

— C'est un peu impromptu, je sais, dit-il en regardant Mitchell. Mais vous aimeriez en parler, tous les deux ? Je comprends si vous n'en avez pas envie…

— Ce n'est pas une vision dépassée de la vie où on se doit de faire ce qu'il convient de faire, si c'est ce que tu penses, James, dit Mitchell. Il se trouve qu'Esme et moi nous fréquentions depuis quelque temps déjà et que nous avons découvert qu'elle était enceinte. J'étais un peu surpris… et je n'ai pas très bien réagi au départ. Nous nous sommes séparés quelque temps.

Il se lève et s'approche de la fenêtre à meneaux. Ce n'est pas tout à fait le souvenir que j'ai gardé de cette histoire.

Il se tourne vers moi. Le menton levé, comme imbu de sa propre noblesse.

— C'est alors que j'ai réalisé que je devais être avec toi.

Ils me regardent tous deux avec un certain degré d'impatience et d'espoir. Ils s'attendent sans doute à ce que je sourie à travers mes larmes et à ce que je sorte une réplique tout droit tirée de *Brève Rencontre* : « Oh ! mon chériii, tu crois vraiment que nous pourrions être heureux ? » Mais je n'ai pas plus envie d'interpréter un rôle que de jouer à un jeu. Aucune larme d'affection ne vient embuer mon regard. Je ne suis pas touchée par ses mots touchants. Je sens certes des larmes me monter aux yeux parce que je me sens dans un état « turbulent » (ce mot me vient sans doute à cause de la proximité du prêtre[1]) et parce que James inspecte de nouveau son calendrier.

---

1 Allusion à la phrase qui aurait été prononcée par Henri II à propos de l'archevêque Thomas Beckett, avec qui il était en conflit et qui fut assassiné le 29 décembre 1170 : « N'y aura-t-il personne pour me débarrasser de ce prêtre turbulent ? »

Il y a quelques minutes, nous étions encore en train de manger une pizza et voilà qu'à présent un prêtre qui officie dans une église de la 5e Avenue est sur le point d'inscrire la date de notre mariage. Mitchell et sa famille fonctionnent ainsi et on est forcément entraînés avec eux.

Ce serait naturellement merveilleux, s'il n'y avait pas cette crainte qui me sèche la gorge, que, pour Mitchell, le mariage ne soit qu'un numéro d'acteur de plus, une représentation. Je veux le croire.

— Il y a un samedi après-midi en juin, le dix-sept, dit James en passant le doigt sur une page du calendrier.

Il lève les yeux vers nous.

— On pourrait vous inscrire au crayon à papier.

— Au crayon à papier ? dit Mitchell. Je suis plutôt pour l'encre !

— Mais, Mitchell, ce n'est pas ça, se marier. Nous ne sommes pas obligés de nous marier maintenant. Tu n'as pas à me sauver du déshonneur, nous ne vivons pas dans l'Angleterre victorienne ou à l'âge des ténèbres. Regarde autour de toi : nous sommes à New York. Les gays adoptent des bébés, les lesbiennes adoptent des bébés ou ont recours à l'insémination artificielle, et personne ne bronche. Je veux que le bébé grandisse avec ses deux parents, Mitchell, et je veux être avec toi. Mais voyons d'abord comment nous vivons sans tout ça. Nous ne devrions pas avoir le sentiment que nous devons à tout prix nous marier. C'est horrible d'avoir à officialiser notre amour, à le rendre public. Il n'y a rien de romantique là-dedans.

Peut-il entendre mon message derrière ce fouillis de mots ? Je veux dire : « Aime-moi, aime-moi, aime-moi, dans la santé et dans la maladie, aime-moi que j'aie dit ou non ce qu'il fallait, aime-moi que des hommes m'aient apporté de la pastèque ou non, aime-moi quoi qu'en pensent les autres, et je t'aimerai moi aussi, peu importe s'il t'arrive de meurtrir mon âme, peu importe si tu sens une blessure en toi, je t'aimerai parce que tu es vraiment digne d'être aimé et parce que c'est le sens même de la soumission : je me soumets à toi comme tu te soumets à moi, plutôt qu'à un Dieu ou à une loi. Et, tant qu'il n'en est pas ainsi, il est inutile d'envisager de se présenter devant Dieu et de prêter serment. »

Mitchell ne dit rien. Le révérend James prend son téléphone et compose un numéro.

— Meredith, dit-il, pouvez-vous appeler madame Saint John Parker et lui dire que j'ai été retenu et que je ne pourrai pas venir avant seize heures. Présentez-lui mes excuses, merci.

Il repose le combiné et se tourne vers nous.

Je suis assise droite comme un i dans le siège épiscopal inconfortable. Je regarde Mitchell à la dérobée : il est pâle.

James s'approche d'un meuble et revient avec trois verres. Je crois l'espace d'une seconde qu'il va nous verser du vin de messe, mais non, c'est du xérès.

J'accepte mon verre et bois une petite gorgée sans réfléchir, mais je me souviens tout à coup du bébé qui est la cause de tout ça. Une petite gorgée ne peut pas me faire de mal, sauf que j'étais à deux doigts de vider le verre.

— Oh ! je suis désolé, le xérès, je n'y avais pas pensé, dit James.

— Ce n'est rien. Théoriquement, tout ce qui est bon m'est interdit. Je continue pourtant à boire du thé dans les cafés clandestins pour femmes enceintes éparpillés dans Manhattan.

— Esme, dit Mitchell.

Tout en tendant un verre à Mitchell, James lui dit :

— Il n'est vraiment pas rare de se sentir un peu nerveux à l'approche du mariage. Cette appréhension est tout à fait normale. Croyez-moi, il vaut mieux qu'elle s'exprime maintenant que plus tard. Parfois, elle survient le jour même de la cérémonie. C'est normal, naturel et très humain.

Le sourire que lui adresse Mitchell en retour est plutôt mince.

Le prêtre boit une gorgée de son xérès et me regarde.

— Voulez-vous écouter un plaidoyer anglican pour le mariage ?

Je dis que oui.

— Je ne pense pas que nos relations intimes soient les plus réussies quand elles se cantonnent à la sphère privée. Le mariage n'est pas un contrat privé entre deux individus, c'est une déclaration publique d'une intention de former une unité sociale. Si vous avez un enfant dans le cadre de l'institution du mariage, c'est mieux pour la société dans son ensemble, parce que c'est grâce à ces unités qu'elle peut survivre et tenir debout. C'est aussi préférable pour les individus qui font ce choix parce que cela les libère de la tyrannie de leurs désirs et de leurs caprices. Vous souriez et je comprends pourquoi, mais j'aimerais que vous y réfléchissiez. Votre vie n'est-elle pas en grande partie déterminée par cette conviction qu'il faut à tout prix écouter ses désirs ? Votre réticence par rapport au mariage n'est au fond rien d'autre que la peur de l'engagement. Pourquoi pensons-nous, romantiquement, qu'une affection mutuelle sans cadre légal est plus pure, plus fraîche, plus spontanée ? Pourquoi ricanons-nous devant ce bout de papier ? Vous avez une idée ?

Je secoue la tête.

— C'est parce que nous avons tous développé une forme de dépendance à l'émotion, dit-il.

Il n'a pas du tout l'air d'être accro aux émotions.

— Nous aimons l'adrénaline des sentiments, même si nous savons que cette sensation est fugace et évanescente. Et cette dépendance à l'émotion empire. Toutes les cinq minutes, on consulte ses SMS, ses mails, on va sur Facebook dans l'espoir d'avoir sa dose de sentiment, sa dose d'approbation. Esme, si vous n'épousez pas Mitchell, si vous donnez naissance à votre bébé et continuez à vivre avec Mitchell sans vous engager davantage, vous ne vous libérerez peut-être jamais du diktat de votre esprit qui vous poussera constamment à remettre en question votre amour pour lui. Est-ce que je l'aime autant qu'au petit-déjeuner, est-ce que je l'aimerai moins au moment du dîner ? Dois-je chercher quelqu'un d'autre ? Dois-je rester avec lui ? Vous voyez ? Il y a aussi cette tyrannie. Mais le mariage permet d'éviter tout ça. Le mariage permet aux individus de se libérer de leurs désirs, parce qu'ils sont unis par quelque chose qui dépasse leurs émotions, ils sont unis par l'approbation de la société. En épousant le père de votre enfant, Esme, vous vous libérez. Votre soumission volontaire à ce cadre social serait finalement la plus belle expression de votre liberté.

Il s'arrête.

— Vous êtes un bon orateur, dis-je.

— Je sais.

— Vous n'avez pas parlé de Dieu.

— Dieu imprègne le tout.

Il s'éloigne de son bureau.

— Je vais juste dire un mot à Meredith dans l'autre bureau. J'en ai pour une minute.

Une fois qu'il est parti, Mitchell pose les yeux sur moi sans bouger la tête.

— Alors ?

— C'était un discours très impressionnant.

— Oui.

Je marque une pause.

— Mais il n'avait pas besoin de me convaincre que l'institution est une bonne idée. Ça n'a rien à voir avec ça, ni même avec cette église. C'est plutôt que j'ai peur que tu ne fasses quelque chose contre ta nature, que tu ne sois pas heureux, que ça ne te convienne pas.

Mitchell me dévisage.

— Oh ! dit-il doucement. Pourquoi ne m'en suis-je pas rendu compte plus tôt ? En fait, tu veux que je me mette à genoux devant toi et que je te déclare ma flamme éternelle ?

— Non, dis-je. Non, tu ne m'écoutes pas.

— J'écoute et j'ai bien écouté avant. Je suis l'est et l'ouest, le soleil et la lune. Et j'étais censé te dire la même chose quand tu as dit que tu m'aimais. N'est-ce pas ?

— Je ne t'aime qu'au nord-nord-ouest.

Il plisse les yeux, se détend.

— Ah bon ? Alors, je vais tout faire pour que tu m'aimes à tous les points cardinaux.

Quand James revient, Mitchell dit :

— Inscris-nous sur ton calendrier, mon ami, inscris-nous.

— Vraiment ?

— Vraiment, Esme. Il peut nous inscrire.

— Si mes parents peuvent…

— Si tes parents peuvent, bien sûr. Et les miens aussi d'ailleurs. Appelons-les aujourd'hui, et, en attendant, James, tu nous réserves la date.

XXIII

Le lendemain, je retourne à la librairie pour la première fois depuis mon repos forcé. Quand j'arrive, le soleil brille. Un sans-abri, que je n'ai jamais vu auparavant, est en train d'empiler des livres pour que George les inspecte.

Les roses multicolores, qui étaient encore en boutons la dernière fois que je suis venue, se sont ouvertes et elles sont collées joue contre joue dans le vase. Un client est perché sur une échelle, un autre est absorbé dans sa recherche au rayon « romans ». George est en train de prendre quelques billets dans une grosse liasse.

— Salut, dit-il.

— Salut.

— Tu vas mieux ?

— Oui, beaucoup mieux, et je suis prête à travailler.

— Ravi de l'entendre. Tu nous as manqué. Même si tes fleurs se portent à merveille. Je suis content aussi pour…, tu sais.

Il montre mon ventre d'un geste un peu embarrassé.

— C'est triste pour Dennis, dis-je, une fois que le sans-abri est parti.

George hoche doucement la tête.

— La plupart du temps, on n'apprend même pas ce qui leur est arrivé. Ils disparaissent tout à coup du paysage ; alors, on se dit qu'ils sont morts ou à Philadelphie.

— Sa fille n'a toujours pas été retrouvée ?

— Non. Non, pas que je sache.

— Luke a dit que c'était une overdose ?

— C'est apparemment ce qu'ils ont dit. Ils disent pratiquement toujours ça, bien sûr, et c'est peut-être vrai, ou c'est peut-être parce que la plupart des autres causes possibles ne feraient pas bon effet dans les statistiques. Et les formulaires administratifs ont besoin d'une cause. La bureaucratie aime la simplicité, et ce besoin de simplicité signifie parfois qu'on ne peut pas dire la vérité.

J'en ai connu des types bien depuis que je suis ici : Winston, Jerry, Michael, beaucoup de gens. Certains de ces types apportaient des livres bien, mais d'autres choses aussi, des cartes géographiques, des tableaux... Ils sont tous partis maintenant.

Ils ne vivaient pas tous dans la rue, mais les loyers, le visage changeant du West Side, ils ont tous été expulsés de leurs logements. Winston, par exemple, c'était un vieux type ; il vivait dans un minuscule appartement qui se trouvait à proximité de ce pub irlandais dans la 79ᵉ Rue, le Dublin. C'était grand comme un mouchoir de poche.

Un endroit misérable. Je l'ai vu quand il a dû débarrasser le plancher. Je lui avais acheté une étagère. Elle était merdique, j'ai été obligé de la jeter. Le propriétaire avait augmenté son loyer de 7,5 %.

— Ce n'est pas tant que ça, dis-je.

Je pense que, si on peut débourser un dollar, on peut débourser 7,5 cents de plus.

George me regarde, pas convaincu.

— Ça dépend de combien tu disposes pour vivre.

Il secoue la tête, puis ajoute :

— Écoute, j'espère que je ne vais pas avoir droit à une nouvelle tirade féministe si je te dis que j'aimerais mieux que tu ne soulèves pas de grosses piles de livres, que tu ne montes pas sur les échelles ou que tu ne fasses rien de trop épuisant pour le moment.

— Je crois que vous avez tous une idée complètement faussée du féminisme et, le pire, c'est que vous n'en démordez pas. Mais merci, en tout cas. Et merci de m'avoir envoyé Luke. Il m'a beaucoup aidée.

George est en train de disposer les livres qu'il vient d'acheter sur le comptoir et ne répond pas.

— Il en manque, dit-il. Il en manque au moins un, j'en suis sûr.

Je regarde. Je vois une pile de livres reliés à la couverture verte. Des romans : *Adam Bede, Le Moulin sur la Floss, Silas Marner*, et un lot de deux volumes de *Middlemarch*.

— Il manque *Daniel Deronda*, dis-je, mais tu as les meilleurs.

— Dans l'Upper West Side, une telle affirmation pourrait passer pour de l'antisémitisme, fait remarquer George.

Il sort un gros livre de référence de sous le comptoir et commence à le feuilleter.

— Il manque aussi le *Felix Holt*. Ou *Ramola*. Mon Dieu ! Je ne suis plus dans le coup.

— Non, ils sont bien, ceux-là. Ils forment un lot ; tu peux les vendre tous ensemble.

— Oui, peut-être, dit-il. Note le prix dessus et trouve-leur une bonne place, tu veux bien ? Salut, Luke.

Luke entre dans le magasin en se faufilant avec sa guitare à travers les piles de livres.

— Salut, dit-il.

Il me salue aussi, puis prend un air dubitatif.

— Tu es sûre que tu es suffisamment rétablie ?

— Oui.

— D'accord. Si tu portes plus de trois livres à la fois, je te tords le cou.

— Oh ! Luke, dit George. Merci *beaucoup* d'avoir fait ce que je…, euh…, t'ai demandé et d'être passé voir Esme. C'était vraiment très gentil de ta part.

— Pas de problème, dit Luke tout en montant l'escalier avec sa guitare.

— Et si on mettait tous les George Eliot dans la vitrine ? dis-je. Avec une belle étiquette bien voyante pour annoncer le prix du lot.

Pour une raison que j'ignore, George sourit tout en regardant son livre de référence et ne m'écoute pas. Je suis obligée de répéter ma proposition.

— Bien sûr, dit-il.

Il lève la tête pour regarder Luke qui est toujours en haut.

— Fais ce que dit la dame, tu veux bien ? crie-t-il.

— C'est bon, je peux le faire moi-même, je m'en sens tout à fait capable, dis-je.

Je sors quelques livres de la vitrine pour faire de la place et décide que je vais leur annoncer la date de mon mariage. Je ne leur avais pas parlé de la demande en mariage et ça s'était terminé en catastrophe.

— Au fait, dis-je. J'ai une date pour mon mariage, à condition naturellement que mes parents puissent venir. Ils sont en train de regarder s'ils peuvent trouver un vol pour cette date. C'est le 17 juin, bientôt donc, et la cérémonie aura lieu dans l'église St. Thomas qui se trouve sur...

— La 5e Avenue, dit George.

— Oui. Mitchell et moi allons envoyer nos invitations, je pense, mais ça sera un petit mariage. Vous êtes tous invités. J'espère vraiment que vous pourrez venir.

Ils restent tous deux silencieux.

— Qu'est-ce qui se passe ?

— Je croyais que tu allais attendre, que tu allais te marier en Angleterre, une fois que le bébé serait né. Ce n'est pas ce que tu nous avais dit l'autre fois ? dit Luke.

— Oui, c'est vrai. C'est ce que je pensais faire. Comme ça, mes amis d'enfance et de l'université auraient pu venir, mais Mitchell a un ami qui est prêtre à St. Thomas

et il dit qu'il veut m'épouser avant la naissance du bébé…
Et il y avait une date de libre.

— Est-ce une question de légitimité par rapport au bébé ? demande George.

— Je ne pense pas, dis-je.

George s'aventure sur un terrain que j'aurais préféré ne pas explorer. Je n'avais même pas pensé à cette question et maintenant je suis de nouveau malheureuse, car je recommence à douter de Mitchell.

— Je n'y avais pas pensé. C'est peut-être ça.

— Je ne pense pas, intervient Luke. Je crois qu'il sait reconnaître les personnes qui sont bien pour lui.

Je souris à Luke.

— Tu viendras si tu peux ? Toi aussi, George ? dis-je en me tournant vers celui-ci.

Luke me regarde à son tour.

— Bien sûr que nous viendrons si nous pouvons, dit George. N'est-ce pas, Luke ?

XXIV

C'est samedi aujourd'hui. Quand je me lève, le soleil entre à flots par la fenêtre, comme toujours. Je suis enceinte de six mois. Je suis nue devant mon miroir. Mon ventre arrondi est plutôt joli de face, mais, dès que je m'habille et que je me tourne sur le côté, je ressemble à un culbuto qui ne veut pas tomber. Comme c'est énervant quand même ! Juste au moment où nos hormones nous mettent d'humeur très érotique, nous ressemblons à des poussahs.

Hier, j'ai rendu pour la première fois visite aux sages-femmes que le Dr Sokolowski m'avait recommandées. En les voyant, je me suis crue de retour en Angleterre.

Elles ont parlé d'accouchement à la maison, d'accouchement dans l'eau, d'accouchement naturel, bref de tous les accouchements qui ne se passent pas dans un lit métallique avec des blouses vertes d'hôpital. J'ai parlé avec deux d'entre elles, mais je rencontrerai les sept en temps et en heure.

Si bien que je saurai laquelle d'entre elles m'aidera à accoucher le jour J. Il faudra aussi que j'assiste à des séances de préparation à l'accouchement. Elles n'en revenaient pas que je n'y sois pas déjà allée. J'ai fait transférer mon dossier chez elles et j'ai ainsi rompu officiellement mes liens avec le Dr Sokolowski. Elles m'ont également recommandé quelqu'un dans l'Upper West Side pour les séances de préparation à la naissance. Son cabinet se trouve à proximité de La Chouette. Je leur demande, comme elles sont toutes européennes, si je peux boire un verre de temps en temps, juste un petit. Elles ont toutes dit non. Elles m'ont dit de boire beaucoup de thé de feuilles de framboisier.

Mitchell et moi avons prévu de boire un café ensemble chez Sarabeth's. J'aimerais qu'il passe plus souvent la nuit avec moi, mais il dit qu'il veut bien marquer la différence entre les fiançailles et le mariage. Ainsi, la nuit dernière, il est rentré chez lui à minuit. Je suis censée m'installer à Sutton Place une fois que nous serons mariés, et le bébé naîtra environ six semaines plus tard. Ça me paraît complètement irréel.

Il fait plutôt chaud dehors. Les femmes qui marchent sur Broadway ne portent pas de manteau. Elles semblent toutes ravies de déambuler sur Broadway sous le soleil.

J'inspecte mon placard et me demande si j'ai des vêtements capables de me transformer en femme désirable. La réponse est non. Certaines personnes disent que les femmes enceintes sont sexy ; personnellement, je ne vois pas trop.

Mitchell arrive en face de moi. Il remonte l'avenue, je la descends, nous nous retrouvons devant chez Sarabeth's. C'est toujours une heureuse surprise de le voir.

— Tu as bonne mine, dit-il.

Alors que nous allons nous asseoir avec nos cafés, nous passons devant une fille, installée à une table près de la fenêtre. Elle porte un chemiser décolleté. Ses seins ont l'air parfaits comme deux grosses boules de vanille. Même moi je les trouve magnifiques. Mitchell regarde, puis lève les yeux vers moi et hausse les sourcils.

— Je sais exactement à quoi ils ressemblent, dit-il. Exactement. Ronds, crémeux et fermes, avec de gros mamelons – des mamelons d'un rose très pâle, je pense. Corail. Délicieux.

— Arrête.

— Je n'ai aucune envie d'arrêter. Je veux que toi et moi nous parlions de ces seins parfaits. Ils t'ont plu ?

— Ils sont très beaux.

— Je vais aller chercher des serviettes.

Il se lève, je soupire.

Il revient. Il me demande comment avance mon exposé. Je lui dis que j'ai pratiquement terminé ma présentation sur PowerPoint pour accompagner mon travail. Il affiche un air rêveur.

— Mitchell.

Il m'interroge du regard.

— Tu me poses des questions sur mon exposé pour pouvoir tranquillement penser aux seins de cette fille ?

— Oui. Oui. Esme ? J'aime quand tu me démasques. J'aime vraiment

— C'est très bien. Mais si tu veux vraiment penser à ses seins, reste assis là et penses-y tout seul. Tu n'as pas besoin de moi pour ça.

Je me lève, mets mon sac en bandoulière et lui fais un signe pour lui dire au revoir. Il se cale contre son siège et sourit.

— Tu te trompes complètement. C'est justement toi l'intérêt dans tout ça.

***

Je reçois un chat à vingt-deux heures alors que je suis en train de travailler chez moi. C'est Mitchell. Il dit :

— *J'ai son numéro.*

— *Quel numéro ?*

— *Celui de la fille.*

— *Du café ?*

— *Oui, m'dame.*

— *Tant mieux pour toi.*

— *Je la veux.*

Je sens soudain toutes mes veines, je prends conscience qu'elles forment un réseau en moi, qu'elles irriguent mon corps entier. Ainsi, si mon sang se glace, c'est la totalité de mon être qui se glace. L'idée d'une autre fille, la sensation que je ne lui suffirai pas me poursuit depuis que j'ai entamé ma relation avec Mitchell. Mon cœur s'emballe. Je ne dois pas trop tarder à lui répondre, je ne dois pas lui faire voir qu'il m'a glacé le sang ou que mon cœur bat à tout rompre.

— *Alors, prends-la.*

— *Je la veux avec toi.*

Je laisse échapper un hoquet de surprise, ce qui prouve que le hoquet de surprise, que j'ai toujours considéré jusqu'à présent comme un moyen un peu théâtral d'exprimer un choc, peut vraiment traduire une réaction spontanée et pas du tout exagérée face à un choc.

— *Tu es toujours là ?*

— *Oui.*

— *Tu comprends ? J'aimerais faire l'amour avec toi et Elise ensemble.*

Elise, me dis-je. *Esme et Elise ?*

— *Tu la connais ?*

— *J'ai fait sa connaissance. Je suis allé la voir après ton départ et je lui ai expliqué.*

— *Expliqué ?*

— *Oui. Je lui ai dit que nous étions fiancés. Je lui ai dit que tu étais enceinte et que ça te rendait très, très chaude. Et que nous l'avons tous deux trouvée séduisante.*

— *Tu n'as pas dit ça ? Je ne l'ai pas trouvée séduisante, Mitchell.*

— *Si, je l'ai vu dans tes yeux. Ses seins t'ont excitée, toi aussi.*

— *Non.*

Je m'arrête pour réfléchir. J'ai l'air vieux-jeu. Et ils étaient si ronds, d'un blanc si crémeux, si parfaits. Comme ceux représentés par le Titien.

J'écris :

— *C'est juste que j'ai un sens esthétique très développé.*

— *Moi aussi. J'ai aussi un sens érotique très développé. En fait, j'en ai à la pelle, de l'érotisme.*

— *Pelle et érotisme, ça ne va pas très bien ensemble.*

MITCHELL EST EN TRAIN DE TAPER. MITCHELL EST EN TRAIN D'ENVOYER LA SUITE. J'attends.

— *Je veux te regarder la toucher. Je veux vous avoir toutes les deux entièrement nues devant moi. Je veux qu'elle embrasse ton ventre magnifique. Tu caresseras ses seins parfaits.*

Il recense ensuite toutes les choses que je dois lui faire, qu'elle doit me faire, avec une précision impressionnante, même si je trouve qu'il force sur les adverbes. Goulûment, par exemple.

— *Dis oui, Esme, dis oui. Accorde-toi cette expérience, accepte-la. Ne prends pas la fuite, ne dis pas que c'est impossible parce que tu es anglaise. La sexualité est une échelle mobile. Il te suffit de taper trois lettres. Tape « oui ». Dis oui. Oui, oui, je vais le faire. Oui.*

J'ai les doigts posés sur le clavier. Ce qu'il écrit m'excite. Le choc et l'érotisme se mêlent et s'entremêlent. L'idée, c'est la transgression. Je tape « o-u-i » pour voir ce que ça donne sur l'écran, mais je ne l'envoie pas. Je le regarde, ce « oui » qui palpite dans la zone de saisie… Il existe sans exister. Je reviens en arrière et le réduis à néant, puis je tape « non » sans majuscule et l'envoie.

Il y a un silence. Mitchell n'est pas en train de taper.

— *Je suis désolée, Mitchell, je ne pouvais vraiment pas le faire.*

MITCHELL VAN LEUVEN N'EST PLUS CONNECTÉ.

Il peut me faire sombrer dans le désespoir en quelques secondes. J'envisage de l'appeler, mais c'est trop abject. Je ne le ferai pas. Je me dis que je pourrais me mettre au lit en emportant ma brosse à dents, mais c'est trop déprimant, car je viens de renoncer à entrer dans le royaume des expérimentations sexuelles.

Lorsque le premier message est apparu, j'étais en train de lire une interview de Patrick Procktor avant qu'il ne devienne vieux et sérieux (préalablement, il était jeune et sérieux). Je reprends donc ma lecture.

Le lendemain, j'envoie un texto à Mitchell pour lui dire que j'aimerais le voir et il me répond (après un délai soigneusement calculé, j'imagine) qu'il a l'intention de passer sa soirée au calme à corriger des copies. Dommage qu'il ne soit pas en face de moi, je l'aurais bien giflé.

Peu importe que j'aie raison et qu'il ait tort, je passe beaucoup trop de temps à me demander si je pourrais faire une chose pareille et pourquoi j'ai dit non. Suis-je en train de reculer devant toute forme de nouvelle expérience, suis-je trop conservatrice ? Suis-je une bourgeoise plutôt qu'une aristocrate ? Me suis-je montrée déloyale en disant non ? Est-ce que je manque totalement d'audace ?

Je relis la totalité du dialogue en ligne. J'imagine ce qui se serait passé si j'avais dit oui, si je m'étais abandonnée à la sensualité de cette expérience, si je m'étais glissée dans la peau d'une femme complètement libérée comme on se glisse dans des draps blancs bien frais.

Mais je me vois ensuite en train de regarder Mitchell caresser le corps de cette fille et je ne peux pas. Et que se serait-il passé ensuite ? *Eh bien, Elise, c'était vraiment super, merci beaucoup, à la prochaine.*

Cela veut-il dire pour autant que je dis non à la vie ? Le non éternel ?

Pour le dîner, je renie radicalement mes principes et mange un demi-litre de yaourt à la vanille bio de la marque Stonyfield avec de la crème par-dessus, suivi d'un paquet entier ou presque de ces biscuits au gingembre en forme de fleurs. Tout en les dégustant, je lis le magazine

W. Pour finir, je bois un vrai café, le premier depuis des mois. Il est excellent.

Après le dîner, je prends une douche. Vers huit heures et demie, j'ouvre ma belle penderie et sors mon imperméable. Il descend jusqu'aux genoux, il est bleu pâle avec un col Claudine et d'énormes boutons bleu pâle. Je l'ai acheté parce qu'il a un charme à la Jackie Kennedy.

J'enlève tous mes vêtements, tous, puis j'enfile l'imperméable. La doublure est fraîche et lisse contre ma peau. Je le boutonne jusqu'en haut et mets une paire de chaussures à hauts talons.

Je marche jusqu'à la station de métro.

Je n'ai pas pris de livres. Je les ai tous laissés à la maison. J'attends le métro au niveau de la 116e Rue, il arrive, je monte et m'assois à côté d'une femme. L'homme en face de moi me regarde. En général, je détourne les yeux. Mais cette fois, je me force à le regarder moi aussi. Je lui dis dans ma tête : « Sous ce manteau, je suis nue, entièrement nue. Oui. Vraiment. Je n'ai que mon manteau et mes chaussures. »

C'est lui qui détourne les yeux, finalement. Je me sens un peu rejetée.

À Times Square, il faut que je monte et descende beaucoup de marches. J'espère que je ne vais pas trébucher. Je prends le train Q et cette fois il n'y a pas de places assises. Je me fais bousculer, je suis debout comme tout le monde et je tiens la colonne.

Mon petit secret est grisant. Je me sens délicieusement vilaine, subversive, puissante. Les autres sont naturellement complètement habillés. Comme c'est ennuyeux !

Quand j'arrive à Sutton Place, j'appuie sur le numéro de l'appartement de Mitchell et, pendant que j'attends dans le silence, je me dis tout à coup qu'il est avec Elise au beau milieu d'une session érotique alliant chorégraphies et performances d'acteurs. Je sens toutes mes cellules jusqu'alors tendues à l'extrême se relâcher. Je ne suis pas l'incarnation de l'audace sexuelle. Je suis jalouse et ordinaire, juste une fille en imperméable bleu.

J'entends la voix de Mitchell dans l'interphone. Brusque et interrogatrice. Son timbre n'indique en rien qu'il a été interrompu en pleines prouesses sexuelles.

Il me fait entrer. Dans l'ascenseur, la pression remonte. Il y a un miroir. Je suis plutôt mignonne.

Je me tiens sur le minuscule palier de son appartement et tente de me ressaisir. Il y a deux immenses éléphants en céramique et un palmier. Je lève la main pour frapper à la porte juste au moment où il l'ouvre. Il est là devant moi, il semble ravi de me voir, il est beau.

Je m'avance et l'embrasse directement sur la bouche. Puis, je murmure à son oreille :

— Je suis toute nue sous cet imperméable.

Je voulais au départ me contenter de déboutonner mon imper sans rien dire, mais j'ai changé d'avis et j'ai opté pour ce murmure à l'oreille.

Mitchell recule d'un pas, me regarde de la tête aux pieds et plonge ses yeux dans les miens.

Puis, il dit à voix haute, sans se retourner :

— Maman, Esme est là. Tu veux bien lui servir un verre ?

Olivia sort du salon.

— Esme, quelle charmante surprise ! dit-elle.

Elle dépose un baiser froid et distant sur ma joue.

— Tu as l'air d'avoir chaud, dit Mitchell avec malice. Il fait donc si bon dehors ?

— Oui, renchérit Olivia. Oui, Esme, enlevez votre imperméable et venez au salon. Je crois qu'il y a du Schweppes dans le frigo. Vous en voulez ? À moins que vous ne préfériez de l'eau ? Vous avez mangé ?

— De l'eau, s'il vous plaît, dis-je. Je..., je ne m'arrête pas. Je ne faisais que passer.

Personne ne passe à Sutton Place.

— Je suis venue, dis-je, pour emprunter quelques *New Yorker*. Je pense qu'ils m'aideront à apporter la touche finale à mon exposé. Je me suis dit que tes vieux *New Yorker* pourraient peut-être m'aider à étayer ce que j'essaie de dire.

— Et qu'essaies-tu donc de dire ? demande Mitchell.

Il hausse les sourcils.

— Que… C'est à propos de Lacan, en fait, et des questions d'intimité que soulève Facebook. Nous nous sentons observés par quelqu'un que nous ne voyons pas, nous avons la sensation que quelqu'un peut nous regarder sans que nous le voyions, sans que nous le sachions, nous sommes conscients que nous accédons au pouvoir uniquement par le pouvoir masculin, comme c'est établi sur Facebook…

Olivia revient avec un verre d'eau.

— Cornelius est sur Facebook, dit-elle.

— Et que peuvent t'apporter les *New Yorker* ? demande Mitchell.

— Les dessins humoristiques, dis-je, même si c'est vraiment n'importe quoi. Mais encore plus les publicités.

— Intéressant. Mais les magazines de mode ou les magazines porno seraient encore plus appropriés. Et je n'ai rien de tel à la maison, j'en ai bien peur.

— Mitchell, si tu as l'intention de lui poser toutes ces questions, laisse-la au moins enlever son imperméable.

— Oui, Esme. Enlève ton imper.

— Merci, mais je…, je ne peux vraiment pas rester. Madame van Leuven, Olivia, j'ai été ravie de vous voir…

— Oui, j'espère vous revoir tous les deux à Sag Harbor prochainement. Beeky devrait arriver dans une ou deux semaines, je pense.

Mitchell se dirige vers la salle de bains et revient avec une grosse pile de *New Yorker*. Je les plaque contre ma poitrine et fais un signe de tête à Mitchell et sa mère.

L'ascenseur arrive. Je m'attends à ce que Mitchell s'arrange pour descendre avec moi. Mais il ne bouge pas.

— Bonne chance pour ton travail, dit-il. Son visage respire la malice, le rire contenu, mais prêt à se déchaîner.

Je suis dans l'ascenseur, mais cette fois je m'adosse contre le miroir, sans me regarder dedans.

XXV

Je rends mon travail. Pendant les quelques jours qui précèdent mon exposé, je me consacre uniquement à cette tâche. Quand je me présente enfin devant les autres doctorants en histoire de l'art, ainsi que Mitchell, qui s'est consciencieusement assis devant, je réalise que j'ai écrit quelque chose qui est trop proche de moi, trop brut, trop ressenti. Chaque mot que je prononce contient une parcelle de moi. Me voilà. Voilà tout ce que je suis.

Tout ce qu'ils veulent, c'est un travail universitaire de qualité, et je leur livre un exposé égocentrique qui est à la fois un don et une obligation. Il est trop tard pour changer quoi que ce soit et pour leur donner quelque chose qui ne dévoile rien. Ils remarqueront forcément si je leur lis du Robert Hughes en prétendant que c'est de moi. Il faut simplement que je me souvienne que je serai la seule à m'en soucier, à savoir que, plutôt qu'un travail, c'est la clé de mon être que je vais exposer. Personne d'autre n'y prêtera attention. Au moment où je me lance, je parviens à m'oublier et puis, miraculeusement, c'est fini. Je suis arrivée au bout, même si je me rappelle à peine avoir parlé. Si Bradley Brinkman vient me dire qu'il a trouvé ça charmant, je giflerai son visage vorace.

Mais ça ne se passe pas du tout de cette façon. Les gens qui viennent me voir, dont mes deux professeurs, dont Bradley, sont bienveillants, intéressés, curieux. Je réponds à leurs questions, qui provoquent d'autres questions, et d'autres encore. Je me plonge dans la fascination gravée en moi, mais qui renaît chaque fois, pour ce sujet, comme j'enfoncerais ma tête dans des coussins en soie bien rembourrés.

N'importe quel sujet, n'importe quel objet ou paysage peut être intéressant à partir du moment où on le regarde avec attention. C'est quand on reste à la surface des choses qu'elles sont ennuyeuses, comme un paysage agricole qu'on traverse en train peut paraître monotone alors que, si on parcourait les chemins à pied, en prenant le temps d'observer cette même campagne, on serait enchanté par ces étendues. On peut faire bien mieux en tout cas que de s'inquiéter éternellement de ses relations personnelles.

Je m'approche de Mitchell.

— Ça t'a plu ?

— Bien sûr que oui, c'était très bien, répond-il.

— Tu n'as pas trouvé que c'était trop simpliste ?

— Non, non, c'était très bien. Tu penses en avoir pour longtemps encore ? Je me suis dit que nous pourrions aller dans ce nouveau bar qui vient d'ouvrir à l'angle de la 1re Rue et de la 1re Avenue. Velours rouge et bougies. Ton genre de trucs. Non, laisse-moi rectifier : mon genre de trucs.

Grisée par mon succès, grisée par les compliments, les souhaits sincères, j'aimerais rester au milieu de toutes ces discussions et de toute cette énergie. J'ai même été complimentée par Bradley Brinkman. Mais Mitchell n'a pas l'air à l'aise.

— D'accord, dis-je, allons-y.

Le bar – qui s'appelle The Silk Route[1] – est aménagé dans une sorte de cave crépusculaire qu'on atteint après avoir descendu quelques marches. Le décor est rouge sombre, et l'atmosphère générale, utérine. Des rubans de

---

1   La route de la soie.

soie tourbillonnants sont accrochés au plafond et il y a de lourds rideaux en velours partout. Nous choisissons un petit box, et la serveuse vient prendre notre commande. Mitchell choisit une bouteille de vin de Rioja. Je me demande s'ils le livrent par placenta. Je suis encore rayonnante, d'une bonne humeur à toute épreuve.

Je m'autorise même à contempler un avenir rêvé que je n'osais même pas envisager jusqu'à présent : pourrai-je un jour, sérieusement, devenir une universitaire respectée, donnant des conférences dans des séminaires internationaux, présidant des symposiums, flânant dans un musée devant des caméras de la BBC, discutant toute la journée avec des étudiants passionnés, dînant tous les soirs à la table d'honneur des professeurs ? Je mourrai à quatre-vingt-dix ans en m'effondrant sur mes livres, aux premières heures du matin, éclairée par la lumière de ma lampe de bureau.

— Mitchell, tu crois que je pourrai y arriver ? Tu crois que je pourrai mener une vraie carrière universitaire ? dis-je.

Mais le simple fait de formuler à voix haute un tel rêve l'expose à la souillure. Tant qu'il est secret, fermé, gonflé de sang, il est inviolable. À présent, je le condamne à être piétiné.

Mitchell hausse les épaules.

— C'est un milieu très difficile, très concurrentiel. En particulier parce que c'est très subjectif. Personne ne peut se tromper dans ton domaine, c'est chouette.

Je ne réponds pas. Il ne remarque pas.

— Et, crois-moi, ce n'est pas aussi glamour que ça en a l'air vu de l'extérieur. Je ne sais pas quelle est ta définition de « carrière universitaire », mais ça n'a rien à voir avec Oxbridge, vraiment. Tu ferais mieux d'oublier ça tout de suite.

— Je sais bien que le monde universitaire ne se résume

pas à Oxbridge. Je pourrais me contenter de Harvard, dis-je.

Il ne sourit pas.

— Le professeur Hamer m'a dit que je devrais envoyer mon travail à *n.paradoxa* et à l'une des éditrices de *Aesthetics in America*. Elle est persuadée que ça lui plairait. Elle dit qu'elle la connaît. Ça serait un bon départ, n'est-ce pas ? Je serais fière à en mourir, je crois. Le simple fait qu'elle m'ait suggéré d'envoyer mon travail me donne le sentiment que j'ai une *chance*.

— Je n'ai pas le moral aujourd'hui, Esme.

Il se cale contre le dossier de la banquette. J'ai l'impression qu'il vient de me reprocher de trop me préoccuper de moi-même.

— Qu'est-ce qui se passe ?

— Je ne sais pas. Je sens… comme si j'attendais quelque chose de *parfait*. Mais j'attends dans l'abysse.

Il ferme les yeux. Puis les ouvre.

— Tu vas me voir tel que je suis réellement, pour une fois. Tu vas peut-être obtenir des révélations intimes.

— Je ne veux pas de révélations intimes. Elles vont toutes tourner autour de tes orgies sexuelles passées.

Il secoue la tête, prend ma main, la caresse.

— Parfois, je me dis que ça serait bien de mourir. Ça ne t'arrive jamais de penser ça ?

— Non, dis-je. Ou uniquement à la manière d'Othello, quand il pense qu'il pourrait mourir maintenant parce qu'il est si heureux. Je pense toujours que…

— Parce que moi ça m'arrive, poursuit Mitchell. Il m'arrive de penser que j'aimerais troquer mes battements de cœur contre la promesse d'un renoncement à la douleur.

— Le « renoncement », c'est un mot que je ne connais pas.

— Esme, tu ne sais pas ce que c'est de ressentir les choses si profondément, de tout prendre tellement à cœur. Tu es toute ravigotée par les réactions positives à ton travail, c'est super, c'est super à voir. Mais tu vis ta vie à la surface des choses, en grande partie. Certains d'entre nous ont des cavernes souterraines, qu'ils ne veulent pas visiter, dont ils ont peur.

— C'est une île pleine de bruit ?

— Non, pleine de souffrance. Ou, non, pleine de silence. C'est le problème, Esme.

— Mais, Mitchell, je ne savais pas que tu souffrais ainsi. Il t'est arrivé quelque chose ?

— Il ne m'est jamais rien arrivé de spécial, dit-il simplement. C'est exactement ça : rien. Le sentiment que rien n'a d'importance. Même pas le fait de mourir. Tu ne penses vraiment jamais au suicide ? Intéressant.

Sa question sous-entend une sorte de lacune. Je suis trop superficielle pour voir le côté morne de la vie. Je ne peux pas faire semblant de rêver de rasoirs ou de rivières ou d'acides ou de gaz, mais je pense à quelque chose pour remédier aux problèmes.

— J'y pense parfois quand je vois un de ces films où on donne à l'agent secret une pilule de cyanure à utiliser en cas d'urgence. Je pense : *Si j'étais agent secret et s'ils allaient me torturer, serais-je capable de me dire alors : « Bon, il est temps de prendre ma pilule » ?* Je suis sûre que je laisserais passer l'occasion et que je me laisserais torturer jusqu'à la mort.

Mitchell ne réagit pas. Il s'enferme dans un silence déprimé.

— Tu y penses vraiment ? Je n'aurais jamais imaginé que tu puisses avoir de telles idées.

Il laisse échapper un rire creux.

— Je t'ai dit : aujourd'hui, tu as droit à mon vrai moi. J'y pense parce que c'est un réconfort. C'est réconfortant de penser à la lame tranchante qui attend dans le tiroir, à la pilule blanche dans le placard, à la ceinture de mon peignoir.

— Mais, Mitchell, c'est *affreux*.

— Je sais, dit-il tristement. Ma plus grande souffrance, c'est de t'aimer.

— Ta plus grande souffrance, c'est de m'aimer ! dis-je, tellement surprise que je dois répéter sa phrase.

— Oui. Tu es magnifique, captivante, un élixir. Mais ça ne va pas durer. Rien ne dure. Tu vas partir. C'est peut-être même le début.

Il me sourit, l'air mélancolique.

— Ton exposé a été très bien accueilli.

Je sens mon cœur se serrer.

— Je ne vais pas partir, Mitchell. Je suis là ! Je suis avec toi !

Il lâche ma main. C'est un mouvement abrupt.

— Super, dit-il.

***

George est plongé dans un livre. Il est assis devant, au comptoir, et devrait avoir un œil, une oreille pour les clients qui entrent dans le magasin.

Je suis dans la mezzanine et j'ai vu deux ou trois personnes entrer et le regarder, s'attendant à ce qu'on les accueille, qu'on les salue, mais elles n'ont eu droit à rien. Ce livre doit être vraiment captivant.

Un jeune homme entre à son tour, un jeune BCBG ; il doit avoir dans les dix-sept ou dix-huit ans, il est vêtu d'une chemise bleue et d'un chino beige. Il est de toute évidence ravi d'être là, de faire partie du décor même pour quelques minutes. Il ne va peut-être pas tarder à faire comprendre plus clairement qu'il aime les livres.

Il regarde George plein d'espoir. Mais George est complètement absorbé par son vieux livre épais. Il porte des habits tout à fait de circonstance, un peu froissés, un peu fatigués, il a chaussé ses lunettes, se concentre de tout son être sur les mots imprimés et en oublie presque de faire marcher son commerce.

— C'est un endroit surprenant, dit le jeune homme.

Aucune réaction de la part de George.

— Je parie que vous êtes là depuis une éternité, les gars, dit-il en regardant avec plaisir les livres qui touchent le plafond, qui débordent sur les allées, qui sont entassés en piles bancales, coincés dans le moindre espace disponible.

Rien n'échappe à son regard. Ni les photos ni les drôles d'objets exposés çà et là : la chouette immuable, une carte géographique, une lithographie de Lichtenstein, et, tout en haut, un cor de chasse en étain avec une belle courbure. Juste à côté, il y a une immense photo de l'ancienne gare Penn Station.

— C'est l'ancienne Penn Station ! dit le jeune homme.

George doit avoir un filtre qui lui permet de repérer les discussions potentiellement intéressantes parce que cette fois il réagit.

— Oui, c'est ça.

— Cette photo est magnifique, dit le jeune homme avec émotion. Robert Moses, hein ?

Il fixe George qui reporte toute son attention sur le dernier mot de sa page, puis lève le menton pour lire la première ligne au verso.

— Vous avez d'autres choses dans le genre ? demande le jeune homme.

— Oui, monsieur, bien sûr, répond George.

— Je peux les voir ? Où sont-elles ?

— Elles sont rangées, cachées quelque part, dit George d'une voix presque endormie.

Le jeune homme regarde George d'un air presque désespéré, George qui n'a pas daigné lever la tête une seule fois pour le regarder. Le garçon ouvre la porte et quitte le magasin.

J'envisage l'espace d'une seconde de lui courir après, mais le moment est passé, et ce moment qui aurait pu être un instant précieux gravé dans sa mémoire (et ce n'est pas faute d'avoir essayé) ne sera pas plus qu'un bout de caillou dans sa chaussure. Je descends l'escalier.

— Qu'est-ce que tu lis, George ?

Le ton menaçant parvient à percer son cocon. Il me montre docilement la page de garde et dit :

— *A Complete Collection of State Trials and Proceedings for High Treason and Other Crimes and Misdemeanors from the Earliest Period to the Year 1783 : with notes and other illustrations, volume four – Charles 1st to Charles 2nd, 1640-1649*[1]. C'est palpitant. On ne sait pas avant la fin de chaque procès s'ils vont avoir la tête plantée sur une pique et personne ne le sait d'ailleurs. Il n'y a pas d'auteur qui influe sur le cours de l'histoire dans ce cas, pas de théologie voulue. On ne suit pas le raisonnement, les réflexions de quelqu'un. Ce ne sont que des faits, rien que des faits. Ce qui s'est passé, pas plus. C'est fascinant.

— Ce jeune homme voulait te parler. Le magasin lui plaisait. Il est parti mécontent.

— Quel jeune homme ? demande George, perplexe. Oh ! le client. Je n'ai pas eu l'impression qu'il était vraiment sérieux. Mais c'est vrai que je n'ai pas vraiment prêté attention à lui.

— C'est le moins qu'on puisse dire.

— Eh bien, toi, si, apparemment. Pourquoi ne lui as-tu pas parlé ?

— Je pense que c'est à toi qu'il voulait parler. Tu étais assis là, érudit, studieux, avunculaire. Il y avait un certain charme pour lui. Je suis beaucoup trop guillerette pour que ça fonctionne avec lui du moins. Il voulait échanger

---

1   Un recueil complet des procès et des procédures pour haute trahison et autres crimes et méfaits de 1603 à 1783 : avec notes et autres illustrations, volume quatre – de Charles 1er à Charles II, 1640 à 1649.

avec toi. Il a même mentionné Robert Moses, à cause de la photo de l'ancienne Penn Station.

— Robert Moses ? Vraiment ?

— Oui. C'est l'homme qui l'a fait détruire, n'est-ce pas ?

— Ah oui, c'est lui, mais, tu sais, au bout du compte, comme le disait le fameux éditorial du *Times*, nous avons eu ce que nous méritions. Si nous n'avons pas été capables de la garder, nous ne méritions pas de l'avoir.

Je le fixe. Il me regarde à son tour l'air interrogateur.

— Quoi ?

— Mais c'est exactement ce que tu fais. Tu vas rejeter la responsabilité sur Robert Moses quand ta librairie fermera, mais en réalité, ça sera ta faute, la mienne, notre faute à tous.

— Je vais rejeter la responsabilité sur Robert Moses quand ma librairie fermera ? Esme, tu as sans doute besoin d'un peu de repos ! Et…, et pourquoi veux-tu que la librairie ferme ?

— Kindle ou Apple, ça ne fait pas une grosse différence. Ça ne sera pas vraiment leur faute. Il y a un besoin différent. Ce garçon avait besoin de l'existence de cette librairie, beaucoup de gens en ont besoin. C'est avec les vieilles choses qu'on en fait de nouvelles. Il faut que…, il faut que la vieille pierre se mue en bâtiments neufs, le vieux bois, en feux nouveaux, les vieux livres, en esprits nouveaux.

George a l'air affligé.

— Tu as raison. C'est de toi, le vieux bois en feux nouveaux et le reste ?

— Non, T. S. Eliot. Mais il a raison et moi aussi, nous avons tous les deux raison. Et le moindre petit découragement…

Il lève les mains.

— Je sais, je sais. J'ai dit que tu avais raison. Et j'ai eu tort.

Il regarde dans la rue.

— Si seulement je pouvais le faire revenir.

— Je ne pense pas qu'il revienne.

— Tu sais, une femme est entrée l'autre jour avec deux livres qu'elle avait pris dehors. Elle a dit : « Celui-là est tout mince, et celui-ci est épais, et ils coûtent tous deux un dollar. » C'est Luke qui était au comptoir. Il les a pris tous les deux et les a pesés sur la balance. Puis il a dit : « Oui, madame, vous avez raison. Le plus mince ne devrait coûter que soixante-quinze cents. »

— Oh ! et celui-ci n'a pas d'adjectifs ; alors, il devrait coûter vingt-cinq pour cent moins cher, dis-je.

— Je veux dire par là que tu as raison. On a tout faux. Il ne faut pas se laisser aller à l'amertume ni oublier notre objectif.

Il ferme son vieux livre adoré et le pose, avec sa déférence habituelle, sur le comptoir.

— Tu crois que nous devrions changer certaines choses ?

— Nous pourrions organiser des soirées lectures de poèmes dans la mezzanine.

George sourit.

— Et installer une machine à expressos ? Proposer une carte de fidélité ?

— Je suis sérieuse. Des lectures de poésies, d'extraits de romans. Pourquoi ces événements seraient-ils exclusivement réservés aux librairies qui ne vendent que des livres neufs ? Nous montrons aux gens qu'il fait bon venir dans notre magasin et ils vont acheter. Le commerce prospérera quoi que nous réserve l'avenir.

— Il prospérera peut-être avec ce genre d'enthousiasme, mais, Esme, tu seras bientôt très occupée avec l'arrivée de ton bébé.

— Il n'y a pas que moi.

— Sans doute.

George reste silencieux, l'air pensif, pendant un long moment. Finalement, il lève les yeux vers moi.

— Non. Je crois que je ne suis pas d'accord avec toi, après tout. Si ce garçon a eu envie de parler avec moi, c'est justement parce que j'étais en train de lire un livre et justement parce que je ne l'ai pas accueilli avec un café au lait et une invitation à une lecture. Il voulait attirer mon attention, la mériter, et s'est efforcé de le faire. Les librairies survivront parce que les gens l'auront voulu ainsi, Esme. Il faut que tu aies confiance en leur volonté, en leur désir. Il est inutile d'essayer de les amener à croire qu'ils veulent quelque chose s'ils n'en ont pas envie.

— Je crois que nous devrions essayer de créer des liens avec les gens, dis-je, pas dans un but purement commercial, mais vraiment, sincèrement. Tu l'as ignoré.

— Oui, c'est vrai. J'aurais dû faire attention à lui, mais il a au moins essayé d'attirer la mienne. Cette fois, il a échoué. Mais pas la prochaine fois. On ne va pas se mettre à servir des cafés au lait. On va vendre des livres.

***

Je suis en train de réécrire mon essai sur le regard masculin pour un journal d'art féministe quand je reçois un texto de Mitchell me demandant si j'ai le temps de le retrouver chez Señor Swansky's pour boire un café. Un café signifie désormais pour moi « une boisson chaude qui ne contient rien d'intéressant ».

— Je ne savais pas que tu étais un fan de Señor Swanky's, dis-je en m'asseyant dans le fauteuil jaune autour de la table jaune sur la terrasse du restaurant jaune. Je crois que je ne te saisirai…

Mitchell prend ma main entre les deux siennes. C'est un geste tendre.

— C'est là ton erreur, dit-il d'une voix en parfaite harmonie avec le geste, aussi douce qu'une légère pluie.

Tu ne comprends donc pas, ma pauvre Esme, qu'il n'y a rien à saisir chez moi ?

Son attitude ne va pas du tout avec le choix du restaurant. Mitchell est pourtant très pointilleux dans ce domaine, comme il l'a montré quand il a choisi le Modern pour faire sa demande en mariage. Alors, s'il y a quelque chose qui cloche à mes yeux, c'est que je ne comprends vraiment pas. Encore une fois.

— Mais si, il y a toi, tel que tu es. Tu remarques immédiatement quand les gens ne vont pas bien, quand ils sont tristes, tu as cette compassion presque immédiate. À moins que ça ne soit factice.

Il hausse les sourcils, sourit.

— C'est factice la plupart du temps.

— Pourquoi ?

— Parce que je sais me tenir, me comporter. Parce que je sais que c'est ce que tu fais.

— Je ne te crois pas. Je te vois le faire. Je pense que tu es sincère.

Il semble las.

— C'est une partie du problème.

Je reste silencieuse et Mitchell aussi. Mitchell a éteint cette lumière qui émanait de lui et dans laquelle je baignais quand j'étais à ses côtés. Quand je suis venue jusqu'ici à pied depuis Columbia, je pensais que je venais simplement déjeuner avec lui.

On dirait presque qu'il doit franchir, surmonter quelque chose, ce décor inconfortable peut-être. Il faut qu'il le traverse pour atteindre cet air bleu et pur derrière moi. C'est ce qu'il ressent, j'en suis sûre.

Il se penche en avant et prend son visage dans ses mains. Il est recroquevillé, résistant. Il y a une petite tache rouge mouchetée sous sa pommette. Je suis incapable de comprendre ce qu'elle signifie. Est-il bouleversé ou en colère ? Il s'est peut-être tout simplement coupé en se rasant.

Je ne l'ai jamais vu se raser, ni même imaginé en train de se raser. Ce serait un moment intime à partager avec lui, plus intime que le sexe, puisque c'est un geste qu'il n'accomplit jamais devant moi : il ferme toujours la porte. Je le vois, le visage couvert de mousse, le rasoir posé sur la joue, et j'ai un élan de tendresse. Mitchell ferme toujours la porte.

Puis, tout en cachant ses yeux avec sa main pour ne pas me voir, il dit :

— J'étais très ami autrefois avec deux types de Yale, Tan et Greg. Nous sommes allés partout ensemble. Nous sommes allés à Rome, à Paris. L'été, quand nous travaillions à New York, nous allions à Long Island ensemble. Je ne jurais que par eux. Un jour, alors que nous étions dans la maison d'une autre connaissance à Cape Cod, je me suis réveillé en pensant : *Ma relation avec ces types est vide, il n'y a rien dedans. Je n'en ai strictement rien à faire d'eux.* Je me suis levé et je suis reparti pour New York. Je ne les ai jamais revus.

Il émerge de ses mains et regarde la Columbus Avenue.

— Et c'est exactement ce que je ressens pour toi maintenant, dit-il.

Je ne bouge pas, je ne parle pas.

Peut-on aimer quelqu'un parce qu'on voit au-delà des défenses qu'il a érigées, le cœur même de cette personne, un cœur blessé ? Mais si c'était une erreur ? Et, si après avoir enlevé toutes ces couches de cruauté, on trouvait un noyau, non pas de gentillesse qui n'ose pas se dévoiler, mais bien de cruauté à l'état pur ?

— C'était un véritable enchantement, n'est-ce pas ? Pendant quelque temps du moins ?

— Oui, dis-je.

— J'étais envoûté. Mais je me suis réveillé. Du sort qu'on m'avait jeté.

— Oh !

— Alors, c'est la fin, j'en ai bien peur.

— Juste comme ça.

— Oui, juste comme ça.

— Pas de mariage.

— Pas de mariage.

— Tu devrais avertir James…

L'ombre d'un remords passe brièvement sur son visage.

— C'est fait.

Il ne fait pas mine de se lever. Je sais que quand il se lèvera nous ne serons plus jamais ensemble et je ne peux pas supporter cette idée. Quand il se lèvera pour partir, je ne pourrai plus respirer.

— Est-ce parce que…, parce que j'ai dit non à cette chose…, avec cette fille dans le café ?

— Non.

— Parce que, si c'est le cas, je peux…, je peux le faire, dis-je.

— Non. Ne dis pas ça. Ne te ridiculise pas.

— C'est à cause de ça. Je peux le faire. Je voulais…

Il ferme les yeux.

— Pour l'amour du ciel.

— Tu penses que je ne peux pas prendre ma vie en main, que j'ai trop peur pour vivre à fond, mais non, Mitchell, je peux vivre comme…

Cette fois, il se bouche les oreilles. Il ne veut rien voir, rien entendre.

— Tu as peur d'avoir mal, alors, tu me repousses. Tu repousses tout le monde pour ne pas souffrir. Si c'est ça, tu reproduiras toujours la même chose et tu penseras toujours que c'est parce que cette fille n'est pas pour toi.

Il renonce à sa position fœtale et me lance un regard furieux. Il n'y a pas de mer pour ces yeux. C'est un feu bleu glacé.

— On peut arrêter, s'il te plaît ? Je suis en train de te dire que je ne t'aime pas, Esme, que je ne t'aime pas du tout et tu essaies de…, de m'*aider*. Ne te prends pas pour Florence Nightingale.

— Je ne te crois pas. Je crois que tu m'aimes.

Je le pense vraiment. J'en suis même absolument sûre. Ce n'est pas vraiment une chose à dire, mais il est trop tard pour reculer.

— Tu crois que je t'aime ! Tu as sacrément confiance en toi. Et c'est complètement déplacé, j'en ai bien peur. Désolé, ma belle.

— Je t'aime, dis-je.

Il hausse les épaules.

— Qu'est-ce que tu veux que ça me fasse ?

Je pense que les mots qu'il me jette à la figure sont des flèches empoisonnées, de l'huile bouillante et des pierres tranchantes pour protéger l'homme triste et solitaire à l'intérieur. Pour que je ne voie pas qu'il est là. Je ressens une sorte de douleur absolue parce que je suis en train de le perdre et parce que je pense qu'il est désespéré.

— Je ne t'apprécie même pas particulièrement, dit-il.

Je reste silencieuse.

— Et si c'était à refaire, je n'irais jamais à l'inauguration de cette galerie.

— Eh bien, moi, si, dis-je d'un ton brusque. Parce que tous les moments que j'ai passés avec toi depuis ont été absolument… divins.

— Je t'ai déjà dit une fois de ne pas faire la garce, ça ne te va pas du tout.

— Tu as dit que j'étais ta rédemption, que je comblais tes vides…

— Le passé ne m'intéresse pas. Ce n'est plus ce que je ressens désormais.

— Tu m'as demandé de t'*épouser*, tu m'as emmenée à l'*église*…

Je sais que c'est inutile, mais il faut que je dise ces mots. Il faut que je les prononce à haute voix, que je les lui dise. Que je goûte leur tristesse. Je n'en aurai plus jamais l'occasion.

— Je t'ai dit que j'étais ensorcelé. Je me suis réveillé.

— Le bébé. Qu'en est-il du bébé ?

— J'aurai des enfants quand j'aurai choisi d'avoir des enfants. Et je choisirai avec qui les avoir.

— Mais il y a déjà un enfant. Il ne peut pas te laisser indifférent. Ça sera ton enfant.

— Je le sais. Nous prendrons des avocats. Ils sont là pour ça.

— Mais je crois que tu me rejettes parce que…

— Esme, pour une fois dans ta vie, arrête de parler.

— Qu'est-ce que j'ai fait ? Qu'est-ce qui est différent ?

— Rien. Je suis différent.

— Tu me repousses à dessein.

— Enfin, tu piges !

— C'est parce que tu es si triste. Tu m'as dit l'autre jour que tu étais déprimé, que tu n'avais goût à rien. Je peux t'aider, Mitchell, je peux te sauv…

— Non, tu ne peux pas, dit-il, furieux. Tu ne peux pas. Sais-tu combien de femmes ont essayé avant toi ?

— Non, dis-je. Je ne sais pas. Combien ? Tu as trente-trois ans. Il ne peut pas y en avoir tant que ça.

Il sourit, c'est du moins une parodie de sourire.

— Tu veux savoir ? Je peux commencer à compter…

— Non.

— Tu es sûre ? Je peux te dire combien j'en ai baisé et combien ont pensé pouvoir m'aider. Ce n'est pas le même nombre, parce que certaines femmes n'en avaient strictement rien à foutre de moi. J'aimais mieux celles-là finalement. Moins d'histoires.

Je ne réagis pas. Il approche son visage du mien.

— C'est là que tu pars tout à coup en pleurant.

— Je ne vais pas partir en pleurant. C'est à toi de partir, de me quitter.

— C'est à moi de te quitter ?

Il rit.

— Quoi ? Pour que le symbolisme fonctionne. Un homme quitte sa bien-aimée et son bébé ?

— Si tu veux.

Il se lève.

— Je veux bien, dit-il. Au revoir, Esme.

— Au revoir, Mitchell.

Je lève les yeux vers lui. Il prend la direction d'Uptown et s'éloigne.

Je quitte Señor Swanky's. Je marche jusqu'à Amsterdam Avenue, puis jusqu'au parc.

XXVI

Je pensais que l'amour se répandait à travers les fibres cosmiques du bien et de la vertu dans l'univers, et qu'il se déversait sur nous, puis arrangeait tout. Comme s'il était à l'extérieur de nous, comme s'il nous suffisait de nous ouvrir à lui. Mais il ne peut pas en être ainsi ; c'est nous qui l'avons créé et maintenant nous le détruisons.

J'essaie de réfléchir à ce que j'ai pu faire. Est-ce parce que la date du mariage approche, est-ce parce que j'ai hésité à l'épouser l'autre jour à St. Thomas ? C'est ce jour-là que je lui ai dit que je l'aimais. Est-ce à cause de ça ? Ma déclaration sincère a-t-elle enfreint les règles du jeu ?

Pourtant, je ne pense pas que Mitchell ait joué à un jeu. Il était aussi sérieux que moi. Si c'était un jeu, alors, c'est Mitchell qui a renversé le plateau et a envoyé valser tous les pions.

Il faut que je pense à raccrocher le rideau que nous tirons entre nous tous, car nous ne pouvons pas faire autrement. Je l'ai arraché en croyant qu'il était inutile, que nous pouvions nous passer des conventions, renoncer à toutes nos réserves et dire ce que nous pensions, exprimer la vérité.

Tous les mots fous dans l'univers, prononcés ou écrits ou envoyés, dont les auteurs devraient souhaiter qu'ils soient anéantis, éliminés de la mémoire de tous ; ceux qui provoquent des guerres, ceux qui provoquent la mort, la haine et la souffrance de milliers de personnes, faut-il joindre à tous ceux-là les mots « Je t'aime » ? Devons-nous nous repentir de les avoir dits un jour ? Est-ce une faiblesse d'aimer ? Je ne comprends pas. Comment la vie pourrait-elle valoir la peine d'être vécue sans l'amour ?

Tous les « Je t'aime » errants n'ont pas un tel effet, ils ne déclenchent pas des feux de joie de dimension tragique ou magnifique. L'étincelle qu'ils envoient dans l'univers siffle sur une brique et s'éteint.

Je rentre chez moi et me regarde dans le miroir. Tout comme j'aurais pu enfoncer une lame tranchante dans ma chair pour que la douleur physique rejoigne ma douleur morale, j'enlève tous mes vêtements et me poste devant la glace : nue, seule et triste avec mon gros ventre. Je me souris parce que mon visage hagard n'améliore pas l'impression générale. Je ressemble à une fille triste qui sourit. Le lendemain matin, je me réveille et me souviens. La sensation est aussitôt là : le vide, le sentiment qu'il est vain de faire quoi que ce soit, que le monde est désormais dépourvu de joie.

J'essaie de travailler sur ma thèse pour oublier. Mais j'en suis incapable. Je décide de faire le ménage.

L'appartement n'a pas besoin d'être nettoyé, mais je le nettoie quand même. Je balaie le sol avec mon balai au manche fleuri (que j'ai acheté dans la coopérative étudiante de l'université) et je passe l'aspirateur sur mes petits tapis. L'aspirateur a une puissance d'aspiration comparable à celle d'une ventouse géante, et mes tapis sont grands comme des timbres-poste. Je pose les pieds de part et d'autre du tapis et tente de passer l'aspirateur dessus, mais l'appareil continue à le malmener comme une sorte de Muppet dérangé.

Je prends un chiffon humide et applique une noisette de produit de nettoyage Ecover dessus, puis je lustre tous les interrupteurs, les plinthes et les barres de seuil. Je lave la salle de bains de fond en comble, bien que je l'aie déjà nettoyée il y a deux jours. Je vais chercher une vieille brosse à dents et j'astique l'enduit de jointoiement entre les carreaux autour de la baignoire. Dans la cuisine, les trucs en fer qui entourent les ronds de la cuisinière (Dieu sait comment ça s'appelle) ont vraiment besoin d'être récurés. C'est avec beaucoup de gratitude que je me jette sur eux et que je les plonge dans l'eau chaude et savonneuse. Je prends un tampon à récurer et me mets au travail. Je me concentre sur tous les minuscules morceaux de nourriture carbonisés et je les enlève. Je m'acharne dessus jusqu'à ce qu'ils brillent.

Cette fois, c'est vraiment la fin. Cette fois, il a décidé de m'extraire de sa vie avec une précision chirurgicale.

Les héroïnes des comédies de Shakespeare me laissaient toujours perplexe autrefois. Comment pouvaient-elles subir toutes les injustices infligées par leurs stupides soupirants et les accueillir avec joie à la fin. *C'est impossible*, pensais-je. *Shakespeare s'est trompé.* Mais bien sûr que non, naturellement. Je ne crois pas qu'il se soit trompé une seule fois, en fait. Il avait tout compris.

Je regarde tous les jours qui m'attendent et qui seront vides de Mitchell et je me dis que, dans quelque temps, je m'en remettrai. Pourtant, d'un côté, je n'en ai aucune envie, car ça serait oublier ce qu'est la joie, le délice. *Que la nuit garde sa beauté sombre.*

Malgré la grisaille et l'absurdité qui m'enveloppent comme une couverture, je continue à faire tout ce que j'ai à faire.

Les dépressifs ne quittent pas leur lit. Je me lève tous les matins. Les dépressifs ne prennent pas de décisions. Je prends beaucoup de décisions. Je continue à écrire, je continue à étudier, je continue à assister aux séances de préparation à l'accouchement, je continue à travailler à La Chouette. Je ne passe pas mon temps à me morfondre, je ne jette pas un regard sombre aux gens qui rient et s'amusent d'une plaisanterie ou d'une situation. Je fais comme si j'étais aussi joyeuse que les autres en espérant qu'ils ne font pas semblant eux aussi.

Je le dis à George et je le dis à Stella. George dit qu'il est désolé. Il a l'air grave, mais pas désolé. Stella dit que Mitchell ne vaut pas que je lui accorde cinq minutes de mon temps, cinq atomes de mes larmes et qu'il n'a jamais été digne de moi. Je ne suis pas d'accord. Pour moi, c'est toujours un être rayonnant, et sans lui tout est sombre.

Je lui envoie un texto. Je lui dis que j'espère que ce n'est pas à cause de quelque chose que j'ai fait et dont je ne me suis pas rendu compte, je lui dis que je n'ai pas honte de l'aimer. Je lui demande s'il aimerait être informé de la naissance du bébé. Le simple fait de communiquer avec lui, même si c'est à sens unique, le simple fait de savoir qu'il va lire mon message ou au moins voir mon nom sur l'écran de son téléphone me procure un plaisir teinté d'amertume.

J'attends sa réponse pendant des heures, puis pendant des jours. L'espoir finit par s'estomper. Il n'y a rien.

***

George m'a demandé de venir dimanche. J'avais réservé mon dimanche matin pour rester au lit et m'autoriser à pleurer pendant que personne ne me verrait ou ne me jugerait.

— Si tu ne peux pas, Esme, dis-le-moi. Je peux demander à Mary. Je ne veux pas te priver de travail juste à cause de la grossesse, m'explique George.

Je lui dis que oui, bien sûr, j'aurais dû accepter immédiatement, pour l'argent.

À La Chouette, George est assis à l'avant du magasin, le dos bien calé dans son fauteuil, les bras derrière la tête. Il sourit, parce que quelqu'un, un client, adossé à la section « Asie du Sud-Est », lui raconte une histoire drôle. Il semble détendu et heureux avec sa boisson à la spiruline et ses graines de lin moulues à froid. Il porte un tee-shirt au lieu de sa chemise et de son gilet en cuir habituels. Tout dans son attitude et sa posture suggère qu'il est en vacances. Quand il me voit, il me salue, toujours en riant, et me présente Bob qui, dit-il, est un « scout littéraire ».

— Je ne pense pas que votre jeune amie sache ce qu'est un « scout littéraire ».

— Vous avez sans doute raison, dit George. Vous êtes un peu comme un rhinocéros noir, Bob. Esme, un scout littéraire est quelqu'un qui…

— … agit en « éclaireur » auprès des éditeurs étrangers ? dis-je.

— Elle a étudié à Cambridge, explique George.

Bob hoche la tête, l'air pensif.

— Qu'est-ce que je peux faire pour toi, Esme ? demande George.

— C'est toi qui m'as demandé de venir.

— Ah ! c'est vrai. En effet. Je t'ai demandé de venir parce que j'ai un job important pour toi. J'espère que tu ne le trouveras pas trop pénible.

Une demi-heure plus tard, Luke et moi sommes dans un taxi en route pour Manhattan Mini Storage, à l'angle de Riverside Drive et de la 134ᵉ Rue. Nous sommes entourés de sacs bourrés de livres ; il y en a aussi dans la malle et d'autres entassés sur le siège passager à l'avant.

George, toujours très paternel, m'a interdit de porter les sacs. Je suis uniquement chargée de faire l'inventaire des livres qui vont être stockés dans le box qu'il loue au Mini Storage.

— Je ne vois pas en quoi c'est si urgent, dis-je.

— Il faut recenser les livres que tu t'apprêtes à stocker. Sinon, tu peux tout aussi bien les jeter dans l'Hudson. Nous sommes arrivés.

C'est l'un de ces quartiers de New York où personne ne vient se promener pour le plaisir. Il n'y a que des rues désolées, des entrepôts et pas un arbre en vue.

L'endroit lui-même, malgré sa silhouette bleu vif, est déprimant, parce que c'est un gros bloc carré avec le contour fantomatique de fenêtres qui ont été murées. J'aide Luke à poser les sacs de livres sur un chariot.

— Notre box est au troisième étage, dit Luke.

L'ascenseur est immense, suffisamment grand pour y planquer un piano à queue. Quand nous sortons, nous regardons le couloir. On dirait une morgue, ou du moins l'idée que je me fais d'une morgue. Des portes, rien que des portes, fermées, cliniques, fuyantes.

— C'est un endroit qui donne la chair de poule, dis-je pendant que Luke pousse le chariot dans le couloir. Tu ne trouves pas ? On pourrait tuer quelqu'un et cacher son cadavre ici sans que personne ne s'en aperçoive. Il suffirait de le mettre dans un sac congélation.

— Je n'ai encore jamais vu de sac congélation de la taille d'un homme, dit Luke. De toute façon, le sac finirait par exploser à cause de la putréfaction du corps.

— D'accord. Alors, on pourrait prendre le genre de housses qu'on utilise pour protéger des manteaux de fourrure et des robes du soir. Elles sont dotées d'un système permettant d'évacuer l'air. On peut mettre le corps dans une de ces housses et enlever l'air. Comme ça, il ne pourrirait pas et personne ne saurait jamais. Il y a peut-être des centaines de cadavres là-dedans.

— Les gens n'utilisent pas Manhattan Mini Storage pour entreposer des cadavres. Ils prennent un box pour stocker des manuels scolaires que plus personne n'ouvrira jamais, de vieux ordinateurs contenant des fichiers qu'un jour quelqu'un sera capable d'extraire, et des habits que les gens veulent garder à tout prix ; ils sont prêts à payer toute leur vie pour les entreposer ici. Ainsi, le sweat-shirt qu'ils ont payé au rabais finit par leur coûter cinq cents dollars... Voici notre box.

Il ouvre une porte et appuie sur un interrupteur. Il y a plein de caisses contenant des livres disposées sur des étagères en métal. Chaque caisse porte une étiquette indiquant le thème ou la catégorie de livres rangés à l'intérieur.

Une chaise trône en plein milieu de la pièce. On dirait une installation artistique.

— Assieds-toi, dit-il. Je vais prendre une ou deux caisses, les étiqueter, et on va s'y mettre. Je te donne le nom de l'auteur, le titre et tu les notes. Il ne faut pas traîner, sinon on sera encore là ce soir.

J'ouvre mon cahier et attends. Pourquoi tout me paraît-il dénué de saveur ? Luke est accroupi par terre et trie les livres par taille.

— Livre relié, *Architectures d'eau*, Kelly Klein…

— Oh ! dis-je. Fais-moi voir. Il y a des photos d'artistes géniaux dedans : Bruce Weber et Mapplethorpe, et d'autres encore…

— Édition originale, cent soixante-quinze dollars. Je ne peux pas te le montrer. On va y passer la journée. Écris.

— J'ai toujours voulu voir ce livre…

— Alors, va chez Barnes & Noble et jette un œil dans la section « photographie ». Helen Levitt, *Here and There*. Soixante-dix dollars. Quoi ?

— Rien, rien. C'est juste que j'adore Helen Levitt. Elle a pris des photos d'enfants des rues à New York. Elle est morte il n'y a pas très longtemps. Pourquoi ces livres sont-ils entreposés ici ? C'est bête, ils sont super.

— Je ne sais pas. Peut-être qu'ils vont prendre de la valeur avec le temps et qu'il vaut donc mieux attendre ou peut-être qu'on les a en double. Écris. Livre suivant : Josef Sudek, édition originale, *La Fenêtre de mon atelier*.

— Oh ! dis-je. Oh ! Luke, je me fiche de celui sur les piscines, mais j'adore Sudek, vraiment, et en particulier les photos qu'il a prises depuis la fenêtre de son atelier sous la pluie. Alors, laisse-moi voir, juste celui-là, s'il te plaît.

Il me le tend, perplexe.

— La Chouette doit vraiment être une confiserie pour toi, dit-il.

Je feuillette le livre. George a fixé son prix à quarante dollars.

— Quarante dollars, dis-je. Ce n'est pas si cher que ça. Si je travaille quatre heures avec toi…

— Rends-le-moi, dit Luke. Tu vas avoir besoin de ton argent, Esme.

Sa voix est douce.

Je lui rends le livre sans dire un mot. Et moi qui essayais de ne pas penser à ça.

— Tu sais que ça va aller ? dit-il tout en gardant les yeux rivés sur les livres.

Je le regarde. Il les arrange dans la caisse alors qu'ils étaient déjà parfaitement rangés.

— Non, dis-je, je ne sais pas.

— Tu t'intéresses à tout un tas de trucs. Tu souffres, mais tu continues à t'intéresser à un tas de trucs. C'est un signe. Ça veut dire que tu vas te remettre. Peut-être que…

Il hésite.

— … que tu ne l'aimais pas vraiment.

Je commence à hocher la tête, non pas pour montrer que je suis d'accord, mais par politesse, pour signifier que sa gentillesse me touche. Mais cet acquiescement esquissé revient pour moi à un mensonge flagrant, et la révolte s'empare de moi. Je me jette sur mon sac à main et l'ouvre.

Je vomis dedans, devant Luke, parce que je n'ai pas le choix. Je vomis et je pleure en même temps, pour ce que j'ai perdu, et tout ça sous le regard masculin.

— Peut-être que si, finalement, dit Luke.

Mon rire vient s'ajouter à la nausée et aux larmes.

— Tu as vomi dans ton sac à main alors que le sol est en béton ici. Ça ne craint rien.

— Je sais. J'ai pensé qu'il valait mieux vomir dans un réceptacle.

— Oui, mais ton sac à main… Je vais aller chercher de l'eau.

— Non, non, je vais descendre aux toilettes.

Dans la petite salle de bains grise de Manhattan Mini Storage, j'essaie de nettoyer mes possessions couvertes de vomi. J'avais emprunté le livre *De si jolis chevaux* à La Chouette et je l'avais mis dans mon sac avant de partir. J'avais vraiment l'intention de le lire. Je le regarde quelques secondes, puis renonce et le jette à la poubelle. Mon téléphone n'a pas été épargné lui non plus, mais il faut que je le nettoie.

Mon téléphone. C'était mon lien avec Mitchell. Depuis Señor Swanky's, c'est un objet sans vie.

Contrairement à Luke, je ne pense pas que « ça va aller ». Je pense que je peux regarder une photo prise par Ansel Adams ou Josef Sudek et la trouver belle sans pour autant que mon cœur soit rétabli. Mais je ne vais pas le dire à Luke.

Je remonte au troisième étage et l'aide à faire l'inventaire des livres. Lorsque nous sortons, Luke dit :

— Dans quelques minutes, je serai au sous-sol, mais à La Chouette cette fois.

— Si on marchait un peu alors, dis-je. On pourra prendre un taxi quand on sera fatigués.

— Le métro, rectifie Luke. On a pris un taxi pour l'aller à cause des livres. Mais oui, on peut marcher un peu si tu veux.

Nous descendons Riverside Drive sur sa partie la moins avenante.

— C'est tellement dommage qu'on ne puisse rien faire pour Dennis, dis-je. Je suis sûre que, si on s'était donné plus de mal, on aurait pu empêcher qu'il se retrouve sur Hart Island.

— Mais on n'est pas au cinéma ici. Il faut l'accepter. Tu as essayé, on a essayé. Et c'est sûrement trop tard à l'heure qu'il est.

— Je ne supporte pas l'idée qu'il soit jeté dans une fausse commune.

— Je sais. Mais, dans ce cas, arrête de focaliser sur Dennis. C'est trop tard pour lui. Milite au sein d'une association. S'il n'y a aucune association, à toi de la créer. Fais quelque chose.

— Je suis toute seule.

— Tout le monde est tout seul, au départ. Il suffit de regarder dans les livres d'histoire. Rosa Parks était toute seule. Les autres se sont levés.

— Quels autres ?

— Les autres passagers du bus. Elle est restée assise. Je te dis ça comme ça.

— Je ne sais pas si j'en suis capable. Je devrais écouter des histoires si horribles, si tristes. Luke, c'est trop près..., trop proche.

Il hoche la tête.

— Je sais, ma belle. Mais personne ne veut s'occuper de ça. C'est pourquoi il ne se passe rien.

Je décide qu'une fois chez moi, je regarderai si les affirmations de *Wikipédia* concernant les bébés et les hôpitaux sont bien vraies et que, si c'est le cas, je me renseignerai sur les associations existantes qui militent contre cet état de fait et je me joindrai à elles. Je ne fais pas part de mon intention à Luke, car il arrive parfois qu'on croie avoir fait une chose alors qu'on s'est contenté de formuler une intention à haute voix.

— En attendant, dis-je, je pense qu'il aurait dû y avoir une sorte de cérémonie d'adieux pour Dennis.

Luke regarde dans la rue. Je regarde dans la même direction que lui et vois une grosse église.

— Vas-y, entre et dis une prière pour lui, dit Luke.

— Je ne pense pas que je croie en Dieu.

— Non, moi non plus. Mais peut-être que Dieu se fiche de savoir si nous croyons en lui ou non.

Il me lance un regard ironique.

— Vas-y, entre. Et dis une prière pour Dennis de notre part à tous les deux. Qui sait ? Ça marchera peut-être. Je t'attends.

Luke hèle un taxi dès que je sors de l'église et nous nous installons sur la banquette arrière. Je ne dis rien à propos du métro. Nous sommes presque arrivés à La Chouette quand Luke m'annonce :

— Je vais avoir beaucoup de répétitions dans les prochaines semaines et elles ont toutes lieu le vendredi. Nous n'avons pas pu trouver d'autres jours. C'est Bruce qui va me remplacer le vendredi. Ensuite, je vais aller au New York Folk Festival.

— Tu vas jouer ?

Luke hausse les épaules.

— Oui, bien sûr, je vais prendre ma guitare. C'est l'un des derniers endroits où on peut encore improviser. C'est cool.

— Oui, mais est-ce que tu vas te produire sur scène ?

— Tu veux dire sur la grande scène à neuf heures du soir, devant dix mille visages pleins d'espoir à Battery Park ? Non.

Luke secoue la tête.

— Oh ! Esme, dit-il.

— Ça ne te fait pas envie ?

— Non, vraiment pas.

— Je ne te crois pas. Tu as quelque chose à dire. Alors, tu veux sûrement le dire.

— Je n'ai rien à dire, Esme. J'essaie juste d'être celui que je veux être. Ça fait longtemps que je voulais te le faire comprendre.

— Oui, dis-je, oui.

J'aimerais lui dire aussi qu'il va me manquer parce que c'est vrai. Mais ce n'est pas aussi vrai que si je le disais à Mitchell… Toutes les cellules de mon corps sont en manque de lui. J'ai appris, à mes dépens, comme une héroïne contrite, que les mots sont beaucoup plus importants que je ne l'aurais imaginé. On ne peut pas les lancer en l'air comme des balles de ping-pong, les faire pleuvoir sur quelqu'un comme des confettis, les jeter gaiement à la figure d'autrui. Dire la vérité est difficile. Alors, je ne dis rien.

— Tu es silencieuse, ces derniers temps, tu sais. Depuis, tu sais…, depuis Mitchell, je crois.

Je lui souris.

— Les vendredis avec Bruce ne vont pas être aussi bien qu'avec toi. Pourquoi allez-vous répéter ?

— Nous partons en tournée après le festival. Je ne serai probablement pas là pour… la naissance.

— Tu nous verras à ton retour.

— Ouais, dit Luke.

Nous nous arrêtons devant La Chouette.

XXVII

C'est mon premier vendredi à La Chouette avec Bruce à la place de Luke. D'après Bruce, Luke a échangé les huit prochains vendredis avec lui. Au moment où il m'annonce la nouvelle, un client entre et, comme je suis assise à la caisse, il me demande tout naturellement :

— Bonjour, mademoiselle. Auriez-vous par hasard une biographie de Lorenzo da Ponte ?

Je n'ai pas le temps d'avoir l'air perplexe que déjà Bruce intervient :

— Non, monsieur, mais figurez-vous que nous venons de vendre une biographie d'Emanuel Schikaneder.

— Ah ! dit le client d'un air entendu. Mais pas de da Ponte.

Bruce secoue la tête, et le client quitte le magasin.

— Tu ne sais pas qui est Schikaneder, n'est-ce pas ? demande Bruce.

— Non, dis-je.

— Je suis déçu, mais franchement je ne suis pas surpris. Groucho Marx a souvent cité l'exemple de Schikaneder pour parler des hommes qui sombrent dans l'oubli. Schikaneder était le librettiste de *La Flûte enchantée*.

Je hoche la tête.

— Je parie, dit soudain Bruce, qu'on l'a oublié parce qu'il était juif. Attends.

Il monte l'escalier à pas lourds et s'installe devant l'ordinateur.

— Oh ! il n'était pas juif. Il était juste allemand.

— Ah bon. Alors, Bruce, tu es prêt à enchaîner les huit prochains vendredis ?

— Ouais, dit-il. Mais ne t'inquiète pas, ça ne me fait rien. Luke ferait la même chose pour moi. D'ailleurs, il m'a déjà remplacé quand j'ai aidé à monter le décor de *Je ne suis pas Rappaport*. Nous avons dû asperger chaque feuille de spray ignifuge... Je t'ai raconté ?

— Oui, dis-je apathiquement et malhonnêtement.

Je suis quand même un peu contrariée par ces vendredis sans Luke. Les vendredis sont mes soirées préférées à La Chouette. Nous restons souvent après la fermeture.

Même George vient parfois, et Barney est un habitué. Je pense à ces soirées tranquilles et amicales autour de bouteilles de bière à la lumière des lampes du haut. Ma gorge se serre. Je ne savais pas qu'elles allaient si vite faire partie du passé.

Les premières fois, j'ai cru que Luke allait jouer de la guitare, mais en fait pas du tout. Nous parlons ou nous nous taisons. On se sent presque dans une autre dimension dans ces moments-là. Mais il n'y aura pas de telles soirées avec Bruce : Bruce ferme et rentre chez lui.

— Oh ! dit Bruce en fronçant les sourcils. Je ne me rappelle pas t'avoir parlé de *Je ne suis pas Rappaport*. Le décor a reçu une mention spéciale. Nous avons essayé de recréer l'atmosphère de Central Park en automne. Nous avons récupéré les réverbères utilisés pour la pièce tirée du film *Le Troisième Homme*, montée à Broadway en 1975. Nous avons dû changer un peu de style parce que les réverbères de la Vienne d'après-guerre et ceux de Central Park ne sont pas tout à fait pareils.

— J'imagine, en effet.

— Même s'ils ne sont pas si différents que ça après tout.

— Des poteaux noirs avec une lampe en haut, c'est ça ?

— L'homme qui a dessiné les réverbères de Vienne en 1930 était un Suédois du nom de Gustav Benrikson, qui est mort en 1890. Les réverbères étaient encore là, car bien sûr de tels objets survivent souvent à leur créateur.

— Oui.

C'est donc à ça que va ressembler la vie désormais.

— Mais en tout cas, Olmsted avait vu les réverbères à Vienne et en voulaient des similaires à Central Park. Bien sûr, il y a plein de réverbères dans le parc qui ne seraient pas du tout appropriés pour *Je ne suis pas Rappaport*. Il nous fallait ceux qui ressemblaient à la crosse d'un évêque plutôt que ceux avec les chérubins. Certains ont été sauvés, tu sais, grâce aux efforts des Amis de l'architecture en fonte de New York.

— Bruce, dit George, qui surgit du fond du magasin. C'est comme toujours un plaisir de t'avoir ici, mais tu as travaillé toute la journée. Luke ne vient pas prendre la relève ?

— Oh non. Luke a une répétition ; alors, il travaillera demain pendant la journée, et c'est moi qui reste ce soir. Ça ne me fait rien. Et j'ai Esme pour me tenir compagnie.

George me regarde d'un air absent.

— C'est bien, dit-il. Mais, Bruce, veille à ce qu'Esme entre bien toute la liste de livres dans l'ordinateur. Elle a tendance à traîner et à écouter les anecdotes des uns et des autres au lieu de travailler.

***

Il faut que j'aille voir les sages-femmes pour passer une visite de contrôle. J'ai bu un ou deux litres de thé aux feuilles de framboisier puisqu'il est censé faciliter l'accouchement, alors, j'espère que tout va bien.

Mon état mental (déprimé) ne doit plus avoir beaucoup d'influence sur le bébé à présent. Il est presque prêt.

Je m'installe dans la salle d'attente et souris plastiquement à une femme enceinte qui a déjà un enfant à occuper et à distraire. Comment fait-on quand on se sent égoïste et triste ? Je ne vais pas y arriver.

L'enfant est bien sûr tout collant et barbouillé de chocolat, et il s'approche de moi pour poser sa main crasseuse sur mon pantalon gris perle impeccable. La femme m'adresse un sourire faussement contrit qui signifie : « Je sais que tu as désormais une tache sur ton pantalon, mais mon enfant est trop mignon, et on ne peut pas en vouloir à ces bambins, et puis comme ça il réveille la mère qui sommeille en toi, car bientôt ça sera ton tour et, en fait, grâce à mon manque total d'autorité – je m'en soucierai plus tard quand je le surprendrai en train de prendre de la cocaïne dans sa chambre à quatorze ans –, j'ai égayé ta journée. »

Je prends un magazine. C'est un magazine consacré aux bébés, naturellement. À quoi d'autre peut-on s'intéresser quand on est dans un cabinet de sages-femmes ? Se soucie-t-on alors de la famine ? De l'économie ? Encore des photos de pères aimants à l'intérieur. Encore ce foutu mensonge à la guimauve.

Je ne suis pas à la bonne adresse.

La sage-femme qui m'examine aujourd'hui est une femme apaisante du nom de Melanie, qui allie compétence et chaleur humaine. Je ne l'avais encore jamais vue.

— Bon. Vous êtes à deux centimètres, dit-elle après m'avoir auscultée.

— Je suis quoi ?

— Vous êtes à deux centimètres. Votre col est dilaté à deux centimètres.

— Qu'est-ce que ça signifie ?

— Ça veut dire que le travail a commencé.

Je prends une profonde inspiration. Puis une autre.

Elle sourit.

— Vous n'allez pas forcément accoucher tout de suite. Le col peut rester dilaté à un ou deux centimètres pendant un jour ou plus avant que vous ne sentiez les premières contractions.

— Mais c'est pour bientôt.

— Oui, exactement, c'est pour bientôt.

Mélanie enlève ses gants et se déplace dans la pièce. Je reste immobile. Elle me regarde et me dit que je peux me rhabiller. Je m'exécute.

— Vous ne ressentez aucune douleur ? Autour du bassin, dans le ventre ou dans le dos ?

Je secoue la tête.

— Vous aurez peut-être un accouchement facile, dit-elle. Il est possible que vous accouchiez pendant le week-end. Je suis de garde vendredi, et ensuite, c'est Anouska.

Anouska, c'est celle qui ressemble à un top-modèle. J'espère que je tomberai sur Melanie.

***

Le lendemain, j'arrive à ma séance de préparation à l'accouchement avec quelques minutes d'avance. C'est sans doute ma dernière si le travail a commencé. Je devrais avoir un partenaire, nécessaire pour la respiration et les sourires, mais je n'en ai pas cette semaine.

L'instructrice, qui est encore plus vieille et plus froide que la dernière fois, me demande comment je vais. Je décide de lui dire, puisqu'elle a consacré toute sa vie à cette mission, ce que la sage-femme vient de m'apprendre. Elle a la délicatesse de se réjouir pour moi.

— Et maintenant, j'attends la douleur, dis-je.

Lorsque les autres arrivent, nous allons chercher les chaises et nous installons en cercle comme les autres fois. J'espère que l'instructrice va sortir ses seins en laine tricotés main dont elle nous a parlé, car mes connaissances en matière d'allaitement sont plutôt vagues.

— Bonjour, tout le monde. Esme a une excellente nouvelle à nous annoncer, dit-elle en guise d'introduction.

Elle se tourne vers moi.

— Esme, dites-nous ce qui vous arrive.

— Euh…, oui…, euh…

Elle ne comprend donc pas que je suis anglaise et que nous ne parlons pas publiquement de ce genre de choses ? Je sens que je suis en train de piquer un fard.

— Allez, dit-elle pour m'encourager.

Dix visages me regardent avec impatience. Cinq hommes, cinq femmes.

— Apparemment, le travail a commencé, dis-je. Mon clitoris a gonflé de deux centimètres.

L'un des hommes cache sa tête dans ses mains. Ses épaules se soulèvent et tremblent. Sa femme me regarde, l'air incrédule.

Je me demande si j'ai sous-estimé mon public américain. Est-il plus délicat ou a-t-il le rire plus facile que je ne le pensais ? Quant au visage de l'instructrice, c'est un spectacle en soi : elle a le plus grand mal à retenir son hilarité.

— Vous voulez plutôt dire que votre col est dilaté à deux centimètres.

Alan hoquette dans ses mains.

— Oui, dis-je d'une voix le plus neutre possible. C'est ce que je veux dire !

Je me demande si j'ai tout ce qu'il faut pour le bébé. J'ai des couches. J'ai des lingettes. J'ai un couffin avec un matelas en mousse et une jolie couverture, j'ai un siège-auto, mais pas de voiture. J'ai de petites combinaisons pour le bébé, qu'on appelle des grenouillères et qui sont dotées de boutons-pression à l'entrejambe.

J'ai des chaussettes pour bébé de chez Gap. Elles sont incroyablement petites. J'ai un petit chapeau à rayures jaunes et turquoise dans une matière extensible. J'ai des gilets, deux pantalons et deux tee-shirts. J'ai des jouets noirs, blancs et rouges, car les bébés ne distinguent pas les couleurs à la naissance à part le rouge. Comment est-ce qu'on peut le savoir ? Stella a acheté un mobile Flowing Rhythm au Guggenheim, dans les teintes rouges et noires de rigueur. J'ai une poussette bon marché qui n'a rien à voir avec le landau gris pâle de mes rêves sur Madison Avenue. Ai-je oublié quelque chose ? Je ne sais pas. Et si ça se passait mal ? Et s'il arrivait quelque chose à mon bébé ? Et si je ne supportais pas la douleur ? Et si je mourais en couches ? Ça arrive encore de nos jours. Ma mère pourra-t-elle s'occuper du bébé ? Aura-t-elle l'autorisation de ramener un bébé américain en Angleterre ? Je devrais écrire une lettre pour indiquer mes dernières volontés. Mes dernières volontés pour mon projet d'accouchement. Si je meurs, Mitchell voudra peut-être le bébé, une fois que je ne serai plus là pour qu'il me méprise. Olivia s'en occupera certainement beaucoup. Elle lui prodiguera des soins glaciaux.

***

Je travaille à La Chouette aujourd'hui, toujours en compagnie de Bruce et George. Luke est déjà parti en tournée. Il ne verra pas le bébé avant des semaines, s'il naît comme prévu. Le monde est encore plus gris en l'absence de Luke.

George semble toujours aussi chagriné par l'indifférence de ses clients.

— Tu étais là le jour où le type qui voulait du Anatole France est venu ? Luke pense que je me suis comporté comme un idiot. Il voulait des dos en cuir… Je ne sais pas. Et puis, il y a eu cette fille juste avant que tu arrives. Elle voulait des romans à suspense. « Quel genre de romans à suspense ? » « N'importe lesquels. » N'en voulait-elle pas un en particulier ? Non, mais elle était en train de décorer son appartement et elle pensait que les romans à suspense feraient mieux dans sa bibliothèque que les romans ordinaires. J'ai pensé à notre nouveau règlement et j'ai été poli avec elle. Je l'ai amenée jusqu'à la section « romans à suspense ». Elle a dit qu'elle n'avait pas le temps de regarder elle-même. Ne pourrais-je pas en choisir quelques-uns pour elle pendant qu'elle allait se faire faire les ongles ?

— Et tu as dit non.

— Pas du tout, répond George en souriant. J'ai choisi tous les N, tous les U et tous les L.

Bruce et moi commençons à rire, puis George nous imite. C'est alors que survient la douleur.

Je me penche sur le comptoir. J'ai mal dans tout le corps. Je pensais que la douleur serait limitée au bassin. Pas du tout. Au bout d'une ou deux minutes, elle disparaît complètement, comme les vagues qui se retirent de la plage.

— Tu as des contractions ? Le travail a commencé ? demande George.

— Je pense.

Bruce reste cloué sur place, le visage figé dans un sourire en forme de rictus. Il s'apprête à me proposer d'aller chercher des serviettes chaudes et humides.

— Tu as quelqu'un à prévenir ?

— Stella.

— Oui. Donne-moi ton téléphone, je vais l'appeler.

— Elle passe le week-end dans les Hamptons. Je viens d'y repenser.

— Et alors ?

— Et alors, je ne vais pas la faire revenir maintenant. Elle était tellement contente d'y aller...

— Elle a pris un engagement...

— Qu'elle respectera naturellement si je l'appelle. Mais je ne vais pas le faire. Ça va aller.

— Tu n'as pas une solution de rechange ?

Je marque une pause.

— C'était Stella. Mitchell était…

— D'accord. Qui d'autre ?

— Ça va aller.

La douleur revient, une énorme vague, qui atteint son point culminant avant de se retirer.

Je sais que la prochaine contraction va bientôt venir, alors, plutôt que de me donner en spectacle en plein milieu de La Chouette, je retourne à l'arrière pour souffrir dans l'intimité, au milieu des éditions originales.

J'aimerais être beaucoup plus près de l'hôpital que je ne le suis actuellement.

George me devance.

— Tu as eu une nouvelle contraction ? Ne devraient-elles pas être plus espacées que ça ? Je crois que nous devrions t'emmener immédiatement à l'hôpital. Je vais t'accompagner.

— Tu as toujours dit que tu étais allergique aux hôpitaux.

— J'ai une réaction allergique aux produits de nettoyage industriel. Ça va aller.

George se tient au bord de la chaussée et hèle un taxi. Je suis à côté de lui, les mains sur mon ventre. Les taxis passent sans s'arrêter.

— Cache-toi, dit-il.

Je recule de quelques pas et me mêle aux passants. Un taxi donne un coup de volant pour prendre George. George ouvre la portière et je monte en premier.

Il donne l'adresse au chauffeur plutôt que le nom de l'hôpital. Le chauffeur n'est pas dupe et m'observe dans son rétroviseur.

— Madame, vous allez… ?

— Non, non, dis-je avec un sourire hystérique. Je ne vais pas accoucher avant des semaines. J'attends des triplés. C'est une simple visite de contrôle.

Le chauffeur se faufile entre les voitures et je m'appuie

contre la banquette. J'ai une nouvelle contraction. Je me baisse pour que le chauffeur ne me voie pas dans le rétroviseur.

Quand il n'y a pas de contraction, il n'y a pas de douleur. Quand il n'y a pas de douleur, je suis d'humeur plutôt bavarde.

— J'ai un livre intitulé *L'Accouchement sans douleur*. Je l'ai trouvé à La Chouette, dis-je à George.

— Tu aurais peut-être dû le lire.

— C'est ce que j'ai fait. Il a été écrit par Grantly Dick-Read. C'est un sacré nom, tu ne trouves pas ?

— Il n'en reste pas moins que tu sembles souffrir.

— Il dit que tout est une question de relaxation. Il faut arriver à croire qu'on ne ressent aucune douleur. Oh !…

La nouvelle vague de douleur est encore pire. Elle ressemble à l'un de ces brisants improbables qu'on voit dans les films, et j'ai l'impression d'être un minuscule canot sorti en mer par erreur. Une fois que la vague se retire, je n'ai pas le temps de pousser un soupir de soulagement que déjà la prochaine arrive. Je commence à croire que je vais accoucher dans le taxi.

J'ai appris à respirer, j'ai appris à me concentrer. Je devrais m'en sortir.

Nous nous arrêtons devant l'hôpital. George m'aide et, en l'espace de deux secondes (c'est du moins l'impression que j'ai), je me retrouve dans une salle d'accouchement qui ressemble à une suite dans un hôtel. J'ai refusé que George m'accompagne (à son grand soulagement).

Une sage-femme entre. Elle porte de grandes bottes avec un imprimé léopard et une jupe courte. Elle ressemble à Michelle Pfeiffer.

— Bonjour, Esme. On s'est déjà rencontrées, n'est-ce pas ? Je suis Anouska. Je vais aller me changer et ensuite nous allons mettre votre bébé au monde. Je vous présente Hilda. Elle va rester avec vous.

— Je veux la péridurale, dis-je. Je veux la péridurale.

Mais elle est déjà partie, et Hilda ne réagit pas.

Anouska revient. Elle a troqué ses vêtements moulants et ses bottes léopard contre une blouse verte et des socques en caoutchouc blanc. Elle est toujours aussi superbe.

La douleur revient. C'est la pire de toutes. Chacune est pire que la précédente. Cette contraction me rend indissociable de la douleur. La douleur et moi formons une entité.

— Les contractions sont espacées d'environ trente secondes, dit Hilda. Elle se débrouille bien.

— Non, dis-je. Voilà déjà la prochaine.

— Très bien, je vais vous examiner, dit Anouska.

La douleur m'engloutit de nouveau. C'est *vraiment* la pire. Chacune est pire que la précédente. Tout n'est que douleur en moi et autour de moi : la salle, l'air, mon être tout entier.

— Je... veux... la péridurale, dis-je quand je peux parler.

Anouska sourit.

— Le col est dilaté à dix centimètres. La douleur ne va pas empirer. Il est trop tard pour la péridurale. Je sais ce que c'est, vous vous en sortez très bien.

— Non.

Je ne peux pas en dire davantage.

— Il est temps de pousser, Esme. Vous êtes prête ?

Dans tous les livres (des fichus tissus de mensonges) que j'ai lus, ils disent que l'envie de pousser est incontrôlable. Ils disent que c'est pour ça que les bébés naissent : il est impossible de ne pas pousser.

Beaucoup de femmes veulent pousser avant que le col ne soit complètement dilaté et doivent être freinées. L'infirmière française crie « *Ne poussez pas* », l'Allemande crie probablement « *Nicht puschen* », et il paraît que dans le monde entier les sages-femmes s'évertuent à empêcher les femmes de pousser trop tôt.

Je ne ressens pas du tout le besoin de pousser.

Une nouvelle contraction me surprend. Je crie.

— À la prochaine contraction, il faudra pousser, annonce Anouska.

— Je ne peux pas, dis-je en sanglotant, je ne peux pas, ça fait mal.

J'essaie de pousser quand survient la contraction suivante et j'entends un long cri de douleur, presque irréel, qui vient du plus profond de…, de quoi ? Je sens une petite tape énergique sur ma joue. Anouska me lance un regard noir.

— Non, non, non, non. Ne gaspillez pas votre énergie à crier. Vous avez besoin de toute cette énergie. Regardez-moi, regardez-moi. Très bien. Vous me comprenez ? Vous avez besoin de toute votre énergie pour pousser. Ne la gaspillez pas. Poussez maintenant.

Je la regarde fixement. Pendant que je criais, je me suis souvenue du nom de la fille de Dennis. Dennis me l'avait dit, mais il m'était sorti de l'esprit. Josie Jones.

— Poussez. Vous devez pousser.

J'essaie de nouveau. Elle me demande de tenir mes jambes. Mais j'ai du mal à le faire. Mes bras ressemblent à des spaghettis bouillis. Je la regarde, désespérée.

— Je ne peux pas, dis-je.

— Bien sûr que vous pouvez, Esme. Si vous ne poussez pas, votre bébé ne viendra pas au monde, dit Anouska. Alors, allez-y.

J'essaie. Je pousse. Je ne crie pas. Je pousse quand la douleur survient et je pousse encore.

— Vous avez perdu les eaux, annonce-t-elle.

J'ai perdu les eaux ? Je croyais qu'on perdait les eaux tout au début, non ?

Je recommence à pousser.

— Ça vient, dit Anouska à Hilda. Esme ! Esme !

Elle crie comme si je me trouvais loin d'elle.

— Esme, je vois le haut de la tête de votre bébé. Vous voulez voir ? Vous voulez un miroir ? Ça va vous aider.

Ai-je vraiment envie de voir ? Ai-je vraiment envie de voir mon vagin distendu à l'extrême ?

— Non, dis-je le plus fermement possible. Non, je ne veux pas.

— Va lui chercher un miroir, dit Anouska.

Hilda fait apparaître un miroir comme par magie.

— Regardez, ordonne Anouska. Regardez les cheveux de votre bébé.

Je jette un coup d'œil dans la glace, à contrecœur. Étonnamment, je les vois. Les cheveux de mon bébé.

— Votre bébé est presque né. Poussez maintenant.

Je ferme les yeux et je pousse. Je fournis un gros effort particulièrement douloureux.

— La tête est sortie ! crie Hilda.

— La tête est sortie ! crie Anouska.

Je ferme les yeux et je recommence à pousser. Cette fois, j'ai comme la sensation de quelque chose qui glisse, quelque chose de mouillé glisse hors de moi, mais ça ne fait pas trop mal. Encore autre chose, et là, ce n'est pas du tout douloureux. Je n'ai jamais vécu une expérience aussi étrange. Puis, j'entends un cri fort et indigné provenant d'un tout petit être.

— Votre bébé est né, Esme ! s'écrie Anouska.

Je ris et je pleure en même temps. Elle soulève le bébé.

— C'est un garçon ou une fille ?

Il est tout recroquevillé et hurle d'indignation à l'idée d'être né.

— C'est une fille.

Anouska rit et pleure elle aussi. Le métier de sage-femme doit être vraiment intense. Elle me donne ma fille qui arrête de crier.

C'est un instant précieux. Elle est parfaite. Toutes les mères disent la même chose. Tous les bébés le sont.

— Salut, lui dis-je.

Je dépose un baiser sur sa tête. Je veux être la première

personne au monde à l'embrasser. Sa bouche cherche mon sein d'instinct, comme un poulain, comme un agneau.

— Vingt-trois heures vingt-deux, dit Hilda.

— Elle veut téter, me fait remarquer Anouska. Laissez-moi vous aider.

Elle m'aide à positionner le bébé correctement pour qu'il prenne le mamelon. C'est douloureux, mais maintenant que je dispose d'une échelle mentale pour mesurer la douleur, je dirais que c'est le degré un ou deux, grand maximum.

Elle commence à téter et se calme. Ses cils sont très longs. C'est une fille.

— L'accouchement a été rapide, dit Anouska. Trois heures environ. D'habitude, c'est beaucoup plus long et plus douloureux.

Je n'ai rien à dire sur le « plus douloureux ».

Elles l'emmènent jusqu'à la table à langer à côté du lit. On se croirait dans un film de James Bond. Il suffit en effet d'appuyer sur un bouton pour que la table à langer se transforme en balance. Elles la nettoient aussi et lui mettent une couche. Quand elles me la redonnent, elles lui ont enfilé une petite grenouillère qui se boutonne à l'entrejambe, et elle porte un chapeau bleu.

— Où a-t-elle eu le chapeau ?

Hilda répond :

— Le dossier n'est pas là. Je reviens dans une seconde.

— Il y a deux personnes pour vous dans la salle d'attente, dit-elle à son retour.

Mon cœur fait un bond : Mitchell.

— Qui est-ce ?

— L'homme qui vous a accompagnée et une fille avec un blouson en cuir.

— Stella est là ? Et George a attendu ?

— Oui, ils pourront bientôt entrer.

Hilda consulte sa montre pour inscrire la date sur le dossier.

— Elle est née à vingt-trois heures vingt-deux, le dix-huit, dit-elle tout en écrivant. Comment s'appelle-t-elle ? demande-t-elle.

— Je ne sais pas, dis-je. Ses yeux sont en train de changer de couleur. Ils étaient bleus quand je les ai vus pour la première fois. Ils sont en train de devenir gris-beige. C'est normal ?

Anouska dit que oui.

— Vous n'avez pas encore choisi son prénom ? demande Hilda.

— Non, je ne me suis pas encore décidée.

— Il faut absolument qu'elle ait un nom pour le certificat de naissance.

— Tout de suite ?

— Oui, confirme Hilda en écarquillant les yeux.

Voilà qui explique beaucoup de choses sur les prénoms américains.

J'avais déjà songé à lui donner le prénom d'une artiste : Sofonisba, Mary, Elizabeth, Tracy.

— Alors, ça sera Georgie, dis-je. Georgie Garland.

Stella et George entrent ensemble dans la pièce. On dirait qu'ils ont eu le temps de sympathiser dans la salle d'attente. Ils marchent presque sur la pointe des pieds et regardent Georgie, qui s'est pratiquement endormie à côté de moi, dans le grand lit. Ils l'observent en silence. Stella a les larmes aux yeux. Elle se penche pour m'embrasser.

— Comment est-ce que tu as su ?

— J'avais laissé mon numéro à George et Luke. Je savais que tu ne m'appellerais pas si je n'étais pas en ville. Mais cette petite fille est sortie trop vite pour que je fasse la doula ! La prochaine fois… Je peux ?

Elle brandit son appareil photo.

Je hoche la tête.

— Bien sûr.

Je dis à George que pendant mes contractions je me suis souvenue de Josie Jones.

— Comme ça, on pourra au moins lui dire… pour son père.

Je me sens tout à coup complètement épuisée.

— Oui, répond George. On va la retrouver.

Il regarde de nouveau Georgie.

— Félicitations, ma chère, tu as beaucoup de chance.

— Oui, dis-je, c'est vrai.

***

Stella revient le lendemain matin pour m'aider à ramener Georgie à la maison. Nous louons une Town Car de la marque Lincoln et mettons un temps fou à fixer le siège-auto. L'homme nous dit que nous nous en sommes si bien sorties que nous pourrions figurer sur la vidéo d'instructions. Stella consulte pour la cinquième fois la note explicative afin de s'assurer que nous avons tout fait correctement.

Georgie est maintenant couchée dans son couffin à côté du lit. Stella est partie, et nous nous retrouvons, rien que nous deux, dans le silence de l'appartement. La chambre est baignée de lumière, et Georgie a son pyjama blanc et un bonnet à rayures. Je me demande si elle n'a pas un peu chaud à la tête.

Il y a une housse de couette blanche sur mon lit, une petite couverture bleue sur le couffin de Georgie. Il y a des oreillers blancs sur mon lit. Tout est calme, clair et bleu. L'amour coule à flots comme le lait quand Georgie tète.

XXVIII

Les premiers jours, j'ai l'impression d'être complètement immergée dans l'eau, comme si le monde avait changé. Même la lumière semble différente. C'est un monde très féminin. Il se compose de Stella, de ma mère, qui vient le plus rapidement possible, de moi et de Georgie. C'est aussi le lait, les couches, les macaronis au fromage pour la plupart des repas. Le plus souvent, quand elle pleure, quand elle pousse ce petit cri désespéré, une bonne tétée suffit à la calmer.

Nous sommes dans un monde clos, un monde de privilège et de calme, un cercle enchanté.

Je décide que je vais rester courtoise, malgré le manque de courtoisie de Mitchell, et que je vais lui annoncer la naissance de Georgie. J'en informerai aussi sa famille.

Ma mère est assise sur le canapé, avec le bébé dans ses bras. Je sors. Je m'arrête à côté des fleurs en bas, non loin d'un Hispanique avec son regard lointain, puis je compose le numéro de Mitchell. Je tombe naturellement sur la boîte vocale. Il va, bien sûr, ignorer mon appel.

Je lui laisse un message. J'indique le jour et l'heure de la naissance du bébé, son poids et son prénom. Je ne pleure pas. Je ne dis rien d'autre.

Je regarde distraitement l'Hispanique. Il s'anime, l'espace d'une seconde, quand une vieille femme lui demande de prendre un bouquet pour elle et sourit quand elle le remercie. Une fois qu'elle est partie, il se remet à attendre en silence. Comme Dennis, il a l'air de quelqu'un que personne ne regarde jamais.

J'appelle Olivia et Cornelius. Là encore, pas de réponse. Là encore, je laisse un message. Il ne se passe rien. J'attends, sans vraiment me l'avouer, un cadeau extravagant de chez Bloomingdale's, un coup de téléphone, ou qu'au moins Olivia demande une photo de sa petite-fille. Mais le temps passe et rien ne se passe.

Au bout de deux semaines, ma mère retourne en Angleterre. J'émerge de ce cercle enchanté dès l'instant où elle quitte mon appartement. Soudain, il n'y a que moi et Georgie. *Toi et moi, toutes seules à présent.*

M'ont-elles dit que ça serait ennuyeux ? Mes amies, ma mère ? Je ne pense pas, mais peut-être n'étais-je pas prête à entendre que mes journées allaient devenir assommantes.

L'intervalle entre les tétées devient plus régulier. Nous nous réveillons en même temps, je la prends, nous restons au lit. Les nuits ne sont pas si terribles que ça.

Et puis, j'ai la chaîne American Movie Classics pour me tenir compagnie pendant que je la change. J'adore leurs introductions paisibles et reposantes. « C'est Carole Lombard au sommet de son art. Et, si vous regardez bien, vous verrez un Cary Grant très jeune. »

C'est pendant la journée que j'ai le plus de mal à m'accommoder de cette nouvelle situation. Nous sommes toujours sous l'eau, mais la surface s'est désormais transformée en couche de glace. Et je suis coincée dessous. Je n'arrive pas à briser cette glace. Nous partons nous promener sans trop nous éloigner de notre immeuble, mais je suis soudain prise de panique à l'idée de rencontrer DeeMo ou Tee ou les autres. Ils vont toucher la joue de mon bébé avec leurs mains sales, souffler leurs microbes sur son visage. Je deviens complètement parano ; c'est une nouveauté pour moi.

Quand elle a six semaines, je prends le métro avec elle pour aller à Herald Square. J'ai l'intention de nous acheter des vêtements à toutes les deux. Elle pleure. Elle a faim. Je la prends dans mes bras, joue avec elle, lui donne mon doigt à sucer, mais rien n'y fait. Elle a faim. Si je lui donne le sein devant tout le monde, certaines personnes ne vont pas apprécier. Nous ne sommes pas en Angleterre. Ils floutent le derrière des gens à la télé ici !

Je vais dans un Starbucks et commande un latte machiato au caramel. Puis, j'ouvre mon chemisier et la laisse téter à son grand soulagement et au mien aussi. Je ne regarde personne. Mais cela ne fait aucune différence à New York.

Une femme avec un enfant, qu'il soit in utero ou déjà sorti, devient l'affaire de tout le monde. Une femme s'arrête, touche mon épaule et me félicite. Une autre femme demande en montrant mon gobelet :

— Votre boisson contient de la caféine ?

— Non, dis-je aimablement. C'est un décaféiné.

Je pense que les commentaires vont s'arrêter là, mais non. Deux hommes se lèvent pour partir, et l'un d'eux dit :

— Je vous admire, j'admire ce que vous faites.

Je veux immédiatement lui avouer qu'il y a bien de la caféine dans ma boisson et qu'il ne devrait pas m'admirer du tout. Aucun d'eux ne m'aurait adressé la parole si j'avais été en compagnie de Mitchell ou même de Stella. La compagnie d'une autre personne vous coupe du monde, mais, seule, vous êtes comme un grain de pollen, vulnérable ou ouverte à ces relations fugaces.

En sortant du Starbucks, je marche. Quand nous marchons, elle dort, et je peux avancer et avancer encore, comme si j'espérais sortir de cette réalité et entrer dans une autre.

Georgie dort profondément et je marche dans la 63e Rue en me demandant où peut bien se trouver l'Argosy

Book Store quand je vois Mitchell. Il est assis à la terrasse d'un restaurant en face d'oncle Beeky. J'envisage l'espace d'une seconde de tourner les talons, de m'éloigner, mais je me ravise et je continue à poser un pied devant l'autre. Georgie est là. Son bébé qu'il n'a jamais vu. Je ne passe jamais par ici. Ça doit être le destin.

Mon sang n'est plus du sang, mais une sorte de courant électrique qui me fait mal quand il passe dans mes veines. Mes veines chantent, mais elles chantent faux, un ton trop haut, comme des câbles sur des pylônes. Je m'approche.

Il regarde en direction de la rue, mais ne m'a pas vue. Son visage est au repos, il ne sourit pas avec impatience, il n'a pas cette expression sèche et cassante qu'il affichait la dernière fois que je l'ai vu. Mais « repos » n'est sans doute pas le terme approprié. Si l'on tentait de dessiner son expression, on échouerait sans doute à la retranscrire, à moins de s'appeler Rembrandt. On obtiendrait un visage dénué de toute expression. Non, Rembrandt n'est pas le bon exemple.

Un autoportrait, l'un des derniers réalisés par Van Gogh. Non, parce que, même à la fin de sa vie, Van Gogh aime encore suffisamment le monde pour trouver sur sa palette le jaune de chrome et le vermillon, il trouve encore du réconfort et de la force dans la particularité des choses. Mitchell ressemble à quelqu'un qui ne voit rien de bien dans ce monde, quelqu'un pour qui rien n'a jamais été bien. Il me fait penser à des formes noires qui tombent.

J'appuie légèrement la main sur la petite clôture construite autour du café. Je fais un signe de tête à oncle Beeky et je vois à ses yeux qu'il me reconnaît tout à coup. Il est aimable.

— Bonjour, Mitchell, dis-je.

Il déteste les surprises, même les bonnes. Celle-ci le met immédiatement en colère. Il détourne le visage.

— Mitchell ? dis-je d'un ton plus incrédule qu'implorant.

Sa mâchoire reste obstinément tournée comme s'il était un enfant, refusant de voir, refusant de reconnaître. Je sens mon cœur se serrer, et il n'est pas question de métaphore ici, mais bien d'une sensation physique comme s'il allait simplement s'arrêter de battre sous l'effet du choc et du chagrin. Pendant que j'y suis, je pointe le menton vers l'avant et dis :

— C'est Georgie.

— Esme, s'il te plaît, répond Mitchell.

Il fait un geste de la main pour nous faire partir et elle reste figée, comme suspendue en l'air.

Je sens, ou j'imagine, une certaine consternation émaner de Beeky. Mais je suis tellement humiliée que je ne peux pas lever les yeux.

— Un très beau bébé, dit Beeky. Tu ne trouves pas, Mitchell ?

La main de Mitchell est toujours suspendue. Elle tremble. Je croise le regard troublé de Beeky.

— Mitchell, dit Beeky d'un ton à la fois doux et consterné. Mitchell, le bébé.

Mitchell lui lance un regard vide et glacial, puis tourne la tête. Tel un projecteur, son regard décrit une courbe et se pose d'abord sur la rue, les voitures qui traversent la ville ; il balaie une seconde le bébé qui dort avant de terminer sa trajectoire.

— Oui, je vois, dit-il à Beeky avec une célérité cassante.

Je pose de nouveau mes mains sur les poignées de la poussette et pousse Georgie pour l'emmener loin de lui.

Une fois arrivée à la maison, je la prends sur mes genoux et nous nous regardons dans les yeux.

— C'était ton père, lui dis-je.

Je la change, la pose dans son berceau et j'agite sa pieuvre avec ses tentacules à carreaux devant elle. Elle arrive à atteindre un des tentacules avec son petit bras et voit qu'il bouge. Elle recommence à battre l'air de ses bras. Ma fille évolue, progresse sous mes yeux. Je lui souris.

Je retourne près de la fenêtre. C'est magnifique. Le bleu du fleuve apparaît derrière les feuilles vertes. Pourtant, cette beauté ne m'apporte aucun réconfort. Je m'éloigne de la fenêtre.

Le bébé va bien, je n'ai même pas ça à faire. Je devrais travailler sur ma thèse. Je devrais faire le ménage. Je n'en ai pas envie. Il n'y a pas de remède.

Je ne veux pas être comme ça. J'ai fait ce qu'il fallait. J'ai pris la bonne décision quand j'ai choisi de garder ce bébé, ma fille adorée. Pourtant, ce n'est pas parce que j'ai bonne conscience que je suis pour autant heureuse. Une bonne mère, mais une mère malheureuse peut-elle être un modèle pour son enfant ? Je veux que ma fille me voie comme une femme qui, heureuse d'être en vie, fait tourner sa jupe bleue dans le vent. Je veux que mon enfant me voie rire.

Mitchell ne reviendra pas, il ne se ravisera pas, il ne pensera pas à moi. Il y aura une autre fille et peut-être encore une autre, ou peut-être qu'il en gardera une et qu'ils vivront heureux. Mais il ne regardera pas en arrière.

Il continuera à vivre comme il l'a toujours fait. Il mangera, boira et dormira aussi légèrement qu'il l'a toujours fait, et, chaque seconde qu'il vivra, chaque pas qu'il fera l'éloigneront un peu plus de moi ou du souvenir qu'il peut garder de moi. Il ne trébuchera pas, il ne tombera pas, il n'y aura pas d'argent versé en guise de reconnaissance, non, il n'y aura rien.

Et je le verrai tous les jours dans mon bébé, dans des expressions qui passent sur son visage pendant qu'elle dort, aussi furtives que le soleil en Angleterre, mais qui me ramènent à Mitchell, encore Mitchell, toujours Mitchell.

Mon amour pour lui ne fera aucune différence. Comme ces mères qui aiment leurs fils morts, mon amour va se diriger vers lui, indésirable, inaperçu, aussi vain que s'il était mort lui aussi.

J'ai envie de lui crier que personne ne l'aimera comme je l'aime, mais il ne veut pas être aimé. L'amour est une forme d'engagement.

***

Dans la nuit qui suit ma rencontre fortuite avec Mitchell et Beeky, je me réveille en sursaut sans savoir pourquoi. Il y a quelque chose qui cloche. Je reste allongée, immobile une seconde, puis je réalise que quelqu'un frappe à la porte. Il est quatre heures moins vingt.

Je me lève d'un bond, passe dans la pièce d'à côté et m'avance vers la porte aussi discrètement que possible. Je n'ai pas poussé le verrou avant d'aller me coucher. On frappe de nouveau, plus fort, avec plus d'insistance. J'essaie de pousser le verrou, mais pour ce faire il faudrait que je m'appuie un peu contre la porte et je crains que celui qui se trouve derrière ne s'en rende compte et n'exploite ma peur.

Quand mon téléphone se met à sonner dans l'obscurité, je réprime un cri. Je profite du bruit de la sonnerie pour pousser la porte et fermer le verrou. C'est Mitchell au bout du fil et visiblement il est aussi derrière ma porte.

— Esme, laisse-moi entrer.

— Qu'est-ce que tu veux ?

— Laisse-moi entrer. Je viens en ami.

Je m'immobilise. Nous sommes en plein milieu de la nuit. Avant Georgie, j'aurais ouvert la porte, j'aurais lancé à Mitchell un regard plein de reproches, mais je l'aurais laissé entrer. Pourrait-il s'en prendre à Georgie ? Ce n'est pas un psychopathe. Mais peut-être que le simple fait de nous entendre pourrait faire du mal au bébé et semer le trouble dans son jeune esprit, y laisser un souvenir de discordance et de détresse.

Je veux Mitchell tout le temps. Mon corps, mon être entier se consume dans ce désir muet. Même quand je n'y pense pas, ce manque est présent comme si j'étais constituée de fils de fer et lui était l'aimant qui les attire. Pourtant, il est là et je n'ai pas ouvert la porte.

— Laisse-moi entrer, Esme.

Je tire le verrou, tourne la poignée, ouvre la porte. Situation absurde, nous nous regardons tous deux, le téléphone collé à l'oreille. Le couloir baigne dans la lumière, mon appartement est plongé dans l'obscurité.

Il porte des vêtements élégants et impeccables. Je suis en chemise de nuit. Nous restons silencieux, l'un en face de l'autre, éclairés par la faible lueur de la rue dehors.

— Tu es ivre ?

Sa bouche esquisse un sourire qui n'en est pas un.

— À ton avis ? demande-t-il.

Je ne l'ai jamais vu aussi près de l'ivresse. Je pense qu'il ne veut pas perdre ce contrôle froid sur la réalité, sur lui-même.

— Comment savais-tu que j'étais dans ce restaurant ? demande-t-il.

Pendant une seconde, je ne comprends pas ce qu'il veut dire et il ajoute avec impatience :

— Avec Beeky, *aujourd'hui*, Esme. Comment savais-tu que j'étais là-bas.

— Je ne le savais pas.

— Mais oui, c'est ça ! Ne me dis pas que tu fréquentes régulièrement la 63e Rue et Lexington Avenue.

— Je marchais juste avec le bébé, pour qu'il dorme. C'est le destin qui l'a voulu, pas moi. Tu ne peux que t'en prendre à lui.

Son sourire devient encore plus ironique.

— C'est ce que je vais faire.

Les secondes passent. Je remarque les points multicolores qui constituent l'obscurité, le grain de l'obscurité. Je n'arrive pas à déchiffrer son silence. Est-ce du regret, du manque, de la douleur, de l'amour ? Je l'imagine en train de s'avancer vers moi, de me prendre dans ses bras, de m'embrasser et je pourrais presque me pâmer de désir.

J'hésite à m'avancer vers lui, à prendre son visage dans mes mains, à essayer de lui faire comprendre que ce n'est pas une faiblesse que d'avouer qu'on a besoin de quelqu'un. Mais il n'aurait que mépris pour moi. Alors, je ne bouge pas. Nous ne bougeons pas.

De longues minutes plus tard, je croise les bras et regarde les fenêtres éclairées de l'autre côté de Broadway.

— Tu veux voir Georgie ? Ça a dû être un choc pour toi tout à l'heure.

— Non, dit-il. Non, je ne pense pas.

— D'accord, dis-je.

Même si je sais que personne ne peut faire preuve de la plus petite cruauté envers Mitchell sans s'exposer à des représailles immédiates, j'ajoute avec une pointe de méchanceté :

— Eh bien, si c'est tout, il faut vraiment que je retourne me coucher.

Quand il partira, quand il sera parti, je serai désespérée. Et pourtant, je suis en train de le pousser à partir. Mais, s'il reste, c'est un autre genre de désespoir qui m'attend. Quel que soit mon choix, les plus hauts sommets ne seront bientôt qu'un tas de cendres et de fumée.

— Bien sûr, dit-il immédiatement. Oui, tu devrais retourner te coucher. Tu manges correctement ?

— Oui, je pense.

— En fait, je ne t'ai jamais vue... dans un tel état... Je ne sais pas. Tu as l'air complètement éteinte. Oui, c'est ça, éteinte, consumée.

— Pourquoi es-tu venu ?

— Je n'en ai aucune idée, dit-il. Je vais y aller, j'ai fait une erreur.

Il ouvre la porte, puis se retourne pour me regarder calmement.

— Je pense que j'ai juste écouté mon cœur.

— Ton quoi ?

Il hoche la tête.

— C'est gentil, Esme, vraiment très gentil, dit-il.

Et il part.

***

Le lendemain, je vais dans une papeterie pour acheter une carte d'anniversaire à ma mère. Une femme d'une cinquantaine d'années est en train de parler avec la propriétaire du magasin. Georgie se met à pleurer, ce petit bêlement plaintif du bébé animal qui veut boire son lait.

— C'est un nouveau-né, dit la femme. Je le vois tout de suite.

Je lui adresse un sourire las. Elle s'approche de moi, me prend le bras en me regardant avec bienveillance.

— Le temps passe si vite, dit-elle. Et la première année avec votre bébé passera encore plus vite. Tout le monde le sait. Un battement de paupières et on passe à côté de ces instants précieux.

Un claquement sec à peine perceptible retentit dans l'univers. Je suis la seule à l'entendre.

— Un battement de paupières et je vais passer à côté de ces instants précieux ? dis-je. Vraiment ? Non. Quand je ferme les yeux et que je les rouvre une demi-seconde plus tard, une demi-seconde s'est écoulée depuis la seconde où j'ai fermé les yeux. Un battement de paupières et je n'ai toujours personne à qui parler, personne pour m'aider, personne pour la prendre vingt secondes afin que…

Les femmes me dévisagent. Je viens d'enfreindre une règle. Je sors précipitamment du magasin et retourne dans mon appartement.

Maintenant, il n'y a que moi et Georgie.

Tous les livres disent qu'elle va beaucoup dormir, mais apparemment elle ne les a pas lus. Elle dort vingt minutes le matin quand j'ai de la chance. Dès que je m'éloigne sur la pointe des pieds, elle ouvre les yeux, telle une geôlière somnolente, et elle pleure pour que je revienne.

Je m'allonge sur le lit en lui tournant le dos et je lis *Shackleton's Boat Journey*. Les hommes de Shackleton ont froid et ils sont perdus, comme moi. Le récit n'a absolument rien à voir avec les bébés. La lecture de ce livre est un peu comme une rebuffade pour Georgie, une rebuffade qui me fait obscurément plaisir tout en me donnant obscurément mauvaise conscience.

Nous jouons souvent. J'ai l'impression d'interpréter un rôle dans un livre d'images sur les bonnes mères. Coucou, je te vois ! Elle est grande, Georgie ? Oh oui, elle est graaande ! Autour, autour du jardin[1]. Autour, autour de l'appartement.

Puis, au journal télévisé, sur New York One, ils disent qu'une jeune fille a jeté son bébé par la fenêtre du dixième étage d'un bâtiment situé sur la 112e Rue. Elle a seize ans, elle est d'origine hispanique, de confession catholique, elle habite à deux mètres de chez moi.

Je pleure pour son bébé, mais je pleure plus encore pour la mère, pour toutes ces années saturées de regrets qui l'attendent. Mes pleurs n'aident personne.

Le prêtre de la paroisse apparaît sur l'écran et dit que la jeune fille et sa famille vivent dans un appartement tout près de l'église. « Elle aurait pu déposer le bébé sur les marches », dit-il, le visage ridé par la souffrance des autres. La caméra continue à le filmer pendant qu'il répète doucement et inlassablement, torturé par le désespoir fou de la jeune fille : « Elle aurait pu déposer le bébé sur les marches. »

Je ne peux aider ni la fille ni son bébé. Tout ce que je peux faire, c'est me libérer de tout ça, arrêter d'être cette

---

1   *Round and Round the Garden*, comptine anglaise.

fille encore en robe de chambre à trois heures de l'après-midi, en train de s'apitoyer sur elle-même.

Je choisis un autre chemin pour Georgie. Aujourd'hui, notre destination, c'est Battery Park. Je vais porter Georgie et lui montrer la statue de la Liberté, le symbole de son pays.

J'installe Georgie dans sa poussette et prends deux livres d'images d'Ezra Jack Keats avec moi, parce que personne n'a rien à dire contre lui et parce que Georgie, toute petite qu'elle est, peut voir les couleurs ou les formes et qu'elles semblent la fatiguer. Apparemment, être un nourrisson à New York n'est rien à côté de l'épuisement que provoque Ezra Jack Keats.

Nous arrivons à Battery Park et regardons au-delà de la rambarde victorienne et des réverbères dont Bruce connaîtrait certainement l'histoire, l'océan Atlantique qui scintille et la statue de la Liberté brandissant sa torche pour guider les masses de migrants aspirant à vivre librement. C'était du moins l'idée de départ.

Georgie s'est endormie. Je suis presque seule pendant quelques minutes.

Des pêcheurs patients se sont installés le long de la promenade, leurs cannes à pêche plongeant dans la mer. Derrière eux se dresse l'Amérique des entreprises et de l'argent, toute de métal et de verre vêtue, et ils lui tournent le dos, préférant regarder vers le large, car ils savent que les rêves de sable et de verre ne sont pas les leurs.

Ils sont silencieux et calmes. Certains me font un signe de tête quand je passe devant eux. Ils ne sont ni rayonnants ni excités ; ils sont simplement satisfaits.

Un vieil homme, un vieux Noir, vêtu d'un sweat-shirt Gap vert pâle et d'un jean, est en train de découper un poisson en filets sur une table. Je m'arrête un instant avec la poussette pour le regarder faire et me repaître du contentement qui émane de lui.

Il me remarque au bout de quelques secondes.

— Vous avez déjà mangé du maquereau ? demande-t-il.

Je hoche la tête.

— Vous avez déjà vu un maquereau qui vient tout juste d'être pêché ?

Je secoue la tête. Il se penche au-dessus d'un seau en plastique blanc et sort un autre poisson. Il me le tend. Je n'ai pas vraiment envie de le toucher ; néanmoins, je le prends. Il brille dans le soleil du matin, les couleurs de l'arc-en-ciel apparaissent sur ses écailles. Son poids lui va bien ; il est lourd avec une beauté triste et particulière.

L'homme me montre les branchies et les nageoires, puis un œil qui forme une tache noire.

— Vous savez comment on vide un maquereau ?

L'homme reprend le poisson et le pose avec déférence, mais une certaine impatience sur la table.

Le couteau transperce la peau ferme et s'enfonce dans la chair. Il tranche d'un geste rapide et superbe. Deux filets de maquereau sont désormais posés sur la table. L'arête dorsale est pliée en trois comme une lettre, elle est enveloppée dans du papier journal.

Il me tend le couteau.

— Vous voulez essayer ?

Oui. Je tiens le couteau et je sens le contact froid du magnifique poisson sur ma main chaude, éclairée par le soleil. Le vieil homme me montre où et comment couper.

— Juste au-dessus de l'arête centrale, enfoncez, continuez…, tranchez, ne sciez pas… Le couteau vous guide, vous sentez comme il coupe bien quand vous faites comme il faut.

Une fois que j'ai terminé, la chair est un peu déchiquetée, l'homme coupe un morceau du filet. Il me tend le morceau de poisson cru.

— Je ne peux pas, c'est cru.

— Il n'y a rien à craindre, il est frais, dit-il.

Je le prends et je le mange. Je regarde Georgie dormir, la courbe parfaite de sa joue parfaite.

Il doit y avoir des millions, des milliards de gestes comme celui-ci chaque heure qui passe, des gestes de gentillesse que nous ne remarquons pas, qui montrent l'altruisme, la générosité en chacun de nous.

Notre être se nourrit de l'amour que nous donnons et que nous recevons. Tout le reste est dérisoire.

Après cette rencontre, les choses m'apparaissent sous un jour nouveau. Quand nous rentrons à la maison, après notre visite aux pêcheurs, je m'allonge sur le lit avec Georgie et, cette fois, je me tourne vers elle et lui donne le sein jusqu'à ce qu'elle s'endorme. Je dors aussi.

Je réalise les jours suivants que la seule solution, c'est d'accepter. Il faut détourner son esprit de la voie qu'il a toujours suivie pour lui faire prendre un autre chemin, dont on ne détermine pas soi-même la direction. On est là pour quelqu'un d'autre. Il est plus facile de ne pas lutter contre cet état de fait ; il vaut mieux baisser la tête, acqui-escer, obtempérer, aimer.

***

Il fait chaud en cet après-midi de la fin du mois d'août, si chaud que je pense à un après-midi d'été en Angleterre et j'aimerais être dans un jardin avec un verre de vin, des voix qui tintent et des fleurs. Ici, il y a des règles très strictes concernant la consommation d'alcool dans les espaces publics, si bien que, même sur les places bordées de verdure, même à Central Park, personne ne boit, ou alors on cache sa bière dans des sacs en papier, et ce n'est pas du tout ce genre d'ambiance qui me manque.

Je décide d'aller à La Chouette à pied avec Georgie. Peu importe qui travaille aujourd'hui, l'accueil sera toujours chaleureux. Même Bruce a surmonté ses craintes et a porté, un peu hésitant d'abord, Georgie dans ses bras.

George, qui était au départ convaincu que je pourrais travailler au magasin pendant que Bébé idéal dormirait sur une couverture derrière la section « transport », a été contraint de revenir sur ses positions avec l'arrivée de Bébé en chair et en os, qui ne dort pas plus de huit minutes d'affilée quand il est à l'extérieur et que je ne pourrais en aucun cas laisser dans un lieu public malgré le fait qu'il y ait des amarantes poussant dans le rayon « transport ».

J'installe Georgie dans sa poussette et marche jusqu'à La Chouette. Le soleil est toujours chaud. C'est très agréable de se promener par ce temps. Et je ne marche plus comme une clocharde désormais. Je sautille carrément.

Quand nous arrivons, nous trouvons Mary derrière le comptoir. Qui dit Mary, dit Bridget, son berger allemand. Il y a encore moins de chances que Georgie s'endorme. George est en haut devant l'ordinateur ; il saisit des titres dans le système informatique. Il descend pour dire bonjour à son homonyme.

Je la dépose dans les bras de Mary. Je veux aller me chercher un thé. Je me sens légère tout à coup, une sensation de liberté suivie presque immédiatement de l'envie de la reprendre dans mes bras.

George la regarde.

— Je n'ai jamais tenu un bébé, fait-il remarquer.

— Si tu t'assois, tu vas pouvoir en tenir un, dit Mary.

Il s'assoit, et Mary lui montre comment la tenir tout en soutenant sa tête. George la prend, la porte avec maladresse et déférence comme une offrande aux dieux.

Je sors pour aller chercher mon thé. C'est la première fois que je ne suis pas la seule à m'occuper du bébé depuis le départ de ma mère, il y a une éternité. Je dispose de cinq minutes environ. Cinq minutes de liberté.

Quand je reviens, au bout de trois minutes finalement, parce que ma liberté est gâchée par l'angoisse, Luke est devant le magasin. Il regarde par la vitre George qui porte ma fille.

Il regarde longtemps. Au bout de quelques secondes, il sent ma présence et se retourne.

— Salut.

Il regarde de nouveau à travers la vitre.

— C'est elle ?

— Oui, c'est Georgie.

Il hoche la tête. Puis, il avance et ouvre la porte pour moi. Georgie est placide dans les bras de George. Luke entre derrière moi et s'assoit sur le comptoir. Il se penche vers elle.

— Salut, Georgie, dit-il.

Elle le regarde un bon moment avec ses grands yeux ronds, puis elle répond soudain à son sourire. Son sourire me fait penser au lever du soleil, mais, forcément, je suis sa mère.

Luke rit.

— L'accouchement s'est bien passé ? demande-t-il.

— Oui. Tu veux les détails ?

— Non, dit-il en agitant la main d'un geste nonchalant. Je constate que tout s'est bien passé.

— Oui, c'était fastoche.

— Bien sûr, dit George. C'était fastoche. J'étais dans le couloir, elle était dans une pièce insonorisée et pourtant j'ai entendu ses cris.

— Mon pauvre, comme je te plains d'avoir dû endurer ma souffrance.

— C'était très difficile, dit George. Mary, ça te dit de venir prendre une pizza végétarienne avec moi chez Big Nick ?

Mary accepte à condition que Bridget vienne avec eux.

— Ça veut dire qu'on va devoir s'asseoir dehors, dit-il.

— C'est une belle soirée, fait remarquer Mary.

— Il va pleuvoir, annonce George.

— Il ne va pas pleuvoir, répliquons-nous en chœur.

Une fois qu'ils sont partis, plusieurs clients entrent dans le magasin. Certains sont des habitués et ils veulent naturellement voir Georgie. Elle reste très sereine en présence de ces inconnus, même de Barney qui semble ravi de la voir et demande s'il peut la porter.

— Elle est magnifique, dit-il, une fois qu'il la tient dans ses bras. Comme sa mère. Sérieusement, tu es superbe. Tu ne vas pas rester longtemps célibataire. Elle est rayonnante, n'est-ce pas, Luke ?

Il regarde Georgie.

— Et ce monsieur a-t-il vu sa fille ?

Luke secoue la tête en le regardant, non pas pour répondre à sa question, mais pour le faire taire.

— Il passe à côté d'un des plus beaux cadeaux que peut nous faire la vie, Luke, c'est tout ce que je veux dire. Je ne vais pas aller le poursuivre pour qu'il verse une pension à Esme.

— Laisse tomber, Barney.

— C'est bon, dis-je. Il ne l'a pas vraiment vue, Barney. Je l'ai croisé par hasard et c'est à peine s'il l'a regardée.

— Pauvre type, dit Barney. Pauvre type. Papa n'a rien compris, pas vrai, mon bébé ?

Luke cache sa tête dans ses mains et se met à rire.

— Qu'est-ce qu'il y a encore ? demande Barney.

Dès que j'ai une montée de lait, je prends Georgie dans mes bras et l'emmène en haut. Je m'installe dans le vieux fauteuil en cuir bien ferme. Je la nourris à l'endroit même où j'ai écouté pour la première fois le volume 5 de la *Negro Folk Music of Alabama* de Luke, où j'ai appelé le docteur un jour parce que j'avais peur de la perdre, où il y a encore quelques semaines elle était dans mon ventre.

Quand on nourrit son bébé au sein, qu'on lui donne son propre lait, on ne peut pas ne pas découvrir une nouvelle facette de l'amour. L'amour est un don, un épanchement qui, tel le sein, se vide et se remplit de nouveau du fait même qu'il a été vidé.

Barney monte l'escalier en courant pour nous dire au revoir. Une fois qu'il est parti, Luke m'appelle pour me demander si je veux une bière.

J'emmène Georgie en haut de l'escalier et dis que je ne peux pas en boire.

— Esme, tu as accouché maintenant.

— Je sais, c'est à cause de l'allaitement. Mais je boirais bien un soda au gingembre avec toi.

— Oui, tu peux descendre et tenir la caisse pendant mon absence ? Je vais nous chercher à boire.

Je descends avec Georgie. Il fait nuit et il pleut.

DeeMo surgit dans le magasin.

— Putain de temps, dit-il à l'assemblée, c'est-à-dire moi. Le soleil brille et le ciel est bleu, et tout à coup il fait noir et il y a un putain d'orage. Putain de mois d'août.

Il frotte ses cheveux pour les sécher.

— Salut, DeeMo.

Il reste cloué sur place. Un client arrive du fond avec une pile de pièces de théâtre, et j'essaie de regarder sur la page de garde de chacune pour trouver le prix. DeeMo s'assoit sur le deuxième siège et essuie ses mains sur son tee-shirt.

— Donne-moi la petite, dit-il.

Je lui tends le bébé. Pendant que je finis de servir le client, DeeMo donne son doigt à Georgie pour qu'elle le tienne, et elle le serre bien fort. Ses doigts sont minuscules, une touche abricot sur la peau sombre de DeeMo.

— Tu as besoin de crème hydratante, dis-je. Ta peau craquelle.

— Si seulement je n'avais besoin que de ça.

Je dis à DeeMo comment elle s'appelle. Il hoche la tête.

— Ouais, tu l'as appelée Georgie à cause de ce que George a fait pour Dennis ?

— Oui, à cause de George et Georgia O'Keeffe, l'artiste peintre, dis-je. Qu'est-ce qu'il a fait pour Dennis ? Qu'est-ce que tu entends par là ?

— Il a payé son enterrement. Sa crémation, je veux dire. La formule de base. Pour qu'il y ait des cendres, quoi.

Luke se hâte de revenir. Il est trempé lui aussi.

— Il pleut des cordes, dit-il. J'espère que Mary et George ont abandonné Bridget quelque part.

— George a payé les funérailles de Dennis ?

Luke me regarde, l'air interdit.

— Première nouvelle.

— Il l'a fait, dit DeeMo. En fait, il a dit que c'était Dennis qui avait payé. Il a dit que Dennis avait apporté un livre, une édition originale qui valait huit cents dollars et que ça a permis de payer la crémation. C'est George qui a les cendres. Il me l'a dit.

— C'est vrai que Dennis a apporté une édition originale de *Paris est une fête*. Mais elle n'a pas été vendue : elle est encore en haut.

— George lui a donné cent dollars pour ce livre, dis-je.

Luke hausse les épaules.

— George est un type bien, dit DeeMo.

Nous restons silencieux quelques secondes. Georgie lutte contre le sommeil dans les bras de DeeMo. Elle est repue de tout le lait qu'elle a bu. Et il faut voir un bébé repu, ça vaut la peine ! Nous la regardons se débattre pour rester éveillée ; ses paupières tombent, papillonnent, se referment. Je me demande si elle sait que ce n'est pas moi, que les bras qui la tiennent ne sont pas mes bras.

— Je peux la reprendre si tu n'es pas à l'aise.

DeeMo me regarde. Il doit repenser au gel antibactérien, à mon anxiété.

— Je me sens très bien, dit-il. Et toi ?

Moi aussi. Je regarde dans la rue. La pluie tombe. C'est la route à suivre : fréquenter de bonnes personnes, comme George, Luke, Stella, Barney, l'homme au maquereau, DeeMo.

Je regarde Luke qui remue un peu sur son siège pour trouver la bonne position afin que son dos soit bien calé.

Je l'ai vu faire ce geste des milliers de fois, s'installer quelque part et chercher la bonne position pour se sentir parfaitement à l'aise. Il me surprend en train de le regarder et me répond par un haussement de sourcils plutôt comique.

Ce sont quelques secondes d'éternité pour moi, un instant qui contient à la fois le passé et l'avenir, et j'ai l'impression d'être enfin arrivée chez moi. Comme si tout tendait vers cet instant et repartait de cet instant.

Georgie dort et nous restons assis sans parler. Ça me rappelle cet hiver quand Luke et moi avions bu des bières un soir de pluie. Avant Georgie, avant tout le reste.

Nous écoutons la musique, comme ce soir d'hiver, et regardons depuis notre librairie, notre petit bijou, la pluie battante d'été qui lave tout ce qu'elle touche pour lui donner un nouvel éclat.

Remerciements

J'aimerais tout d'abord remercier Phil Meyler, qui a consacré à ce livre des jours et des jours d'attention rigoureuse, mais toujours bienveillante, et aussi Isobel, Katie et Hero Meyler, qui ont supporté avec grâce mes longues heures de travail durant lesquelles ils ont été gentiment négligés. J'aimerais aussi exprimer toute ma gratitude à Linda Yeatman, pour sa rigueur perspicace et ses encouragements chaleureux. Un grand merci à Siobhan Garrigan, dont les bons offices m'ont aidée à trouver un agent, et à ceux qui ont lu ce livre et /ou dont la présence a fait de l'écriture une occupation moins solitaire : Anna King, Allen Michie, Dan Pool, Sinead Garrigan-Mattar, Angela Tilby, Charlie Mattar, Chris Scanlan, Ian Patterson, Anne Malcolm, Martin Bond, Harry Percival, Ray Franks, Debbie Ford, Phillip Mallet, Christine McCrum, Meg Tait, Dorian Thornley, Simone Brenneis, Mary Steel, Tara O'Connor, Miranda Landgraf, David Theaker, Bruce Eder, Jo Wroe, Graham Pechey, Charlotte Tarrant, Leila Vignal, Alexis Tadié et Anthony Mellors. Merci aussi à Dorian et Bryan de Westsider Books, dont la librairie à l'angle de Broadway et de la 80e Rue ne ressemble en rien à La Chouette… Toute ressemblance serait vraiment purement fortuite.

Je tiens aussi à remercier le père Joel Daniels à l'église St. Thomas, dans la 5e Avenue, et David Ford pour avoir rendu cette visite possible. Merci aux bibliothécaires de l'Avery Library à Columbia, à L'Arts Council pour m'avoir autorisée à travailler avec Jill Dawson à Gold Dust.

Merci à Dorian, qui m'a aimablement cédé sa chambre quand je suis venue à New York, et à Henry Holman pour sa grande connaissance des livres et son amitié.

Je me dois aussi de remercier Nick Barraclough et Tony Goryn pour tous les mercredis, et toutes ces personnes, dont les encouragements généreux, même en passant, m'ont énormément aidée : John Shuttleworth, le regretté Jeremy Maule, Veronica Horwell, Geraldine Higgins, Dino Valaoritis et Robert Wagner.

J'aimerais aussi exprimer toute ma gratitude à mon agent, Eleanor Jackson, si sage et si chaleureuse, et à Julia Kenny pour tout le travail qu'elles ont fourni et les résultats impressionnants qu'elles ont obtenus. Merci à Jonathan Sissons de m'avoir laissée écrire dans son grenier et de m'avoir apporté du thé et des biscuits à intervalles réguliers. Mes remerciements les plus chaleureux à Emilia Pisani, mon éditrice chez Simon & Schuster, dont l'esprit pénétrant et incisif est remarquable et dont les points d'exclamation devant les passages amusants m'ont vraiment réconfortée.

Enfin, un grand merci à Andrew Zurcher, dont la lecture attentive de tous les textes continue à être d'une valeur inestimable. Merci, bien sûr, à ma mère, Jean McLauchlan, ma sœur, Fiona McLauchlan-Hyde, avec tout mon amour pour elles et pour les filles.

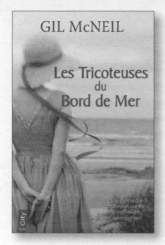

Gil McNeil

Les Tricoteuses
du Bord de Mer

Jo décide de changer de vie et s'installe dans la ville de son enfance, une petite station balnéaire et rénove une boutique. Elle crée aussi un club de tricoteuses et se fait de nouvelles amies, des personnages souvent hauts en couleur...

ISBN : 978-2-8246-0424-4

Le petit magasin
des Tricoteuses

Un an après la disparition de son mari, Jo Mackenzie commence enfin à accepter le fait d'être mère célibataire. Ses deux garçons sont heureux et la petite boutique de tricot que Jo a reprise se porte bien.

ISBN : 978-2-8246-0626-2

Deux formidables romans sur l'amitié, l'amour,
les deuxièmes chances et la possibilité
de reconstruire sa vie.

http://www.city-editions.com